県庁おもてなし課

有川 浩

角川文庫 17912

県庁おもてなし課　CONTENTS

イラストレーション／ウチダヒロコ
ブックデザイン／片岡忠彦

この物語はフィクションです。
しかし、高知県庁におもてなし課は実在します。

＊

二十数年前——の話である。

太平洋に面した長大な海岸線を有し、かつその海岸線に沿う形で広大な山野林を持つその県で。

一言でまとめてしまえば大らかな自然以外、これといったものは何もないその県——高知県、高知市にて。

高知城の城山におまけのように設立されていた市立動物園の移転計画と、県立動物園の新設計画が持ち上がった当時の話である。

「パンダを誘致するべきだ！」

そう力説した一人の県庁職員がいた。

「パンダです！　それしかありません！　新生動物園を商業的に成功させたいなら、パンダを誘致すべきです！」

上司に鬱陶《うっとう》しがられながら、彼はパンダ誘致論を庁内で唱え続けた。

何故パンダなんだね？

「分からないんですか⁉　パンダは今、日本国内で東京にしかいないんですよ！」

それが何だね。

「つまり、日本でパンダを見たければ、現状では東京の上野動物園に行くしかないんです！」

だから？

「よく考えてくださいよ！　現状、東京まで行かなくては見られないものが高知で見られる、となったら西日本の動物園客は総取りです！　特にファミリー層は堅い！　そして時機もいいことに、本州と四国はもうじき瀬戸《せと》大橋で地続きになります！　地理的な不便は解消された、そして、ここへパンダを投入すれば、必ず新しい動物園は西日本随一の観光地になります！」

だが、パンダをどうやって誘致するつもりだね。

「中国に高知市の友好都市があります！　ツテをたぐればそんなもの何とでもなります！」

しかし、パンダを呼ぶには金がかかるというじゃないか。

「先行投資だと思えば安いものです、パンダが十年生きてくれれば観光収入で取り返せます！　番《つがい》でもらってもし繁殖に成功したら全国的な注目も集まります！」

観光収入と言ったって君……公営の動物園だぞ、そう高い入場料を設定するわけにもいかん。そうやすやすと取り返せるものかね。

「動物園だけの収入で取り返すなんて話はしてないでしょう、高知にパンダを見に来た観光客がパンダを見ただけですぐに帰ると思われますか？　せっかくここまで来たならと県内の観光地を回るでしょうし、宿泊、飲食、土産、車で来たならガソリン代諸々《もろもろ》、『外貨』を落としてくれるポイントはそれこそ数えきれません！」

それにしても、パンダの飼育や繁殖は難しいそうじゃないか。

「上野動物園に指導を仰ぎ、専門家を招聘《しょうへい》すれば不可能な話ではありません！」

しかし、そんな大規模な動物園を作るとなると予算がなぁ……

「市立動物園移転だけじゃなく、県立動物園の新設計画も始動していたでしょう！　この二つの施設を一つにまとめて、予算を集中すればいいんです！　そもそも、動物園のように複雑な保守点検が必要な施設を、高知のような行政収入の少ない県が二つも並行運営する利点はありません！」

そうは言っても、市にも県にもメンツがあるからねぇ。それにやはりパンダは高いよ。目玉は絶対にパンダじゃないと駄目なのかね？

「珍獣と呼べる動物ならほかにも各種存在します。しかしどれもマニアックというか、要するに地味なんです。客寄せのインパクトの点でパンダに敵《かな》うものはないんです、やはり」

だが、やはり公営施設であまり利潤を追求するのもなぁ。

「高知に分かりやすい観光の目玉を作るチャンスなんですよ！　一体何に気兼ねしてるんですか、県の発展は当然県民にも還元されます！　躊躇《ちゅうちょ》すべき場合じゃないでしょう！」

彼は『パンダ誘致論』を力説して回った。

——そして、やや熱心に説きすぎた。

気づくと彼はそれまで在籍していた観光部で閑職に回されていた。

元々あれこれと縄張りを無視した提案を挙げて、さまざまの部署から煙たがられていた男である。そうでなくとも時代は親方日の丸箱物全盛、慣例を超えてまで変わったことなどやらずともという保守的な考えが大勢を占め、彼を擁護する者はいなかった。

彼の直属の上司でさえ。

そして、新生した動物園である。

市立動物園は、敷地を多少広くして場所を移転しただけに近い代物になり、県立動物園はといえば——ある意味では、全国的にも珍しい動物園になった。予定地の行政から「猛獣が逃げ出したら住民が危険だ」と待ったがかかったため、ライオンやトラなど、動物園でお馴《な》染《じ》みの大型肉食獣を一切欠く動物園となったのである。

一体誰が言ったか、「基本的に人間が一対一で渡り合って何とかなりそうな動物しか置いていない」動物園。草食獣をメインに動物とのふれあいをコンセプトにした——というのは聞くだに苦しい言い訳だ。

それまで市立動物園は市内の城山、しかもごく狭い敷地に大型獣をぎゅう詰めに押し込んでいたというのに。高知で一番の繁華街も近く、猛獣が逃げ出したら被害は甚大だ。広い敷地を確保し、新たに設計する県立動物園のほうがよほど安全係数も高かったはずである。

ともあれ、両動物園ともに県民の憩いの場所にはなっても観光の目玉にはとてもなり得ない。そうでなくとも動物園なら、隣の県に当時としてはかなり先進的な園があった。動物園目当ての観光客は軒並みそちらに取られる。

いろんなものと折り合いをつけようとした結果、観光施設としては最も中途半端なところへ着地してしまった結果である。

少なくとも、『外貨』——県外の金を稼げる観光地ではなくなった。

『パンダ誘致論』を唱えていた彼は落胆し、やがて県庁を去った。高知の両動物園が開園して約十年を迎えた頃である。

そして、同じ頃——

兵庫県は神戸、王子《おうじ》動物園がパンダを迎えることになる。

『パンダ誘致論者』が去った高知県庁では、かつての彼が唱えた『パンダ誘致論』など、とうに忘れられた過去になっていた。

1. おもてなし課、発足。——グダグダ。

＊

その年、高知県庁観光部に「おもてなし課」が発足した。

観光立県を目指し、県外観光客を文字通り「おもてなし」する心で県の観光を盛り立てようというコンセプトそのままに、親しみやすさを狙ってその課名はついた。

しかしおもてなし課に配属された職員は、よくも悪くも公務員であった。——悲しいほどに。

県の観光発展のために、独創性と積極性を持ってどんどん企画を立案してほしい。知事からはそのような訓辞があった。

しかし、観光発展における独創性と積極性とは一体いかなるものなのか。今まで県庁各部署のルール内でしか行動したことのない彼らには、非常に想像の及びにくい部分であった。

熱意がなかったわけではない。決して。

しかし、未知の分野における成果を求められ、彼らの腰は重く、動きは鈍かった。

「何ですか、観光発展のイベントとして『観光特使』という制度を手始めに導入する自治体が多くあるようですよ」

おもてなし課が発足して一ヶ月、ああでもないこうでもないと会議がワルツを踊っていた中でそう言い出したのは、掛水史貴《かけみずふみたか》である。入庁三年目の二十五歳、おもてなし課の中では一番

「若い」職員だ。

もっとも、おもてなし課は独創性と積極性を期待された課であるため、課長でもやっと四十歳という若い編成だが。

「何で、その『観光特使』ゆうがは」

尋ねたのはその四十歳の課長、下元邦宏《しももとくにひろ》だ。

課員の注目が集まる中、掛水は夕べネットで拾ってきたばかりの知識をうろ覚えで披露した。

「いや、僕もようは知らんがですけど。なんか、県出身の有名人……芸能人とかスポーツ選手とか、そういう人を『観光特使』に任命して、県の魅力をPRしてもらうがやそうです」

「おお、それはえい《ぃぃ》にゃあ《なぁ》」

踊る会議にダレ気味だった下元が身を乗り出した。他の職員も同じくだ。

「県から出た有名人ならけっこうおるぞ」

「漫画家や作家も多いですよね、それにスポーツ選手だって……」

あの人もそうだ、この人もそうだとしばし会議が盛り上がる。

「待て待て、誰か控えちょけ」

下元の指示で女子の一人が次々挙がる名前をホワイトボードに書き付けていく。

名前が出尽くした辺りで職員十二名全員がそのボードを眺めた。

「なかなかの陣容やないか、こらぁ」

出来上がったリストを眺め、下元が満足そうに頷《うなず》く。

三十名ほど挙がった名前は、芸能関係からスポーツ関係、作家、漫画家と幅広い。

「そんで、PRはどうやってもらうがな」

「ええと、何か『特使名刺』を作って、その名刺の裏をいろんな観光施設に入れるクーポンにして特使に配ってもらうようにしちょった自治体があったと思います」

「なるほどなるほど。それは割引きか無料か」

「いや、そこまでは……自治体によるがやないですか？」

掛水がそう返すと、別の職員が口を挟んだ。掛水の二年先輩に当たる近森《ちかもり》だ。

「割引きらぁてケチなことしたらバカにされますろう。ここは太っ腹に無料で行かなぁ」

「それもそうやにゃあ、じゃあ観光施設はどこにするで」

活気に満ちたディスカッションをしていると信じている彼らは気づいていなかった。

すでに他の自治体で定番化している制度を取り入れ、応用しているだけのことに独創性など欠片《かけら》もありはしないことを。

——彼らは実に、悲しいほどに、どこまでも「公務員」であった。

＊

そして、おもてなし課・観光特使制度は始動した。

高知城や郷土資料館を筆頭に、県内各地の観光名所を『特使名刺』の無料クーポン対象候補として協力を要請。並行して利用条件の試案を作成する。回数と期限は無制限、人数を一枚につき五人までとすることが暫定案となった。ただし県民は除外である。

さらに県出身の著名人をピックアップし、連絡先を調べる。そして一人ずつ打診だ。

地道な作業だったが、これでおもてなし課としての企画が一つ始動すると思うと職員の意気は揚がった。企画を提案した掛水は特に熱心だった。

「お願いします。〇〇さんが県外の方にお会いしたときに、特使名刺をお渡しして趣旨を説明してくださるだけでいいんです」

打診した著名人は、快く特使を引き受けてくれた。自分でどれほど役に立てるか分からないけれども、という前置き付きではあったが（そして、その意味をおもてなし課が認識するのはもう少し後の話になるのだが）。

順調に観光特使が増え、ますます張り切って次の候補者にアプローチをかける。

そんな日々の中——掛水は突然、意欲に水を掛けられた。正に彼の名前の字面のとおり。

関東在住の県出身作家に、出版社から教えられたメールで打診をしたときである。

掛水の元に届いた返信は、微妙だった。

『高知県観光部おもてなし課　掛水様

**　メール拝見しました。**

**　企画の趣旨が今ひとつ理解しづらいので電話でご説明を伺えますか？**

こちらの電話番号は○○‐○○○○‐○○○○です。吉門《よしかど》 喬介《きょうすけ》』

単純な企画である。趣旨が理解できないというのは解せなかった。しかし、とにかく相手は説明を求め、電話番号も書いてきている。

掛水はその番号に電話を掛けた。

数回のコールの後、電話に出たのは眠たげに嗄《か》れた男の声だった。

「もしもし、こちら高知県観光部おもてなし課の掛水と申しますが、吉門喬介さんは……」

「あー、ハイ、俺……じゃねぇや、私、です」

だるそうな喋《しゃべ》り方は寝起きなのか元々か。時間帯はデイタイム真《ま》っ只中《ただなか》だったが、作家などの特殊な職業では生活時間帯が逆転しているという話もよく聞く。

プロフィールで公開されている年齢は掛水より三歳上だ。

「観光特使についてのご質問をいただきましたのでお電話差し上げました」

「あー、あれねえ。いっくら考えても分かんないんですよねぇ……」

かったるそうな喋り方はどうやら地らしい。

「ええと、分からないというのはどの辺りが……」

「観光特使って制度の実効が」

いきなり横っ面をはたくような疑問が来た、と思うや吉門はだるい口調はそのままに、掛水が即答できない質問を次々投げた。

「説明メール読むと特使が県外の人に名刺を配ってくれってことですよね。一枚一枚ちまちま手で配って、特使一人につき一体どれだけ捌《さば》けると思います？　そんでもらった人がどれだけホントにその名刺に釣られて高知に行くと思います？　それを考えるとね、どうも実効が薄いっつーか、あんまり効率的じゃねーんじゃないの？　とか。この特使制度が目指すところって結局どこなんですか？」

だらけた口調とは裏腹に、吉門の指摘は何もかも的確すぎた。

「そ、それは……県の観光発展のために……」

「うん、ですからね。観光発展イコール観光客を増やすって意味なら、ちょっとこれは非効率に過ぎるんじゃないの？　って、そこでどうも引っかかっちゃって。『おもてなし課』なんてネーミングは面白いし、お役に立つなら特使になるのはやぶさかじゃないんだけど、自分じゃどうにもこの特使って制度の実効が分からなくって。担当の方に直《じか》に訊《き》いたら分かるのかなと思ってご連絡差し上げたんですが」

掛水は返す言葉を失った。何一つ——答えられない。

「観光特使なんて、もうあちこちの自治体がやってるし、ぶっちゃけ後追いですよね。名刺のクーポンなんかよそでも散々やってるし」

後追い。その言葉でトドメを刺された。

完全に沈黙した掛水に、吉門は「ごめんなさい、怒っちゃった？」と妙に馴々《なれなれ》しい執り成しを入れた。いいえ、と答えるのが精一杯である。

「別に後追いしたって悪かないんですよ。ただ、後追いすんなら個性を出さなきゃ陳腐なだけなんだけど、この制度で高知が打ち出す個性って何かなぁって、それが見えなかっただけで」

見えなくて当然だ。そんなもの最初から考えていない。

ただ真似できる手頃なアイデアがあったから借りてきただけで。

県の観光発展のために、独創性と積極性を持ってどんどん企画立案してほしい。おもてなし課設立時のそんな理念も空しい。

「……すみません、そこまでは考えてませんでした」

電話の向こうで吉門が困ったような溜息《ためいき》を吐《つ》いた。やがて、「ごめん」と一言。「なさい」が取れた。頼む、謝ってくれるな。

それが一番痛い。

「えーとさぁ、県が観光客をおもてなししますって意図での設立は面白いと思うんだよ。初心に返ったっていうか。『おもてなし課』って名前もインパクトがあっていいしね。だから俺が特使制度に噛《か》むとして、一番高知に貢献できるとしたら、俺こんな仕事してるでしょ？」

吉門はもうすっかりタメ口だ。

「出版社とか新聞社とか、とにかくマスコミとの接点は多いわけ。だから、取《と》り敢《あ》えず名刺を五、六箱もらえる？」

は？　と思わず声が出た。観光特使の実効をこれだけ容赦なく否定された直後なだけに。

「いや、だから。現時点で俺が唯一この特使制度と特使名刺の効能を見出《みいだ》すとしたら、無差別

無差別絨毯爆撃。意味が分からない。

「要するに、『高知県におもてなし課というものが発足しました、この名刺が観光名所の無料クーポンになりますんで、もし高知に足を伸ばすご予定がございましたらどなた様でもご自由にお使いください』つって、出版社や各種媒体に箱ごと渡す。実際に使ってもらえるかどうかより、高知におもてなし課ができましたってことをマスコミに草の根アピールするほうがまだ将来的に何か繋《つな》がる可能性があるんじゃないかと思うんだけど、どう？」

「ハイ……それじゃ、観光特使の任命は受けていただけるということで」

「ああ、それは別に。断る理由もないし」

ありがとうございました、と最後の気力で呟《つぶや》いて、掛水は力なく電話を切った。

独創性と積極性。

それはああいうものを言うのだろう。吉門は数年前にデビューしてそれなりに名前が売れている作家だ。専業だというからそれこそ創作で食っている。

だからオリジナリティも実効性も甚《はなは》だ薄いこの企画に、すぐさまこれだけの駄目出しをすることができたのだろう。

電話を終えてから吉門の指摘を報告すると、課内の意気は盛り下がった。

「確かに……県内在住の人らぁは、知名度があっても県外の人と再々会うかとゆうたらなぁ」

「隠居しゆう方もおりますしね」

「県外で活動しゆう人らぁも義務やないがやき、特使名刺をどればぁの扱いにしてくれるかは未知数やきにゃあ」

自分でどれほど役に立てるか分からないけれど。その前置きには、そういう意味も含まれているのだろう。忙しい人物であればあるほどボランティア同然の特使活動は「本業」のついでになるのが当然の話だ。特使名刺を持ち歩くのを忘れることもあるだろう。

要するに「名前は貸しますよ、(忘れない限りは)名刺を配るのもやぶさかではありませんよ」と――その程度に思っておかなくてはならない。少なくとも無償を前提に頼んだ側がそれ以上を要求できることではない。

「観光部に企画を上げたときは誉められたがやけどにゃあ」

下元課長は難しい顔で溜息を吐《つ》いた。

「特使制度の実効か……」

企画の言い出しっぺである掛水には気まずい雰囲気になった。

それにしても、と先輩の近森が不機嫌な声を出す。

「その吉門ゆう作家がどればあのもんか知らんけど、そんな言い方をすることもないでしょう。せっかく県が観光発展に本腰据えて立ち上げた課の初仕事やに」

そうやそうや、と追随する声が上がりかかったのを掛水は慌てて制した。

「いや、待ってください。確かに、言われたことは耳が痛いけど事実です。特使も引き受けてくれたし、特使からの意見としてちゃんと活《い》かさなぁ」

下元がすかさず頷いた。さすがに課を預かるだけのことはある。

「そうやにゃあ、企画が通ったとなると今さら引っ込められんきにゃあ。何とか続けなぁ来年の予算も減るき」

そのときおもてなし課の電話が鳴った。近くの女性職員が取る。そして、受け答えする声がわずかに強《こわ》ばった。

「あの……掛水さんに、吉門さんから……」

「あ、はい！」

思わず声が上ずった。

散々耳に痛い指摘を聞いたのは、ほんの数十分前だ。

まだ何かあるのか、と周囲も気配を尖《とが》らせているのが分かる。掛水は手近の電話を取って、保留を解除した。

「はい、掛水です」

「あのさぁ」

こちらがどういう状態になっているかも知らず、吉門はさっきと同じように眠たげな口調で切り出した。

「さっきの特使名刺だけどさぁ」

「はい」

「ほかの使い道ちょっと考えてみたんだけど、例えば高知駅や空港のインフォメーションとかに置いてもらって、改札や空港の出口に貼り紙とかしてみたら？　『県外からお越しのお客様へ、案内窓口で観光名所の無料クーポンをプレゼントしております』とかさ。高知の好感度、上がるんじゃない？」

構えていたせいで掛水は打って響けなかった。咀嚼《そしゃく》するまでに時間がかかって固まる。

「あの……その場合、名刺はどなたのものを使えばいいんでしょうか」

ようやくそう訊き返した掛水に、吉門は溜息を吐《つ》いた。

「さあ。そこはいっそ『観光特使：高知県』なんかにしちゃってもおもしろいんじゃないの？　どうしても特使じゃないと駄目なんだっていうなら、別に俺の名前を使ってもいいよ。ほかの特使だって相談したら嫌とは言わないんじゃない？　要するに名前貸してるわけだし。特使の知名度利用するならそういう無差別ばら撒《ま》きもありだよね。特使の名簿貼り出して『お好きな方の名刺をお渡しします』みたいな形にしたらレアじゃない？　たとえば、家族連れだったら『どうせなら記念にやなせさんのを』とかなるだろうし」

吉門が挙げたのは子供に大人気のアニメ原作を生み出した漫画家の名前である。

掛水はバカみたいに相槌《あいづち》だけを打ちながら内心で焦った。やばい、まずい、駄目だ俺、このままじゃ聞きっぱなしだ、相槌マシンだ。

俺は、おもてなし課は、この人の発想のスピードに全然ついていけてない。

吉門と電話を終えたのはたった数十分前なのに。同じ数十分でこちらはうだうだ中身のない会議を回しているだけだった。

「あの、案内窓口のお話ですけど、いいアイデアだと思うんですけど、空港やJRはそういうの受け付けてくれるんでしょうか。それと、どうやって申し込んだらいいんでしょう」

思わず取りすがると、吉門の声に初めて苛立《いらだ》ちが混じった。

「知らないよ、そんなこと。俺は思いついたこと投げてるだけ。それが実現可能かどうかとか、そんなことはそっちで考えることじゃないの？」

吉門の言い分はまったく道理で、返す言葉もなかった。

「——そんなんだからだよ。『だからお役所は』って言われんの」

低く吐き捨てられて、掛水の頭は落ちた。やはり返す言葉がない。

「余計なお世話だったら聞き流しといて。そんじゃ」

電話を切られそうになった刹那《せつな》、掛水は最後の気力ですがった。

「あの、いろいろ貴重なご提案ありがとうございました！　もしまた何かありましたら、いつでもご意見ください！　お願いします！」

吉門はしばらく黙っていたが、やがて——

「……まあ、また何かあったら」

無気力な声に戻ってそう言った。

掛水が電話を切るなり、周囲が騒然となった。

「何やったがな、イヤミな吉門は」

すっかり吉門への反感を持っているらしい近森に、掛水は答えた。

「新しくアイデアをもらいました。俺たちじゃ思いつかんかったことを、たったこの数十分で。そんで、わざわざ電話してきてくれました」

近森が不満そうに押し黙った。掛水を味方したつもりだったのに、掛水が吉門の肩を持ったことが面白くなかったのだろう。

「非常に熱心な特使だと思います」

特使を引き受けてから一時間も経たない間に、これほど積極的に特使制度のアイデアを提案してきたのは、吉門だけだった。——吉門の投げやりな口調を聞いていると、とてもそうとは思えないが。

掛水が吉門への特使依頼を受け持ったのは、単なる偶然である。

だが、その偶然が自分と県の運命を変えることになることを、今の掛水はまだ知らない。

＊

「観光客の無料受け入れ……ですか？」

「はい！」

掛水は大きく頷いた。相手は市内の郷土資料館の館長である。その日は掛水と近森が資料館を訪ねていた。

郷土の偉人に関する展示が充実したこの資料館は、当然のように特使名刺の無料クーポンの対象施設に選ばれた。協力は既に要請しており、今日は詳細条件の説明である。

近森がビジネスバッグから名刺のデザイン案をプリントした用紙を取り出した。

「このような名刺を、高知県が任命した観光特使に配ってもらいます。裏面がこのように無料のクーポンになっておりまして……」

近森が指差した裏面には十個ほどのマスに区切った表があり、一マスごとに無料入場できる施設の外観写真が入る予定である。おもてなし課が手分けして候補施設と交渉に当たっているところだ。

「この名刺を提示した観光客を無料で受け入れしてもらいたいんです」

それくらいお安い御用です、と太っ腹な返事を掛水たちは期待していたが、意に反して館長の返事は困惑気味だった。

「その場合は……無料で受け入れた分の補償は県がしてくれるがでしょうか」

はぁ？　と近森が怪訝《けげん》な声を出した。

「何を言いゆうがですか。特使の皆さんが無料奉仕で引き受けてくださりゆうがですよ。施設側が県に補償せえらぁて何をちんまい……」

館長の表情がますます困惑の色を深めた。何だか知らないがまずい、と掛水は割って入った。

近森は良くも悪くも気が強くて強引だ、相手によってはこじれることも多い。対して掛水は気が小さい分だけ相手の態度や気配には聡《さと》かった。特にマイナス方向への反応に関しては。

「あのですね、話をちょっと大きく捉《とら》えすぎていらっしゃると思うんですが、特使を引き受けてくださっている方は、まだ百人もいないんです。もっとお声をかけて増やしていきたいとは思っていますが……とにかく、現時点ではまだ七十人ちょっとです」

頭をよぎったのは吉門の論法だった。──曰《いわ》く、非効率。

「特使が県外の方にお会いしたとき、高知を紹介しがてら渡してもらう名刺です。利用も県外客限定、言うなれば高知からのちょっとしたサービスです」

消極的な態度が薄れない館長に、掛水は我慢強く説得を重ねた。

「特使の中には県内在住で県外の方に会うこと自体が少ない方もいらっしゃいます。ちょっと非効率なんですけど、一種の草の根広報活動をお願いしていると考えてもらえたら……そんな規模の話ですから、特使名刺客の受け入れが即座に施設の経営を圧迫するようなことはないと思います」

もし、全員が吉門のように「知っている媒体に箱単位で託す」というような思い切った手段に出たら話は別かもしれないが、それにしても名刺をもらった相手のうち何人が高知に実際足を運ぶ気になるかは怪しいものだ。

「ですが、他の施設の管理者から聞いた話では、空港やJRでも無差別に配る予定があるとか……そうなるとちょっと規模が読めないことに」

「公の施設ながやき、賑《にぎ》わうことが先決でしょうが」

近森が苛立った様子でまた話を持っていく。

「名刺一枚たかが五名、せいぜい一家族分ですわ。それぱぁはサービスできますろう、浮いた入場料でお土産くらいは買ってくれるかもしれんし。人の出入りが盛況になったら、釣られて入ってくる客も出るもんでしょう」

「でも、この見本を見る限りでは……」

館長は難しい顔でデザイン案の用紙を取り上げた。

「期限を切ってないうえに、利用回数の制限もない。一度名刺を手に入れた人は何回でもタダ入りできます。これは施設としてはちょっと抵抗があります。思っていたより条件が厳しい」

「どうせ一回来たところに二度も三度も来やせんでしょう」

近森が投げた言葉に館長の表情が狷介《けんかい》になった。やばい、と掛水のアラートが鳴った。

「あの！　例えば、名刺の利用条件を見直したら考えていただけますか？」

近森を制するように尋ねる。館長は近森とのバランスで掛水のほうに好意を持ったらしい。

「そうですね、せめて有効期限を設けていただくとか……県が補償をしてくれるなら、いくらでも入れますが」

「それは特使に無料奉仕してもらいゆう手前こちらもちょっと難しくて……特使には無料奉仕させゆうのに施設には金を払うがかという話になったら面倒ですき」

それが平等かつ妥当だという課の判断だった。

「ちょっと名刺の条件については検討しますき、考えてもらえませんか」

「分かりました、それではその結果でまた考えさせてもらいます」

掛水が運転する帰りの車中、近森は助手席でさっそく愚痴を言いはじめた。

「まったく、どいつもこいつも肝が小さいにゃあ！　もし収入が減ったら、それぱっかりか！　特使が無料で引き受けゆうに……」

特使名刺客の受け入れを渋っている施設は、資料館だけではなかった。複数の施設との交渉難航が近森を、おもてなし課を苛立たせている。

観光発展のための企画なのに、観光のために造られた施設が何故協力しないのか、と。

「でも、喧嘩《けんか》腰はまずいですよ近森さん」

掛水は控えめに主張した。

「もしヘソを曲げられて協力を撤回されたら、困るのはこっちですき」

「お前、イライラせんがか。県庁が頭を下げて頼みゆうにあの態度は何な」

「ええ、だから俺の前ならえいですけど」

県庁に帰ったら特使名刺についての会議である。掛水は近森をなだめながら車を走らせた。


「どうも観光施設側が協力的じゃないのう」

下元が渋い顔で唸《うな》った発言から会議は始まった。

何故か協力的でない施設をどのように協力させるか。議論の焦点はそこである。

「どいつもこいつもケチくさいことばっかりですわ。制限をつけろの県が補償せえの」

近森が待ってましたとばかりに発言し、他の職員も同意する。

こんなところで足踏みを食らうとは思っていなかったというストレスもあるだろう。

「名刺客の分の入場料金を補償しますか？」

女性職員の一人が提案したが「そうはいかんろう」と数人の男性職員から否定された。特使がボランティアで協力してくれているのに、施設だけ「えこひいき」するわけにはいかない、という意見が圧倒的だった。

「それに、予算を動かすがは面倒やきにゃあ。特使名刺の利用率はまったく読めんき、試算が立たん。名目は施設の助成とするにしても、試算が立たん予算申請は上が通したがらんき」

そんな意見も当然のように出た。

「もともとが非効率な企画やし、名刺の利用率も大して望めんがやき、協力してくれてもえいと思いますけどねえ」

掛水も各施設の非協力的な態度には不満を持っていたので、身内の会議になるとそんな愚痴が自然とこぼれた。

「しかしまあ、今のままでは話が進まんことは確かや。入場料の補償はいろいろとややこしいき、期限か利用回数か人数か、どれかに制限をつけなぁ仕方がないろう」

下元が設定した三択で議論が始まる。

「人数は今以上に制限をかけんほうがえいでしょう。ファミリー層を考えたら、やっぱり家族全員が入れたほうがえいですわ。やったら一世帯で五人くらいまでは見ちょいたほうが」

「じゃあ期限か回数やにゃぁ。どっちでもえいような気がするけんど」

「ちょっとばぁ無料客を受け入れたところでそれほど影響があるとも思えんのに、何であんなに渋るがやろうか。物分かりが悪いわ」

「施設側の便宜も考えなぁいかんけど、特使名刺は県の顔になりますき、あんまりケチな印象はつけたくないですね。イメージが悪くなります」

施設の協力を引き出すには利用条件の制限が要る。しかし、県にマイナスイメージは持たれたくない。これを両立させるための、愚痴混じりの会議は二時間ほど続いた。

そして結果は名刺に有効期限を設けるというところで落ち着いた。

回数に制限をつけると名刺に「○回限り」や「○回まで」など、制約を強く印象づける文言が入ることになること、回数の設定が難しいことから無難な有効期限に流れた次第である。

「クーポンの類《たぐい》に期限があるのは当たり前の話ですき、客の不興も買いませんろう」

「年度単位で区切ればキリもえいし管理もしやすいろう」

いい落としどころが見つかった、と会議は満足感で畳まれた。

そして施設側に再交渉し、今度は快く——とまではいかなかったが、一応の許諾が取れた。

これでやっと名刺が刷れる。観光特使を提案した掛水としては一安心というところだった。

*

観光特使に送付する特使名刺をおもてなし課が手配していた頃である。

掛水宛てに電話が入った。相手は作家、駄目出し付きで特使を引き受けた吉門喬介。

「あのさぁ」

掛水が電話に出た途端、吉門は呆《あき》れ口調のタメ口になった。

「俺が特使の依頼引き受けてから今日でどんぐらい？」

「えっ……」

いきなり訊かれて掛水は焦った。

「す、すみません、ちょっと待ってください。今確認しますので」

吉門から観光特使の制度についての説明がほしいというメールが来た日だ。耳に痛い指摘を散々食らって、しかし吉門はその日に特使を引き受けてくれた。

確認のためだろう、『特使の任命をお受けします』と短い了承メールも届いている。

パソコンでメールソフトを立ち上げようと掛水があがいていると、吉門は溜息混じりで答えを出した。

「三十四日。ほぼ一ヶ月。この日数を聞いて、何か思うところとかない？」

「え、ええと」

正直さっぱり分からなかった。吉門は明らかに何か文句がある様子で、しかし掛水にはその心当たりがまったくない。

恐る恐るお伺いを立ててみる。

「あの……特に吉門さんのお気に障られるようなことは何もしていないと思いますが」

あのさ、と吉門の声は露骨に頭が痛そうな調子になった。

「それが問題だってことが何で分かんないの？」

「えっ……」

「なあ、それマジボケ？　それとも逃げ？　どっち？」

掛水はますます混乱して押し黙った。その様子でか、吉門が「マジボケか」と呟いた。

「あ、あの……どういうこと、でしょうか」

「あのさぁ」

あのさぁ、はどうやら吉門の口癖らしい。

「普通はさ、最初のアプローチから一ヶ月も連絡一つなしで放置って、話が『流れた』もんだと思われて当然なんだけど。そこんとこどうなの、あんたたち」

「え、え、あの、」

話が『流れた』と思われて当然。のっけからそうかまされて完全にパニック状態だった。舌がもつれる。

「な、流れてませんっ！　ちゃんと動いてます、生きてます！」

だからぁ、と吉門はまた溜息を吐《つ》いた。

「そっちの状態の問題じゃねーの。相手に『流れた』って判断されるって話。分かる？」

「あの、今までおもてなし課では特使の皆さんにお配りする名刺の手配を……」

「え、待って、それ何の冗談？」

吉門はもはや失笑の態《てい》である。

「イマドキ名刺なんて個人がネットで千枚頼んでも三、四日で納品する業者が山程いるのに、印刷だけで一ヶ月？　何百人に特使頼んで、何百枚ずつ託す予定なわけ？」

「げ……現時点で受けてくださったのが、吉門さんを最後に七十二人で、お一人につき二百枚ずつ、吉門さんには六百枚で……」

「単純計算で一万五千枚。個人注文だって一週間かかんねーよ、それ。ていうか、そんな枚数で一ヶ月もかけてたら業者生き残れないから」

「それはあの、こちらで稟議《りんぎ》を通したり色々……」

「それはそっちの都合だろ」

「でもあの、実は名刺客の受け入れをしてくれる観光施設との交渉などもあって」

「それもそっちの都合だろ。そういう段階はクリアしてから声かけるのが当たり前。打診からこんだけ間が空いたら、こっちは話が流れたもんだと思うの。それがこっちの時間感覚なの。個人で名刺を千枚単位で注文して、数日で現物受け取れる世間サマの時間感覚。分かる？」

分かる？　そのキーワードは二度目だ。ひどく屈辱的で、しかし反論の余地はない。

「そもそも相手が引き受けてくれたら、すぐ必要物資を送れるくらいまで段取り煮詰めてからアプローチすんのがフツーだろ。仮にアプローチが先走っちゃったとしても、承諾してくれた相手を一ヶ月も説明なしで放置ってさぁ。もうあり得ないから。フツーにあり得ないから」

呆然《ぼうぜん》と話を聞いていた掛水に、吉門は投げやりな口調になった。

「……ここまで話聞いても、何か思うところとか焦るところってないわけ？」

はっと我に返った。

「すっ……すぐ、ほかの特使の方にご説明とお詫《わ》びを……！」

慌てて話を畳みにかかった掛水を、吉門がかったるそうに止めた。

「今さら十分や二十分変わんないよ。俺も一応特使なんだし、そっちの都合で焦って電話切るってのも失礼じゃない？　こっちから掛けてんだよ」

「は、はい、すみません！」

「あんたたちさぁ、時間がタダだと思ってるだろ」

「いえっ……あの、時間に無頓着《むとんちゃく》だったのは本当にこちらの体質の問題で、大変まずかったと思ってます。だから早くほかの特使さんに……」

連絡させてくれよ、頼むから！　内心で焦りが気持ち悪いような渦を巻いたが、吉門は掛水を解放しようとしない。

「蛇口全開で何時間も水出しっぱなしにする並みの無駄遣いした後に一滴二滴を慌てて惜しむような真似してもさ。蛇口全開ですよって指摘したの俺なんだし、最後まで話聞いとけば？」

「は、はい……」

「あのさ、あんたがいるその建物の中じゃどうか知らないけど、その外じゃ時間って一番高い商品なんだよね」

「は、はい、それはもう充分……」

すかさず吉門が「分かってないよ」と釘《くぎ》を刺した。

「あんた、まだ全然分かってないじゃん？　あっさり分かったような振りすんなよ」

掛水が不服に思ったタイミングを読んだように吉門は続けた。

「俺が今あんたに、つーか、おもてなし課に時間を遣ってるって分かってないだろ？　こんなこと言いたかないけど言わなきゃ気づいてもらえないから自分で言うよ、無料奉仕だぜコレ」

ガツンと頭を殴られたような気分になった。

「具体的にあんたたちがこの一ヶ月で損したことを教えてやるよ。俺、特使の依頼を受けた頃に新刊出たんだよね。知ってた？」

「いえ……不勉強ながら」

「うん、まあいいんだけどね。相手の仕事状況とかプロフィールとか調べずにアプローチしてきたって」

吉門は本当にどうでもよさそうな口調だったが、それだけに掛水には刺さった。相手の状況も調べずに、ただ高知出身の著名人というだけで絨毯爆撃していたことの失礼さを今更のように思い知る。

「で、幸いなこと俺は今のところそこそこ旬な作家らしくて、新刊が出た直後のタイミングってけっこう取材されることが多いんだよね。今回は新聞が全国紙地方紙合わせて四紙、雑誌が五誌か六誌はあったかなぁ……」

ま、正確なとこはいいや、と吉門は思い出す風情をさっさとやめた。

「この一ヶ月でそんだけ取材があったわけ。そんでさぁ、もし特使依頼受けて一週間、せめて十日の間に特使の名刺があったらどうだったと思う？」

首が竦《すく》んだ。――やってしまった、という思いが竦ませた。

「俺が付き合ってる出版社の他にも、けっこうな数のマスコミにおもてなし課の披露ができたよな。どんだけ実際の効果が出るかは分かんないけど、少なくとも俺はその時期はあんたたちの臨時広報官になれたわけ。取材ってけっこうインタビューの前後に雑談挟まるしさ」

「すみません……」

「謝ることないよ。別に俺が損したわけじゃないし。損したかもしれないのはあんたら」

損したかも、なんて。

とんだご謙遜《けんそん》だ。大損だ。

「名刺ってさ、何で名刺なのか知ってる？」

吉門は不意に話題を変えた。

「名前のとおりだよ」

「名前のとおり……？」

「名を刺すって書くだろ？　ここぞってとき、狙った相手に自分の名前を確実に刺す。相手の意識に。そのための道具なんだよ」

でもその道具が来てなきゃどうにもなんない、と吉門はまたどうでもよさそうに呟いた。

名刺交換はもう手癖になっている。しかし、その本質を自覚しながら名刺を配っている職員は県庁の中に何人いるだろう。少なくとも掛水は虚を衝《つ》かれた。

特使に名刺を配ってもらうということはそういうことだ。その人の知名度を借りて、高知県という名を相手に刺してもらうのだ。

だとすればおもてなし課は吉門一人で一体どれほどのものを浪費してしまったのか。そして、ほかの特使も含めたらこの一ヶ月で取りこぼしたかもしれないものは。

「新聞なんかはさ、半年や一年でも『この前』扱いなんだよな。だから、次に本出したときは今回取材してくれたところは相手にしてくれない。『この前』取り上げたばっかりだから。本の紹介くらいはしてくれてもインタビューはないな」

そんな事情も初めて知る。

「で、新聞社ってやっぱり、会う相手は自分で選ぶから。こっちから会うのは難しいんだよね。まあ、俺の旬もいつまで続くか分かんないし。旬が続いてるうちに、協力できることがあればしてあげたかったけど、こればっかりはね。今回みたいなタイミングがまたあるかどうかっていうのはちょっと分かんない」

次の本が出るときは旬が過ぎてるかもしれないし、と吉門は自嘲《じちょう》するように笑った。

「だからこのタイミングを巧《うま》く遣ってほしかったんだけどね」

すみません、と言うと不安定な職業で食っている吉門に失礼なような気がして、掛水があわあわ返事を探しているうちに、

「じゃ、そんなところで」

吉門はあっさりと電話を切った。相変わらず、自分の意見がおもてなし課でどう扱われるかは興味がなさそうな言いっぱなしの電話だった。


下元課長に吉門との電話内容を報告し、臨時の会議を設けてもらった。

議題は時間感覚の見直しについて。

課員の反応は薄かった。掛水が苛立つほどに。

「そらぁ、吉門さんがせっかちなだけやないがか」

「ほかの特使からは別に何にも言われてないで」

「でも！」

掛水は思わず声を大きくした。

「僕らがのんびり準備しゆううちに、実際それだけのチャンスを逃がしたがですよ！」

新聞四紙に雑誌が五、六誌。しかも全国版の割合が多い。

おもてなし課が話を聞いてくれと言ってもなかなか届かない媒体へ、吉門なら雑談のついでに「名を刺せた」のだ。

実は今、高知県の観光特使をやっていて。もしかしたらそれは、記事の中に混ぜてもらえる可能性さえあったかもしれない。

「まあとにかく、特使の一人から話が潰《つぶ》れたと思われちょったことは事実や」

下元課長がそうまとめた。

「ほかの特使さんらぁにも念のために説明やお詫びをしちょくのがえいろう」

その結果が出るだけで一時間。蛇口からは水が垂れ流しだ。

同僚たちが流れ作業的に仕事を始める中、掛水はシャカリキに電話を掛け、メールを打った。対応の遅れを詫びて、近日中に特使用の物品を届ける旨を伝える。

その結果、吉門と同じように「話が流れた」と思っていた特使、それどころか話自体を忘れかけていた特使さえいた。打診から二ヶ月近くが経過している相手もいたのだから当然だ。

これがその建物の外の時間感覚。

吉門の声が耳元で蘇《よみがえ》るようだった。


「掛水、飲みに行くで！」

その日の退庁時、近森が声をかけてきた。掛水が当然来ると決めつけている調子だ。

「今日はちょっとやめちょきますわ」

「何な、付き合いが悪いにゃあ。今日はよその部署の女子も来るに」

「すみません、今月金欠で」

「そんなことやきカノジョができんがぞ、見映えはそう悪くないに」

余計なお世話である。そういうあんたはしょっちゅう飲み会行くけどカノジョがいるのかよ、という突っ込みは飲み込んだ。

酒豪が多い土地柄のためか、高知では何かと飲み会が多い。飲めて当然という雰囲気があるので、下戸には辛《つら》いところだ。掛水もあまり強くなく、割り勘負けするばかりなので実は飲み会が苦手である。もっとも、空気が読めないと思われるのは嫌なので普段ならできるだけ参加するが。

巧く誘いを流した掛水は庁舎を出た。自転車置き場に向かい、自分の自転車を引き出す。

「あっ！」

ハンドルを引っかけた、と思った瞬間、止める間もなく自転車が将棋倒しになった。

うわぁ、とげんなりしてその場に立ち尽くす。しかし、そうしていても自転車の列が元に戻るわけもない。

掛水は自転車のスタンドを立て、やれやれと自転車を起こす作業に取りかかった。

倒れた十数台の自転車の最後を起こしたときだ。

「あの、それ私のなんですけど……」

怪訝そうな声に振り向くと、ジーンズ姿の若い女の子が立っていた。後ろでくるりとお団子にした髪が爽《さわ》やかな印象だ。

「似たのと間違ってません？」

一瞬見とれた掛水は、はっと我に返った。

「ごめん、今将棋倒しにしちゃって……起こしてたとこ」

何だ、と彼女が笑う。自転車を返そうとしたとき、カゴが大きく歪《ゆが》んでいるのに気がついた。

一番下になっていたのでダメージが大きかったらしい。

「ご、ごめん！」

今度は本格的に泡を食った。

「カゴ歪んじゃった！　修理……」

「あ、えいですよ。元々年季が入っちょったき。これくらい……」

言いつつ彼女はカゴをぐいっと手で戻した。「ほら直った」直ったと言うには不格好だったが、彼女は構わず鍵《かぎ》を差した。

お先です、と自転車を漕《こ》ぎ出した彼女に、掛水ははっとして声をかけた。

「ごめんなー！」

ちりりん、と軽く鳴らしたベルと一緒に振り向き加減の会釈。

少し和んで掛水は自分の自転車を引き出した。


自宅は県庁から自転車で十分程のワンルームマンションだ。実家は通勤に時間がかかるので県外の大学から県庁にUターン就職したとき部屋を借りた。

帰宅途中にコンビニに寄り、カップラーメンやおにぎりを適当に買い込む。できるだけ自炊をするようにはしているが、今日はその気力がなかった。

部屋に入るといきなり雑然とした「独身男」感が出迎える。カーテンレールに吊《つ》りっぱなしのピンチハンガーがいかにも侘《わ》びしく、とっちらかった室内から目を背けたくなる。

カノジョでもいたら少しはまめに片付けをする気も起こるだろうか、と別れ際の近森の言葉を埒《らち》もなく思い出した。ヤカンを火にかけながらカップラーメンの封を切る。

「それにしてもあの人らぁは……」

呟きの後半は飲み込む。――よく飲み会なんかする気分になるなぁ、こんなときに。

吉門に時間感覚のなさを指摘されたのは、たった数時間前である。掛水はとてもそんな気分になれなかった。飲み会のメンツは別に酒で憂さ晴らしという感じでもなく、ただ単に定時でチャンネルを切り替えただけのように見えた。

こんなにへこんでいるのは自分だけだろうか。依頼を忘れていた特使さえいたということが、そして吉門の持っていた「機会」を逃したことが心に重くのしかかる。

吉門さんは機会を俺たちにくれようとしていたのに。

同僚にまったくこたえた様子の見えないことが漠然とした焦りを煽《あお》る。課長の下元ですら、あまり深刻には受け止めていないようだった。

水を出しっぱなしの蛇口はまだ締まっていないような気がした。――いろんな意味で。

だが、だからといって今すぐ何かをどうにかできるようなことは思い浮かばない。

三分経ったカップラーメンをすすりながら掛水の肩は落ちた。

＊

　そして、特使名刺を一斉に発送し終えた頃である。

「掛水くん、吉門さんから電話ー」

　年上の職員から電話を取り次がれた。

　吉門の名前で心臓が跳ねる。吉門とはまだ数回しか電話をしていない、しかしそのすべてが返す言葉もない痛い指摘だったので気持ちが怯《ひる》む。

　それは吉門の発想と分かりにくい熱意に一目置いているのとは別の問題だ。

「お電話替わりました、掛水です」

「あのさぁ」

　吉門は相変わらず眠そうな声だった。

「今日、そっちから名刺が届いたんだけどさぁ」

「あ、はい。吉門さんは五、六箱とのご希望でしたので、六箱送らせていただきました。それから、駅と空港のインフォメーションコーナーに特使名刺を置いてもらうアイデアもお陰様で実現しました」

「いや、それはいいんだけど。この名刺ってちょっと……」

　駄目出しが来そうな気配に掛水はうろたえた。何だろう、何か不備があっただろうか。

「年度末になったら絶対ほかの特使から苦情が来るよ」

　思いも寄らぬ指摘が来た。しかもその根拠が分からない。

「あの、どうして……」

「それは自分で考えなよ。苦情が来るまでに分かんなかったら、やっぱりあんたら『お役所』だよ。名前貸した人たち、俺も含めてがっかりさせないでくれよな」

「すみません、どういうことか教えていただけないでしょうか！」

情けない、と思いつつも食い下がる。吉門は自分たちの持っていないカードを持っている。それを少しでも見せてもらえるなら。

「……あのさぁ」

あのさぁ。もう聞き慣れた、たった数回の電話で聞き慣れた吉門の口癖。

「俺も一応本業があって、それなりに忙しいわけ。あんたたちに手取り足取り付き合ってたらキリがないんだ。だから、自分の頭使ってくれよ。ついてんだろ、自前のがさ。それとも俺のこと丸抱えにして雇う？　俺の昨年度分の収入で取り敢えず一年間は手ェ打ってもいいよ」

無茶な提案と同時に、吉門は掛水に深刻な命題を突きつけている。

おもてなし課は他人を当てにしないと仕事ができないのか、と。そんなことでおもてなし課はおもてなし課たり得ることができるのか、と。

おもてなし課は観光発展の任を果たす能力があるのか、と。

「ヒントだけでも……！」

吉門は溜息を吐《つ》いた。その息が語っている。曰く、――処置なし。

だが吉門は何だかんだと言いつつ電話を切らない。

掛水はその分かりにくい情――おそらく故郷への愛着――にすがるしかない。

「お願いします……何とか」

吉門はもう一発無気力な溜息を放ち、それから口を開いた。

「あんたたちに決定的に欠けてて、客を獲《と》ろうとするなら絶対に必要なものがある」

「それは……」

「民間感覚だ。あんたたち、自分の都合しか見えてないんだよ」

言うなり吉門は電話をガチャリと切った。


「民間感覚らぁて、そんなもんが必要なことくらいは分かっちゅうわや！」

近森を始め、吉門に反感を持っている若い職員たちが気炎を揚げた。

「吉門は俺らをバカにしゆうがか！」

「けどっ……」

掛水は懸命にその流れに反駁《はんばく》した。

「俺たちはそれを持っちゅうと言えますか？　民間感覚って言われてそれがどういうことかってすぐに答えられますか？　俺はよう答えません。具体的に民間感覚ゆうがどういうもんか俺ははっきり言えません。卒業してそのまま県庁に入ったき、県庁の常識しか知りません」

「何な、お前はおもてなし課をバカにしゆう吉門を味方するがか！」

「敵とか味方やないでしょう、吉門さんは特使ですよ！」

「頼まんかったらよかったわや、そんな奴に！」

いつもなら適当に折れて丸く収める。誰かと口論するなんて掛水の性に合わない。だが。今は折れたくなかった。職場で初めて我を張ったかもしれない。自分で自分が意外だった。

これほど吉門の肩を持とうとしていることが意外だった。

「ちょっと落ち着け、お前ら」

待ったをかけたのは下元課長である。

「とにかく特使を引き受けてくれて意見も一番くれゆう人や。頼んじょいて陰でぐじゃぐじゃ文句を言うらぁ男らしゅうないろう」

高知の男はこの『男らしくない』というワードに弱い。不満を含みつつも場が収まる。

「今さらの指摘かもしれんが、役所に民間感覚が欠けちゅうがもほんまのことや。それは返す言葉がないろう。駅と空港に名刺を置くがも、吉門さんのアイデアや。おもてなし課が考えたことやない」

特使に名刺を発送するのに先駆けて開始したそのサービスで、特使名刺――すなわち、観光名所無料クーポンはそこそこ捌けているらしい。そして無料対象とした十箇所の観光施設での名刺利用率もかなりいい。

「民間感覚ゆうがは要するに……」

近森がまだ不満そうに唇を尖らせながら口を開いた。

「コストの問題でしょう。余計な金をかけるなと言いたいがやないですか」

議場に納得の雰囲気が流れたが、掛水は首を傾げた。

吉門の言った民間感覚とはそれだけのことだろうか。

「あの……」

思い切って発言してみる。

「民間感覚って、コストだけの問題でしょうか」

「ほかに何があるがな」

訊き返されて掛水は言葉に詰まった。

「いや、俺も分からんがですけど……民間感覚イコール経費削減って、ちょっと短絡的な気がして……」

そこまで呟いて、同僚たちが苦い表情をしていることに気づく。慌てて言い訳に走った。

「いや、あの！　コストの問題って役所でも俺が入った頃からすごい言われゆうことやし！　それはもう役所でも常識っていうか！　やき、ほかに何かあるがやないろうかって」

「しつこく言われゆうことは言われゆうけんど、まだ身についてないという指摘やないか？」

年上の職員が掛水のフォローも兼ねてか、のんびりした口調でそう言った。

「そう……でしょうか」

掛水にはまだ納得がいかなかった。吉門が敢えて言った『民間感覚』。

既に行政改革で言い古された言葉だ。それを今さら吉門が口にした意味とは。吉門と直接話をしているのは掛水しかいない。吉門――もしかするとそれは吉門に限らない『民間』の人間なら皆そうかもしれないが、とにかくその指摘に甘さは一片たりともない。

その彼が言った『民間感覚』とは、お役所体質ずぶずぶで来た自分たちがこれほどあっさりと結論を出せるほど浅いものなのだろうか。

だが、一度フォローを入れてもらって収まった話を再び蒸し返すことはできなかった。自分の立場も悪くなるし、フォローしてくれた職員の面目も潰してしまう。

結局掛水はその場は逃げた。吉門が残したもう一つの謎かけに話を振ったのである。

「年度末に名刺の件で特使から必ず苦情が来る、と吉門さんが言うたのは……どういうことやと思いますか」

名刺の見本を出してきて、職員総出で表も裏も舐《な》めるようにチェックした。

表はフルカラーで『高知県 観光特使』の肩書きと特使の名前。余白に県の名物や観光名所の写真を入れ、『ようこそ高知へ』と抜かりなく挨拶《あいさつ》文も。

裏はモノクロで無料クーポンだ。対象の観光施設を紹介がてら写真で十個の枠に入れ、利用の説明と有効期限が書いてある。

「別段おかしいところがあるとも思えんがにゃあ」

説明文は何度も推敲《すいこう》した。特使から渡してもらうのだから、説明に不備があったり渡す相手に失礼な文言になっていたりしたら大変だ。

「客に親切やない、ということやないか？」

誰かがそう言い出した。

「施設の名前は書いちゅうけど、場所や連絡先が載っちょらんき……」

「でも、こんな小さな名刺にそんな情報まで詰め込んだら逆に字が小そうなって見づらいろう。どこも調べればすぐ分かるところやし」

「いや、そのすぐ分かるろうという態度がようないがやないか」

「対象施設のミニパンフレットを作るとか……」

「それを特使にいちいち持ち歩いてもらうがか！　名刺やき気がついたとき手軽に持ち歩いてもらえるろう、という話やのにそんなもんまで配ってくれらぁて頼めるかや！」

これといった決め手に欠けたまま、その会議では特使名刺のマイナーチェンジが決まった。

表のフルカラーを多色刷りにしてコストを下げること。そして各観光施設の電話番号を入れること。もし行き方が分からなくても、施設に直接電話して訊けるようにという配慮だ。

だが、何か違っているような気がする、滑っているような気がする——掛水の胸は騒いだが、自分でも解答が見つからない不安感のために発言することはできなかった。

＊

やがて、年度末——吉門が予言していた年度末が迫ってきた。

「特使の方からまた苦情です！」

「メールのほうにもまた来ました！」

おもてなし課には、一年で百人以上に増やした観光特使たちから、特使名刺に関する苦情が殺到していた。

苦情は一点に集中している。

『何故、名刺に有効期限があるのか』

期限は発行年の年度末まで、というルールを作ってあったのだが、その有効期限自体が特使の不興を買ったらしい。

・名刺はまだまだ残っているのに期限が迫ってきたから配るに配れない。
・立派な名刺なのにこのままゴミにするしかないなんてもったいない。
・そもそもどうして有効期限など設定したのか。
・有効期限があるせいで年末辺りから非常に配りにくくなった。
・年度末をまたがる日程で高知に来る観光客の存在は考えたのか。
・残った名刺は処分していいのか、それともおもてなし課に送り返すのか。
・まさか有効期限があるなんて思わなかった、客に指摘されて面目ない思いをした。

特使のほとんどが有効期限の存在に気づいておらず、また、気づいていてもその期限が実際に迫ってくるまで名刺が配りにくくなるという事実には思いが及ばなかったということらしい。

そして、おもてなし課として最も痛かったのは——

『有効期限があるなら何故最初に教えてくれなかったのか』という意見だ。

名刺に刷ってあるのだから見れば分かるだろう、然様《さよう》に処置してくれるだろう。お役所的な、いかにもお役所的な不親切さの非が鳴らされた。

自分で利用しない、渡す相手に利用してもらうことが前提の名刺だ。客が不自由なく使える要件は調っていて当然と特使たちは思っており、必然的に細かいところまでは確認していない。

そんな重大な穴があることを知らされなかった不服を訴えた。

「そんなもの見れば分かるじゃないですか」

うっかりそんなことを口走り、特使を激怒させた職員もいた。慌てて課長直々に謝罪したが時遅く、その特使は激怒したまま特使を辞めた。

有効期限を特使側で塗り潰したものを無期限扱いで取り扱ってくれるなら引き続き配ってもいい、との申し出もあった。たいへん親切な提案だったと言える。

しかし、おもてなし課はそれにも即応できなかった。有効期限の撤廃、その決定を下すことができなかった。

有効期限は一度決めた特使制度のルールだ。それを一課の立場から即断で廃止するなど。

おもてなし課はがんじがらめになっていた。

そして、――掛水は初めて、自発的な意志で吉門に電話を掛けた。

「はい、吉門です」

数ヶ月ぶりで聞く吉門の声は、相変わらず気怠《けだる》げで眠たげだった。

「……もしもし、こちら高知県観光部おもてなし課の掛水です」

「ああ、はい」

掛水のことは覚えていたらしい。

「何か？」

今までも、かったるそうな声でいいだけ滅多打ちだった。その記憶を踏まえてこれは、この報告は、敗北宣言にも等しい。

「以前、吉門さんにご指摘いただいた……特使名刺に関する苦情なんですが」

吉門はややあって「ああ」と答えた。その指摘は指摘した時点で既に終わった案件になっていたのだろう。思い出すような間合いだった。

「今、正に特使さんから苦情が相次いでおりまして」

「へえ、結局そうなったんだ」

揶揄《やゆ》するでも皮肉るでもなく、ただ事実を事実として聞いた平淡な声。――それは「だから言っただろ」などと勝ち誇られるよりも痛かった。

「理由、分かった？」

「……分かりました」

端的な確認は、吉門がその案件を思い出して応対を始めたしるしだ。

きっと今回も痛烈な指摘を受ける。だが、そのことに不思議と安堵《あんど》した。

誰もおもてなし課に対して、吉門ほど率直であけすけな指摘はしない。吉門のおもてなし課への対応は一般的には踏み込みすぎているし無礼とさえ言える。

しかし、おもてなし課にはそれが必要だ。

「吉門さんのほうでは何か不都合はございませんでしたか」

「いや？　俺はもらった時点で担当編集に箱ごと渡して『期限があるから使いにくいでしょうけど、まあ使えるようならどなたでも』っつって後は放置だから。その後名刺がどういう扱い受けてるかまでは知ったこっちゃないし」

広報がてらマスコミ関係者に絨毯爆撃で撒く。それは吉門が最初から宣言していたことで、吉門は実際そのとおりにしたのだ。「放置」という言葉が耳に引っかかろうと、それは文句を言える筋合いではない。

「で、感想は？」

「……有効期限がこれほど不自由がられるとは思ってもみませんでした」

観光施設の連絡先と案だけで終わったミニパンフレット。おもてなし課の配慮はまるっきり明後日《あさって》だった。

「大勢の特使にお叱りを受けました。期限が切れた名刺をどうしたらいいかという問い合わせも入っています。送り返すのか処分するのかと」

「あ、俺送り返せないよ。配ったときに期限切れたら捨ててくれって言っちゃったし」

その判断の速さも『県庁の外』の時間感覚なのか。

「はい、それは結構です」

「で？」

訊かれて掛水はぽかんと口を開いた。で？　――って、何が？

「こんだけ特使から不評だった有効期限について、おもてなし課はどう結論を出したの？」

何か答えようとして、しかし答えられるだけの個人的意見も話し合いの結果もまだないので、掛水は舌をもつれさせた。

「毎年の年度末にこういうこと繰り返すわけ？　特使が各自どれくらい名刺を配る機会があるか分からないのに見当で名刺預けて、期限が切れるごとに送り返させて新しい名刺送って？　名刺作るのもタダじゃないのに？　いい加減うんざりする人も出てくるんじゃないの？　去年渡した人にも今年会ったらまた渡さなきゃいけない。期限があるなら名刺にはもう協力したくないってなるかもしんないよ？」

実際、そうした意見は既に何人かの特使から出てきている。

せっかく配った名刺が毎年リセットされる。有効期限がある名刺の配布をどのタイミングでやめるか判断せねばならない。どちらも無償協力の特使に余計な手間を強いている。

「有効期限を取っ払うだけで、そうした煩わしいことは全部消えてなくなるんだけどね。特使はずっと名刺を預かっといて、なくなるまで配ることに専念してりゃいい。客もいざもらった名刺を使ってみようとしたら期限切れでがっかり、なんてこともない」

おもてなし課がまだ有効期限を廃止するって決定をしてないなら、と吉門は前置いた。

「なんでこんな合理的でカンタンな結論に至ってないのか、俺としてはおもてなし課の考えが全然理解できないんだけど」

掛水はようやく特使の一人からの意見を引いた。

「有効期限を特使が塗り潰したものを無期限扱いにしてくれるなら、引き続いて預かった名刺を配ってもいいって仰《おっしゃ》る特使がいたんですけど……」

「めっちゃクレバーじゃん、その意見。俺ならそんな手間まっぴらごめんだけど、すげー親切な人だね」

「そ、そうなんです。手間なんです。だからご厚意に甘えるわけにはいきませんし、有効期限を廃止するのは色々問題がありまして」

「問題って何」

途端に吉門が胡散《うさん》臭そうな声になる。内心冷や汗をかきながら掛水は答えた。

「それはその、いろんな部署が複雑に絡み合った問題で……」

「何、タテ割り・縄張りでぐじゃぐじゃ揉《も》めてんの？」

「いえっ……」

それもあるにはありますが、と小声で付け加える。県庁で何かを実行しようとするといくつもの部署から承認を得なければならないので、決裁に時間がかかるのは事実である。

「各観光施設との折衝が……」

「は？　何なそらぁ」

よほど虚を衝かれたのか、今までの電話はすっかり都会のイントネーションだった吉門から初めて土佐《とさ》弁が出た。

「観光施設とはもう協力体制できてんだろ？　今さら何を折衝することがあるんだよ」

「いえ、それが……もともと、名刺に有効期限を設ける条件で特使名刺による観光客受け入れを承諾している施設がほとんどで……」

「……何で？」

吉門は心底怪訝そうな口調になった。

「有効期限があるとないとで何が変わるの？」

「その……施設側としては、名刺を無期限にされることによる収入の減少が心配なようで」

掛水の説明に吉門は答えなかった。盲点を衝かれたのか、それとも――吉門の発想がどこへ飛ぶのか掛水には未《いま》だに読めない。

説明は恐る恐る続いた。

「ですから、ひとまずは有効期限を設けることで懐柔……というと言葉が悪いんですが、施設側の不安感を取り除く交渉をしたんです。実際、特使名刺はこちらが思っていた以上の効果を上げておりまして……施設によっては特使名刺で昨年度より収入が減ったという訴えもあり、有効期限の撤廃にはかなりの反発が予想されます」

「バカか、あんたらは」

掛水はヒッと首を竦めた。吉門は怒鳴っていない。声を荒げてもいない。しかし、ただ電話口で声を大きくしただけのその無感情な台詞《せりふ》は、土佐のいごっそうに凄《すご》まれるより恐かった。

「有効期限を設定したところでどうせ翌年も新しい期限の名刺を配るんだろ。それなら無期限と一緒だよ、特使とあんたらが名刺の交換やら何やらで無駄な手間と時間とコストを食うだけだ。そもそもおもてなし課は観光発展ってどういうことだと思ってんの？」

　とっさに答えられない掛水に吉門は言い募った。

「外野の俺でも分かるぞ。『外貨』を稼ぐことだろ」

「が……外貨というのは、」

「県外から入ってくる金だよ。県内で回ってる金じゃない、県外客が落としていく金だ。観光で『外貨』を稼ぐこと、それが観光発展の最終的な目的のはずだ。違う？」

　吉門がまとめると、おもてなし課——いや、県観光の最終目標は何とクリアになるのだろう。

「特使名刺でタダになる観光施設なんかほとんど公のもんだろ。完全個人運営のところなんかリストアップされてないはずだ。だから料金も大して高くない。なぁ、分かる？　観光で取るべき外貨は施設の入場料なんてしょぼいもんじゃない」

　観光施設なんてただの撒《ま》き餌《え》だ、と吉門は明快に言い切った。

「宿泊、食事、土産、高速代やガス代含めた交通費。そっちの収入のほうがよっぽどでかいんだ。特に民間に金を落とさせることが大事だろ。観光施設の入場料をがめつく取るより、二次収入のほうがずっと重要だ。観光施設なんてもんは、県外客に『外貨』を落としてもらう見せゴマ扱いで大盤振舞するべきなんだよ。観光施設でがめつく金を取ったら客は財布の紐《ひも》を固くする。民間に落とす金を節約して調節する。考えりゃ分かるだろ」

　吉門のざっくりした指摘は、要するに県政と民間の乖離《かいり》だ。県は県の収支しか考えていない。

「そんで、行政がそうやってせこく儲《もう》けたところで、高知の経済は活性化するわけ？　しないだろ？　経済の活性化は民間からだよな。県はそのサポート役であるべきだ。おもてなし課の使命が観光発展なら、おもてなし課は民間の裏方に回る、くらいの意識でいればいいんだよ。外貨を受け取るのは民間でいいんだ、あんたらは民間から税収で投資を回収すればいい」

外野の俺でも分かるぞ。——事実、外野の人間で、おもてなし課の業務に毎日関わっているわけではない。観光の専門家でもない。それなのに掛水の情報から即興でここまでの論を展開できる吉門に、掛水が異論など唱えられようはずもなかった。

「あんたら最初からつまずいてるんだよ。タテ割りだから、観光施設も建前上は独立採算制で運営してるんだろうさ。でも、結局運営の大本が県であることに変わりはない。なら、名刺の入場者分の料金は県が補塡《ほてん》する体制まで整えて特使制度と特使名刺を発足させるべきだったんだよ。そしたらそんなグダグダなことにはならなかった」

「でもあの……特使には無料奉仕をお願いしているのに、施設のほうは補償するとなったら、特使に不公平ではないかと」

「問題の性質が違うだろ。特使はボランティアが大前提で話を受け入れてるんだ。施設は違う。それに特使は身銭を切るわけじゃない。必要経費は県持ちだ。入場料も必要経費だろ」

悪あがきは瞬殺だった。

入場料の補償は予算体制を整えるのがややこしい。おもてなし課は自分たちの楽に流れた。特使名刺分の入場料は県で補償する。だから、心置きなく客を入れてくれ。客を呼ぶための努力をしてくれ。

そう切り出せる状態で始めていたら、観光施設のモチベーションも今とまったく違っていただろう。

そしてその成果は必ず観光施設周辺の民間観光業に還元されていたはずなのだ。

誰一人そんなことに気づかなかった。吉門はきっと今、立て板に水と述べた理屈を日頃から練っていたわけではないだろう。

「一つお伺いしたいことがあります」

掛水は相当な勇気を振り絞って、自分から切り出した。そもそも吉門の知恵を借りるために電話したのだ。

「ご指摘、すべて耳に痛かったです。これらのご意見は、吉門さんだから出せる意見ですか？それとも……」

掛水は口籠《くちご》もったが、吉門は質問の意図を汲《く》んだらしい。だが、返事は直截《ちょくさい》ではなかった。

あのさぁ、と今回の電話では初めて出た吉門の口癖。

「俺、実は割とちょくちょく高知に帰ってるんだよね。やっぱりそっちに友達とかいるからさ。何しろこんな職業だから、ノーパソ一台と携帯電話があったらどこでも仕事できるし」

そんで、と吉門は話を続けた。

「特使を受けた頃にも一回帰った。近況報告でそのことも話したり」

掛水の心臓が落ち着かなく騒ぎはじめる。

「県民の皆様の率直なご意見ってやつ、聞きたい？」

その前置きで分かる。相当な苦言が来るであろうことが。

だが、——ここで逃げてどうなる。

「聞かせてください」

掛水のココロの準備を気遣ったのか、吉門の次の発言までは少し間が空いた。

「何を狙いゆうか、さっぱり分からん。観光客を呼ぶには効率が悪いがやないか。県庁が内輪受けで自己満足しゆうだけとしか思えん」

最小限に絞り込んだ言葉だろう。だがそれで充分だった。

充分に打ちのめされた。

その場で「お役所仕事やにゃあ」といいだけ腐されたであろうことは存分に想像できた。

吉門のように即興であれだけ理屈を畳みかける技術があるかどうか、そこまでは分からない。

しかし吉門が取り立てて秀でているのではなく、『民間』の人間は特使制度の話を聞いて即座に「効率が悪い」「県庁の自己満足」と判定できる感覚があるのだ。

それが『民間感覚』だ。——『要するにコストの問題』などという単純なことではなかった。

『民間』の意識はもっとずっと複合的に先を行っている。

無名の一市民である吉門の友人たちがすぐさま特使制度の穴を指摘できるほどに。

「……お願いします。何かアドバイスをいただけませんか」

「俺を雇う算段はついたわけ？」

からかうような吉門の声音に、掛水は生真面目に「いいえ」と答えた。

吉門はこれまで最もおもてなし課に厳しい特使だった。それは郷里への愛着があるからこそだ。同僚たちが怒るほどの手厳しい言葉は、彼の愛する故郷を預かる行政の不甲斐《ふがい》なさを糾弾する言葉でもあった。

掛水は吉門のその愛着にすがるしかない。——今までも、そしてこれからも。

「甘ったれていることは重々承知です。無料奉仕でお願いします」

へえ、と吉門は感心したように呟いた。

「この一年ではっきり分かりました。私どもは県庁の人間です。吉門さんのご指摘くださった『民間感覚』を一朝一夕に持つことはできません。吉門さんが今までにくださった苦言も全く活かせませんでした。——こんな情けない『おもてなし課』が、有名無実にならなくて済むご助言を何とかいただけないでしょうか」

「課に一人、外部の人間をスタッフとして入れろ」

吉門は即答だった。

「まず公務員じゃないのが絶対条件。そんでフットワークが軽くて、学歴なくてもいいから気が利く奴。むしろ変に学歴のプライドとかない奴のほうがいい。そしてできれば若い女」

「え、最後の条件はどうして……」

「基本的に女は旅行が好きで、しかもロケーションにこだわる。財布の紐も固い。だから女性のテストユーザーが頷いたらその企画は勝ったも同然」

特に若い女性は各種条件へのチェックが一番厳しい。だからアドバイザーに適任だ、と吉門は語った。

「そんで、そのスタッフの意見はどんな細かいことでも絶対軽視しないこと」

「あの、その場合、男性客へのフォローは……」

「女が取れたら、男は勝手についてくるよ。カレシとか旦那《だんな》とか。ファミリー層なら子供までね」

家庭でも財布の紐握ってるのは奥さんが多いだろ、と続けられてやっと納得した。

「そんで、快適性や利便性について一番厳しいチェックをクリアしたら、それがイヤだって客はまずいない。だから若い女性が必要なんだ」

「おもてなし課にも女性職員はいますが……」

「公務員じゃないのが絶対条件だっつったろ。県庁の人間は県庁ルールに日和《ひよ》る」

つまり民間から女性スタッフを雇え——ということか？　許可が下りるかなぁ、と掛水は話を通さねばならないルートを数えて浮かない顔をした。電話で顔は見えない、これくらいなら許してもらえるだろう。

「それから……」

今まで言葉にまったく迷いのなかった吉門が、少し言《い》い淀《よど》む気配を見せた。その様子に逆に釣り込まれる。

「おもてなし課にガッツがあるなら、『パンダ誘致論』をちょっと調べてみたら？　古い職員を当たれば出てくるはずだ」

パンダ誘致論。何だそれは。

「えと……何ですか、それ」

「俺は調べてみたらって言ったんだけど？」

吉門の声が微妙に不機嫌そうになる。

「初っ端《しょぱな》から人を当てにしてるようじゃ無駄だ、これは忘れて」

「すみません、調べます！」

焦って食い下がると、吉門はまた彼らしくない迷いを含んだ口調になった。

「もし県庁が『パンダ誘致論』を唱えた男を捜し出して丸抱えできる度量があるなら、だけど——その男はちまちましたテコ入れとはスケールの違う観光構想を持ってるはずだ」

思わせぶりな発言を最後に、吉門は電話を切った。

＊

既に特使からの苦情や指摘を散々受けた後である。

この状況を特使就任とほとんど同時に予告していた吉門の意見は、さすがにもう何の反発もなく受け入れられた。受け入れるしかなかった、ともいう。

特使名刺の有効期限撤廃——それが最善策であることは全員が認めた。

「確かに期限設定なんか、無意味ゆうたら無意味やきにゃあ」

有効期限を区切ったところで、次年度にはまた新しい期限の名刺を配布するのである。期限を切ることに実質的な意味はない。特使に無駄な負担をかけ、おもてなし課もせっかく残っている名刺を活用できずに余計なコストを重ねるだけである。

「けど、たかが名刺の刷り直しくらいは必要経費やないろうか」

その意見に掛水はほとんど反射で嚙みついていた。

「それ、県民の前で言えますか」

引くな、今度こそ。無難に丸く収めている場合じゃない。

吉門は辛辣《しんらつ》な意見を放ち続けて、しかし掛水を一度も見放さなかった。

「県民は行政に厳しい目を向けています。そうじゃなくても破綻《はたん》した行政が実際に出はじめたときに、俺らが県庁の中でこれっぱあ必要経費や、些細《ささい》な無駄やって言いゆうと分かったら、県民はどう思いますか。おもてなし課らぁて結局自己満足の予算の無駄遣いやって言われますよ」

「おぉの恐い、意見としてちょっと言うただけやろうが。県民の前で言うたわけじゃないに、そう目を三角にするなや」

口を滑らせた職員に煙たそうな顔をされる。だが、その煙たい顔をした職員も、自覚してはいるのだ。

その意見が到底県民の前で口に出せるようなものではない、と。

なら何故言う。掛水の内心では苛立ちが渦巻いている。

「日頃から思いゆうことはうっかり外で口に出すこともあります。それを県民が聞き咎《とが》めたらどうするがですか。苦情が来るがやったらまだマシです。もしオンブズマンにでも持ち込まれたら言い訳できませんよ」

それを言うと、さすがに全員背筋が寒くなったらしい。

ああ、この想像力の欠如が一番の問題なのだ――。掛水にはようやく分かりはじめていた。

掛水もまだ完全に分かったなどとはとても言えないレベルだが。

「掛水はまるで吉門さんの弟子みたいやにゃあ。言うことがどんどん吉門さんみたいになってきゆう」

近森が露骨な揶揄を籠《こ》めてそう吹いた。負け惜しみであることは分かりやすかったので掛水は怒らなかった。

「弟子にしてもらえるがやったら弟子にしてほしいばぁです。あの人は特使名刺を見ただけで今の状況を予告できるばぁ発想がある人ですよ。あの発想があったらおもてなし課にどればぁ有利か分かりません」

「外野やき勝手なことが言えらぁや」

「外野やのに俺らが全員かかって分からんかったことを色々指摘した人ですよ。それに、これは吉門さんやきという問題やないがです」

これは言わずに済まそうと思っていた。

だが、おもてなし課はあまりに危機感がなさすぎる。その危機感のなさが掛水を苛立たせる。吉門はこういう気分だったのか——と初めて分かった。よく今まで付き合ってくれたと思うほどだ。

とっくに見放されていても不思議はなかった。

「吉門さんの高知のご友人は、吉門さんから特使の話を聞いたときに、即答で『何がやりたいか分からん』『効率が悪い』『県庁の自己満足』とのご意見を仰ったそうです」

吉門は所詮《しょせん》県から出ていった人間だ、今は県民ではない。高知から出ていった奴の言うことなど。

今までそんな差別意識があったことは明らかで、しかし吉門の友人——現在も高知県在住、県庁が意識すべき『県民』からの生の意見はさすがにこたえたらしい。

「これが『民間感覚』です。それとも、吉門の友人の言うことなんかと無視しますか？」

近森ですらどこかを刺されたような表情で俯《うつむ》いた。

「掛水、もうえい。さすがに全員よう分かったろう」

タオルを投げ入れたのは下元である。

「意識をすっと切り替えることは難しいろう。けんど、やれることからやっていかなぁいかん。自分らぁで分からんことは、誰の手でもなりふり構わず借りなぁいかん。おもてなし課がただあるだけ課になったら、自分の将来にも影響すると心得ちょけ」

さすがに下元の切り替えは速い。

「確かに吉門さんが言うとおりや、特使のボランティアと施設の協力は性質が違う。特使名刺で観光施設の収入が減る可能性があるなら、それを施設側で被《かぶ》れというがは確かにおかしな話や。施設側には施設側で運営の不安が常にある。名刺の無料受け入れを頼むがやったら、その分の『損』は県で被るという保証をせなぁいかんかった。これは一言もない」

有効期限で年々無駄にする名刺に比べたら、それこそ施設に対する補償は立派な必要経費だ。金額の多寡の問題ではない。

「特使から批判が殺到しちゅうことも後ろ盾になる。観光施設に対する無料受け入れの県補償は上申じゃ。これは必ず許可を取らなぁいかん。気張るぞ」

この時期、新年度の予算案は既に確定している。観光施設の無料受け入れ補償に予算を取るためには一番早い時期——六月の補正予算に乗せるか、補助金を申請するしかない。

そのうえで各観光施設に改めて無期限名刺の受け入れを打診する。それまで新しい特使名刺の作製は凍結。その事情は特使にも報告することになった。

「この案に対して、賛成意見を表明する署名を特使から募集するがはどうですか。特使の人数は百人以上にまで増えています、しかも著名人ばかりです。特使にそっぽを向かれるがは県もかなり痛いでしょう」

「県の恥にもなりますしね」

「返信封筒をつけて、署名したらえいだけの文書を送りましょう」

「役所は結局のところ書類に弱いきにゃあ」

「メールを持っちゅう人はメールのプリントアウトでもえいことにしましょう。添付ファイルで文書をつけて、それに名前を打ってもらう方式で……とにかく紙がようけあればえいがですき。さすがに特使に向かって手書きやないきいかんらぁて上もよう言わんでしょう」

「有効期限の代わりに、利用を各施設一回限りにしよう。無期限で回数制限なしに入場料を県から補償するとなったら、観光施設と同じ理屈で採択を渋られる。無期限を強調したらケチな感じは出んろう」

「そもそも無料クーポンは期限が切れたら捨てられてしまいますしね」

いざ県庁を攻略するとなると、そこは自分たちのフィールドである。役所の弱点は同じ役所の人間が知り尽くしている。

それまでの立ち回りの重さが嘘のように段取りはスムーズに決まった。

掛水は会議が終わってから下元のデスクへ行った。

議題として提案していたことが二つ出なかったのである。

「課長、女性スタッフと『パンダ誘致論』のことは……」

「その件はちょっと後に回す。人を増やすがは人事に渋られるき、先に俺からちょっと根回しをしちょく。『パンダ誘致論』は、お前が先に調べちょけ。吉門さんのご意見は聞くところはようけあるが、何しろこっちはゆるいお役所体質で今まで来ちゅうもんばっかりじゃ。一回の会議じゃとても全部は議題に上げきらん。今日は他の特使の苦情らぁも盾にして、課のあり方に疑問を持たせるが精一杯やったろう」

お前も自分が吉門さんの担当やなかったら、近森らぁみたいに思いゆうところぞ、と下元は直截にそう言った。

「やき、あんまりキリキリして近森らぁを責めるな。うっかりすると虎の威を借るようなことを言いよるぞ、お前は。他の奴らは、俺も含めて吉門さんの話を直接聞ける機会がないことを忘れるな。吉門さんはもうお前を自分用の窓口にしちゅうがやき」

一言もなく掛水はうなだれた。

お前は運が良かったのだ、吉門からカルチャーショックを受ける立場を引き当てたのだから。それは言われなければ自分で思い至らない部分だった。

「すみません、気をつけます」

掛水は深く頭を下げて自分の席へ戻った。

＊

そして掛水に与えられた課題は『パンダ誘致論』の調査である。

吉門は古い職員を当たれば分かると言ったが、おもてなし課の陣容は若い。他の部署を訪ね、年配の職員を摑《つか》まえて話を聞く。

と、最初の一人目で行き当たった。

「そらぁまた、えらい古い話が出てきたにゃあ」

ごま塩頭の職員が目を丸くする。

「知っちゅうがですか？」

「まあ、そらぁ……俺ばぁの年代であれを覚えちょらんもんはおらん」

「どういう話だったんですか？」

「お前らの年代やったら覚えてないかのぅ、高知城の城山に『お城の動物園』があった頃の話じゃ」

「あー……遠足とかで行った記憶はあります」

「二十年ばぁ前やっつろうか、その市立動物園の移転計画と県立動物園の新設計画がほぼ同時に持ち上がったがは知っちゅうか」

「いえ、さすがにそれは」

二十年前といえば、掛水が小学校に上がる前の話である。

「とにかく、その動物園の計画で、パンダを誘致しょうと言い出した職員がおったがよ。それが『パンダ誘致論』じゃ」

「へえ……それ、どうなったんですか？」

「巧く転がっちょったら高知にはパンダが来ちゅうはずやにゃ」

掛水は決まり悪く頭を掻《か》いた。聞くまでもないことだった。

「その『パンダ誘致論』についてちょっと詳しく知りたいんですが……概要とか、唱えてた人のこととか」

と、年配の職員は気まずそうに顔をしかめた。

「すまんがわしもあまり詳しゅう覚えちょらん。県政情報課にでも行ったら資料が残っちゅうがやないか。だいぶ書類らぁも作っちょったみたいやき」

言うなりそそくさと遁走《とんそう》。取り残された掛水は、ぽかんとその立ち去る背中を見つめた。

最初の手がかりに逃げられた掛水は、その足で総務部県政情報課を訪れた。

『パンダ誘致論』について調べたい、と言うと若い者にはさっぱり話が通じない。結果的に、年配の職員が出てくる。

そして、その職員も微妙に気まずそうだった。

「うん、あれはにゃあ……覚えちゅうことは覚えちゅうけどにゃあ……」

あまり触れたくなさそうだ、ということは最初に摑まえた職員の様子からも既に察している。

「とにかく、当時のことが知りたいがです。何か資料とか残ってませんか？」

すると職員は室内に向けて声をかけた。

「おおい、多紀《たき》ちゃん！」

「はぁい！」

キモチのいい返事と一緒に、奥から女の子が飛び出してきた。後ろでくるりとお団子にした髪、そして活動的なジーンズ。

あれっ、この顔は覚えがあるぞ——と思った瞬間、相手もまばたきした。

「自転車の！」

二人同時に声を上げる。以前、自転車置き場で自転車を将棋倒しにしてしまったときの彼女だ。大らかかつ爽やかな応対はよく覚えている。

知っちゅうがかと尋ねた職員に、掛水は「前にちょっとだけ喋ったことがあって」と答えた。

「まあ、面識があるなら話が早い。アルバイトに入ってくれゆう明神《みょうじん》多紀ちゃんや」

こんにちは、と多紀がぺこりと頭を下げる。掛水も慌てて応じた。

「その節はどうも。観光部おもてなし課の掛水史貴です」

そして職員が多紀に手短な説明をする。

「彼が『パンダ誘致論』のことを調べたいらしいき、ちょっと付き合《つ》《お》うちゃって」

「『パンダ誘致論』……？」

多紀もピンと来ていないらしい。

「概要は掛水君がある程度知っちゅうらしいき、多紀ちゃんなら調べられるろう」

「ええと、調べがつくまでは掛水さんのお仕事を優先してかまんということですか？」

ポイントを衝いた確認に掛水は目をしばたたいた。

「ああ、かまん」

「分かりました。それじゃやりかけの仕事を片してきますき、五分待ってください」

そして多紀はまた室内にぱたぱたと駆け込んだ。

「……しっかりした子ですね」

「そうながよ。バイトにしちょくのは惜しいけどにゃあ。もうすぐあの子も契約が切れる」

「それは惜しいですね」

用事を頼まれて、すぐに優先順位の確認ができる仕事感覚は得がたいものだ。――特に役所では。

実際は五分とかからず多紀は戻ってきた。かなり使い込んだノートを一冊と、ペンケースを抱えている。

「じゃあ頼んだで、多紀ちゃん」

多紀を紹介してくれた職員が入れ違いに引っ込む。多紀は掛水に向かってニコリと笑った。

「お話はどこでお聞きしたらえいですか？　総務部にも場所は空いてますし、おもてなし課にお邪魔してもえいですけど」

掛水は少し考え込んだ。おもてなし課では『パンダ誘致論』はまだ開示されていない話題だ。そして総務でも古い職員があまりいい顔をしていなかった以上、場所を借りるのは憚《はばか》られる。

「じゃあ食堂で」

「分かりました、ちょっとお財布取ってきます」

「あ、かまんかまん。俺の頼みごとやきコーヒーくらい奢《おご》るよ」

飲み飽きた味やけど、と言うと多紀はころころ笑った。

人がまばらな時間の食堂で、コーヒーをそれぞれ手元にミニ会議は始まった。

「二十年くらい前に、市立動物園の移転計画と県立動物園の新設計画が持ち上がったときの話らしいがやけど……」

又聞《またぎ》きの掛水の話を多紀はさらさらとノートに取っていく。

「そのとき『パンダ誘致論』を唱えた人がおったみたいで、その辺の話を知りたいがよ」

「『パンダ誘致論』を唱えた人についてですか？　それとも計画の詳細についてですか？」

「両方。分かる限りのことが知りたい。それで……」

これは難しいかな、と思いながら駄目元でリクエストしてみる。

「『パンダ誘致論』を唱えた人に会いたいがやけど。もちろんある程度の情報が手に入ったらこっちで追跡は引き継ぐき、調べられるところまで調べてもらえるろうか」

「分かりました、できるだけ追いかけてみます」

多紀との打ち合わせはものの二十分ほどで終わった。

「それじゃあよろしくお願いします、明神さん」

掛水が頭を下げると、多紀は笑いながら手を振った。

「多紀でえいですよ。総務の人もみんなそう呼びゆうし」

多紀ちゃんはまだいいほうで、多紀坊だの多紀助だの呼ばれることもあるという。

それは多紀の親しみやすさによるのだろうが――

「いや、でもやっぱり若い女の子をいきなり名前で呼ぶのは……ちょっと抵抗が」

「掛水さん、えい人ですね」

その評価も若い女性からは痛い。いい人という立ち位置は、男女関係において概《おお》ね発展性が低いもので、掛水はその評価を言い訳にしながら振られたことが何度もある。

多紀はノートを見ながら仕事の声になった。

「手がかりがけっこうあるき、そんなに時間はかからんと思います。数日待ってください」

――実際に待った時間は一日と少しだった。


わずかに席を外した隙だった。

課に戻ると、自分の机の上に覚えのない封筒が載っていた。

首を傾げた掛水に同僚から声がかかる。

「掛水、それにゃあ。総務の明神さんゆう子が持ってきたぞ。頼まれちょった仕事やゆうて」

「あ、はい！」

タイミングが悪かったな、という思いがちらりと頭をかすめたが、それより仕事の速さに舌を巻いた。

わずか一日少々、たったそれだけで一体どれだけのことを調べてきてくれたのか。

封筒を開けて、書類を引っ張り出す。意外に薄いので拍子抜けしたが、目を通しはじめるとそれ以上巻く舌がなくなった。

「……完璧《かんぺき》」

見やすく分かりやすい資料。そして簡潔にまとめた説明。一読すれば誰もが『パンダ誘致論』の詳細をリアルタイムで見ていたかのように知ることができる。

『パンダ誘致論』を唱えていたのは当時の観光部職員、清遠和政《きよとおかずまさ》。

市立動物園移転と県立動物園新設計画がほぼ同時期に持ち上がった機運を利用して、両動物園の合併を提案。予算の一本化による園の拡大、設備の最新化、そしてさらにパンダの誘致を盛り込んだ試案を強く唱えた。

パンダ誘致を主張した理由は、『西日本のファミリー層を取れる観光施設』としての動物園を設立するため。当時は上野動物園まで行かないと見られない花形アニマルであったパンダを高知に呼ぶことによって、西日本の動物園客を総取りできるという発案。

パンダを誘致する具体的な提案書のコピーも添付されている。

だが県庁は、動物園の合併にそもそも乗り気を見せなかった。計画を一本化させるとすれば、主導を握るのは高知県か高知市か。タテ割り行政の柔軟性のなさが、当時としては——いや今の時代から見ても斬新《ざんしん》なその計画を拒否させた。

神戸市立王子《おうじ》動物園が、西日本にパンダを、という理論でパンダを迎えたのは、高知県立・市立動物園が新設してから約十年後、『パンダ誘致論』からは二十年以上後のことである。

『パンダ誘致論者』であった清遠和政は、県庁において閑職に追いやられた。彼は失意のうちに県庁を去り——

「現在は県内で民宿を営みながら、観光コンサルタントとしても活躍しているぅ!?」

書類を最後まで読んで呆気《あっけ》に取られた。現在の住所——民宿の連絡先まで調べ上げてある。

掛水は泡を食って内線を総務に繋いだ。呼び出してもらったのは多紀だ。

「明神さん？　掛水です、資料ありがとう」

「あ、お役に立ちましたか？」

役に立ったも何も。

「どうやって調べたが、ここまで！」

「書類は残っちょったき『パンダ誘致論』に行き着くのは簡単でした」

「いや、現在の消息とか！」

「あ、古い職員さんを当たってみました。『パンダ誘致論』の清遠さんって当時は県庁の有名人やったらしくて……。みんな口には出したがらんけど気にはかけちょって、消息は薄々とは知っちょったみたいです。私はバイトやき気軽に喋りやすかったんでしょうね、訊いたらわりと簡単に教えてくれました」

「口に出したがらないって何で……」

「んー、やっぱり後ろめたさがあるがやないですかねえ。清遠さんの計画が実現したら画期的な観光施設になるってことはみんな分かっちょったけど、上が恐くて誰もよう味方せんかって……結局清遠さんは県庁辞めて、そのうえ神戸が同じ思惑でパンダを呼んだでしょう。こっちはそれよりずっと前に考えちょったのに、発案者を閑職に追いやって辞めさせてしもうたわけやし……」

県庁で『パンダ誘致論』とそれを唱えた男の名が何とはなしに禁句となっていた所以《ゆえん》だろう。話を聞いた職員たちは一様に後ろめたそうでもあった。

「で、その皆さんが薄々知っちょった消息からたどりました。観光コンサルタントをやりゆうって話やったき、県内の旅行代理店を電話で当たって……一件目で分かりましたよ」

「え、何か怪しまれたりせんかった？」

「あ、自分の携帯で個人的な用件として問い合わせましたき。県外の人を案内したいがやけど、清遠さんっていう観光コンサルさんがちょっと面白いって話を聞いたき連絡先が知りたいって。そしたら、民宿を教えてもらえました。そこが現住所で、コンサルタントの窓口も兼ねちゅうらしいです」

事情を考えたら県庁の名前出すのはまずいかなと思ったき、と言い添えた多紀に掛水は内心で拍手喝采《かっさい》を送った。

「ありがとう！　ほんまに助かった！」

「いいえ、これくらい。大した手間じゃありませんき、また何かあったらいつでもどうぞ」

これを大した手間じゃないと言えるのはお役所の感覚ではない、とまた舌を巻きながら内線を切った。

受話器を置いてから「ん？」と首を傾げる。

まず公務員じゃないのが絶対条件。フットワークが軽くて、学歴なくてもいいから気が利く奴。できれば若い女——吉門が挙げた、おもてなし課に入れるスタッフの条件である。

アルバイトという時点で公務員ではない。

そして、頼んでからわずか一日そこらで二十年も前の出来事とその当事者の現住所まで突き止めるフットワークの軽さ。

学歴は知らないが、状況を鑑《かんが》みて県庁を名乗らず個人的にアプローチした濃《こま》やかな気遣い。

県政情報課のバイト期限はもうすぐ切れるという。

申し分ないんじゃないか？

掛水は思いついたことを提案するために下元の机に向かった。


そして、四月一日付けで明神多紀はおもてなし課のスタッフとして採用された。

ポジションとしてはひとまず掛水のアシスタント役で、掛水の当面の仕事はといえば——

『パンダ誘致論』の清遠和政との接触、そして攻略であった。

2.『パンダ誘致論者』、招聘——なるか？

＊

「ここか……」

民宿きよとお。

二十年前の動物園計画における『パンダ誘致論者』清遠和政《きよとおかずまさ》が県庁を去り、その後経営している民宿である。ストレートなネーミングのその宿は高知市から西へ約二十km、土佐市《とさし》は宇佐《うさ》の漁港近辺にあった。

最近はホエール・ウォッチングの盛んな地域の一つでもある。

こぢんまりとしているが小綺麗《こぎれい》な宿で、駐車場は客用らしきスペースが六つ。平日のためか全部空いているその駐車場に掛水《かけみず》は県庁のバンを入れた。車を停めてから助手席に声をかける。

「降りてえいで、明神《みょうじん》さん」

「はい」

相変わらず歯切れ良い返事で明神さん──新スタッフとしておもてなし課に入り、既にほかの職員からは「多紀《たき》ちゃん」と親しまれている明神多紀が軽やかな身のこなしで車を降りた。

初夏の季節にクリーム色のパンツスーツが爽《さわ》やかに似合っている。

化粧も服装も年頃の女性並みにきちんとしているのに、不思議と女っぽさを感じない。それがおもてなし課に馴染《なじ》むのが速かった理由だろうし、掛水がサポート役の多紀を妙に意識せずに済んでいる理由でもある。

掛水もシートベルトを外して車を降りた。

と、引き戸の玄関がカラカラと軽い音を立てて開いた。その音だけで手入れのよさが分かる。

鮮やかなブルーが現れる。出てきたショートヘアの女性が着ているシャツだった。

多紀は掛水より見るからに若く、実際三つ年下だったが、出てきた彼女は掛水と正に同年代に見える。そして、化粧っ気もなくボーイッシュな服装なのに不思議と女っぽいところが多紀とは対照的だった。

そして彼女はこちらに向かって微笑んだ。

「ご宿泊の御用やったら今日は空いちょりますけんど」

「あ、いえ……」

多紀は掛水のそばに控えて黙っている。こうした場面で出しゃばらない空気の読み方も多紀は気が利いている娘だ。

「ご観光やったら、少し駐《と》めちょってもかまいませんけど。それとも、道に迷ったがやったらご説明もできますき」

彼女は親切にそう申し出た。民宿をやっている習い性だろうか。

「いえ、違うんです」

掛水は言いつつ懐の名刺入れを探った。

「清遠和政さんはいらっしゃるでしょうか。私、高知県庁から参りました掛水と……」

最後まで名乗りきることはできなかった。

台詞《せりふ》の途中で民宿の彼女は愛想のいい笑顔をかなぐり捨てて眦《まなじり》を吊《つ》り上げたのである。

そして掛水と多紀にくるりと背を向け、玄関脇の水道に置いてあったバケツに手をかける。伸びた腕の様子で分かる、水は満杯だ。庭の水撒《みずま》き用か、駐車場の打ち水用か。

まさか、と思ったらそのまさかだった。

とっさに掛水が多紀の前に立《た》ち塞《ふさ》がったのと同時に、振り向いた彼女がバケツの水を掛水に向かってぶちまけた。

「掛水さん⁉」

庇《かば》われた多紀が悲鳴を上げる。

「ちょっと、何するがで！　いきなりこんな……！」

濡《ぬ》れ鼠になった掛水に代わり、多紀が非難の声を上げた。いつもニコニコ笑ってるけど怒るときもあるんだな、などと呑気《のんき》に思った。

しかし民宿の彼女は多紀の抗議など嚙《か》み砕くような勢いで叫んだ。

「今さら県庁がうちの父に何の用で！」

多紀が呑《の》まれた。多紀は『パンダ誘致論』を調べて、清遠を捜し当てた本人だ。詰《なじ》る彼女の言葉の意味が誰より正確に分かる。

ここで多紀を前に出したら男ではない。掛水は濡れた髪をせめてかき上げてから顔を上げた。

「すみません、お電話では全く取り次いでいただけなかったので……ご迷惑とは思いましたが、直接お訪ねしてしまいました」

腰から折って深く礼をする。

「どうかお父さんにお取り次ぎ願えませんか」

「どの面下げて来たがで、帰りや！」

彼女の剣幕はどうやら和らぎそうにない。掛水は上着のポケットからハンカチを出した――が、そのハンカチもぐしょ濡れになっていた。

後ろからそっとタオルハンカチが差し出される。ありがとう、と小声で呟《つぶや》いてから手を拭《ぬぐ》い、懐の名刺入れを取り出す。これもハンカチで拭《ふ》かせてもらってから開けた。幸いメタルで蓋《ふた》がきちんと閉まるタイプだったので、中の名刺は無事だった。

一枚抜いて両手で彼女に差し出す。

「どうかお父様に、こういう者が来たと渡すだけでも渡していただけませんか」

「持って帰って！　要らん！」

あくまで頑《かたく》なな彼女に、掛水はどうしたものかと名刺を差し出したままで悩んだ。ふと思いついた口上は、――勝手に言ってもいいものかどうか悩んだが、口止めはされなかったということを理由に決断する。

「私どもは観光特使の――作家の吉門喬介《よしかどきょうすけ》さんから清遠さんのことを伺って訪ねて参りました。どうか」

それまで狷介《けんかい》だった彼女がわずかに怯《ひる》んだ――ように見えた。

行けるか。

「名刺だけでも何とか受け取っていただけませんか」

彼女は眦を吊り上げたまま、片手で掛水の名刺を引ったくった。そして踵《きびす》を返して玄関の中へ駆け込む。

ピシャリと音高く閉められた戸は、敵意を雄弁に語っている。

「明神さん、大丈夫やった？」

振り向くと、多紀は自分が泣きそうになっていた。

「掛水さんこそ……すみません、私のこと庇ったせいで」

「気にしな、どうせやったら犠牲は一人のほうがえいし。女の子に水を被《かぶ》らせたら男が廃るろう」

掛水が返したハンカチで多紀は掛水の胸元を拭きはじめた。

「えいよ、焼け石に水や。それより、帰りの車運転してくれる？　それと、車に新聞紙か何かないかな」

一応背中側はあまり濡れていないが、シートに座ると湿っぽくなるだろう。

多紀は車のトランクから古い日付の新聞を見つけてきてくれた。

「でも、これ敷くとスーツが汚れるかも……」

「どうせここまで濡れたらクリーニングよ。帰りにちょっと俺の家に寄ってくれる？　着替えなぁさすがにみんなびっくりするろう」

「はい、道を教えてください」

多紀が車を出してから掛水は呟いた。

「娘さんがおるがやね」

「佐和《さわ》さんと仰《おっしゃ》るみたいです」

運転しながら答えた多紀に、掛水は目を剝《む》いた。

「何で知っちゅうが⁉」

多紀が調べた資料の中には清遠の家族構成までは入っていなかった。

「ポストの表札。清遠和政さんの他に佐和さんて名前が出てました。詳しくは知りませんけど、奥さんがおらんで娘さんが仕事を手伝いゆうって話を旅行代理店の人に聞いたので……」

夫人がいないのは死別か離婚か。死別だとしたら早いような気もするが、どちらでも不思議はない。

今まで一度も取り次いでもらえなかった電話はすべて女性が出ていた。不在ですの一点張りでガチャ切りされていた電話の相手はどうやらさっきの佐和だ。

「名刺渡してもらえたらえいけど……」

佐和さん、か。

最初のお愛想など記憶から吹き飛んだ。こちらを射抜くきつい眼差《まなざ》し。まるでネコ科の肉食獣のような。

刺さるような敵愾心《てきがいしん》とともに、佐和の印象は強く残った。

＊

「何の騒ぎやったがな」

居間に戻った清遠佐和は、ごろ寝をしていた父親の和政に声をかけられた。

「何でもない」

とっさにそう答えてしまったが、和政は諫《いさ》めるでもなくのんびりとした口調で言った。

「何でもないことはないろう。えらい剣幕やったに」

きっと家の中まで聞こえていたのだろう。

「お前がずっと俺に取り次がんかった客はあれか」

佐和は思わず肩を縮めた。——父はいつも察しがいい。

まるで漁師のように日に焼けて、顔立ち体つきともに厳《いか》ついことから豪快な第一印象があり、本人も日頃その印象のとおりに振る舞っている。いかにも高知の男、いごっそうというふうに。だが、そのイメージを裏切るような濃《こま》やかさこそが和政の本質だ。そうでなければ、個人で観光コンサルタントをやって成功するわけがない。民宿と二本立てだとしてもだ。

豪快な振る舞いすらその濃やかな計算のうえである。客先の旅行代理店や民宿で受け入れる観光客に、高知を知り尽くした地元の男という印象を与えるために——高知のことならこの男に訊《き》けば何とかなると思わせるために。

佐和は黙って県庁の男から受け取った名刺を和政に渡した。

高知県観光部おもてなし課、掛水史貴《ふみたか》。

佐和が水をぶちまけたとき、とっさに同行した女の子を背中に庇っていた。男気があることはあるらしい。県庁でさえなければそこそこの男だ。

「まあ、お前がキリキリするがやき相手はこんなところやろうと思うちょったが」

名刺を受け取った和政がそれをやや遠くに持って眇《すがめ》になった。もう老眼が始まっている。

佐和は気まずく和政のそばに座り込んだ。

「だって……県庁が今さらどの面下げて来るがで」

「お前の気持ちは分かるけんど、もし仕事の依頼やったら県庁は大口ぞ」

佐和は俯《うつむ》いて黙り込んだ。昔の因縁を脇へ置いて、仕事は仕事と割り切れる。そのドライな感覚は和政の仕事人としての資質の高さを示している。

その和政が十年前、県庁を辞めた。佐和が十五の頃である。和政は多くを語らなかった。

だが、県庁の扱いに耐えかねたことは想像に難くなかった。十年前といえば和政は四十五歳、働き盛りの年頃である。それが定年後の嘱託のような仕事ばかりさせられていたらしい。要は飼い殺しだ。

役所のタテ割り構造を突破して市立動物園と県立動物園を合併拡充、更にパンダを誘致するという構想を潰《つぶ》された結果だった。和政は当時からお役所にあるまじき柔軟な発想の持ち主で、しかし県庁はその和政を使いこなそうとはしなかった。

土佐の気質はいごっそうじゃはちきんじゃ、らぁて偉そうにみんな言うくせに。県庁の奴らはどうながで。お父さん一人よう使わんと、また「前例のない」提案でもされたら敵《かな》わんって嘱託しかやらんような仕事ばっかり転々とさせて。お父さん一人に怯《おび》えて隔離して。

それでも和政は家族のために飼い殺しの状況を何年も我慢しつづけた。和政が県庁を辞めたとき、佐和はほっとした。その頃は詳しい事情は分からなかった。しかし、毎日スーツを着て何かをこらえるように出勤する和政を見るのは辛《つら》かった。——もっとも、母の感想は逆だったようだ。これから生活をどうするのかと夜中に喧嘩《けんか》しているところを佐和は何度も見ている。

和政は手始めに民宿を開業した。最初はなかなか軌道に乗らなかった。ようやく経営が安定したのは佐和が高校を卒業する頃で、両親が離婚したのもその頃だ。

佐和は進学しなかった。

それまでずっと民宿を手伝っていたので、高校を卒業して従業員になることは佐和にとってごく自然な選択だった。勉強は元々あまり好きではなかったし、進学しないほうが父にとっても負担が少ないのだからいいことづくめだ。

そして佐和は、父の民宿経営が最初のステップに過ぎなかったことを知る。地元の観光業者にネットワークを作り、穴場の観光情報を集め、民宿と並行して観光コンサルタントを始め、——現在の和政は、高知で個性的な観光プランを作りたかったら清遠を頼れと旅行代理店に囁《ささや》かれるほどの実績を持っている。

お父さんが最初からここまで計画してたって分かっちょったら、お母さん出ていかんかったがかな。それとも、お父さんはちゃんと説明しちょったけど、そんなん当てにならんと思って出ていったがかな。——今でもたまにそんなことを思う。

ともあれ佐和にとって県庁とは、父を迫害し、家族をばらばらにした憎むべき敵だった。

「おもてなし課……こんな課ができたがか」

和政はいつの間にか起き上がって老眼鏡をかけていた。その名刺から読み取れる限りの情報を読み取ろうとするかのように。

「なかなか思い切ったネーミングにしたにゃあ。インパクトがある」

「どうせ名前だけよえ」

ふて腐れたように佐和が言うと、和政は名刺に目を落としたままにやりと笑った。

「俺がおった頃やったら、こんな名前だけでも通らんかったわや。観光振興課やの推進課やのが精々やっつろう。くだけすぎじゃふざけすぎじゃ言うてな」

そして和政はふと気がついたように佐和に顔を向けた。

「お前も今までけんもほろろやったのに、なんで一回訪ねてきたばぁでこの名刺を受け取ったがな」

「それは……」

佐和は思わず口籠《くちご》もった。

不意を衝《つ》かれた、というのが一番近い。県庁の人間から、観光特使としてその名が出てきたことが。

吉門喬介。

今でも無心には聞けない名だ。そして父にも言えない。

「……カッとして、そいつに水かけてしもうたき……。名刺ばぁ受け取らんと収まらん雰囲気になって。そいつが庇ったき無事やったけど、女の子も一緒やったき。その子も濡れ鼠にしてしまうところやったがよ」

「いかんにゃあ。いくら頭に血が上っても自分から弱味を作りゆううちはまだまだぞ」

佐和の頭をぽんと叩《たた》き、和政が向かったのは居間の書き物机に置いてあるパソコンだ。そこにセッティングされているパソコン一式は、佐和よりむしろ和政のほうが使いこなしている。連絡用や情報収集用として、和政はこの年代にしてはかなり早くからパソコンを仕事のツールとして取り入れていた。

電源を入れて立ち上がったパソコンでブラウザを開き、アドレスバーに何か打ち込んでいる。どうやら名刺に刷ってあったホームページのアドレスらしい。

飛んだ先は、いかにも金がかかっていなさそうなトップページだ。

『おもてなし課へようこそ!』。

活動履歴はどこな、と呟きながら和政が画面上をあちこちクリックする。

「発足は去年か……何な、一年かけてまだ観光特使しか始動しちょらんがか! ページも工事中ばっかりやしやる気があるように見えんが」

ぶつぶつ駄目出しをしながらも、和政は背中だけで分かるほど生き生きとしている。

……今、その課に自分がおったらこうするに、とか考えゆうがかな。

佐和は和政の背中を眺めながら思った。

今の県庁なら『パンダ誘致論』を唱えても閑職に回されたりしないのだろうか。何度も電話を掛けてきて和政に取り次いでくれと頼んだのは、今日訪ねてきた掛水だと声で分かった。

今さら頭らぁ下げたって。佐和は頑なに唇を結んだ。

昔は返ってこない。

「それで、この掛水ゆう男はどんな用件やったがな」

「知らん。とにかく会いたいって。名刺だけでも渡してくれって帰った」

「お前が追い返したがやろう」

和政が苦笑する。そして机の上の手帳を取り、めくりながら首を傾げる。

「週末は客がびっちり入っちゅうし、この日とこの日は代理店と打ち合わせ……空いちゅうがは明日だけやにゃあ」

「会うが⁉」

「会わん理由は別段ないろう」

あっさり言い放った和政に、佐和は思わず責める口調になった。

「だって県庁やのに……！」

「県庁やき何じゃ」

和政の声に芯《しん》が通った。叱る一歩手前の声だ。

「俺が県庁を辞めたことは今は関係ない。お前が蹴《け》っても蹴っても食い下がってわざわざ会いに来たがじゃ。よほど俺に会いたい理由があるがやろう。会《お》うてみなぁその理由も分からん。県庁やからと毛嫌いして今まで俺へのアポイントを勝手に蹴りよったがはお前やろう」

県庁を辞めて苦労をかけちゅうき、これまでの分は怒る気はないけんどにゃ。付け足された言葉に佐和は肩を縮めた。

本来なら和政が怒るようなことだと知っていた。たとえ相手が県庁でも和政へのアポイントを佐和が勝手に握り潰すようなことは。そうでなくとも平日はあちこち打ち合わせに出かけて留守が多い和政だ。民宿兼コンサルタント事務所でもある自宅への連絡は、佐和が必ず伝言をするという信頼がなければ和政も仕事に集中できない。

「客は選ぶな。県庁でもじゃ」

身内以外からの連絡はすべて客、もしくは客の予備軍と見なせ。仕事の糸はどこから繋《つな》がるか分からない。家業を本格的に手伝うようになってから厳しく言い聞かされていたことだった。

佐和がもっと早く繋いでいれば、県庁の用件はもう判断が済んでいただろう。

「ごめんなさい……」

うなだれた佐和に「分かったがやったらええい」と和政は口調を緩めた。そして――

「この掛水ゆうがが県庁に戻った頃合いを見計らって電話せえ。明日なら空いちゅうき来るか、と投げてみい」

「えっ、あたしが⁉」

県庁への打ち消せない拒否感が思わず反発させたが、和政は有無を言わせない。

「甘えるな。お前が今まで止めちょった話じゃ。自分でケリをつけぇ」

自分で下げた信頼を自分で回復させろ。――和政はそう言っている。自分は事務所番として和政の信頼を裏切ったのだ。

こうしたときの和政には、決して泣き落としや妥協は通用しない。娘という立場も。

佐和は観念するしかなかった。

＊

県庁に戻る途中、掛水はドライバーの多紀に道を指示して自宅に寄った。

敷地内の駐車場の隅に車を入れてもらう。着替える間だけなので許されるだろう。

「あの、クリーニング代、私が……」

運転しながら多紀が何度も提案してきたことをまた食い下がられ、掛水は笑って手を振った。

「えいって。別に明神さんに水かけられたわけやないやんか」

「でも、私を庇ってくれたき」

「明神さんがおらんでもよう逃げんかったよ、あの勢いじゃ」

じゃあ待ちよって、すぐ戻る。一方的に言い置いて車を降り、年季の入ったマンションに走る。

いくら何でも正職員が臨時採用の女の子にクリーニング代を持たせるわけにはいかない。

部屋で着替えていると携帯が鳴った。多紀だ。

「掛水さん、いつも使ってるクリーニング屋さんはどこですか？」

「あ、歩いてすぐやけど」

「じゃあせめてスーツをクリーニングに出してから戻ってください。私、待っちょきますき」

「え、何で……」

「……クリーニング屋さん行くのって近くでもけっこう面倒やないですか。明日でもえいかって延び延びになって、スーツ一着カビにした人知っちゅうがです。やっぱり一人暮らししゆううちの兄ですけど」

その事例は自分にも当てはまる可能性が高そうだった。

「分かった、じゃあひとっ走り行かせてもらうわ。ちょっと待ちよって」

電話を切ってからネクタイを締め、掛水は脱いだスーツ一式を抱えて部屋を出た。

歩いて一分のクリーニング屋にスーツを放り込み、多紀の待っている駐車場に戻る。

「お待たせ。リアルな心配ありがとう」

助手席に乗り込みながらそう言うと、多紀は顔を赤らめた。

「すみません、差し出がましくて……」

「いや、俺もやりそうなキャラやき。スーツ一着、命拾いしたかもしれんわ」

多紀はばつが悪そうに車を出した。

事例は多紀の兄とのことだったが——こんな妹がいたらかわいいだろうな、と自然に思った。

できるだけ水を被ったスーツに似た物を選んだつもりだったが、出かけたときと服装が違うことはすぐ同僚に気づかれた。

「何で服が替わっちゅうがな、お前は。髪も濡れちゅうし」

「まさか多紀ちゃんをいかがわしいところに連れ込もうとしたがやないろうな」

おいおい、それむしろ明神さんにセクハラ、と内心で溜息《ためいき》を吐《つ》くが、正職員では掛水が課で一番の下っ端なので噛みつくわけにもいかない。

もしそうだとしても何で俺だけ服が替わっちゅうがですか、と無難に逃げようとした隣で、多紀の毅然《きぜん》とした声が上がった。

「セクハラですよ、それ！」

「そんなに怒りなや、単なる冗談やん」

「私、そういう冗談嫌いです！」

日頃あまり怒らない多紀の強硬な姿勢に、男どもが見る間に気まずそうになる。

「掛水さんにも失礼じゃないですか、そんな冗談！　掛水さんはそんな人じゃありません！」

これに女性職員の援護が加わった。

「多紀ちゃんの言うとおりやわ、下品な冗談は慎んでや」

「オフィスには女性もおることを忘れちゃあせんかえ、そんな話は役所が退《ひ》けてから居酒屋ででもやりよりや」

これでしおしお退散すればいいものを、変に意固地な奴がいるからよくない。近森《ちかもり》だ。

「じゃあ何で掛水の服が替わっちゅうがよ。多紀ちゃんも妙に掛水を庇うしよ」

あーあ。あんた多紀ちゃんのこと狙っちょったがやないがか。今の完全に嫌われる流れやぞ。

傍目八目《おかめはちもく》、他人の機微ならよく見える。つまり近森は、多紀がむきになって掛水を庇うことが面白くないのだ。しかし探りを入れたつもりで完全に多紀に引かれた。

掛水は当事者として状況に割って入った。

「出先で打ち水をまともに被っただけですわ。明神さんが被りそうになったきカッコよく避《よ》けさせようとしたら、カッコつけようとした分が仇《あだ》になりました。そんで、ちょっと家へ寄って着替えてきたがです」

だから多紀の性格上、自分を庇おうとするのは当然だ——と牽制《けんせい》含みの説明である。

「何や、アホやにゃあお前は！」

「とろいくせに慣れんことをしようとするきいかなぁえ」

掛水を笑うことでオフィスの雰囲気は何とか切り替わってくれたようだ。

場が収まったところで、下元《しももと》課長が何気なく「掛水」と呼んだ。下元の机に駆け寄ると、

「それは『パンダ』の清遠さんのところでか」

小声でそう訊かれた。吉門に教えられた『パンダ誘致論』を唱えた元県庁職員、清遠和政にアプローチしていることは、まだ下元と掛水、多紀しか知らない。

「ええ、まあ……」

決まり悪く頭を掻《か》くと、下元は書類に目を落とした振りで続けた。

「難航しゆうがか」

「というか、まだ清遠さんご本人には会えてもないがです」

ネコ科の肉食獣のような獰猛《どうもう》な眼差しを思い出す。

「その……清遠さんへの取り次ぎは娘さんがやりゆうらしくて。この娘さんに阻まれて、清遠さんまで届かんがですわ。電話じゃ埒《らち》が明かんと思うて今日は民宿まで直接行ってみたがですけど、出てきたのが娘さんで。俺らが県庁やと分かった途端にバケツ水がきました」

「事情を考えると県庁に不信感を持っちょっても仕方がないか……」

下元が難しい顔で溜息を吐《つ》く。

「しかし難儀やったにゃ」

「でもまあ、何とか名刺はねじ込めましたし。清遠さんに渡るかどうか分かりませんけど」

「いや、水難のことや。いくら名前が掛水やゆうてもなぁ」

掛水にはすでに終わった話題だったので労《いたわ》りに気づかなかった。案件の難しさに対する労《ねぎら》いだとしか。

「まあ、明神さんが無事やったきよかったですわ」

多紀の服が替わってオフィスに戻るようなことがあったら追及はこの程度では済まなかっただろう。

なかなか男前を上げたにゃ、と下元は笑った。掛水としては思わず照れ笑いだ。

「清遠さんが出入りしゆう業者は、多紀ちゃんがだいぶリストアップしてくれちょったろう。その方面から清遠さんの携帯を尋ねるわけにはいかんがか」

「それも一時は考えたんですが……明神さんがやめちょいたほうがえいって」

「ほう。それは何でな」

「清遠さんへの連絡を絶ちゆうがが娘さんの意思か、清遠さん本人の意思か分からんと言うて。もし、清遠さんの意思で娘さんに県庁からの連絡を絶たせゆうがやったら、業者からこっそり携帯の番号を聞き出すようなことは不信感を募らせるだけや、と」

民間のスタッフをおもてなし課に入れろ、という吉門のアドバイスで採用された多紀である。そして吉門は、入れたスタッフの意見はどんな些細《ささい》なものでも絶対に軽視するなと言った。それは観光企画関係のことだけではなく、とにかく仕事に絡むすべてについてだろうと掛水は解釈している。

多紀はおもてなし課が唯一持っている『民間』の視点なのだ。これを徹底活用しない手などない。

実際、清遠の携帯番号を業者から聞き出そうとしたことも、多紀がストップをかけたときはもっと言い方が率直だった。

失礼ですけど、県庁の人には県庁の驕《おご》りがあると思います。

多紀はいつもどおりの穏和な口調で相当厳しい突っ込みを放った。

付き合いゆう業者が分かっちゅうがやき、そこから携帯を訊けばえいやないかというのは、権力がある人の発想です。清遠さんに繋がりさえしたら、後は『県庁の看板』で何とでもなると思っちょりません？　それ、かなり感じが悪いです。

一言もなかった。

県庁という堅い看板で悪気なくごり押しする手法は、改めて指摘されるまでいつの間にか身についていたことすら気づかなかった。

地位と権力で、人はその場は一旦《いったん》動くかもしれない。清遠にも簡単に繋がるかもしれない。だが、その先は。人の感情は『県庁の看板』では動かないのだ。たとえ行動は強制できても。

「なるほどにゃあ……」

かなり手心を加えて掛水が再現した多紀の指摘に、下元は唸《うな》った。

「それを二十歳かそこらの女の子に言われなぁ気づかん俺らはかなり情けないにゃ」

そうは言いながら、下元の凄《すご》さはここにあると掛水は思う。「女の子」に痛いところを容赦なく衝かれて、それを反発なく冷静に受け入れられる。

積極的にリーダーシップを取るタイプではないが、調整能力に優れている。特にその柔軟さは得難いものだろう。おもてなし課に必要な課長は『県庁ルール』で仕事がよくできるタイプより下元だ。上も多少は配置を考えているのか。

「その『県庁ルール』も吉門さんの教えやにゃ」

下元が小さく笑った。最初は課員の猛反発を食らった吉門の指摘だが今では「それは『県庁ルール』ぞ」と課内を諌め合う便利なワードになっている。

それでもまだ吉門が突きつけた『民間感覚』には遠いのが実情だ。ここに『パンダ誘致論』の清遠——県庁に在職していた当時から『民間感覚』溢《あふ》れた異端児であった清遠が参加したら、おもてなし課はどうなってしまうのか。

清遠はちまちましたテコ入れとはスケールの違う観光構想を持っている、と吉門は言った。

それをおもてなし課は受け入れることができるのか。——県は変わることができるのか。

今ですら二十歳そこそこの多紀に言われなければ分からないことがこまごまとある状態で。

「掛水くん、電話よー」

「あっ、はい！」

女性職員に呼ばれて下元の席から振り向いた瞬間、

「清遠さんって人から」

取り次がれた名前に、オフィスの中で三人だけが気配を硬くした。掛水と下元、そして多紀。

「行きます」

決意表明のように下元に告げると、下元も強く頷《うなず》いた。

自分の席に戻ると、並びの机の多紀と目が合った。案じたその表情に小さく頷く。

そして掛水は小さく息を吐いてから電話を取った。

「お待たせしました、県庁観光部おもてなし課の掛水です」

嚙まないように心持ちゆっくりと名乗ると、不機嫌そうな声が返ってきた。

「清遠です」

まだ声を忘れるほどの時間は経っていない。佐和だ。

「先程はたいへん……失礼なことをしまして、申し訳ありませんでした」

内心は正反対だ、と分かるほど不本意そうな謝罪の声音に思わず声を殺して笑ってしまう。

隣で多紀が変な顔をした。心配ない、と空いている手を軽く振る。

とにかく佐和の不本意極まりなさそうな謝罪で、掛水のほうは緊張がほぐれた。

「いえ、こちらこそ突然ご自宅に押しかけてしまって失礼しました。清遠さんにお会いしたいあまり……何とぞご容赦ください」

そこで双方言葉が止まった。佐和はどうやら連絡してきたことで忍耐力を全て使い果たしたらしい。水をかけて追い返した『県庁』に自分から連絡を取るなど、佐和にとっては屈辱以外のナニモノでもないのだろう。一体何がどう転んで電話することになったのかは知らないが。

ともあれ、その葛藤《かっとう》を思うとこちらはどんどん余裕が出てきた。

「あの、お預けした名刺は清遠さんにお渡しいただけたでしょうか」

お預けした、などという温厚なやり取りではなかったが。

はい、と佐和は忌々《いまいま》しさを噛み殺したような声で返事をした。

「それで、清遠が明日ならお会いできるんですが。お出《い》でになりますか」

思いがけない申し出に思わず腰が浮いた。

「はい、もちろん！」

「お時間は……」

「清遠さんのご都合に合わせます、もちろん！　仰ってください！」

そして掛水は手元のメモに佐和の告げた時間を書き殴った。

『明日、PM2:00』。

そのメモを多紀も横から高揚した様子で覗《のぞ》き込んでくる。

電話を切ってから多紀が待ちかねたように話しかけてきた。

「会うてくれるがですか？」

「うん。娘さんからの電話やった。清遠さんが会うと言いゆうって。どうも話を止めちょったがは娘さんみたいやな」

そして小さく思い出し笑い。多紀が「どうしたがです？」と首を傾げる。

「いや、彼女めちゃくちゃ不本意そうやったき。ほんまはこの展開が嫌でしゃあないがやろうなと思って……ふて腐れちゅうのがちょっとかわいかった」

「……水かけられたのに、ですか」

「清遠さんに繋がったんやから安いもんやいか。スーツも明神さんのおかげで命拾いしたし」

報告のために下元の席へ向かった掛水は、多紀が少しむくれた顔になったことには気づいていなかった。

＊

そして翌日の昼下がりである。

再訪した民宿きよとおで、今度はバケツ水の洗礼を受けることもなかった。

ただし、出迎えた佐和は不本意な表情を取り繕おうともしていない。

「いらっしゃいませ。こちらへどうぞ」

最低限の言葉だけで応対を済ませようとしている頑なさが掛水には逆に面白い。

民宿は玄関を広く取り、奥を別棟にして自宅にしてあるようだ。

棟を繋ぐ長い廊下を渡っていきながら、多紀が掛水の背中で小さく呟いた。

「一言ばぁ謝ったらえいのに」

日頃はあまりこういう険を出さない娘だ。微妙な違和感を覚えたが、昨日バケツ水から庇われたことをまだ気にしているのだろうと掛水は解釈した。それはそれで義理堅い多紀らしくもあるので。

通された奥の部屋は居間と客間を兼ねているのか、片付いてはいるが微妙な生活感があった。

そして、座卓であぐらをかき、新聞をめくっていたのは——よく日焼けした、厳つい印象の熟年男性だった。ラフな服装も相まって、いかにも土佐のいごっそうという雰囲気である。

これが清遠和政か、と掛水としては感慨ひとしおである。

「お父さん、昨日の……」

佐和が声をかけて、初めて清遠は顔を上げた。厳つい顔がいきなり人懐こく崩れた。

「これはこれは！　お若い方が来られたね」

県庁がかつて駆逐した『パンダ誘致論者』。その当人に会うことになり、掛水のほうは緊張していたし警戒もしていた。会うとはいっても好意的に迎えてはもらえまい、と。それは多紀も同じだったようで、清遠の明るい声に戸惑った様子だ。

「あ……あ、すみません、こんな若造がお時間取らせまして」

しつこく県庁からアポを取って、いざ寄越すのはこんなぺーぺーか。——そういう皮肉かと穿《うが》って詫《わ》びてみるが、清遠は笑いながら顔の前で手を振った。

「いや、かまんかまん。俺は若い人のほうが好きながよ。年寄りは頭が固《かと》うて話にならんことが多いき」

これは県庁を追われた当時の皮肉か、それとも単なる一般論か⁉ 掛水は翻弄《ほんろう》されるばかりで気の利いた受け答えができない。試合は一方的に清遠のものだった。

「県庁の掛水さんと仰いましたかのぅ」

「は、はい！ 観光部おもてなし課の掛水と申します！」

「こちらのことは先刻ご承知やろうけど……」

言いつつ清遠が尻《しり》ポケットから名刺ケースを出し、立ち上がりながら掛水に一枚渡した。

「お若い方はご存じないろうけど、その昔『パンダ誘致論』で県庁を引っ掻き回した清遠和政と申します」

うわ、ここで来たか！ 狼狽《ろうばい》しながら掛水は名刺を受け取った。掛水も改めて名刺を渡そうとしたが、手振りでそれは止められた。所在なく自分の名刺をしまいながら口走る。

「あの、お噂はかねがね……」

清遠は一瞬怪訝《けげん》な顔をしたが、佐和に向かって豪快な笑い声を張り上げた。

「聞いたかえ、佐和！　こんな若い人でもまだ知っちゅうがやと！　俺の武勇伝もなかなかのもんやなぁ！」

佐和は「お茶でも出しますき」と素っ気なくその場を立ち去り、掛水は清遠に合わせて曖昧《あいまい》に笑った。

「こちらのお嬢さんは昨日も来てくれちょったがかえ」

多紀はそれまで呆気《あっけ》に取られてその場に立ち尽くしていたが、清遠に話しかけられてピッと背中を伸ばした。

「はい、随行させていただきました！　掛水のアシスタントで明神と申します！」

そして、パステルカラーのかわいらしい名刺ケースから名刺を抜き、清遠と交換した。

「こんなかわいらしいお嬢さんと名刺交換できるがやき、フリーもなかなか悪くないで」

言いつつ清遠がにっと笑う。人によっては即座にセクハラ扱いされそうな台詞だが、清遠のキャラにはそうしたいやらしさとは無縁の快活さがある。

「まあ座ってくださいや、汚いところやけど」

いえそんな、と口の中でもごもご呟きながら、座布団に改めて座る。

やがて佐和が丸盆を手に戻ってきた。涼しげなガラスの茶器に注がれた麦茶が掛水から順番に出される。

最後に清遠の前に麦茶を置いて、佐和は清遠のやや後ろに控えた。

「まずは大事な用件を済ませちょこうか」

そう言いながら清遠は座卓の下の文箱《ふばこ》から封筒を出した。卓に置き、そのまま掛水に向けて差し出す。

表書きには「詫び料」とあった。

「昨日はうちの娘がえらい粗相をしたようで、大変申し訳なかった」

佐和も畳に手をついて低く頭を下げる。

「すみませんでした」

焦ったのは掛水のほうである。

「そんな、構いませんき！　こっちも嫌がりゆうがをムリヤリ押しかけて！」

封筒を返そうとするが、清遠は手で押しとどめて掛水の前から封筒を動かそうとしない。

「いや、これは受け取ってもらわなぁ困る。あんたらぁがどういう用件で来たか知らんが、娘の粗相は娘の粗相じゃ。詫びのしるしとしてこれを受け取ってくれんと俺はあんたらぁと対等になれんがやき。俺は対等に話ができん立場では仕事の話はせんがよ」

「そんな、昨日のことを盾に取るようなことはしませんき！」

「いや、これは俺の流儀の問題よ。受け取ってくれなぁあんたらの話は聞けん」

「いや、私も公務員ですき！　こうしたお金はちょっと」

さすがにクリーニング代よりも多い金額が入っているであろうことは分かる。公務員としての保身の感覚が封筒を受け取らせることを拒否させた。しかし清遠も引かず、押し問答になる。

と、多紀が横から掛水の背広の裾《すそ》を引いた。

「掛水さん、昨日のレシートは……」

さすがに囁かれてすぐ分かった。そこが折り合いどころだ。

「清遠さん、クリーニング代の実費を受け取らせていただくということでどうですか」

言いつつ掛水は財布を出した。クリーニングは昨日出したばかりなので、受け取り証と一緒になったレシートは札入れに突っ込んだままだ。

「このとおり、一五六〇円です」

清遠はまるで値踏みするように掛水と多紀を交互に見比べた。

そしてにやりと頷く。

「分かった、あんたにも立場があるろうきにゃ」

そして封筒を引っ込めて佐和に命じた。

「佐和、レジから持ってこい」

立ち上がった佐和が廊下のほうへ消える。途中に民宿の会計コーナーがあった。

やがて佐和が茶封筒を持って戻ってきた。

「確認してくれるか」

清遠に言われるまま掛水が茶封筒の中身を確認すると、きっちり一五六〇円入っている。

と、多紀が自分のバッグからボールペンを取り出して佐和に差し出した。

「すみません、封筒に『クリーニング弁償代として』って書いてもらえますか？　ご署名も」

佐和が怪訝な顔をする。掛水もそこまですることは、と思ったが、多紀は笑顔のままで佐和に差し出したボールペンをしまおうとはしない。

「お手間で申し訳ないですけんど、やっぱり今はオンブズマンとか制度が厳しいので……念のためにお願いします」

と、清遠が大声で笑った。

「いや、こらぁかわいいだけやのうてしっかりしちゅう！　明神さん、俺が書いてもえいかえ。佐和は事情があって県庁にはちと頑なじゃき、親として忍びん」

「――はい、ご署名いただけるなら」

清遠が封筒に文言を書いて署名し、バケツ水の件はこれでチャラ。そして話は本題へ入った。

「で、あんたらの用件は何な」

「あ、はい！　実は県庁観光部で観光発展を目指しておもてなし課というものを発足しまして、その件について」

「それは知っちゅう。サイトも見せてもろうたけど、工事中ばっかりでろくな情報がなかったにゃ。去年始動して物になったがは特使制度だけか？」

意気込んで説明しようとした掛水は、いきなり出端《ではな》を挫《くじ》かれた。

「はい……それも今は凍結中で」

「どうしたがな」

特使名刺の無料クーポンにつけた有効期限がいたく不評だったこと、そして有効期限を撤廃すべく特使名刺による減収を各施設に補償するための補正予算を提出中——という凍結の理由を説明すると、清遠は沈痛な溜息を吐《つ》いた。

「何でその体制を整えてからやらんでよ、そういうことを」

「はあ、その……見通しが甘かったです」

「甘いどころの話やないろうが。期限を毎年更新するらぁて特使にも余計な負担を強いるだけやと何故分からん」

「面目ないです」

　しかし、と清遠は首を傾げた。

「それにしちゃあ、駅や空港に特使名刺を置くとかのアイデアはまあ悪くないがよにゃ。特使制度自体は毒にも薬にもならん企画やけど、名刺を特使の手渡しに頼らんとああいう場所でも撒くという発想は柔軟じゃ」

「ご存じなんですか!?」

　おもてなし課のホームページは清遠が言うとおり工事中ばかりで、特使制度についても観光施設が無料になる名刺を特使に配ってもらうという大雑把な概要を載せてあるだけだ。特使のリストすらまだアップされていない。

「まぁ、俺は観光業をやりゆうきにゃ。仕掛け人があんたらとは知らざったが、去年の夏ぐらいやったか駅と空港で名刺を配りはじめたのは見かけちょったがよ」

さすがに観光についての目配りは細かい。

「特使らぁてまた手垢《てあか》のついた企画やが、なかなかの知恵者が混じっちゅうと思いよったがやけど……その割には昨日もろうた名刺に載っちょったサイトがゆるいき首を傾げちょった」

「ゆるい、というのは」

「駅や空港で名刺がもらえることこそ、真っ先に載せなぁ意味がないろうが。観光客は特使に会える人ばっかりやないがやき。まあ、あんな工事中ばっかりのサイトじゃ閲覧も少ないろうけど、得するもんが県外客なら誰でももらえるいうがは些細な機会でもアピールせなぁ」

そうですよね、と掛水はうなだれた。

「こんなことを発案した奴ならそれこそ何を置いても載せそうやが」

「あ、それは実はおもてなし課の発案ではなく、特使のお一人からのアドバイスです。他にもいろいろ貴重なご意見をくださってて、清遠さんのこともその方から伺いました」

清遠の後ろに控えていた佐和が、怯えたようにびくりと肩を竦《すく》めた。——何だろう？　意識の隅で疑問に思いながら掛水は言葉を続けた。

「『パンダ誘致論』を唱えた人物を捜してみろ、と……それで県庁の記録を調べて、清遠さんまでたどり着いた次第で」

ほう、と清遠が身を乗り出した。

「その特使は誰な」

「あの、ご存じでしょうか……県出身の作家で、吉門喬介さんと仰います」

清遠はややあってから頷いた。

「県内の書店で本をぼつぼつ見かけるにゃ」

「お知り合いですか？」

「うんまあ、知らんこともない」

「吉門さんにアドバイスをいただいたのはよかったんですが、自分たちで告知のことまで考えが回らんうちに有効期限の問題が発生して、名刺自体が凍結してしもうたがです。せっかくのご提案やったのに不甲斐《ふがい》ない話で」

　相変わらずゆるいのう、と清遠が無意識にだろう呟いたのは、自分がいた頃と比べてだろうか。掛水としては首を垂れるしかない。

　だが、首を垂れたままでいるわけにもいかない。

「確かにおもてなし課はまだまだゆるいです。けんど、観光立県を目指す手足として設立したことは事実です。でも私どもは悲しいかな『お役所』で、『民間』の感覚を量ることもこちらの明神さんを頼らんとままならん状況です」

　清遠が意外そうに多紀を見つめた。

「あんたは県庁やなかったがかえ」

　はい、と多紀が背中を伸ばして頷く。

「私は民間からの臨時採用なんです。吉門さんがおもてなし課に若い女性スタッフを民間から入れるようにアドバイスをくださって、縁があって私が採用されました」

と、佐和が静かに立ち上がり、そっと部屋を出ていった。そのネコのようなするりとした身のこなしに掛水が一瞬目を囚《とら》われた間にも、清遠の話は続いている。

「道理であんたはゆるうないわけや」

「いえ、私も短大を卒業してから就職できんとずっと県庁でバイトやったき、社会経験はないも同然です。民間勤めの父にいろいろ知恵を借りながらやっと物を言いゆうぐらいで」

「いやいやどうして、大したもんよ」

なあ、と同意を求められて、掛水は慌てて頷いた。

「ほんまです。明神さんにはいつも助けられてばかりで……。私らぁが今までどれほど『県庁ルール』ずぶずぶやったか思い知るばかりです」

『県庁ルール』と言ったとき、清遠の表情がやや複雑になった。

県庁を追われたときの記憶でも引っかいただろうか、と肝を冷やしながら掛水は続けた。

「吉門さんが仰るには、本気で県が観光発展を目指しゆうなら清遠さんに連絡を取ってみい、と。清遠さんは県庁のちまちましたテコ入れとは次元が違うプランを持っちゅうはずや、と」

そして掛水は頭を下げた。慌てたように多紀も。

「お願いします！　何とかおもてなし課に——県の観光に力を貸してもらえませんか！」

頭を下げたまま待った。時間は長く感じられた。やがて清遠が口を開く。

「……それは、おもてなし課が観光コンサルタントとしての俺に依頼をするということかえ」

「できることなら……」

「言うちょくが、県が相手やったら俺は生半な提案はせん。コンサル料も高《たこ》うつくぞ」

「それは……まずは打ち合わせのうえご相談ということでお願いします」

「物別れに終わっても打ち合わせ分の相談料はもらうぞ」

「はい、それは」

着手金としてそこまでは予算から融通できると課長の下元からも許可を取ってある。

分かった、と清遠が頷く。

「日取りを決めるか」

言いつつ清遠が出した手帳を、掛水は信じられないような思いで見つめた。何度か通わないととても引っ張り出すことはできないと思っていた。

途中から引っ込んだ佐和は最後まで出てこなかった。

清遠の言う「対等な立場」を取り戻すために同席していたのだろうか、と帰る道すがら掛水は考えた。今日は水を被っていないのでハンドルを握るのは掛水である。

結局おもてなし課は翌週半ばに清遠を迎えることになった。

「それにしても明神さん、あれはちょっと手厳しくなかったかえ」

大海原に沿った県道を走りながら、掛水は苦笑した。

「あれって何ですか」

多紀は車に乗ってから微妙に気配が頑なになっている。

「クリーニング代の名目を佐和さんに書かせようとしたがはよ」

「水をかけたがは娘さんです。娘さんに書いてもらうが当然やと思いますけど」

「いや、けど佐和さんの気持ちを考えたらよ……」

「掛水さんが甘いがやと思いますけど」

多紀の声がはっきりと険のあるものになった。

あれ、俺何か地雷踏んだかな。内心で慄《おのの》きながら掛水は多紀の気配を窺《うかが》った。

「清遠さんを疑ってかかるわけやないですけど、まだ信用できるほどの付き合いもありません。掛水さんは吉門さんの紹介やからって頭から信用しちゅうみたいやけど、ご本人に会うたがは今日が初めてなんですよ。初対面でお金の受け渡しをしたらぁて話、その気になったらいくらでも悪用できます。こっちは県庁ながやき。どんな少額でも、お金の由来はちゃんとしちょくべきです。『詫び料』なんてどうとでも取れる名目じゃなくて」

厳しい多紀の説教に掛水は改めてへこんだ。そこまでまったく思い至っていなかった自分の脇の甘さが嫌になる。

「由来をちゃんとするがやったら、本当なら当事者の娘さんに書いてもらうが筋でしょう。私、何か間違《まちご》うちょりますか」

「いや、俺はただ……何も佐和さんに書かせんでもと思うただけで……」

嘘だ。本当は由来を書き残すということにさえ考えが及ばなかった。

多紀は急に黙り込んだ。——やがて、

「余計なことやったら申し訳ありませんでした。これからはもう二度と差し出がましいことはしません」

「えっ、いやちょっと待って！」

これ以上はないというほどの頑なな声に焦った。後ろを確認し、車を路肩に寄せて停める。

「ごめん！　俺が何ちゃあ考えてなかった！　明神さんに助けてもらったくせに」

掛水一人だったらクリーニングのレシートで折り合うことも思いつかなかった。もし多紀が割って入ってくれなかったら、掛水は押され負けて詫び料をそのまま受け取ってしまったかもしれない。それを手厳しいだなんて。

「明神さんはしっかりしちゅうき、俺うっかり甘えたことばっかりで」

「私、しっかりなんかしてません」

多紀は頑なな横顔のままで膝頭《ひざがしら》に目を落としている。

「短大卒業して、就職先もよう見つけんかった。正社員の経験もないまま何とか県庁のバイトに受かって、日銭をやっと稼ぎよった身です。その契約も切れるときに掛水さんがおもてなし課に呼んでくれたき……せめて役に立たないかんと思って、毎晩父や母にビジネスマナーとか県庁に対する率直な意見とか聞きゆうがです」

ああそうかと今さらやっと気づいた。掛水より三つ下、まだ数えで二十三歳だ。多紀は有能だが、ただ生まれつき有能なわけではないのだ。そうであろうと頑張って頑張って頑張って、――そうでなければこの若さでさっきのような耳打ちもできるはずがない。

誰のために。三つも上のくせにてんで頼りにならない『県庁ルール』ずぶずぶの先輩正職員のためにだ。

たまたまそいつが仕事をくれたからだ。

こんな妹がいたらかわいいだろうな、なんて。ばかやろう、と内心で自分を罵倒《ばとう》する。多紀のほうが余程しっかりしている。

一体自分は何様だ。

「ごめん、俺は目先のことしか見えてなくて」

「……掛水さんの目先やと、私は手厳しくて娘さんは気の毒に見えるがですね」

「え？」

「もういいです。行きましょう、帰りが遅うなりますき」

もういい、そんなはずはない——多紀は余計に傷ついた顔になっているのに。

俺はどこでこの子をこんなに傷つけた。

「手厳しくても役には立ちますか？」

「いや、その、手厳しいゆうがは軽い冗談で……取り消すき」

掛水の情けない言い訳には取り合わず、多紀はもう一度尋ねた。

「役に立ちますか？」

「立ちゆう。助けてもらいゆう。明神さんがアシスタントやないと困る」

どう答えるのが正解か分からない、だがそれだけは断言できる。

「なら、えいです。ありがとうございます」

多紀はそれ以降の会話をやんわりと拒むように、助手席側の窓へわずかに視線を振った。

掛水がこちらの機嫌を気にしていることは分かったが、多紀は流れる景色を見ている振りをした。露骨にならない程度に視線を掛水からかわす。

県内の短大を出てから就職は見つからなかった。高知のような田舎には、就職口はそもそも少ない。多紀のように特別な資格や技能もなく、学歴も飛び抜けていないとなると、就職活動は空振りばかりだった。特に女子には就職の風は厳しい。

県庁のバイトに何とか引っかかったのも、市内で一番にして唯一の百貨店に勤めている父親のコネによるところが大きい。

始まったバイトで懸命に働いた。重宝されていたと思う。分からんことは多紀ちゃんに訊け、とまで言われるようになった。

しかし、それでも期限が来たら惜しい惜しいと言いつつ誰も引き止めてはくれない。バイトだから当然だ。

そこへやってきたのが掛水だ。最初は調べ物を頼まれ、それがテストだったというわけではないようだが、ともかくきっかけとなっておもてなし課の臨時採用スタッフにと打診された。

臨時採用とはいえ、おもてなし課プロジェクトの根幹に関わる人員として、契約は随時更新。事実上は準職員のようなものだ。

私でえいがですか？　他にもっと……

真面目に仕事を探し続け、ずっと要らないと言われ続けたら卑屈にならないほうがおかしい。多紀も態度には出さないが、内心は充分卑屈になっていた。県には就職口が少なく、地元から出なくても正社員就職は難しいのに、Uターンで入庁したという掛水は一種のエリートだ。

そのエリートに自分が採用を持ちかけられるなんて、何かの間違いとしか思えなかった。

君やないといかん。

掛水は必死の様子でそう言った。吉門の話もそのとき色々聞いた。

君なら吉門さんの出した条件にぴったりなんや。総務での評価も聞いたし、今から新規で人を採るより絶対手堅い。それに清遠さんを捜し当ててくれたときの濃やかさは中々真似できるもんやない。清遠さんの事情を知って県庁の名前を出さんと今の連絡先を探してくれたろう？　君は一年間県庁でバイトをしよったのに『県庁ルール』に染まってない。そういう君が欲しいがよ、おもてなし課は。

初めて——自分が必要だと言われた。

要らないと言われ続けたところへ、掛水は初めて多紀を必要だと言ってくれた人だったのだ。

だから必死になった。父に頼んで新人研修の真似事のようなこともしてもらった。民間ならこうする、という話も毎晩熱心に聞いた。

そして民間から『役所』全般への反感も。

それなのに——こんなに役に立とうとしているのに、役に立ちたいのに、掛水は多紀のことはずっと「明神さん」と呼び、佐和のことは最初から「佐和さん」だ。初対面で水をぶっかけられたのに、今日の仲裁も多紀のほうを手厳しいと言い、佐和のことは気の毒だと。

――バカなこと僻《ひが》みゆう。

清遠といえば（まだ公表されてはいないが）おもてなし課では『パンダ誘致論』の清遠和政その人のことだ。佐和を呼び分けるには名前になるのが当然だ。

娘さんと言い続けている多紀が意固地なだけだ。それもそろそろやめなくてはならないが。

「あっ、ごめん！　ちょっと車停めてえい？」

急に掛水が声を上げたのは、仁淀川《によどがわ》の河口にかかる大橋を渡る直前だ。浜辺のサーフィン客の基地代わりに小さな店が構えてある。

土地だけは余っているので比較的広く取ってある駐車場に車を入れ、掛水は外へ出ていった。そして店のほうへ走っていく。

トイレかなと思って待っていると、やがて掛水が戻ってきた。車の後ろを回って戻ってきたのか、急に運転席のドアが開いたので一瞬すくんだ。

「ごめん、これ」

突き出されたのはアイスクリンだ。発音はアイスクリンで正解。高知では道路沿いや観光地によく屋台が出ている。シャーベットとアイスクリームを足して二で割ったような氷菓子で、差し出された安いコーンにはディッシャーでアイスクリンが丸く盛られている。

「やっぱり白が王道かなと思って」

白、というのはプレーンなバニラ味だ。他にもイチゴやチョコなどのバリエーションがある。窺うような掛水の顔と差し出されたアイスクリンを見て、多紀は思わず吹き出した。

「そうですね、私も白が一番好きです」

コーンを受け取ると、掛水はほっとしたように笑った。

「堤防で食べようか、天気もえいし」

掛水が車のキーを抜いてドアを閉めた。必然的に多紀も車を降りることになる。

歩きながらアイスクリンを舐《な》めると、随分久しぶりな味がした。いつでも食べられると思うと意外と食べそびれる。さっぱりとした味が独特でおいしい。

堤防に上がると、波待ちだろうか浜辺にちらほらサーファーがいる。

「もうやりゆうがやにゃあ。寒うないがやろうか」

「でももう汗ばむ季節ですき。やり込む人はもっと寒い季節からでもやるって話やき……」

「へえー」

掛水が齧《かじ》っているのも、白いアイスクリンだった。昔に比べると少しダイエットしたように見える小振りなコーンは、食べ終わるまであっという間だ。

「久しぶりに食べたけどおいしかったです。ごちそうさまでした」

「うん、じゃあ帰ろうか」

車に戻りながら、掛水が首を傾げるように多紀を窺う。

「機嫌、直った？」

多紀はまた吹き出した。――もう。

「掛水さん、反則。あんまりこんなことせんといてくださいよ」

「ご、ごめん。やっぱり食べ物で機嫌取るのはまずかった？」

途端に弱気になる掛水に、多紀は「そうじゃないけど」と笑った。

三つも年上の男の人、かわいいとか思ってしまうじゃないですか。――とはとても言えない。

「僻んじょっただけです。掛水さんが気にしてくれるようなことは何もないです」

「僻んじょったって……何で」

「それは内緒です」

それ以上つついてやぶ蛇になることを懸念したのか、掛水は食い下がってこなかった。

アイスクリンの休憩を入れてから多紀は平常営業に戻ったらしく、掛水は内心でほっとした。よく分からないが自分が何かやらかしたという自覚があっただけに。傍目八目、昨日は近森の踏んだ地雷がよく見えた。他人が今日の自分を見ていたら、どんな地雷を踏んだか分かったのだろうか。

ともあれ、アイスクリンは自分たちが子供の頃に比べてダイエットをしたに変わらん、だの、その分衣装（味の種類）は増えた、だの、他愛ない話で県庁に帰り着いた。

下元課長への報告を済ませ、掛水はさっそくパソコンを立ち上げた。

「吉門さんへご報告ですか？」

隣から多紀が訊いてくる。こうした察しのよさも多紀は得難い。

頷きながら掛水はメールソフトを立ち上げた。清遠と接触できたことを報告するメールは指が勝手に踊るように書き上がった。

それを送信してからしばらく——

「掛水、吉門さんから」

入った電話に職員たちから「お、久しぶりやにゃ」などと声が上がる。

「はい、掛水です」

「メール拝見しました、吉門です」

吉門の声は相変わらず眠たげだった。

「意外と早く見つかったんだね」

「あ、それは……」

ちらりと隣の多紀を見やる。

「吉門さんのアドバイスで採用した民間の女の子が頑張ってくれまして」

「へえ。どんな子」

「あ、最初は民間から総務へバイトに入っちょった子で、明神さんといいます」

そして多紀を採用した経緯を説明する。

「そりゃあ、手間要らずでいい人材が手に入ったね」

吉門も多紀の立ち回りは手放しで評価した。

「それにしても、まだ五月なのによく打ち合わせに漕《こ》ぎつけたよな。すっごい門番がいたはずだけど。そこの攻略だけで当分かかると思ってたよ」

「あ、娘さんですか？」

吉門は否定しなかったので、ずばり佐和のことだろう。

「確かに最初は娘さんが取り次いでくれんと大変やったがですけど、何とか名刺を受け取ってもらえて、それが清遠さんに渡ったみたいで。そしたらすぐに会ってくれました。打ち合わせからということで、来週ご来庁いただけます」

「へえ。それはすごいな」

おかげさまで、と言おうとした先を制するように吉門は平淡な声で続けた。

「まあ、腰抜かさないように心の準備をしといたほうがいいよ。多分、爆弾を投げ込みに来るから」

言われるまで相手が『パンダ誘致論者』であることを忘れていた。

二十年も前にそんな構想をぶち上げた男が民間の水で十年磨かれたのだ。何を言い出すことやら予想もつかない。

「そ、そうですね。心してお迎えしないと」

掛水の緊張が伝わったのか、吉門が電話の向こうで小さく笑う気配がした。

「いい心がけ。まぁ頑張って」

「はい、ありがとうございます……」

「成り行きに興味があるから、よかったら経過報告頼むよ。手の空いたときでいいから」

じゃあね、と吉門はあっさり電話を切った。興味があるなどとは到底思えない淡白ぶりだが、吉門が興味があると言うからには興味があるのだ。

そうした性格はもう飲み込めていた。

＊

県庁からの客が帰った後を片付けていると（佐和としては玄関に塩でも撒きたい気分だが）、パソコンに向かっていた和政が佐和に声をかけた。

「お前が名刺を受け取ったがは喬介の名前を出されたからか」

下げようとしていた茶托《ちゃたく》が手元で躍ったことが返事になった。言葉が何も出てこない。

和政は敢《あ》えてだろう、佐和のほうは振り向かなかった。

「俺に気を遣わんでえいがぞ。もう他人ながやき」

佐和は何も言えず、茶器をまとめて部屋を出た。

自分の部屋に引っ込み、佐和は子供の頃から使っている勉強机の一番深い引き出しを開けた。本棚には入れていない本がしまってある。吉門喬介のデビュー時からの本だ。文庫も含めて、全て初版で揃っている十数冊。そして隙間に立てた状差しに挿したハガキ。その全部が年賀状で、すり切れてしまった青いちりめん細工の髪ゴムで束ねてある。

束ねた中から一番上の一枚を抜いた。

小さい頃から硬筆をやっていた。その端正な字で、宛名は『清遠和政様、佐和様』。差出人の住所氏名は印刷だ。

裏面も無難な干支《えと》の柄に定型文の印刷。余白にペンで一言書き添えてある。

『こちらは変わりありません。そちらもお元気で』。

毎年毎年代わり映えのしない、しかし毎年毎年律儀に届くその年賀状に、父はなにも言ったことはない。年賀状を仕分けるのは佐和の役なので、仕事関係とも身内関係とも分類しがたいその年賀状はこの状差しにそっと滑り込ませる。

東京、などという都会は高知からは外国並みに遠い。テレビでならいつも見かける賑《にぎ》やかな街のどこかに、喬介が住んでいる場所が本当にあるのだろうか。東京のどの街が映っていても喬介が住む場所としては巧《うま》く嵌《はま》らないような気がした。

著者近影で、喬介は顔が分かる写真を使っていない。猫背気味の痩《や》せた男だと分かる程度の遠景写真で、その風景は——すべて高知のものだった。

特徴のある名所というわけではない。ただ、佐和には分かる。詳細なポイントまで。上京のとき持っていった写真を使っているのだろうか。それとも、ときどき帰ってきて著者近影用に撮っているのだろうか。

それさえ佐和にはもう分からない。残っている繋がりは、毎年の義務のようにやり取りする年賀状だけだ。

向こうの連絡先は分かっている。向こうもこちらの連絡先を知っている。しかし知っているだけだ。実際の連絡はお互いにない。

まさか、こんな形で県庁から喬介の名前が出てくるとは思わなかった。

——どうして。

端正な字を見つめながら複雑な思いがこみ上げる。

どうして、県庁にお父さんを紹介したりするが。

和政が県庁から追われたことを喬介は知っているはずなのに。

県庁のせいで家族が壊れたのに。

もしかすると、これはいい機会なのかもしれない。どういうつもりなのか喬介に問《と》い質《ただ》すという名目で電話ができる。

しかし何年も連絡が途絶えている恐さが勝って、電話をする勇気は出なかった。取り出した年賀状をそのまま状差しに戻す。

自分の意気地のなさがもどかしかった。

＊

清遠の事前情報を開示するかどうかで下元課長と『清遠係』二名は綿密な相談を重ね、結果は開示に転がった。

清遠は必ずや何らかの衝撃をおもてなし課にもたらすだろうし、そうなってから二十年前の『パンダ誘致論』や古い職員の昔話を中途半端に掘り出されるより、最初からこうした人物がコンサルタントとして来庁する、と覚悟させたほうがいいということになったのである。

『パンダ誘致論』の概略を説明し、『清遠係』二名からは清遠の特異なキャラクターについての予告だ。

「人物は太いですが、二十年前に『パンダ誘致論』を唱えたことから分かるように、吉門さんが一目置くほど発想を持っちゅう人です。民間でも既に観光コンサルタントとして名を売ってます。一体どんな話を持ってくるか、どう話を運ぶか予想がつきません」

とにかく変わり者のいごっそうが来ると思うちょけばえいがやな、という辺りでおもてなし課の意識はまとまった。

そして打ち合わせの当日である。

清遠はラフすぎない程度にカジュアルな服装で、小じゃれたビジネスバッグを片手に現れた。

うわ、ポール・スミスだよ、と掛水は肩をすくめた。

掛水もいいなと思ってチェックしていたが、値段の折り合いがつかずに諦《あきら》めた新作モデルだ。

――しかも似合っている。

もう買えないなぁ、あれ——と掛水は小さく溜息を吐《つ》いた。自分よりも小粋に似合っている熟年男性を目の当たりにしてしまうと、同じ物に手を出す気力はへたれる。

清遠は会議室でしばらく名刺交換会に入った。おもてなし課の課員全員とである。例外は既に名刺を交換していた掛水と多紀だけだ。

そして多紀を含めた女性職員が手分けしてお茶を出し、男性職員が席に着きはじめる。

お茶を待っているその途中から下元課長は話を始めようとしていたが、清遠はそれを手振りで押しとどめた。

「彼女らぁもおもてなし課のメンバーでしょう。お茶も出してくれゆうがやき、全員が揃うてからにしましょうや」

女性だからと話から半端に弾《はじ》くつもりはない、という言外のアピールだろう。女性職員たちが明らかに張り切る気配になった。日頃は悪気なく男性上位で回りがちな職場で、清遠の態度が彼女たちに好ましかったのは明らかだ。

何となく若い男性連中もお茶出しを手伝う流れになり、そして全員が席に着いた。

「——改めまして」

清遠が口を開いた。

「二十年前、『パンダ誘致論』で県庁を引っ掻き回いた清遠です」

にやりと笑いつつ、初《しょ》っ端《ぱな》のぶちかまし。掛水と多紀は既にかまされているが、他の職員は度肝を抜かれたらしい。それが手だ。

「十年前に県庁から身を退きましたが、今になってもう一度県庁のお若い方々と仕事の機会がいただけるらぁて、得難い巡り合わせをありがとうございます。何しろ下元さんですら私より十五はお若い。私の在職当時とは一味違う、柔軟なお話し合いができると期待しちょりますき、よろしくお願いします」

牽制の固まりをジョーク混じりボーク寸前で投げてくる清遠に、全員が呆気に取られて言葉もない。空気は完全に清遠のものだ。

そして清遠は下元に向き直った。

「下元さん、おもてなし課は私に観光コンサルタントのご依頼をくださるということですが、これは真に受けてかまんがですか」

「はい、そのつもりでおります」

下元が一見平静に応対しはじめた。清遠相手にそれがどれほど胆力の要ることか、清遠を既に知っている掛水にはよく分かる。

「観光立県を目指しながら、高知はどうも観光のプロデュースが巧くありません。我々の発想に限界があることは、清遠さんをご紹介くださった吉門さんからのご指摘で自覚しちょります。我々の発想はどうしても『お役所』の域を出ません。しかし観光客は『お役所』ではなく民間の皆さんです。我々が今から付け焼き刃で『民間感覚』を身につけろうとするよりは、謙虚な姿勢で民間の方から知恵をお借りするがが早いろう、と……」

「なるほど。要するに県の観光をプロデュースせえ、というわけですな」

清遠はうんうんと頷いた。

「県をプロデュースせえと言うがやき、こらぁ仕事がでかい。民間の代理店を相手に一泊二泊、あるいは一週間や十日程度を企画せえというのとはケタが違います。報酬もかなりを覚悟してもらわんといかん」

「と、仰いますと……」

さすがに下元が恐る恐る尋ねると、清遠は人差し指を一本立てた。その指はいくらだ——と全員が固唾《かたず》を飲む。

「プラン一つ採用ごとに一千万」

ざわっと議場に慄きが走った。その刹那《せつな》、清遠が続ける。

「……と言いたいところですが、私も元は県庁ですき県の台所事情は知っちゅう。親方日の丸頼りで箱物をガンガンやりよったころとは違《ちご》うて、かなり財政も厳しくなっちょりますろう。やき、プラン一つにつき諸経費別・五百万に負けちょきましょう。これは最低ラインです」

そのラインが退くことはない、と清遠の声から知れた。

「県を一つプロデュースせえという規模の話にそれぱぁよう出さんがやったら、観光立県らぁて端から諦めたがえい」

下元は一瞬逡巡《しゅんじゅん》したが、腹を据えたように答えた。

「分かりました、報酬については検討させてもらいましょう。ただし企画を見せてもろうて県で検討してから、ということでよろしいですか」

課長、と気兼ねしたような声が飛んだ理由は掛水にも分かる。高知県の観光部予算は約七億円だ。七億の中で企画一件ごとに五百万――決して安くはない金額である。

清遠のほうはといえば、下元に不敵な笑みを向けた。

「そう来なぁいかん。知的労働を買い叩く会社は大成しませんき」

そして誰にともなく喋《しゃべ》りはじめた。

「まぁ地方にはありがちなことですけど、プランナーだのデザイナーだの、脳味噌《のうみそ》を使《つこ》うたりセンスを使うたりする仕事は『元手がタダやき安い』と思うちゅう人間が多くて辟易《へきえき》しますわ。企画らぁ頭でちょっと考えるだけやろう、デザインらぁチョチョッと描くだけやろう、とねえ。知り合いのデザイン会社の社長がこぼしちょりましたけど、社章をデザインせえというような仕事で『ちゃっと描いたがでえいき二、三万でできるろう』なんてことを平気で言う客がおるそうで。また、そういう客に限って出来上がったもんにぐちゃぐちゃ文句をつけるがですな。これはかりは都会からイナカモン扱いされてもしゃあない部分で。ともあれ、おもてなし課はそんな了見やのうてよかった」

高い、とは誰もが言えない空気になった。さすがに話の詰め方が温《ぬる》くない。

「では企画をお見せする前に、観光素材としての高知県に関する認識をすり合わせますか」

そして清遠が三十代ベテラン事務でもある女性職員に目線を振る。

「中平《なかひら》さんでしたか、高知県の地図があったらちょっと出してもらえますろうか」

この短時間で十二人いる職員の名前を覚えたのか、と全員が目を丸くする。まさか名指しで来るとは思っていなかったのだろう、中平本人も驚いた様子だ。

「は、はい……どればぁの大きさのものをお持ちしましょうか」

「テーブルにちょうど広げられるばぁの大判のものをお願いします」

会釈しながら席を外した中平が、やがて清遠の希望どおりの地図を持ってきて机に広げた。

その地図に清遠がごつい手を突く。

「さて、この地図を見て皆さんはどう思われます」

清遠の問いかけに、職員たちから恐る恐る意見が上がりはじめる。

「……やっぱり山が多いですね」

「平野部が少ないですなぁ」

「でも、川が多いがは自慢してもえいがやないですか。しかもきれいな川が多い」

「四万十《しまんと》は知名度が高いが、他にも仁淀や物部《ものべ》、安田《やすだ》、水質のえい川がたるばぁある」

「吉野川も源流は高知やしな」

「海岸線が長いですね。まあ地形が独特なこともありますが、とにかく県が横に長い」

「そのせいで交通網は発達しちょらんけどにゃあ」

ある程度意見が交わされたところで、清遠がパンと手を打った。

「こうやって地図で見ると一目瞭然《りょうぜん》ですろう。自然が多い。海、山、川、そして仰げば自然を見下ろす空。何でもある。しかも、それらが全部かなりきれいに保たれちゅう。高知県が自慢できるものといえば豊かな自然です」

しかし、と清遠が厳しい顔で一同を見据える。

「その反面、高知には自然しかない」

それには誰も返す言葉がなかった。

事実だからである。

「自然、ことに山間部がきれいに保たれちゅうのも道理です。高知の自然は、開発がおおさお入れる余地がないばぁ峻険《しゅんけん》やったき、手を入れようにもよう入れざった。やき今までこれだけの自然が保たれた。それがある一面の真実じゃ。都市として発展できる場所には平野がある。あるいは山を削って平野が作れる。

高知は宿命的に都市として発展できん地形の苦を背負っちゅうがですわ。今はようやく高速が通ったが、交通の便も悪い。平地が少ないうえ地理が悪いとなると、企業の誘致にも向かん。今まで高知が低収入県の玉座争いから逃れられんかったわけですわ」

「あ……あんた、さっき高知の自慢は自然やと言うたやないですか！」

近森が食ってかかる。清遠は「そのとおり！」と近森を指差した。

「都市になろうとあがきよったら高知の自然は枷《かせ》にしかならん。そこで発想を逆転せないかん。高知ほど一つの県にバラエティに富んだ自然が凝縮されちゅう土地は全国でも稀《まれ》です、例えば山はあっても海がない県がある、これという川がない県がある。逆に、山や森林が少ない県もありますろう。

しかし高知にはすべてが揃っちゅう。しかも、『開発』目的でさえなかったら人がほどほどに親しめるレベルの自然が、です。この点で、我々は過去の行政に感謝せなぁいかん。要らん箱物をガンガンやりよった、けんど地形と地理のハンデを克服して高知を一大地方都市に発展させることはできんかった『開発下手』にこそ感謝せなぁいきません。だからこそ、高知には今に至るまでこれだけの豊かな自然が残った」

清遠の演説に、全員が飲まれた。

まるで息を潜めるように話の先を待つ。

「そして高知が観光立県を目指すなら、かつての行政の『開発下手』の遺産である自然をこそ活《い》かさないかん」

清遠の手がテーブルに広げられた地図のど真ん中を叩いた。

「えいですか。高知県の価値はこの自然にこそある。高知の自然を現在の技術で削り取ったら、その時点で高知県の価値がなくなると言っても過言やない。これはよう覚えちょってください。そして遺産を巧く使えずに持て余しよったこの数十年で、風は高知に向いてきた」

「どういうことでしょう」

下元がややゆっくりとした口調で訊いた。清遠の弁舌に巻き込まれないようにか。

「エコロジー。アウトドア。これらの言葉が世の中に定着しました。しかもプラスのイメージを持って。高知がこれに乗っからんかったら嘘でしょう。なにも『開発下手』やったき今まで持て余して自然が残っちょりました、らぁて言う必要はない。高知は元々自然との共存を重視しちょったき都市開発には積極的やなかった、と吹いちょいたらえいがです。イメージ戦略はホラを吹いたが勝ちじゃ」

身も蓋もない言葉に下元さえも黙り込んだ。そんな中、掛水はそぅっと手を挙げた。

「あのぅ……つまり、アウトドアスポーツをメインに据えた観光計画を採択する、ということですか？」

「察しがえいやないか、掛水。詳細なプランは俺から買《こ》うてもらうけどにゃ」

もはや呼び捨てで清遠は掛水ににやりと笑った。

「高知とよう似た条件で、観光国として成功しちゅう国がある。どこか分かるか」

訊かれて掛水は首を横に振った。

「ニュージーランドじゃ」

思いもよらない国名が出てきて、全員が呆気に取られた。

「あこも海に囲まれた島で、自然の他にはせいぜい羊と蜂蜜《はちみつ》ばぁしかない。それやのに観光客でかなり潤いゆう。日本からも定期的にかなりの人数が行きゆうらしい。目当てはアウトドアスポーツじゃ」

はあ、と話を聞くばかりの一同に、清遠がわずかに苛立《いらだ》った顔をした。

「あんたらはここでピンと来んきいかん。えいか、アウトドアスポーツは自然がないとできんがぞ。ニュージーランドはあらゆる種類のアウトドアスポーツができる、というのが売りじゃ。ついでにネイチャーツアーも繁盛しゆうらしい。

期せずして高知も同じ条件を持っちゅうろうが。観光発展と同時に自然の維持をせないかん、というのは、自然を剝《は》いだら価値がなくなる高知にうってつけの観光計画やろう。エコロジーのイメージを売るにも最適、しかもニュージーランドに行くより安いときちゅう」

いや、みんな多分あなたのキャラに毒気を抜かれて反応が鈍くなってるんだと思いますけど——と掛水は内心で思ったが、清遠に慣れさせるにはいい機会なので口をつぐんだ。

「そんなわけで、俺が高知県に提案する企画はこの二つじゃ」

清遠がポール・スミスのビジネスバッグからA4サイズの用紙を二枚出した。

それぞれに極太のゴシック体で印刷してあるのは——

『アウトドアスポーツ&ネイチャーツアー』。

『グリーンツーリズム』。

一番慣れている自分が相手にならなくては、と掛水は清遠に問いかけた。

「このグリーンツーリズムはかなり『後追い』の企画じゃないかと思いますが」

農村などに観光客を受け入れ、農業体験をさせるグリーンツアーはすでに地方で定番の観光企画といってもいい。もちろん高知県下でも多数の取り組みが見られ、かなり今さら感があることは否めない。

「後追いには後追いなりの後知恵がつけられるろう。後追いは別に悪いことばっかりでもない。先発のえいとこ取りは企画屋の基本じゃ」

「では、清遠さんには『後知恵』がある、と?」

「そこは期待しちょいてもらおうか。それにアウトドアスポーツに特化すると若者は取れるが、年配層を取りにくい。アウトドア&ネイチャーとグリーンツアーの二本立てにしたがは、客の年齢層を広げるためよ。グリーンツアーも広い意味ではアウトドアやきにゃ」

そんで、と清遠はバッグから三枚目の用紙を取り出した。やはり極太のゴシック体で、『高知県まるごとレジャーランド化』。

「余計な開発を入れんと、素の自然環境と元からある設備を利用して県全体をアウトドア関係のレジャーランドにしてしまおう、というがはどうよ」

たしかにこれは――爆弾だ。掛水は思わず息を詰めた。『パンダ誘致論』どころではない、清遠は県全体を「開発せずに」「遊び場に作り替えてしまおう」と言っているのだ。

「そんなことが……可能ながですか」

下元の声もかすれている。

「もちろん、有り物を使うとは言うても初期投資にはかなりを見てもらわないかんで。けんど、素材はかなりえいところまで揃っちゅう。例えば海側だけ見てもじゃ……」

清遠は指折り数えた。

「まず、民間でホエール・ウォッチングの基地がいくつもできちゅうろう。県の中部、東部、西部、どこでも客を受け入れられる態勢にはなっちゅう。それと海亀の産卵や。産卵シーズンやと黒潮ライン沿いの浜に毎晩毎晩、何十頭となく海亀が上陸してあちこちで卵を産みゆうがを知らんわけじゃないろう、あんたらも」

「ああ、あんなもんはもう……」

珍しくもない、と続けかけた職員に、「それがいかん」と清遠から駄目出しが入る。

「自分らぁが見慣れちゅうきつまらんもんや、という考えがいかん。よう考えや、海亀の産卵や鯨を見るためにわざわざ旅行する人がおるがで。『海亀の産卵を必ず観察できます』というのは、まともにプロデュースすれば大変な観光財産ぞ。何しろシーズン中はハズレが一切ないがじゃ。俺も実際その企画でどればあ稼いだか分からん。リピーターもけっこうな数ぞ」

そして清遠の話が本題に戻った。

「東洋町《とうよう》に室戸市《むろと》、仁淀川河口はサーフィンのポイントになっちゅうし、シーカヤックも室戸市や大月町《おおつき》がやりゆうにゃ。種崎《たねざき》はウィンドサーフィンをようやりゆうし、シュノーケリングやスキューバはそれこそあちこちにスクールがある。何せ、浜だけはたるばぁ余っちゅう地形じゃ。ジェットスキー専用のポイントも作っちゃったらえいわ。海水浴場でジェットスキーが事故を起こすような問題も解決できるろう」

「そんなに……」

半ば呆然《ぼうぜん》と呟いた掛水は、並べ立てられたうちの半分も知らなかった。

そういえば先日、多紀とアイスクリンを食べた仁淀河口の浜でもサーファーを見かけた——と多紀のほうを思わず見ると、多紀も掛水のほうを見ていた。その表情で分かる、きっと同じ光景を思い出している。

自分たちは光景として眺めただけだった。しかし、あれも清遠にとっては立派な『素材』の一つだったのだ。

「海に絞っただけでもこればあ素材はある。ただし、今は全部が勝手に点在しちゅうだけじゃ。これを有機的に結んだだけでもかなりのレジャーランドになりそうやろう？　必要ながは情報の結合、交通の整備、トイレや休憩所がないがやったら簡単で清潔な設備、インストラクターとレンタル機材ばぁのもんじゃ。あとは客が勝手に自分のやりたいもんを選んで来る。情報の窓口はおもてなし課がやればえい。予算は二十億も見てもらっちょけばえいろう」

まぁ、摑《つか》みとしてはこんなところでどうじゃ。清遠はそう結んだ。

「詳しいことは企画書を置いていくき読んでくれ。返事は急がんけど、塩漬けにするがは勘弁してくれよ。これは高知と似た地理条件の自治体ならどこでも売り込める企画じゃ。あんたらが買ってくれんがやったらよそに売り込む予定やき」

下元がしばらく考え込んで口を開いた。

「期限はいつまでと考えたらえいがでしょう」

「一ヶ月としちょこうか」

掛水の脳裏に吉門のことが思い浮かんだ。

一ヶ月何の連絡もなかったら、その話は流れたものと見なされる。それが民間の時間感覚だ――吉門と接触の始まった最初の頃に教えられたことである。

打ち合わせが終わり、掛水と多紀は駐車場まで清遠を見送った。

庁内を歩きながら、清遠が不意に掛水を振り返る。

「すまんけど、県庁が俺の企画を買うなら次の打ち合わせまでにおもてなし課の人らぁの写真をくれるか。飲み会らぁで撮ったのがあるろう。直書《じかが》きでえいき、それに名前を入れてくれ」

「えっ……」

掛水は目をしばたたいた。

「最初の名刺交換で全員覚えたがやなかったがですか」

「いくら名刺を交換しても、十人以上も覚えられるわけがないろう」

「でも中平さんの名前を覚えちょったやないですか」

「一気によう覚えれんき、絞って覚えたわや。まずお前と明神さんは元から知っちゅうき問題ない。後は肩書き付きと女性や。女性は明神さんのほかに二人しかおらんかったきにゃ」

ぽかんと口を開いた隣で、多紀がくっくと笑いはじめた。

「清遠さん、すごい。ハッタリ上手ですね」

確かに清遠が会議中に呼んだ名前は下元と中平だけだ。しかし、初っ端に中平を名指ししたことで、全員が名前を覚えられたと思って度肝を抜かれたはずである。

「やり手やと思わせちょかんと動きづらいきにゃ。それじゃあ写真の件は頼んだで」

打ち合わせの終わり際に企画をよその自治体へ持ち込む可能性をちらつかせつつ、清遠は県が自分の企画に乗ってくることを疑っていない様子だった。

清遠の車を見送ってから、掛水は呆然と呟いた。

「詐欺や……」

「みんなに種明かし、します？」

多紀に訊かれて、掛水は苦笑しながら首を横に振った。

3. 高知レジャーランド化構想、発動。

＊

掛水《かけみず》と多紀《たき》がおもてなし課へ戻ると、清遠《きよとお》の企画書がすでに全員分コピーされ、各自が熟読状態に入っていた。

掛水と多紀も遅れてその熟読モードに加わる。

——やがて、下元《しももと》が声を上げた。

「これは買わんとしゃあないやろう」

要点をまとめた段階の簡易な企画書だったが、大胆な計画を単なる机上の空論に終わらせてはおらず、実現可能と思わせる精度の概算と予算調達もつけてある。さすがは元県庁といったところか。

「しかし……県庁のタテ割りが動きますろうか、これは」

課長補佐が難しい顔で唸《うな》る。下元は淡々と答えた。

「動かすのが俺らの仕事よ。それにこの企画は高知がやらんでどこがやるで。俺はおもてなし課に配属される前に他県の観光部との交流会に何度か出たことがある。よう言われたもんや、高知は素材はえいものを持っちゅうに、まったくそれを使えちょらんとな。——使えちょらん、いうがはこういうことかとよう分かった」

多紀ちゃん、どうで。

下元に突然問いかけられて、多紀は慌てたように顔を上げた。

「民間の若い女の子として、率直な意見を聞かせてくれるか」

「……面白いと思います。もともと民間では県内にアウトドアスポーツのポイントが多いことは知られちょったし、私の友達にもいろいろやり込みゆう人はおります。これぱぁ色々できるに何でこれを県の売りにせんがやろう、という意見もよく出てました。私が耳にする範囲ですからせいぜい県民の愚痴レベルですけど、愚痴を聞く頻度は高かったです。でも、実際に計画を立てたら、県内でこんなにアクティビティが揃うらぁて……できんことを数えたほうが早いくらいですね」

下元が怪訝《けげん》に首を傾げる。

「何で、そのアクティビティゆうがは」

「あ、要するに観光地でのレジャーのことですけど……ツアーとかに申し込むと、オプションでいろんな遊びが選べるがです。例えばラフティングとかカヌーとかパラグライダーとか……割と活動的なスポーツ系が多いと思いますけど」

多紀は考え考え言葉を続けた。

「私、卒業旅行でグアムに行ったことがありますけど、旅先は解放感があるき思い切ってあれやってみよう、これやってみようっていうのがあるがです。せっかくやき、みたいな……ほら、日常やと趣味でもない限りわざわざ調べてまでやるのは面倒やけど、旅先はオプション選んで申し込むだけで体験できるやないですか」

確かに旅先ならではの手軽さは重要なポイントだ。

「それに旅行って『来て観て帰る』だけやとつまらんでしょう？　記念とか思い出にって何か変わったことやりたくなるんですよね。私もグアムで友達とジェットスキーとかやったし」

だからレンタル機材なのか、と掛水は企画書をめくった。レンタル機材とインストラクターの必要性も書いてある。

「観光というもんの本質を考え直す必要があると思います」

考えがまとまるより先に掛水は口走っていた。

「どういうことな」

「いや、だから、その……県の観光ってゆうたら、俺らの意識の中である程度固まっちゅうやないですか。龍馬《りょうま》に桂浜《かつらはま》にはりまや橋に、って。もちろんそれを外せってことやないけんど、観光客が『旅行』に何を求めゆうかってことは考え直したほうがえいかも……明神《みょうじん》さんの言うとおり、記念や思い出っていうか、非日常を期待しちゅうと思うがです。

そうしたら今までの高知の定番観光コースはいただけません。龍馬の知名度は高いとしても、土地の偉人らぁどこにでもおるし、桂浜は龍馬の銅像がなかったらどこにでもあるようなただの浜やし、はりまや橋に至っては日本三大がっかり名所の一つです」

「そういえば、最近は四万十《しまんと》川への観光客が増えゆうそうですね」

多紀が横から口を添えてくれる。

「そうそうそう！　観光客が高知に求めゆうもんは、今までの定番お仕着せやなく、正にそういうもんにシフトしてきゆうがやないですろうか」

だとしたらアウトドアやネイチャーツアーを前面に押し出した清遠の案は時流に乗っている。しかも、流行《はや》り廃りの関係ない時流だ。自然保護の動きは世界的なものだし、高知はどっちにしろ「自然を剝《は》がしたら価値がなくなる」土地だ。

「後は旅情ですよね。例えば明神さんが行ったグアムで本格懐石の店がオープンしちょっても、そこに喜んで行くのは日本人やないですろう。グアムに行ったがやったらどうせならグアムの名物を食べたいですやんか。えーと、ロコモコとか？」

「ロコモコはハワイですね、グアムはチャモロ料理です」

隣から多紀がさくっと訂正した。

中平《なかひら》たち女性職員が話に参加する。

「そういえばそうよねぇ。今どきは旅先で高い旅館に泊まっても、定番のきれいなお膳《ぜん》が出てくるき面白味がないわ」

「旅館のお膳はどこに行っても代わり映えがせんねえ。どうせなら、その土地でしか食べれんものが食べたいわ、私なら。高知やったら何があるろう」

「やっぱりまずはカツオのたたきやない？　塩たたきとポン酢の二種類。塩たたきは県外じゃちょっと珍しいろう」

「お寿司《すし》もそうよ、高知は何でもお寿司にするのが好きやき。タケノコやこんにゃくをお寿司にするがは観光客には目先が変わっちゅうと思うわ」

「それやったら、魚を姿のままでお寿司にするがも好きですよね。鯖《さば》の姿寿司は皿鉢《さわち》でも定番ですけど、鮎《あゆ》も姿寿司にしますし」

「鯖やったら清水《しみず》鯖も忘れたらいかんで。川魚も面白いかも分からんね、アメゴとか」

「ちゃんばら貝にどろめにきびなごに……春はのれそれもあるし山菜も」

さすがに女性はグルメ話になると盛り上がる。

「何で土地のものを出さんとお仕着せのお膳になるがやろう？」

女性たちが首を傾げたところへようやく男性陣の出番である。

「一番はコストの問題やろう。やっぱりお仕着せは手堅いだけにコストも安定しちゅうき」

「えー、でもせっかく旅行するがやったら、ちょっとくらい割増しになっても名物が食べたいわ。ねえ、多紀ちゃん」

はい、と頷《うなず》いた多紀がふと思いついたように口を開いた。

「民間の業者さんに協力してもらうことってできないでしょうか。例えば県外からのお客さんにアンケートを頼んだり……旅館とかにも郷土色の強いメニューを取り入れることをどう思うかとか、どんな条件が整っちょったらやれるか、とか……」

「観光発展の計画段階から民間を積極的に嚙《か》まそうってこと？」

掛水が尋ねると、多紀は我が意を得たりとばかりに大きく頷いた。

「それはちょっと難しいがやないかえ」

「県庁だけでも話をまとめるのが難しいに、民間まで混ぜよったら……」

ほとんど反射のようにそんな声がいくつか上がった——そのとき。

「いや。それはやれるぞ」

下元が反論を封じた。

「パブリック・コメントの制度を使えば充分可能じゃ」

行政が考えている計画を事前に住民に公開して、住民の意見を取り入れていこうという制度だ。行政と住民の温度差を解消する手段としても効果的である。

「パブコメを積極的に使えば民間を巧《うま》く嚙ませられる。——多紀ちゃん、それは中々クリーンヒットかもしれんぞ」

手放しの賛辞に多紀は却《かえ》って困惑している。

「清遠さんの案は確かに斬新《ざんしん》やが、タテ割りを突破するのが難しい。やったらパブコメで住民を巻き込んで、住民から気運を盛り上げていくがはえい攻略法じゃ」

清遠の計画は観光部が独自に進められるスケールのものではなく、他部署を複数絡めて連携を取ったうえ数年計画で予算を取るという複合的な案だった。まともに話を進めようとしても、それこそ塩漬けになる可能性が高い。

——とはいえ、住民への根回しが済むまで話をおもてなし課で止めておくわけにはいかない。最低限、観光部とは方針を合致させておかなくては、清遠の企画を「買う」ことさえできないのだ。

「それは俺の仕事やにゃ。お前ら手伝え」

下元はゆったりした口調で話し合いを締めた。

掛水は吉門《よしかど》に電話をかけた。

清遠に関して経過報告がほしい、とあの吉門が言ったのである。たとえどれほど淡白な様子だったとしても、よほど事態に興味を持っているに違いなかった。

だとすれば電話をかけても許されるレベルだ。

「すみません、おもてなし課の掛水ですが……」

「ああ、あんたか」

吉門は何でもなさそうに応じたが、

「どうだった」

主語をすっ飛ばした端的な問いで、その話を期待している。

「はい、清遠さんには本日ご来庁いただきまして、先程帰られました」

「どんな爆弾投げ込まれたの」

「ああ、確かに爆弾でした」

何と説明したものか迷い、吉門ならそのまま通じるだろうと清遠の企画名を告げる。

「高知県まるごとレジャーランド化計画を提案されました」

吉門はしばらく返事をしなかった。やはり分かりづらかったのか、と補足しようとすると、

電話の向こうからくつくつ笑う声がしてきた。

「それはまた……吹いたもんだなぁ」

「あ、概要はお分かりになりますか」

「うんまあ。県内のアウトドアやネイチャリングポイントを有機的に繋《つな》ごうってことだろ」

「はい。グリーンツーリズムも含めておられましたが」

「だろうね」

まぁどっちにしろ、と吉門はまた笑った。

「有り物の有効利用って辺りが高知の財政をよく知ってるうえに、安い企画と意識の変換だけで県の観光イメージ自体を刷新しちゃおうって辺り、すげぇあの人らしい。大胆かつ合理的っつーか」

清遠をあの人と呼んだ吉門の声には、吉門にしては分かりやすい親しみが籠《こ》もっていた。どういう関係なのかと少し好奇心がうずいたが、尋ねるのは立ち入りすぎな気がしたので口には出さない。

代わりに企画の難を挙げてみる。

「安い企画とはいっても、県にとっては大きなお金ですよ。観光部を納得させるだけでうちの課長が頭を抱えてます」

「まあ、まずは観光部で一枚岩になってないとタテ割り突破なんて夢のまた夢だもんな」

清遠が他部署と連携する案を出してきたことを当たり前のように読んでいる。やっぱり甘くない、と掛水は舌を巻いた。

「だけど、でかい金っつってもトータル二十億そこそこの企画だろ？　そのスケールの企画でその値段って、普通は安い部類だぜ。一年で二十億吐き出すならともかく、数年かけて複数の部署で負担分け合うなら不可能な話じゃないだろ」

「値段まで分かるんですか⁉」

　思わず声を上げると、吉門がしばらく無言になった。そして煩《うるさ》そうな返事がくる。

「……いってぇよ、耳。急に大声出すなよ」

「あ、すみません……あの、清遠さんの提案された金額とまったく同じだったので……なんでそこまで分かるんだろうって」

「つーかさ、世の中資料ってもんが公開されてるだろ。特に自治体。それ見たら高知県で可能な企画の上限規模なんて知れるだろ」

　そんな当たり前みたいに言われても。これればかりは掛水も不服だ。そんなのあっさり分かる人なんか滅多にいませんよ、と口には出せないが代わりに唇が尖《とが》る。

「これが五十億とか言い出したらあの人もヤキが回ったなと思うけど、予算感覚は衰えてないみたいで安心した。県の規模に見合ったところを衝《つ》いてるよ。計画なんて、採択されたら補正予算はチビチビむしり取れるんだから、多少の誤差はどうにでもなる」

　後は金の問題じゃない部分だな、と吉門が呟《つぶや》いた。

「どういうことですか？」

「それこそ意識の部分だよ。行政は変化を嫌う。特に、地方は保守的だ。現状を維持できたらいいって感覚のままじわじわジリ貧になってることに気づかない。気づいたら財政破綻《はたん》してるって寸法だ。破綻が見えてから慌てたって手遅れだ、そのときにはもうどうにもならない。

俺は高知にはそんなことになってほしくない。何となく先細ってるって段階で手を打たないと。高知は今が正にその段階だろ。高齢化は驀進《ばくしん》中、若者は職がなくて四苦八苦、進学や何かで一度県外に出たらUターン就職もままならない」

そうだ、多紀のような気の利く子が就職口を見つけることさえできなかった。それが高知の現状だ。掛水は思わず目を眇《すが》めた。

「そして県にはこれといって打つ手がない。手を打とうとしているかどうかさえ県民に疑問に思われてるフシがある。何となくこのままじゃまずいと思いながら、公務員という保証された身分で会議を踊らせてるだけじゃないのかって、俺だってそっちにいたら疑う」

吉門の言葉は相変わらず容赦がなく、しかし故郷を案ずる思いに溢《あふ》れている。

「観光にしろ商業にしろ、成功してる都市は変化を恐れてないんだよ。西日本なら例えば神戸。福岡。確かに発展してる、金儲《かねもう》けが巧い。だけど、成功ばっかり重ねてああなってるわけじゃない。クローズアップされるのは成功例ばかりだけど、失敗だってたくさんしてる。けどそこで守りに入らない。成功したときの金を無難な事業に回すんじゃなく、殖やすことを考えてる。賛否両論あるだろうけど、見習うポイントは多々あるんじゃないの」

自治体が金儲けを考えるなんて、という風潮は根強い。しかしそうではないのだ。土地に金が落ちてくるシステムを考える、それは自治体が胸を張って取り組むべき仕事だ。

それは県民のためにこそだ。

「……返す言葉もありません」

何としても清遠の計画を観光部に通さなくては。その決意は新たになった。

とはいえ、観光部の壁は厚かった。

観光部の目算としては、あくまでもおもてなし課は観光部内で管轄できる企画を回す部署として立ち上げたものらしく、県全体を巻き込むような一大事業の発起などは求めていなかったというのが実情らしい。

「そもそもおかしいわや。観光と農業以外これといった事業もないのに、観光部予算が県予算四千億の中のたった七億ぞ。他の部と桁《けた》が一つも二つも違うがぞ。これっぱぁで観光立県らぁて笑かすな」

近森《ちかもり》を始めとして若い職員が不満を吐くようになった。

「掛水さんは愚痴言わないんですね」

多紀があるときそんなことを言った。『清遠係』としてセットで動くことは多い。

「まぁ、言うても仕方ないし……課長を見よったらね」

下元は粘り腰で観光部と交渉を続けており、愚痴一つこぼさない。清遠には企画を買いたい旨で調整をかけている、と報告している。塩漬けにするつもりはないという意志表示だ。

「みんなも少し慎めばえいのに……課長のストレスになるだけやに」

「いや、でも愚痴が出るのは悪くないって課長は言ってたよ」

掛水は慌てて執り成した。

「それだけみんな清遠さんの企画に入れ込んじゅうってことやき」

中には清遠を直接観光部にぶつけたらどうだ、という意見まで出ているほどだ。清遠のあのでたらめな突破力に期待する意見だったが、観光部には「古い職員」も残っている。今の段階で仕掛け人が清遠だと明かすのは早すぎだった。まずは観光部の言質を取ってからでないと。

観光部を攻略している間にもできることは先にやれ、ということで、パブリック・コメントを利用した民間リサーチはかけている。計画に賛成する意見は、特に観光業者からぞくぞくと集まっており、細かい提案なども上がっている。

もちろんその気運の仕掛け人として清遠の存在が欠かせないわけだが、その清遠はといえばおもてなし課にこの企画を叩《たた》きつけてからというもの地元の視察に精力を注いでいた。

再々お供として引っ張り出されるのは、『清遠係』の掛水と多紀である。しかし、二人には清遠の視察の狙いも、自分たちが連れ回される理由も今ひとつ見当がつかなかった。

それを理解したのはずっと後の話である。

＊

「おい、明後日《あさって》の日曜は暇か」

清遠のアポイントが入るのは常に急で、「来週」などというスパンで誘いが飛んできたことはない。常に明日だの明後日だの、数日以内の話だ。掛水たちの都合が悪いと「じゃあ次の日は」「その次は」と来るので、結局声がかかると数日中に予定を空けないことには仕方がない。

そして下元からは清遠を優先できるところはするようにと許可が出ている。

「ああ、ハイ、休みだから暇ですが……ちょっと待ってください」

掛水は電話口を手で塞《ふさ》ぎ、隣の席の多紀に声をかけた。「清遠さんから。また日曜やけど」

そう尋ねると、多紀はOKのサインを出した。

「大丈夫です、明神さんも空いてます」

プライベートである休日を振り回されることにももう慣れた。

「じゃあ日曜の十時に県庁前で待ち合わせじゃ」

「遠出ですか？」

さすがに遠方だと心の準備がいる。

「いや、近場も近場、県庁のお膝元《ひざもと》よ。日曜市じゃ。車は県庁に置かせてもらうぞ」

「……まあ、確かに近いですけど」

県庁から正に徒歩数分、日曜のみ高知城下の大通りである追手筋《おうてすじ》を二車線閉鎖して開かれる露店の市場だ。三百年の歴史を持ち、全国的にも大規模な市だが、高知県民にとっては非常に身近で——身近すぎて、若者はわざわざ行楽先に数えない。通りがかればついでに一区画ほど流れるか、という程度のものである。

何でそんなものにわざわざ休みを潰《つぶ》してまで。

そう思ったことを見抜いているかのようなタイミングで清遠が言った。

「まあ、今さらと思うかもしれんが付き合え。たまには面白いもんぞ」

じゃあ日曜日に、と念を押して清遠は一方的に電話を切った。


すっかり夏日の炎天下、日曜市に繰り出すのはかなりの気力と体力を要する。何しろ全長一㎞以上もある巨大な市で、五百軒近く店舗が並んでいる。そのうえ人出も相当なもので、端から端まで渡るだけでも消耗する。

清遠は県庁にやってくるなり挨拶《あいさつ》もそこそこに日曜市の方面へ向かった。掛水と多紀はその背を追いかける。清遠は足が速く、心がけて早足に歩かないと置いていかれる。多紀などたまに小走りになるほどだ。

高知城を背に構える県庁から堀沿いに五分も歩くと、城門の前を抜ける追手筋に突き当たり、日曜市の西端が始まる。

きつい日差しが堀の水面で照り返し、暑さを強調する。気温はまだまだ上がるだろう。

「何で今日は日曜市ながですか」

掛水が問いかけると、清遠は太い笑い声を上げた。

「まぁ、そうへばった声を出すにゃ。今日は楽しんでみい」

「楽しむって何を……人に揉《も》まれて疲れるだけやないですか」

「揉まれるばぁ人が毎週集まる、ということよ。ちょっと視点をリセットしてみい」

清遠は市に入って歩調を緩め、お供二人を振り返った。

「どうな」

「どう、と言われても」

街路樹が植わった中央分離帯から南側二車線を使った市は、両側にびっしり露店が並んで既に大層な人混みだった。いつもは北側二車線を合わせた四車線となっている道路は、日曜だけは市がしまわれるまで北側しか生きておらず、一方通行の状態だ。

それなりに交通の多い通りを日曜の日中に封鎖してしまうなどという措置は、都会では到底真似できまい。しかも毎週だ。市が立たないのは、年明け二日までとよさこい祭り中の日曜日だけである。それ以外は台風でも直撃しない限り休まない。

「……相変わらず盛況ですね」

掛水がそう答えると、清遠は「情緒がないのう」と首を振った。

「どこかアジアの南のほうにでも来たようなイメージは持てんか」

チャンネルを強引に切り替えられたかのようだった。視点をリセットとはこういう意味か。

清遠の一言で、見慣れた――見飽きた市の光景が、熱いアジアの空気を帯びた。

「そうですね！　インドネシアとかマレーシアとか、東南アジア系の印象あるかも！」

多紀がはしゃいだ声を上げた。いつもは大人びているが、珍しく年相応の反応だった。四年制ならまだ大学に通っていてもおかしくない年だ。

「明神さん、行ったことあるが？」

「あ、行ったことはないんですけど……雑誌やテレビで見るだけやけど、似ちゅうかもって」

多紀はばつが悪そうに首をすくめた。そんな仕草も幼げだがかわいらしい。

「街路樹がソテツのところもあるし、日曜市ってけっこう異国風ですよね」

視線を近くすると確かに日本の市場だが、引いて全体で見るとアジアの異国のような風情が立ち上がってくる。その大らかで雑然とした雰囲気はおそらく南に独特のものだ。

「お前は飽いちゅうようやが、毎日曜日に県全域から店や客がこればぁ集まるがぞ。市の終《しま》いまで客も混んじゅう。最近は観光客も多い。ちょっと旅行者になった気分で冷やかしてみぃ」

そう言って清遠は雑踏の中、自分も店をあちこち覗《のぞ》きはじめた。

「……旅先でこんな市があったらテンション上がるかも」

多紀が楽しそうに呟く。掛水も頷いた。

露店の商品はバラエティに富んでいる——というより、めちゃくちゃだ。農産物から海産物から衣料品、日用品に植木や花、雑貨に菓子に軽食類。野菜を商っている隣で干物が売られ、そうかと思えばお好み焼きの隣におばちゃんが作るような手作り小物が店を広げている。

これをわざわざここで買う者がいるのか、と思うようなものもある。

「……鍬《くわ》とか鋤《すき》とかなぁ。包丁とか鎌ならまだ分かるけど」

「さっきチェーンソーありましたよ。日曜市の歴史は三百年ってよく言うけど、それくらい昔の市ってデパートみたいなもんやったがかも」

「今みたいに必要なものがどこでも手に入るなんて環境じゃなかったろうしなぁ。必然的に市に来たら何でも買えるって状態になったがかな。それがそのまま今まで来ちゅうがやろうか」

「きっとそうですよ。生活のための市がそのまんま残っちゅう感じ。すごく賑《にぎ》わいゆうけど、全然よそゆきの顔してないっていうか。庭石とか古切手とか、何で敢《あ》えてここでと思うけど、一つでもなくなったらバランスが崩れそう」

市と言えば普通は何かしらの食べ物、あっても園芸関係や雑貨くらいというイメージがあるが、ここはデタラメだ。全く洗練されておらず、並びも商品もめちゃくちゃでとっちらかっている。

だが、垢抜《あかぬ》けようとしたらこの異国感はきっとなくなる。

「……ここは手を入れたらいかん部分やにゃあ」

市は生き物だ。変わりたいように変わる。それを行政側から操作しようとしたらおすまし顔のつまらない出店の並びになるだけだ。

「農産物にしたって、今どきイモのツルらぁて売ってないよなぁ」

「リュウキュウやソウメンウリなんか、食べ方が分からん人もおるかも」

「改めて考えると、郷土色の強い立派な観光資源やにゃあ。もし俺が県外の人間で、明神さんと旅行に来たがやったら確かに楽しいかも」

相槌《あいづち》が来なかったので、図々《ずうずう》しい仮定を口走ったことに気づいた。

慌てて取り消そうとしたとき、多紀がはにかんだように笑った。

「多分、私も楽しいです」

その同意に却って戸惑う。何と返していいのか分からず、掛水は結局話を変えた。

「何か食べようか。小腹も空《す》いたし」

「いいですね！　イモ天食べたい」

多紀が言っている店がどこの店かはすぐ分かった。分離帯の木がソテツに切り替わった区画の辺りだ。いわゆるおかずとしての天ぷらではなく、衣が揚げパンのようにふかふかしていて甘い。おかずよりむしろお菓子に近い食品だ。

「この季節はやりゆうかにゃあ。まあ、なかったらどこかで天ぷらでも買おう」

掛水の言った天ぷらは、ゴボウや野菜を練り込んだ魚のすり身を素揚げしたものだ。目当ての店で、やはりイモ天は夏場の休みで空振りだった。代わりに、適当な店ですり身の天ぷらを買う。高知で天ぷらというと状況によって一般的な天ぷらとすり身の天ぷら、どちらを指すか変わる。イモ天もお菓子タイプ、おかずタイプに共通する単語だ。

「あ、ツガニ汁！」

ツガニは県外でモクズガニと呼ばれるカニで、ツガニ汁は殻ごと潰した汁を熱してタンパク質を固めた吸い物だ。これは出汁《だし》が絶品である。

「へえ、まだ旬じゃないけど味はどうながやろう」

「でも、カニはハシリでも食べたがる人がおりますき」

「さっき鮎の塩焼きがあったで。俺はそっちも惹《ひ》かれるものがあるけど」

「私、イワナの塩焼き見かけたことがあります」

天ぷらを片付けて鮎の塩焼きを攻略。多紀はまだイモ天に後ろ髪を引かれている。

「秋になったらまた来ようや」

そう言ってやると、多紀は嬉《うれ》しそうに頷いた。――何かこれってちょっと雰囲気いいか？と微妙にどぎまぎする。

「お、寿司も出ちゅうで」

先日の会議で、何でも寿司にしたがる高知の風土は話題に出ている。鯖の姿寿司にタケノコやこんにゃく、ミョウガなどの野菜寿司、タチウオの押し寿司。高知の寿司は、寿司飯にゆず酢を使って白ごまなどの薬味を忍ばせているところが独特である。

「もうさすがにご飯モノは無理」

「まあ、あんまり立ち食いで食えるもんじゃないきにゃあ」

「さっきのお店のおはぎ、おいしそうやった。掛水さん、おはぎ食べられます？」

「おはぎって米どころかもっと溜《た》まる餅米《もちごめ》やんか！」

「甘い物は別腹なんです、二個パックのがあったから一つ食べてください」

「あ、さっきの店？　……二個は二個やけど、えらいボリュームのある二個やなかった？」

「でも、何かあれはおいしい気配がしてた」

……ああ、本当に。掛水は思わず顔をほころばせた。

本当に多紀と旅行で日曜市を冷やかしているようだ。

多紀が目をつけていたおはぎを物陰で立ち食いしていると、清遠がふらりと戻ってきた。手に戦利品のレジ袋をいくつか提げている。

「どうや」

さすがに問いかけの意味はもう分かる。

「これはもっと積極的に売りださなぁいかん資源ですね。けんど、剪定《せんてい》はせられん」

分かってきたやないか、と清遠はご満悦だ。

そしてその日は解散となった。朝は渋々だったのに帰る段では後ろ髪を引かれた。もう少し多紀と一緒に露店を冷やかしていたかったような気がする。

我ながら現金なことだと掛水は苦笑した。

＊

あるときは台風明けの室戸《むろと》岬へ連行された。

滑らかな砂利の浜に黒い奇岩がにょきにょきと突き出た岬だ。沖はホエール・ウォッチングのポイントにもなっている。

岩の合間に忍び込んでいるような浜には、嵐の名残をとどめて白く泡立つ荒波が打ち寄せていた。

グレーの雲が空に居残り、潮の細かな粒子を含んだ風がいつの間にかしっとり服を湿らせる。

清遠は当てがあるのかないのか浜をぶらぶらと歩き回り、その意図が奈辺《なへん》にあるかは同行者に読めない。

読めないままに掛水と多紀はついていくだけだ。

「嵐の後の海って、何かわくわくしますよね」

多紀が言うように、他にも波を見に来ているらしい人々がいる。地元の人間か旅行者か。

「岬の波は独特の渦を巻くにゃあ」

岩の間で揉まれた波は、打ち寄せるまでにトリッキーな動きを見せながら勢いを増す。それを見ているだけでちょっとした暇つぶしである。

突然、靴がぶにゅっと何かを踏みつけた。

「うわ⁉」

掛水は悲鳴を上げて片足を浮かせた。感触でとっさに思い浮かんだのは蛙。恐る恐る踏んだ跡を見ると、そこに転がっていたのは握《にぎ》り拳《こぶし》ほどの大きさのハリセンボンだった。

「掛水さん、ここにも！」

多紀が指差した近くにも、褐色《かっしょく》の背と白い腹に針を寝そべらせた丸い魚が打ち上がっていた。気づいて見回すと浜のあちこちに何十匹となく。白い固まりが落ちていると思ったら、それが全てハリセンボンだった。どれももう息絶えている。

「何でこんなにハリセンボンばっかり……」

二人でしばらく考え込み、掛水が先に気づいた。

「そうか、こいつ舵《かじ》が利かんがや！　こんな丸い体に申し訳程度のヒレがついちゅうだけやき、荒波に揉まれるともうどうしようもないがよ。この体型やったら溺《おぼ》れるしかないわ」

「でもそれならフグも打ち上がりそうな気がしません？　ハリセンボンばっかりっていうのが謎ですよね」

盲点を衝かれて掛水は考え込んだ。

「フグより一段泳ぎにくい体型ながやないろうか。フグは膨れてなかったらもうちょっと流線型な感じがする。それか、フグはもうちょっと深いところに棲《す》んじゅうがかもしれん」

「魚も溺れることがあるんですねぇ」

「それにしても打ち上がっちゅうにゃあ」

哀れではあるが、あまりにもたくさん打ち上げられているので、一度気づくとインパクトがあり、ついつい数えて歩いてしまう。

と、前方で清遠が岩陰にしゃがみ込んだ。岩に触れて何かしている。

「何しゆうがですか、清遠さん」

駆け寄ると、清遠は指先に何かつまんで寄越した。カサガイの一種だ。何気なく受け取って身をこそぎ、口に入れる。肉の弾力に潮の味と貝の小味が絡まって珍味だ。

磯で岩にへばりついている貝は何でも食べられる、と言っても過言ではない。磯遊びで戯れに貝を剝がしてその場で食べる、子供の頃はよくやっていた。

「ほれ、あんたも」

清遠が多紀にも貝を渡した。「茹《ゆ》でずにその場で食べるなんて久しぶり」多紀もそう言って貝の身をこそいだ。いわば貝の躍り食いか、それを残酷だとか不衛生だと思う感覚を田舎育ちは持ち合わせていない。雄大な海を前に、獲物をその場で食べることは自然の営みだ。

器用に貝を剝がす清遠に、掛水も遊び心がうずいた。どれ自分も、と岩場に腰を屈《かが》め手近の貝を親指で押し上げて剝がそうとする。

「あれっ」

指が空しく滑り、わずかに殻を浮かせていた貝はペタリと岩に貼りついてしまった。

「ヘタやにゃあ」

清遠が呵々《かか》大笑する。

「そうなったらテコでも動かんきよ。貝が油断しちゅうところをグッと押し上げなぁ。不意を衝いたらコロンと行く」

「元々こんなの道具がないと難しいじゃないですか」

掛水はむくれて口を尖らせた。

自分だけ遊び事が巧くできなくて悔しい、そんな気分も久しぶりだった。

＊

——そして、『清遠係』が県内各地を引きずり回されていたある日。

「だいぶ態度が軟化してきた」

例によって上申に行っていた下元が、課に戻ってくるなりネクタイを緩めながらそう言った。

「やっぱり民間の意見が集まりだすと違う」

わっと課内が盛り上がった。

「計画が決まったわけでもないのにパブコメを使うのは先走りやと厭味《いやみ》も言われたが……あと一押しというところやにゃ」

下元は溜息《ためいき》を吐《つ》きながら椅子にどっかと腰を下ろした。


あと一押しは意外なところから来た。

「観光部に角川書店から取材の申し入れ⁉」

そのニュースはおもてなし課を騒然とさせた。下元も観光部からの内線を切って、まだ呆然《ぼうぜん》とした状態での報告だった。

「吉門さんが、おもてなし課を舞台に小説を書きたいとのことで……そのための取材をさせてくれという話が観光部に入ったらしい。観光部も泡を食うちゅう」

「けど、何でわざわざ県に……特使ながやき、おもてなし課に直接言うてくれたらえいのに」

誰かの呟きに、真っ先に反応したのは多紀だった。

「違いますよ。敢えて観光部に申し入れしたがです、吉門さんは。援護射撃ですよ」

そして多紀は掛水を振り返った。

「掛水さん、吉門さんにこの計画の経過報告をずっと入れちょりましたよね？」

掛水も頷いた。

「俺も援護射撃やと思います。吉門さんは特使のうえに作家としての知名度もあります。それに角川書店ゆうたら全国的な出版社です。『あと一押し』には充分すぎますろう」

下元が椅子にくたりともたれた。

「えいところで騎兵隊やにゃ。来週にも角川書店と吉門さんが来庁するそうや。それから観光部が改めておもてなし課を紹介すると」

観光部の顔を立てた采配《さいはい》も絶妙だ。

「やってくれるにゃあ、吉門さんは」

唸った近森など、最初は吉門に強く反発していたことを忘れたかのようだ。

そして翌週、編集者を伴った吉門は県庁へやってきた。

＊

空路でやってきた吉門を迎えに行ったのは、気合いの入った観光部だった。

付き合いが長いのはこっちやに、とおもてなし課としては多少面白くない雰囲気があったが、ともあれ駆けつけてくれた騎兵隊だ。

観光部での挨拶も、おもてなし課からは下元課長、そして『担当』の掛水が同席できることになっている。

電話では何度も声を聞いている。しかし、実際に会うのは初めてだ。吉門は著者近影などの露出も最低限に抑えている。風景写真のような遠景の著者近影で分かることは背の高い痩《や》せた男だということだけだ。

どうしよう、俺！　胸、高鳴っちゃってるよ！

観光部の応接スペースで吉門の到着を待ちながら、掛水は何度も胸をさすった。

「吉門さん、もうすぐいらっしゃいます」

その報告で室内に緊張が走る。

そして——出迎え役の職員に案内されて客人は現れた。二人とも男性で私服だったが、体格で吉門がどちらかは分かった。

掛水は内心で納得した。素のままでそれなりに絵になる、しかしそれだけに自分の見てくれに無頓着《むとんちゃく》な様子は、電話の無頓着さと違和感なく結びついた。

消去法で編集者と決まった男が、応接スペースに入るなり如才なく挨拶をはじめた。

「はじめまして、お世話になります角川書店です。こちら、吉門喬介《きょうすけ》先生です」

その紹介で、吉門が自分の前に来た者順に頭を下げた。

「はじめまして、吉門と申します。名刺を持っておりませんのでいただくだけになってしまいますが申し訳ありません」

愛想笑いくらいはできるらしい。そして吉門の笑顔は素朴で、都会に微妙なコンプレックスを抱いているイナカビトの心をほぐした。

作家の人は名刺は作らんがですか、などと訊《き》かれて「作る人もおりますけど、私は作る機会がなかなかなくて作っちょりません」と微妙に地元訛《なま》りに戻った言葉で応対している。

吉門が挨拶をした後に角川書店の編集が名刺交換をする。

掛水の順番は最後だった。下っ端なので当たり前だ。

「はじめまして、掛水と申します」

お世話になってます、のほうがよかったかな？　と思った瞬間、吉門がにっと笑った。

「あんたは知ってる。──はじめまして」

共犯者のような囁《ささや》きに掛水はへどもどした。だから──何で動揺するんだよ、俺！

何とか引きつり笑いを返しつつ、名刺を受け取ってもらう。

全員が席に着いた。

さて、騎兵隊はどのように状況を突破してくれるのか。

「何でも、おもてなし課を小説に書きたいというお話で……」

観光部長が切り出した話に、返事をしたのは意外なことに吉門本人だった。

「はい。去年から高知県観光特使をお引き受けしてますが、それからずっと考えてまして。私の立場から郷里に一番貢献できることは何やろう、と。そうしたら、私はやはり作家ですから……高知のことで本を書くのが一番直接的に、広報的な意味で貢献できるがやないろうかと」

と、横から編集者が軽く茶々を入れた。

「吉門さん、土佐《とさ》弁になってますね」

「帰省したら言葉が戻るの知ってるでしょ、からかわないでくださいよ」

そのやり取りで場が和やかになった。正確には、お偉方の吉門への好感度が上がった。

編集者がにこにこ笑いながら続ける。

「いつも吉門さんに郷土自慢をされてるんですよ」

「やめてくださいって。恥ずかしいから」

「いやいや、もう全国的に活動されている作家さんにそんなふうに思っていただけると、県としてはありがたい限りです」

吉門はばつが悪そうにお茶をすすった。

「……それで、書く題材ながですけど」

お偉方はすっかり骨抜きになって聞いている。——だが、
吉門さんはあんたらが思いゆうほど甘くないで。わざわざここまで来たからには必ず持っていくもんは持っていく。

それが分かっているのは掛水と下元、そしておそらく担当編集者だけだろう。

「実は、おもてなし課というネーミングを聞いたときから面白いと思ってました。これは小説が一本書けるインパクトがある名前やな、と。この名前で課を発足させた県観光部はセンスがあると思いました」

観光部をくすぐるだけくすぐって、何をどうやってむしっていくつもりか。掛水はにやける顔を隠すために俯《うつむ》いた。

「そこへもってきて、観光部が非常に大胆かつ柔軟な観光構想を検討しているという話を小耳に挟みまして。何でしたっけ、高知県まるごとレジャーランド……？」

白々しさに掛水は吹き出しそうになった。ふと横の下元を見ると、平然と真顔を保っているかのように見えて、スラックスの上から両太腿《ふともも》に爪を立てていた。

「ああ、はい、それはその、県内のアウトドアスポーツやネイチャリングのスポットを有機的に結びつけるという計画ながですけど」

予算や管轄の問題でなかなか難しい——とでも繋げたかったであろう観光部長は、その機先を完全に制された。

「すばらしいです」

端的な、しかし力強い吉門の断言が先に来た。

「そこらの行政じゃなかなかこれほどの計画を採択できるものじゃないです。よほどの決断力とチャレンジ精神がないと。肝の太さはさすが高知だと自分の故郷を誇りに思いました」

こう来られると後には退《ひ》けない県民性だ。

「いやぁ、そうでしょうか。まあ、これっぱぁはねえ」

お偉方は満更でもない調子になった。そこへ吉門が畳みかける。

「そこで、私もぜひその計画を自分の職分から応援したいと思いまして。おもてなし課を軸に、その計画を小説に書かせてもらいたい、と……そうしたらたまたま角川がいい話を持ってきてくれまして」

ここで角川担当がバトンタッチした。

「実は吉門さんに新聞小説の依頼が来ています。新聞小説の素材として、おもてなし課や県のレジャーランド化計画などの斬新な行政ネタは非常に面白いのではないかと条件を整えているところです」

「新聞小説ですか！　そらぁ話が太いですな！」

「ええ、ただし地方紙ですけど……地方における地元紙の普及率は、皆さんもご存じのとおりです。うっかりすると全国紙より地元紙が強いところもあります。そしてもちろん、高知新聞もこの話には乗り気で」

「高新がですか！」

県庁の単純さが吉と出た。高知で高知新聞といえば、絶対的なシェアを誇る。そこでの新聞小説となれば県民にウケがいい、県庁の功績をPRできる、と——判断はそちら側に転がったらしい。いかにもお役所らしいことだった。

「そしてもちろん、連載終了後は弊社で書籍化します。吉門さんの実績を考えればかなり部数が見込めます」

お偉方はのめり込むように頷いた。

「全国的な広報はこの書籍化のときにできます。いかがでしょう」

「それはもう、願ってもないお話です！」

と、下元が敢えて観光部長に水を差した。

「しかし部長、その計画は難しいと……」

「何を言いゆうがな、君は！　観光立県を目指すに、これほどのチャンスがまたとあるか！　タダで県を宣伝する小説を書いてもらって売ってもらえるがぞ！」

「しかし、小説にしてもらう以上は実現に向けて動かんと格好がつきませんが……」

「当たり前やろう、そんなことは！」

そして観光部長は言質を放った。

「観光部は全力を以《もっ》て『高知県まるごとレジャーランド化計画』を推進する！」

「あ、それ俺……じゃないや、私と角川が証人ってことでえいですね」

さらりと吉門が口を挟んで笑った。

「嬉しいなぁ、こんなドラマチックな瞬間に立ち会えるらぁて。えい小説が書けそうです」

——いけしゃあしゃあと。掛水は上司に倣って太腿にきつく爪を立てていた。

「ぜひいい小説を書いてください！」

激励するお偉方と固い握手を交わし、さらにファンだという職員たちから求められたサインにも愛想よく応じ、吉門は観光部を後にした。

次の行き先は下元と掛水の案内でおもてなし課である。

真顔で歩いていた下元が、しばらくしてから耐えかねたようにしゃがみ込んだ。無言で肩が細かく震えている。

「か、課長、しっかりしてください。吉門さんと角川さんを案内しゆうがですよ」

「あんたも声震えてるぞ」

吉門に素の声で指摘され、掛水も決壊した。吹き出してから引き笑いが止まらなくなる。声を殺そうとすればするほどこみ上げる。

「す、すみません……あと少し猶予をください」

しゃがみ込んだ下元が震える声でようやく申請する。答えたのは編集だ。

「お気になさらず。吉門さんはこういう人ですから無理もありません」

「こういう人って何」

「策士と申し上げておきましょうか」

そのやり取りで分かる、この担当編集は吉門とかなり付き合いが深いのだろう。

「バカにしてるようにしか聞こえないんだけど」

「いえいえ、誉めてます。ただ、私はあなたの担当になって腹筋がかなり鍛えられましたが」

「あ、やっぱり」

ようやく笑いの収まった掛水が納得すると、担当氏は大きく頷いた。

「今では腹筋を締めるだけで笑いの調節は自由自在です」

「やっぱバカにしてんじゃないか」

「毎回その演技力に感心してるんです。訛りに戻して喋《しゃべ》るから突っ込んで、なんて打ち合わせしといて、あんな照れくさそうな演技がよくもまあしれっとできるもんだと」

「え、あれ打ち合わせだったんですか⁉」

声を上げた掛水に担当氏は頷いた。

「お偉方を摑《つか》みにいく、土地の言葉で喋るのが一番効果的だから指摘して相手に気づかせろ、とね。掛水さんも吉門さんとやり取りしているならこの人のしたたかさはご存じでしょう」

「ええ、まぁ……」

吉門に気兼ねしながら掛水は曖昧《あいまい》に頷いた。

と、吉門がふて腐れた様子で主張する。

「高知に戻ると確かに言葉も戻るけどさ。やっぱりそれは気の置けない相手と会ってからだろ。仕事話は自然と標準語になるしさ。けっこう頑張って訛ってたんだぜ」

頑張って訛ってた！　どんなだ！　掛水は内心で激しく突っ込み、そして下元の求めた猶予は長引く結果となった。

おもてなし課ではとっくに吉門の素が割れているので、吉門が特に愛想をサービスすることもなかった。

「お偉いさんに愛想を売り尽くしてきたんで、外じゃかなり違うキャラになってると思います。こちらの方は適当に話を合わせといてください。キャラ作ってたのがバレると印象悪くなって計画のほうにも影響するかもしれないんで」

身も蓋《ふた》もない吉門の挨拶は、おもてなし課にとってはむしろ「らしい」感じだった。

「それで、観光部のほうは……」

尋ねた部下に下元が答えた。

「喜べ。吉門さんのおかげで言質は取れた。もう上層部が逸《はや》りゆうばぁじゃ」

経緯を報告しがてら親睦《しんぼく》を深める流れになる。おもてなし課がおっかなびっくり吉門に触るような感じだ。

「取材というがは具体的には何をするがですか」

「しばらく高知に滞在しますんで。何かあったら顔出させてもらったり、その辺フレキシブルな感じでお願いできれば」

「しばらくってどれぱぁですか」

「うーん、必要があれば随時東京に戻りますけど、基本的にはこっちに下宿するくらいの感覚で。かなり長期を想定してます」

「仕事は困らんがですか」

「ぶっちゃけこの仕事ってパソコンと携帯さえあればどこでもできるし、地方在住の作家さんもたくさんいますしね」

やがて担当氏が腰を上げた。

「それでは私は帰りの飛行機がありますので、そろそろ……」

頷いた吉門が下元を振り向いた。

「すみません、誰か空港バスの停留所まで送ってあげてもらえます？」

「いや、それは空港までお送りします！　吉門さんもお疲れでしょうき、宿が決まられちゅうなら一緒にお送りします」

「あ、俺は方向が正反対なんだけど……宇佐《うさ》のほうなんで」

「ちょっと回り道になるばぁでしょう。それとも別に車を出しましょうか？」

「いえ、空港に寄ってからでかまいません」

そして吉門が小さく笑った。

「……正反対に数十㎞、ちょっと回り道っていう感覚久しぶりだな」

郷里の感覚を思い出して和んでいるのが分かるような笑みである。

「じゃあ俺がお送りします」

掛水が立ち上がり、当然多紀も一緒に立つものと思っていたら、多紀はぼんやり座ったままだった。

「明神さん、行くで」

「あ、はい！」

慌てたように席を立つ。多紀としては珍しい反応である。

そういえば今日はちょっと精彩を欠いたな、などと思ったが、体調の問題かもしれない。

客人を伴って掛水と多紀は部屋を出た。

＊

空港に向かう道中でも、助手席の多紀は無口だった。

人見知りはしないタイプだと思ってたけどなと気にかけながら、掛水は客の相手に回らざるを得ない。

空港に着くと、もう搭乗手続きが始まっていた。

別れ際の打ち合わせか挨拶か、吉門と担当氏が手荷物検査場の近くで立ち話を始める。掛水と多紀はそっと場を外した。

「……明神さん、今日は具合でも悪いが？　何なら自宅の近くで降ろせるで」

気遣ったつもりでそう声をかけると、多紀は慌てて手を振った。

「違うんです！　全然、具合が悪いとかやなくて……」

「でも今日はぼぅっとしちゅうみたいやし」

「あ、あの……」

多紀はしばらく言い淀《いよど》んで、結局何か言う代わりに鞄《かばん》を開けた。こそっと取り出したのは、──吉門の著作だ。

「実は私、吉門先生のファンで……本も全部持っちょって……でも、サインくださいとか公私混同かなって。サインペンも持ってきたがですけど……」

掛水は盛大に吹き出した。本日二度目だ。

「かわいいなぁ、明神さんは」

「えっ……」

「かまんわえ、正職員でも公私混同しよったに。そういう部分で気難しい人やないで」

そのとき吉門がこちらへ戻ってきた。

「吉門さん、ちょっとお願いがあるがですけんど」

「あっ、やっぱりいいです！」

悲鳴を上げて多紀が掛水の腕を引っ張る。だが、そんなことをされると余計お節介をしたくなる。

「実はこの明神さんが吉門さんのファンやそうで。サインをしちゃってくれませんか」

「お安い御用だけど……俺のサインってほとんど署名だからあんまり面白くないよ」

「ほら、明神さん。本出して」

多紀は真っ赤になりながらハードカバーの本とサインペンを出した。

「よ……よろしくお願いします」

「みょうじんたきさん、だよね？　字はこれでいいの？」

止めるより先に吉門は左手に「明神多紀」と書いた。多紀が悲鳴を上げる。

「先生、それ油性やのに！」

「え？　別に二、三日で取れるじゃん」

やはり身の回りには無頓着らしい。

「それより字。合ってんのかな」

多紀はこくこく頷いた。

「先生、私の名前どうして……」

「掛水君から聞いた。民間から気の利く若い女の子を採れって言っといたら、君を採ったって。期せずしていい採用になったらしいね」

「吉門さん、僕は呼び捨てでえいですわ。吉門さんに君付けされるとすごい違和感が……」

今まで散々あんた呼ばわりできつい突っ込みを食らっている。

「あ、やっぱり？　お互い据わり悪いよな」

しれっと呼び捨て提案を受け入れ、吉門は立ったまま本にサインした。端正な行書の縦書き。

確かに「ほとんど署名」だ。

「意外です。作家さんってみんなカッコいいさらさらっとしたサインをするがかと思っちょりましたわ」

「悪かったよ、カッコよくなくて」

しまったと焦る掛水の隣で、多紀が「そんなことないです！」と首を横に振った。目が憧《あこが》れでキラキラしている。

「何か、こういう字を書かれる方なんだなって感激しました……」

嬉しいです、ありがとうございます！　と大きく頭を下げる多紀。

「いや、そんな……たかが署名ひとつで却って気が引けるし。むしろご愛読ありがとうございます、だし」

「はい、先生の本、全部持ってます！　お会いできてすごく嬉しいです！」

微笑ましいその光景を見ながら、掛水はココロに微妙な引っかかりを覚えた。

何か——ビミョウに面白くないのは何でだ。

「じゃあ、次は吉門さんをお送りしましょうか」

そう促しながら、掛水はその引っかかりをなかったものとして飲み込んだ。


「宇佐のほうってお話でしたね」

車を運転しながら掛水は後部座席に声をかけた。

「十四号線を行きますき、近くになったら指示してください」

「あ、いいよ。あんた道知ってるはずだし」

「は？」

「『民宿きよとお』までやって」

思わず掛水は助手席の多紀と目を見交わした。

今なら——訊いても許されるタイミングか？

「あの……吉門さんは清遠さんとはどういうご縁で……」

「昔、親子だった。今は違う」

あっさり答えた吉門は、バックミラーの中で目を上げていたずらっぽく笑った。

「別に珍しくもないだろ、離婚率全国屈指の高知県」

しまった、と肩がすくんだ。

「す……すみません、立ち入ったことを伺って」

「あ、余計な気遣い要らないから。変に気ィ回されても居心地悪いだけだし」

だが、そこからの道のりは掛水から話題を振ることもできず、多紀が辛うじて吉門のファンという立場で話を繋いでくれたが、二人の話が弾んでいるのを横目に見ながら飲み込んだはずの引っかかりが迫《せ》り上がってきたり、――ともかく掛水にとって大変居心地の悪いドライブになった。


すっかり日が暮れた頃、やっとの思いで清遠宅へたどり着いて駐車場に車を入れた。

今日もウィークデイど真ん中なのでスペースはがら空きだ。

三人が車を降りた頃合いで、玄関の灯《あか》りが点《つ》いた。相変わらず手入れのいい引き戸が軽い音を立てて開く。

そして出てきた佐和《さわ》が――びくっとその場に立ちすくんだ。

「久しぶり」

佐和に向かって軽く手を挙げたのは吉門で、――佐和は硬直したまま夜目にも分かるほど顔を赤くした。

うわ、何か。掛水はちらりと多紀を窺《うかが》った。多紀も同じように掛水を窺っている。

何か、居合わせたらいけないところに居合わせちゃったような気がするぞ、すごく。

やがて佐和の金縛りが解けた。つかつかと歩み寄った相手は何故か掛水。

「……何であんたがいきなり喬兄を連れてくるがで――！」

耳をつんざく叫びとともに右腕一閃《いっせん》！　鞭《むち》のようにしなった平手が掛水の頬に炸裂した。

そのまま佐和は漁港のほうへ走り出し、掛水は頬を押さえてよろめいた。

「な……何で俺⁉」

最初はバケツ水、二度目は何もなかったと思ったら今日は平手打ちときた。

「掛水さん！」

多紀が案じて駆け寄る。そして吉門は苦笑して車にもたれていた。

「吉門さん、彼女っ……」

「大丈夫だよ、どうせ近くだ」

「けんど、放っちょくわけにもいかんでしょう！　夜やし女性やのに！」

「清遠の娘に悪さするほど根性ある奴、この辺に住んでないよ」

「でも……！」

吉門はあくまで動こうとしない。

ああもう！　自分の貧乏クジ体質を恨みながら、掛水は佐和の後を追った。

「掛水さん！」

掛水に続こうとした多紀は、「君はやめたほうがいいよ」と吉門に止められた。

「佐和は足が速いし、彼も速かった。足に自信があるなら止めないけど」

五〇m走のタイムはいつも中の中だった。多紀はうなだれてその場に立ち尽くした。

と、開きっぱなしの玄関から清遠が顔を出した。吉門を認め、一瞬我が目を疑うような表情をしたが、それだけで平静に戻った。

「何な、お前か」

「うん。ご無沙汰《ぶさた》。しばらくこっちにいたいんだけど、俺が泊まり込める部屋ってあるかな」

「ずっとあるわや、そんなもんは。沙汰がなさ過ぎじゃ、お前は」

まあ上がればどうじゃ。そう言った清遠に、吉門は笑いながら首を振った。

「もう少しここにいるよ、佐和が驚いて飛び出してった。掛水が追いかけてくれたし」

頷いた清遠が多紀のほうを見た。

「あんたは上がって待っちょくかね」

「いえ。ここで待ってます」

「そうか。虫が入るき閉めるけんど、鍵《かぎ》は掛けんき疲れたらいつでも上がりや」

清遠が玄関を閉めてから、多紀は呟いた。

「いいお父さんですね」

「そうだね。もう他人なのにいい親父なんだよなぁ」

　そして吉門は多紀に笑いかけた。

「連れ子持ち同士の再婚。これも大して珍しくないだろ？」

「……帰ってくるがは他人の清遠さんのほうなんですね」

「いや、高知を出てから初めて。けっこう勇気要ったよ」

「え、でもけっこう高知によく帰りゆうって……」

　掛水がそんなことを言っていた。吉門の話題は些細《ささい》なことでもファン心理で覚えている。

「友達んとこ泊まったり、フッーに宿に泊まったり。母親とは訳があって分籍してるから」

　そもそももう高知にいないし、と吉門が何でもなさそうに笑う。

「今のは聞こえませんでした」

「ありがとう。いい子だね、君」

　そして吉門は付け足した。

「ごめんな、彼が佐和を追いかけてくれちゃって」

　こちらこそ、と多紀は答えた。

「掛水さんが佐和さんを追いかけてしまってすみません」

　迎えに行けなくなっちゃいましたね、と続けると吉門が小さく吹き出した。

　一本取られた、と呟いた声は楽しそうに低かった。

　夜になると、車もとんと通らなくなる。その暗く静まり返った漁港沿いの道を、佐和は先行して走っていく。明るい水色のシャツを着た背中にはなかなか追い着かない。

思い余って掛水は叫んだ。

「佐和さん！」

と、前方で佐和がいきなり立ち止まった。そしてくるりと振り返り、

「あんたが佐和って呼びな！」

噛みつくような拒否がきた。

「じゃあ清遠さん！」

呼び直してから掛水は肩で息をした。佐和の足は相当なもので、掛水も走りにはそれなりに自信があったが、出足の遅れで追いすがるのが精一杯だった。

「夜ですき……危ないき帰りましょう」

「あたしの庭であんたに指図される覚えはない！」

「別に指図じゃないでしょ！　心配しゆうがです！」

どう考えても理不尽に引っぱたかれたうえにこのあしらいだ、掛水も声がきつくなった。

「もし、あなたに何かあったら、俺は清遠さんにも吉門さんにも申し訳が立ちません！」

佐和が黙った。港で低くざわめく波の音が急に耳についた。

「……何で逃げるがですか。吉門さんはここに来たらいかんかったがですか」

「そんなことあるかえ！」

「じゃあ何で俺を殴るんですか」

「あんたがいっつも土足で踏み込んでくるきよえ！」

佐和がキッと顔を上げて掛水を睨《にら》んだ。ネコ科の肉食獣の瞳《ひとみ》。

「家族がばらばらになったがも喬兄が高知に帰ってこれんなったがもあんたらのせいやのに！何で今さら調子よくお父さんを頼って、何であんたらが喬兄を連れてくるがで！」

ああ、そうか。ようやく分かった。

二十年も前の『パンダ誘致論』。それが原因で十年も前に県庁を追われた清遠。

四年前に入庁した掛水にはどこか他人事《ひとごと》だった。そんなことは昔のことだ。だが、清遠一家にとっては――佐和にとっては、それは未《いま》だに生々しい傷なのだ。

掛水の年齢など、当時に立ち会っていなかったことなど関係ない。佐和にとっては『県庁』が引っくるめて敵なのだ。清遠が県庁を辞めたことが家庭を何らか揺るがしたのだろう。

掛水はその場に両膝を突いた。

「すみませんでした！」

そして両手も地面に突く。――『県庁』はまだ誰も佐和に詫《わ》びていなかったのだ。

「県庁の清遠さんに対する仕打ちは私としては不当だったと思います！　ご家族のお気持ちも考えずに今さら調子よく清遠さんや吉門さんを頼って、本当に情けなく思います！　ですが、あのお二人は今の私たちに必要なんです！　どうかご理解ください！」

「ちょっと！」

佐和が焦ったような声を上げる。

「やめてや、みっともない！」

「清遠さんと吉門さんのお力を借りることを許してください！」

「——分かったき！」

佐和が根負けしたように叫んだ。

「立って！」

顔を上げると、さっきより距離が近くなった佐和が困惑しきった顔で立ち尽くしていた。

「一緒に帰っていただけますか」

佐和が頷いたので掛水は立ち上がった。昂然《こうぜん》と前を見据え、足早に掛水を追い抜く。

掛水は佐和の後ろに少し距離を空けて続いた。

駐車場では吉門と多紀が立ったまま待っていた。

佐和はばつが悪そうだったが、吉門が先に笑った。

「お帰り」

「……あたしの台詞《せりふ》やき」

「家、入れてくれ」

佐和がこくりと頷き、多紀が口を開いた。

「それじゃ吉門先生、私たちはこれで。掛水さん、行きましょう」

「え、でも清遠さんに挨拶……」

「もう済ませましたから。早く」

多紀は急き立てるように掛水を運転席へ押しやった。

吉門への挨拶《あいさつ》もそこそこに掛水は車を出すことになった。バックミラーの中で吉門が軽く手を振っており、その隣で佐和はぷいと横を向いていた。

「やっぱり清遠さんに一言くらい言うてきたほうがよかったがやないかな……」

県道に乗ってからしばらく、掛水が気兼ねしながら呟くと、助手席からは溜息混じりの声が返ってきた。

「余計なことですき、掛水さん」

「いや、でもよ」

「少しは空気読んだらどうですか」

空気を読め。若い者としては言われると最も痛い台詞である。

「そ……そんな言い方はないろうがえ」

むきになった掛水に、多紀の声もきつくなった。

「大体、何で掛水さんが佐和さんを追いかけるがですか」

「だって吉門さんが行かんき誰か行かなしゃあないろう」

「それが空気を読めてないがです」

駄目押しだ。

「掛水さんが出しゃばる場面じゃなかったですよ」

「でっ……出しゃばったとか！　だって俺、何で吉門さんを連れてきたとか責められて、平手まで食らって」

「佐和さんはパニックになっちょっただけです。別に掛水さんに追いかけてほしかったわけやないですよ。私らぁはあそこでさっさと帰っちょけばよかったがです。大体、吉門さんが佐和さんをあのまま放っちょくわけがないでしょう。掛水さんが追いかけたりするき、吉門さんが迎えに行けんなったがやないですか」

　吉門さんが一番迎えに行きたかったに決まっちゅうのに。

　責めるような多紀の口調にカチンときた。

「吉門さんのことをよう分かっちゅうみたいやいか。さすがファンやにゃ」

「そんなこと今関係ないでしょ⁉」

「これから接点増えるき、よかったやいか」

　下世話なことを言った。分かっていたが意地になっていて謝る言葉が出てこない。

　多紀が助手席で俯いた。

「……この先のコンビニで降ろしてください」

「そんなわけにはいかんわえ」

「降ろして！」

　剣幕に思わず首が竦《すく》んだ。

「家族に迎えに来てもらえますきご心配なく！　降ろしてください！」

「……じゃあ勝手にしぃや」

吐き捨てたのは完全に負け惜しみで、掛水はコンビニの前で車を停めた。多紀は物も言わずにシートベルトを外し、車を降りた。

叩きつけるようにドアが閉められ、再び車を走らせる。

何だかすごくまずいような気がする、こじれたような気がする——と後ろ髪を引かれながら、なかなかスピードが上がらない。

そのとき携帯が鳴った。これ幸いと路肩に寄せて電話を取る。液晶に出た名前は吉門だった。

「はい、掛水です……」

「あ、吉門です。留守電にでも入れようと思ったんだけど、電話大丈夫なの？」

「はい、停めましたき」

「じゃあよかった。さっきは佐和がすまなかった」

多紀は吉門が迎えに行きたかったはずだと言った。チクリと良心が痛む。

「いえ……何か、余計なお世話やったみたいで」

「ああ、もしかして多紀ちゃんから何か聞いた？」

「何で」

考えるより先に口が滑っていた。

「何で吉門さんが多紀ちゃんて呼ぶがですか」

吉門の声が途切れた。

「……おい。そこに多紀ちゃんいるか？」

黙り込んだ掛水に吉門が重ねた。

「いないんだな？　何でだ？　まだ市内に帰ってる時間じゃないよな？」

「……降ろせと言われたので……コンビニで」

はあっと吉門が大きく溜息を吐《つ》いた。

「あのなぁ。呼びたきゃお前も多紀ちゃんて呼べばいいだろ、みんなも呼んでんだから。何をどうこじれてそんなことになってんの。すぐ戻れ」

「でも、本人が家族に迎えに来てもらうと言いましたき」

「バカか、お前は」

吉門が怒鳴らずに声だけ張った。

「佐和の意固地は引っぱたかれても付き合うくせに、多紀ちゃんはずっと手前でほったらかしか？　そんだけ露骨に差ぁつけられちゃ報われねーな、あの子も」

吉門の言葉は率直に痛いところを刺す。

「他の誰に渡すことになっても、大事なもんの順番間違うような奴に佐和は渡さない」

何故かどきりと胸が跳ねた。

何だかその台詞はまるで――兄妹の間合いを逸脱しているような、

「お前が何をふて腐れてるかなんてバレバレだ、バカ」

「え、あの」

「お前だって好きな女優の一人くらいいるだろ。本人を目の前にして舞い上がらない自信でもあるのか？」

電話でよかった。自分でも分かるほど頬が熱くなった。

「とにかく戻れよ」

吉門は一方的に電話を切った。――いつものように。

そして掛水は車をUターンさせた。

コンビニに戻ると軒の一番端に多紀がいた。きちんとしたスーツが汚れるのもかまわず直接地べたに三角座りだ。膝頭に頭を落とし、掛水が駐車場に車を入れても顔は上がらない。

足元に小さなレジ袋が置いてあるのは迷惑料に何か買ったのだろう。多紀らしい濃《こま》やかさだ。――こんなときまで。

歩み寄っても多紀は気がつかなかった。どう声をかけようかと悩みながら、多紀ちゃんとは結局呼べない。

「……ごめん」

多紀の肩が跳ねて顔が上がった。泣き顔で見上げられて鳩尾《みぞおち》が痛くなった。

三つも年下の子、何こんな泣かせてんだ俺。

多紀ちゃんはずっと手前でほったらかしか？　――吉門の揶揄《やゆ》が胸に痛い。

こんな状態でほったらかそうとした。

多紀は俯いて首を横に振った。喋りたくても喋れないのだろう。

大丈夫です、平気です、気にしないでください——こんなとき多紀が言いそうなこと。

大丈夫じゃないだろ、平気じゃないだろ、気にしないわけないだろ。

「ごめん、帰ろう」

平気ですから。迎えに来てもらえるし。多紀が息だけで喋る。

揺れる声を隠そうとする喋り方が痛々しい。

「俺が平気じゃないき。家にもまだ電話してないろう」

こんな声で家族に迎えを頼めるような多紀ではない。

「ごめん。俺はすぐに明神さんが一生懸命頑張ってくれゆう年下の女の子やって忘れてしまう。

俺よりずっとしっかりしちゅうき」

しっかりなんかしてないです。また多紀が息で答える。以前もこの辺りでそんな会話をした。

あのとき多紀の機嫌を取ったアイスクリンの店は出ていない。

「うん。頑張ってしっかりしゆうって言うてたよな。俺はバカやきすぐ忘れる。ごめん」

空気読めん奴でもえい、と掛水は多紀の手を取った。

「やき、一緒に帰って。置いて帰りたくない」

軽く引っ張ると、多紀はのろのろと立ち上がった。

ぱたぱたと多紀の足元に水滴が落ちる。

「でも佐和さんはすぐ近所でも追いかけたのに、私はここに置いていけるがでしょう」

やき、もうえいです。

「頼むき」

思い余った。手が滑った。

うっかり多紀を抱き締めていた。

「違うがよ。俺は明神さん相手やと甘えてしまう。考えなしに物を言うたり、意地張ったり、そういうのも全部許してもらえそうな気がして」

一度認めると気が楽になった。

「もうえいことにせんといて。何か……すごく大事なもん、なくしそうな気がする」

多紀が初めて泣き声を上げげた。押し殺すように。

多紀が泣きやむまで、掛水は腕の中に多紀を閉じ込めていた。

＊

「どうしたが、喬兄。大きい声出して」

佐和が吉門の部屋を覗いた。

本来ならとっくの昔になくなっていて然《しか》るべき吉門の部屋は、吉門がこの家に住んでいた頃のまま、家族用の棟の二階に残されていた。隣には佐和の部屋がある。

「ん、何でもない。掛水の奴がたまにバカやき。……たまにやなくて頻繁にか」

その名前を出すと、佐和が微妙に気まずそうな表情になった。

掛水を叱った勢いで立ち上がって喋っていた吉門は、携帯を畳みながら笑った。

「機会があったら謝っちょけよ、いくら何でも平手はないろう」

「だって……びっくりしたき」

「あいつ、どうやってお前を連れ戻したがな」

佐和はまるで抵抗するように無言で吉門の前に立ち尽くしていたが、吉門は「言いたくないならいい」と解放はしなかった。

やがて佐和が渋々口を開く。

「……土下座された。お父さんのことは県庁が悪かったって」

思わず吉門は吹き出した。

「つっ……くづくバヵやにゃあ、あいつは」

勝手にそんな詫び入れて、うちが不当解雇でも訴えはじめたらどうするつもりやろうにゃあ。

くつくつ笑いながら吉門が呟くと、佐和が唇を尖らせた。

「お父さんはあんな奴らに今さらそんなことせんわえ」

「そんなことは分かっちゅうわや、けんどそんな言質は勝手に撒《ま》くもんやない」

「一応、自分としてはって前置きしちょったで。……そんで、お父さんと喬兄の力を借りるがを許してくださいって」

「あー、バカだ」

吉門の笑いは止まらない。

「お前がどんなに剣突食わせても仕事には関係ないのにな。いい育ちしてんだろ」

「喬兄、あいつのこと嫌いなが？」

「いや？　苛《いら》つくけど嫌いじゃない」

「……苛つくの、分かる」

佐和が小さく呟いた。

「苦労してなさそうでむかつく。能天気で」

「県庁やし、か？」

佐和はむくれたように俯いた。そしてまた顔を上げる。

「電話、くれたら……あたしが迎えに行ったのに」

「俺も人並みに臆病《おくびょう》な部分は臆病やき」

例えば——こんなふうに訪れる間。

ふと佐和が口元に左手を挙げて、親指の爪を噛んだ。ばつが悪いとき、間が悪いとき、佐和はよくそんなふうに爪を噛んでいた。

「やめちょけって。それでいっつも深爪しよったろう」

ギザギザになる爪を切り揃えるので、佐和の爪はいつも短かった。

何の気なしに止めようとして佐和の腕に手をかけると、佐和はわずかにすくんだ。その様子で記憶が巻き戻る。

あのときもこんな明るい水色のシャツを着ていた。

吉門は佐和から手を離した。

そしてことさらに子供扱いで佐和の頭をかいぐる。

「心配せんでももうあんなことはせんわや」

「喬兄っ……」

すがりつくように聞こえる声は、実際そうなのか願望がそう聞かせているのか分からない。もう分からないほど長く離れていた。その離れていた時間が恐い。

「何か食わせてくれ。市内で晩飯食いそびれた」

そして吉門は階段を下りた。


「県庁はどうやったがな」

居間で和政《かずまさ》に訊かれた。吉門も座卓で昔の自分の位置に腰を下ろす。

「ん、観光部をちっと横からつついてきた。あんたの企画を買う当てはついたにかわらん」

「おもてなし課は攻めあぐねちょったらしいきにゃ。それでもパブコメらぁを使ってよう動きよったが」

「へぇ、それは結構アグレッシブにやったにゃあ」

和政とは五年以上の空白が嘘のように平易に喋れる。和政と話をしているうちに佐和が台所でぱたぱた動きはじめた。

「今日来ちょった明神さんがおるろう、あの子が民間の業者から先にアンケートらぁを取ったらどうかと提案したらしい」

「ああ、多紀ちゃんな。あの子はえい子や。よう気がつく」

ちゃんと迎えに行ったがやろうな、掛水。

「うん。それで下元さんがパブコメの下準備という形でな」

あの下元さんもなかなかの人物ぞ、と和政は付け加え、更に尋ねた。

「横からつついたというがはどうやってじゃ」

「んー、ちょっと反則入り気味。新聞小説をやる予定があって、連載が終わったら角川から本になるんだよ。そんで、その題材におもてなし課と『県レジャーランド化計画』を書きたいって……」

はっは、と和政は大笑した。

「そらぁ反則じゃ。今をときめく吉門喬介様と角川書店様とくればなぁ」

「からかうなや、出版社はともかく俺は零細自由業よや」

「そんなこともないろう、新刊が出たらランキングらぁにもぼつぼつ入りゆうやないか」

きっとこの人は自分の活動をずっとこまめにチェックしてくれていたのだろう。母の連れ子であった自分はもう清遠家にとって完全に他人で、和政にとって何の義務も義理もないのに。

ひどく申し訳ないような、それでいてありがたいような複雑な気分になった。

「しばらく取材の名目でこっちに泊まり込む。リアルタイムで見ちょきたいき」

「おう。存分に手伝ってもらわぁや」

「そんで、下宿代って一ヶ月いくら払えばいい？」

そう訊くと、和政は眉間《みけん》に不機嫌なシワを刻んだ。

「お前がこの家におるのに金らぁ要るか」

「いや、でもさ……俺はもう」

「要らんゆうたら要らん。何度も言わすな」

「けど、フッーの家でも成人したら家に金は入れるろう。そういうフッーのことばぁさせろや。何ぼ何でも家に生活費もよう入れんほど困っちゅうわけやないぞ。佐和の給料からも生活費は引いて渡しゆうがやろ」

和政は不機嫌そうに黙り込んだままだ。やがてむっつりと口を開く。

「大体お前は水くさいわや。学費も黙って返してきよるし。あれはお前にやった金やき返さんでよかったに」

「そうも行かんて。あれは返すと決めちょったがやき」

「それにしても連絡の一つもしてこんか」

分からなかったんだよ。もう他人になってる俺が、この家に気軽に連絡してもいいのか――

そんなことを言ったら和政は烈火のごとく怒るのだろう。

「うん、だからこの機会にちょっと帰ってみようと思って。やき、話を逸《そ》らすなや」

吉門は和政に身を乗り出した。

「こっちも一応いい年してんだ、タダでここに転がり込むほどガキやないぞ」

「……佐和からは三万引きゆう」

「じゃあ俺は五万な。年上だし」

「四万じゃ」

「値切るなよ」

「お前が東京を引き払ってきたがやったら五万どころか六万でも七万でももらうがにゃ」

この辺が落としどころか。――というよりも、これ以上は和政が譲歩しそうにない。

「分かった、四万。世話んなる」

手打ちが成立したところで、佐和が料理を持ってきた。

「お、きびなごの天ぷらか」

「喬兄、そんなに好きやった?」

皿を並べながら佐和が意外そうな顔をする。

「いや、上京してから特に好きになった。もともと嫌いやなかったけど、向こうじゃなかなか食べる機会がないき」

吉門はさっそく料理に手をつけながら、「腕が上がったにゃ」と素直な感想を述べた。

佐和は恥ずかしそうに笑って目を伏せた。

*

翌日からさっそく清遠とおもてなし課へ現れた吉門は、いつものように淡々としていた。

掛水と顔を合わせても多紀と顔を合わせても表情一つ変わらない。掛水が声をかけたのは隙を窺ったあげくのことである。吉門が下元の許可を取って資料棚を閲覧していたときだ。

「あの、吉門さん……」

「昨日はすみませんでした」

大袈裟《おおげさ》に頭を下げると周囲の目を引く。掛水の小さな会釈に——

「いてっ⁉」

いきなりデコピンが来た。

「あんないい子、無意味に泣かすなよ」

多紀は周りへは腫《は》れた目元を「DVD観て泣いちゃって」と言い訳していた。

素っ気なさの中にようやく分かるようになった吉門の機微はゆうべを案じている。そのくせ詳しいことは一切訊かない。

「スミマセン……」

「お前とあの子とどっちが年上なんだか」

言いっ放しで吉門はまた書類へ目を落とした。スーツ姿ばかりの室内でボトムをジーンズにした吉門のルーズな服装は浮いている。勤め人とは明らかに違う風貌《ふうぼう》は県庁の中ではことさら垢抜けて見える。

あなたみたいな人が近くに来て、コンビだと思ってた女の子がその人の肩ばかり持ってたら、僻《ひが》まない男のほうが珍しいと思うんですけど。

そんなことを言ったら二発目のデコピンが来るのが分かっていたので掛水は沈黙を守った。


「村を作るぞ！」

会議の初《しょ》っ端《ぱな》で清遠が放ったその発言に、おもてなし課の面々は最初戸惑うばかりだった。

「……あの、いきなり村を作るというのは……市町村の廃置分合は難しいことですし、そんなおいそれとは」

掛水が恐る恐る手を挙げると、清遠は顔をしかめた。

「発想が硬直しちゅうのう。村と言うたらいきなり市町村の統廃合か」

いきなりぺしゃんと潰されてへこんだ掛水に、吉門が隣から声をかけた。

「見立てだよ」

掛水は首を傾げたが、清遠は「吉門さんの言うとおりよ」と頷いた。

家庭の事情を説明するのが面倒なのか、おもてなし課では二人とも他人を装って現在の苗字《みょうじ》で呼び合っている。事情を知っているのは掛水と多紀だけだ。

「要するに、アウトドア目的の客——特にグリーンツアーの受け入れ拠点として、キャンプ村の規模を大きくしたようなもんを県が企画せえ、という話じゃ」

最初からそう言ってくれたらいいのに、と内心でふて腐れたが口には出せない。

「県下にグリーンツーリズムを持っちゅう地域はようけある。これを拡充すれば気の利いた村が一気にあちこちにできる。特に仁淀《によど》流域と四万十流域はさっさとテコを入れんといかん」

「両方とも西寄りですが。一つは東に振ったほうがえいがやないですか？」

下元の疑問に清遠が首を横に振る。観光客の受け入れ拠点なら均等に散らしたほうがいい、というのは当を得た意見なので職員は一様に怪訝な表情になった。

そんな中で多紀だけがそっと手を挙げる。

「敢えて両方とも西やと思います」

いつもより少し控えめな様子は、昨日の今日で腫れが引かない目元を気にしているのだろう。

「おう、明神さんは相変わらず聡《さと》いにゃあ。何でか説明できるか」

清遠はご満悦で多紀を指名した。多紀の「ＤＶＤで泣いた」という説明を全く疑っていないらしい。もちろん他の職員も疑っている様子はなく、むしろ疑われると昨日一緒に退けた掛水が気まずいことになる。そのせいもあってか、多紀は目元を気にする様子を振り切った。

「川を軸にしてるんですよね？」

「そうじゃ。県下でグリーンツーリズムに取り組みゆうところはようけある、それぞれ面白い取り組みもしゆう。けんど分かりやすい目玉になるがは恐らくこの二つの川じゃ」

そういう意味において、四万十川は懐刀級の目玉商品だ。日本最後の清流というブランドの威力は侮れないものがある。近年では四万十川目当ての観光客も増えており、そのブランド力はもはや周辺の自然環境も含めたものとなっている。

「けんど、この四万十川にも弱点はある」

それは言わずもがな全員が分かった。

距離だ。四万十川は鉄道、空路、陸路、高知の玄関口となるいずれの場所からも西へ一〇〇km近く、もしくは一〇〇km以上離れている。高速をいっぱいまで使ってもまだ一般道で一〇〇kmが残っているという地理的条件は、観光日数もしくは体力に余裕がないと訪れるのがきつい。行きも帰りもほぼ移動だけで一日ずつ潰れることになる（それでも県外客の人気観光スポットの上位に食い込んでいるところに「清流」の底力があるわけだが）。

さて、それに対して仁淀川である。全国的な知名度の点では四万十川にまったく及ばないが、こちらも川としてのポテンシャルは高い。水質調査では四万十川を上回ることも度々、しかも水量が多いうえに川の距離が短い。通常の川なら中流域程度とされる流れがそのまま海へ流れ込むダイナミックな川だ。ラフティングやカヌー、鮎釣りや渓流釣りなど四万十川で楽しめることは仁淀川でも同様に体験できる。また、支流に入れば様々の奇観や滝が楽しめる。

そして――

「仁淀の最大の売りはアクセスの良さじゃ」

高知市内から車で小一時間も走ればたどり着く。しかも四万十川に比肩するクラスの川だ。全国のどこを探しても、県庁所在地からわずか一時間でたどり着けるなどという地理的条件を満たした四万十級の河川はない。しかも水量は多いくせに距離がコンパクト、短期で楽しむには仁淀川のほうが適している。

「つまり川を軸にすれば、高知はグリーンツーリズムに関して長距離射程と短距離射程と二つの武器を持っちゅうということになる。四万十まではちと遠い、という客は仁淀で拾える」

「しかし、仁淀も四万十もグリーンツーリズムには既に手をつけちゅうはずですが」

近森の反論に清遠は質問を返した。

「じゃあお前は、グリーンツーリズムの成功例として四万十と仁淀が注目されちゅうがを見たことがあるか」

近森の回答は無言である。変に食い下がらなくなっただけ最近は柔軟になったと言える。

「特に仁淀と四万十は持っちゅう武器に比して取り組みが弱い。あればぁポテンシャルがある川らぁて、アウトドアの見地からしたらジェットコースターみたいなもんじゃ。それやのに、全国では存在感が弱い。四万十はまだ意欲が高いが仁淀は商売っ気がなさすぎる。抱えた川はずっと細いのに、馬路村《うまじ》らぁの取り組みのほうがよっぽど全国の注目度が高いというのはちと情けない話じゃ」

「そういえば、グリーンツーリズムに関しては腹案があるようなことを仰《おっしゃ》ってましたね」

口を挟んだ掛水に清遠がにんまりと笑った。

「高知で展開しゆうグリーンツーリズムに欠けちゅうものは何やと思う」

どうやら全体に投げられたらしい問いに全員が考え込んだ。農村体験や自然観察、グリーンツーリズムに不可欠と思われる体験モノは他県に負けず劣らず取りそろえているはずだ。

考え込む職員に対し、清遠もあまり答えを引っ張るつもりはなかったようだ。

「『得手勝手』よ」

得手勝手、つまり自分勝手。──それが足りないとはどういうことだ？　掛水は吉門の横顔を窺った。自宅で先に清遠の考えを聞いているのか、聞くまでもなく分かっているのか、完全に展開を待つ表情である。

「要するに今のグリーンツーリズムは、あれもできますこれもできますと売り込みすぎながよ。田植えがしたかったら何時にどこそこに集合、野菜の収穫がしたかったら何時にどこそこ集合。申し込みはいつまでに。客はツアーのスケジュールに従って動かないかん」

「え、でもオプショナルツアーってそういうものでしょう？」

さすがの多紀も首を傾げた。清遠はますますにんまりだ。

「アウトドアスポーツみたいに最初に機材や講師の説明が要るようなもんならな。けんど農村体験で必要なもんらぁ長靴じゃ軍手じゃいうところやろう。予備くらい簡単に用意しちょけるし、飛び込みや途中参加で他の客に迷惑がかかることもない。それやったらもっと客の自由度を上げてもえいがやないか？

極端な話、その日の朝に『さあ今日は何をしょうか』とそのシーズンのイベントを選ぶばぁでかまんろうが。モデルコースは作るにしても詰め込み型の完璧《かんぺき》なコースを作ったらいかん。それをしたら、パック旅行と同じじゃ。敢えてコースに穴を開けちょくがよ、パンフレットを見ながら自前であれもしたいこれもしたいと悩むがも楽しみのうちじゃ」

もっと言えば、と清遠は付け加えた。

「散歩をしゆう途中で見事なナス畑を見かけた。畑には看板が立っちょって持ち主の電話番号を書いてある。そこに電話をしてナスを分けてもらえんろうかと頼む。グリーンツーリズムの受け入れ地区やったら全農家がそればぁのサービスをしてもえい」

「その場合、代金は……」

「客に名乗ってもろうてどれぱあ欲しいか訊いて、宿に勘定をつけちょけばえい。やりようは色々あるろう」

それをきっかけに細論に突入しそうになった議場で吉門が手を挙げた。

『いろんなことができる』選択肢の中に、『何もしなくていい』ということを加えるんですね」

清遠が大きく頷いた。打ち合わせ済みなのか即興なのか、掛水には未だに読めない。

「グリーンツーリズムと言うと農業振興じゃの何じゃの堅く考えがちじゃが、要するに都会の人に『田舎』を提供すると考えたら目の前が開けてくる。今どきは地方でも都市化が進んで、田舎らしい田舎に縁のない人も珍しくない。そういう人らぁに『擬似故郷』を提供するがよ」

ようやく全員に納得の色が見えてきた。掛水も遅れ馳《おくば》せながらの一人である。そして、観察している限り、飲み込みはやはり多紀が一番速いようだった。熱心に清遠の話を聞いている。

「里帰りした田舎の楽しみ方は人それぞれやろう。せっかく田舎に帰ったがやきあれもやろうこれもやろうと親戚《しんせき》を引っ張り出して動き回る人もおる。逆にのんびりダラダラ過ごしたい人もおる。けんど、自分の田舎に帰ったら得手勝手に過ごしたいがは同じじゃ」

多紀が考え口を開く。

「だとすると……観光地として迎えるこちらに必要なのは『適度なほったらかし』ということになりますか？　干渉されるのが面倒くさいという人もいるでしょうし」

清遠は我が意を得たりとばかりに頷いた。

「干渉を好まん人は最低限のフォローでほっちょく。その時期のスケジュールを渡しちょけばえいくらいじゃ。宿も民宿の他にビジネスライクな旅館や、完全に自分で管理するロッジとかも要るろう。どんな宿を選ぶかというところで、客のタイプもある程度は読める。

田舎での交流が欲しい人は民宿を選ぶ確率が高いろうし、上げ膳据え膳で快適さを重視するなら旅館やホテル、ロッジを選ぶ人は一番手強《てごわ》いにゃ。建物を丸ごと借り切る形は一見干渉を嫌って積極的やないように見えるが、飯の支度から風呂《ふろ》焚《た》き掃除、滞在中の生活はすべて自分で面倒を見にゃあいかん。そのつもりで来るがやき、干渉を好むか好まんかは置くとしても、一番『田舎』を満喫するつもりに変わらん」

ああそうか、干渉を嫌うからといって旅に意欲的でないということにはならないのか——と掛水は今更ながら気がついた。だから干渉を好まない客には自分でスケジュールを選択できるだけの自由度を提示して『適度にほったらかす』ことも有効なのだろう。

それこそ散歩中に畑や港を通りがかってその日の夕飯分の材料を分けてもらうような自由度を用意できたら、それは楽しい『得手勝手』になりそうである。

例えば魚を捌《さば》くサービスなどをつけるといい。漁師が捌きながらどう料ると旨《うま》いか説明すると客には思い出になるだろう。

民宿や旅館、ホテルでも似たような試みができる。客が持ち帰ったものを特別に料って出すというのは面白そうだ。

「どんなタイプの誰がいつ思い立っても何かできる環境を整えちょくことよ。何かしてみようと思うたとき何ちゃあない、というがは最悪じゃ」

清遠の言葉に下元が唸った。

「しかし、なかなか難しいお題ですね。通年で何らかのイベントごとを仕立てちょかないかんということですき。特に冬をどうするかが考えどころですにゃあ」

「いや、でもハウスをやりゆう農家もありますし、漁港は冬でも動きます」

「冬が旬の野菜や果物もありますし、通年でできるイベントも四万十や仁淀のグリーンツアーはようけ持っちゅうはずです」

「林業も盛んな地域やき、木工細工らぁもできますろう」

やるね下元さん、と吉門が小さく呟いた。

「どういうことですか？」

掛水が訊くと、吉門は議場を引いて観る姿勢で答えた。

「若い奴らが積極的に発言するように巧く水向けた」

「あ、そうなんですか……っ!?」

掛水が息を飲んだのは、溜息混じりの吉門に足を踏まれたからである。

「お前、上司の器分かってなさすぎ。親父みたいにガツガツしたタイプじゃないけど、あの人は人物だぞ」

温厚で偉ぶったところがない下元は部下をこれ見よがしに指導することがあまりない。自分が気づかないうちに指導されていることがたくさんあるのだろうなと掛水は肩身を縮めた。

「まあ、要するにじゃ」

こちらが上司だったらきっとバイタリティに振り回されて大変だっただろうな、という清遠が再度発言権を取った。

「元からあるもんの売り方を変えるというだけのことやけどにゃ」

似たような論旨をどこかで聞いた、と掛水は思い返した。——たどり着いたのは吉門である。有り物の有効利用。意識の変換だけで県の観光イメージ自体を刷新。

清遠の『高知県レジャーランド化計画』を報告したとき、吉門が言ったことだ。

グリーンツーリズムのテコ入れも、基本的な考え方は同じである。考え方の展開がよく似ているのは、やはり親子だからだろうか。

「ロッジや戸建ての貸出しは数ヶ月から年単位の期間も考慮する。就農定住者受け入れテスト用地の意味合いも持たせたら農業振興部や林業部との関連性もできるき、巧いこと話を持っていけばそっちからも予算の支援がもらえるろう」

金のかき集め方は何ぼでも手がある、と清遠の断言は暴言に近かった。

資料室で書棚の間を回っていた多紀は、思いもよらぬ――そして、多紀にとってはある意味雲の上の人に行き合うことになった。

吉門さん、と呼ぶ声が裏返りそうになる。

多少は仕事の縁ができたとはいえ、それをきっかけに個人的な事情を知るようになったとはいえ、未だに吉門が多紀の「憧れの作家さん」であることに変わりはない。

「多紀ちゃん、何探してんの」

吉門は、書棚を興味深そうに眺めながら歩み寄ってきた。吉門から名前で呼ばれることにはまだ慣れていない。

「グリーンツーリズムの分かりやすい資料がないかなって……私、皆さんと違って知識がないき、ちゃんと勉強しないとついていけなくなっちゃう」

「真面目だね。掛水の奴、こういうとこちゃんと見てんのかなぁ」

掛水の名前を不意打ちで出されて、多紀は反射で俯いた。

「……すごく親しそうに呼ばれるんですね。掛水さんのこと」

「あー。あいつ俺に初めて連絡取ってきた頃とかホントにバカだったからなぁ。……って」

吉門がこらえかねたように吹き出した。

「何で俺、昨日と今日で両側からやっかまれる立場になってんの？」

「別にやっかむとかそんなっ……！」

慌てて否定しようとした鼻先にビーンボールが飛んできた。

「昨日は掛水だった。何で俺が多紀ちゃんて呼ぶんだって」

吉門は手近な本を抜き取ってパラパラとめくった。

「呼びたきゃ自分も呼べばいいのにな」

「昨日……」

一瞬口籠もったが、どうせ吉門はゆうべのことを知っている。

多紀は結局そのまま呟いた。

「掛水さんが戻ってきたの、吉門さんが何か仰ったからですか」

「だったらどうすんの」

……少しがっかりするかも、とは口に出せなかった。

「運転中だろうから留守電に伝言残すつもりだった。そうじゃなきゃ君が出るだろうと思って。そうしたら留守電に切り替わる前にあいつが出た。喋れるのかって訊いたら車を停めたって。コール数回で車停めて電話取るって、相当後ろ髪引かれてトロトロ走ってたんだろうな」

本をめくりながら、興味のなさそうな淡々とした口調。

「僻んだこと言うから君が助手席にいないことはすぐ分かった。戻れって言って電話は切った。だからその後あいつがどうしたかは知らない」

そして吉門は本から顔を上げた。

「そこまで確かめるほどお人好《ひとよ》しじゃないんだ、俺。悪いね」

その後、多紀がどうなっていたとしても知ったことじゃなかった。吉門はそう言っている。

「……何か、すごい突き放された感」

「掛水とは最初っからこんな感じだった。意外と打たれ強くてさぁ」

掛水が吉門の『担当』になったのは一年程前だと聞いている。その間ずっとこんな打たれ方をしていたのなら、それは確かにしぶとい。

「佐和はあいつのことむかつくって」

突然投げ出すように放たれた佐和の名前に無心ではいられなかった。

「育ちが良さそうで苦労してなさそうで、県庁だから。まあ、ちょっと八つ当たりも入ってるけどな。けど、育ちがいいっていうのは多分当たってる。苦労してないってのも。佐和はあれで人を見る目はけっこうあるんだ」

「でも、そんな言い方……」

思わず反駁《はんばく》した多紀に、吉門の苦笑が重なる。

「勘弁してやって。佐和は口が裂けても県庁の奴を『優しい』とか『お人好し』とか言いたくないんだ。だから表現が複雑骨折する」

吉門は軽い音を立てて本を閉じた。

「でも、怒って飛び出していった佐和を連れ戻せた奴なんか今までいなかった。——俺以外」

言葉を失《な》くした多紀の前で、何気なく吉門は吐き出した。

「悔しくなかったって言ったら嘘になる」

まるで自分がその立場になったかのように胸が速くなった。

「あいつが県庁で良かったとも思った」

「それは……私に仰っても」

困惑のあまり口を挟むと、ああごめん、と吉門は笑った。

「掛水が甘えたくなるのが分かる。多紀ちゃん、包容力ありそうだからさ」

「自分は突き放すのに」

「呆《あき》れた？」

「悔しいけど、ちょっと得した気分です。吉門さんのこういうところを知ってる読者はいないだろうなって」

「良かった、読者が減らなくて」

軽くおどけた吉門が、また愛想の薄い表情に戻った。

「俺が電話してもしてなくても結果は変わんなかったと思うよ。育ちが良くて苦労してなくて小心者でお人好しな奴が、夜中に女の子を道端に捨てて帰れるわけがない」

そして吉門が本棚に向き直った。

「グリーンツーリズムだよな」

言いつつ数冊の本を抜いていく。

「ヨーロッパに学ぶとかワールドワイドな内容の本もあるんだけど、多紀ちゃんがついていくなら国内の事例に絞ったほうがイメージ摑みやすいと思う」

吉門が選んだ本は五冊に満たない。そして手の上で本を並べ替える。

「読む順番はこんな感じ。一冊目でイメージ摑んで、二冊目でちょっと踏み込む。三冊目以降はかなり専門的になるけど、三冊目までは読んどいたほうがいいと思う」

「ありがとうございます……でも」

多紀は渡された本を受け取って目をしばたたいた。

「吉門さんはいつの間に読まれたんですか？　観光を取り上げた小説って、書かれたことないですよね。それともおもてなし課を書くのはずっと前から構想してたんですか？」

「いや、俺も付け焼き刃。掛水から親父のレジャーランド計画を聞いて、使える施設や企画は絡めてくるだろうなって。親父の思考をトレースしたらグリーンツーリズムは当然引っかけるよなと思ってさ」

大したことでもなさそうにそう言って、吉門は多紀が受け取った本を指差した。

「具体的な事例は本よりネットのほうがいいかもしれない。国交省のホームページ行けば全国の主だったグリーンツーリズムを取り上げたページがあるから。高知県からも四万十と馬路村が紹介されてた」

ああ、この人だから掛水さんは突き放されても突き放されてもついていったんだろうな——

多紀はそんなことを思いながら頭を下げた。

吉門は掛水のことを優しいと言った。だが吉門も同じだ。ただ分かりにくい。

拾ってもらったのだから足を引っ張るわけにはいかない。多紀の焦りも素通しで見えているのだろう。

「頑張っていろいろ勉強してみます。助かりました」

「いや、お礼はいいからさ」

と、吉門が珍しい顔をした。少しばつの悪そうな——

「交換条件っていうか、ちょっと頼まれてくれないかな」

「はい、何でしょう」

吉門がいかにも決まりが悪そうに頭を掻《か》く。わずかに頬が赤いのは気のせいか。

「……『パンダ誘致論』の提案書って見られる？」

とっさに言葉に詰まった多紀の反応をどう取ったのか、吉門はますます歯切れが悪くなっていく。「見たことないんだ、親父の作った書類。あの人のことだしコピーは家に残してあると思うけど……今さら見せるわけないし」

見たいんだ、と吉門は打ち明けるように言った。

「親父の県庁時代の仕事。今のあの人の仕事とどう繋がってるのか確かめたい」

吉門が今でも——他人になっても清遠を慕っていることが痛いほど伝わってくる。

親父の思考をトレースした。ついさっき吉門はそう言った。

それは今や清遠と親子の縁が失われた吉門にとって、最大にして唯一の父親への敬愛の手段に違いなかった。

「清遠さんは『パンダ誘致論』の当事者ですし、吉門さんは当時の息子さんです。それに県民に開示できないような資料じゃありません。私が『パンダ誘致論』を調べたときに関係書類を全部控えてあるので、総務部まで行かなくてもおもてなし課でお見せできます」

多紀が敢えて事務的な口調で答えると、吉門は小さな会釈で謝辞を示した。


「お前、えいがか」

近森に耳打ちされて、掛水は資料棚の近くからその様子を見た。

吉門の席になった空き机で、吉門と多紀が黄色いファイルを広げながら話をしていた。吉門の表情は日頃の無愛想や辛辣《しんらつ》さが想像できないほど柔らかい。

「さっきから多紀ちゃんと随分えい感じやぞ」

「そんなのえいがかって言われても」

自分がやらかした昨日の今日だ。吉門が多紀を案じてフォローしているとしか考えられず、だとすれば掛水の出る幕はない。

「近森さんこそ、明神さんのこと気に入っちょったがやなかったがですか」

同じ攻撃を投げ返してみると、近森は顔をしかめて頭を掻いた。

「いや、俺はにゃぁ。どうも目がないに変わらん。誘っても誘ってもウナギみたいにするする逃げられる」

誘ってたのか、と聞いた掛水がびっくりである。

「お前が出先で水を被《かぶ》って戻ってきたときしつこく突っかかりすぎた。それ以来まったく相手にしてもらえん」

初めて清遠の自宅を訪ねたときである。初めての対面となった翌日の帰りがけも少し揉めた。揉めた原因はやはり佐和だった。多紀とぎくしゃくするときは必ず間に佐和が挟まっている。

難儀な女性《ひと》だな、と軽く溜息が漏れた。

「お前はちょっと目があると思うたがやけどなぁ」

近森は失敗を自覚して自発的に降りたらしく、しきりと掛水を気にかけてくれる。

だがそれも今は複雑な気分を加速するばかりだ。

昨日やらかしたあげくうっかり抱き締めた。それから掛水は多紀とまともに喋っていない。目を合わせることさえ気まずい。

「明神さん、吉門さんのファンながですよ。一緒に仕事ができるようになったらちょっとばぁは浮かれるでしょう、若い女の子やし」

お前だって好きな女優の一人くらいいるだろ。本人を目の前にして舞い上がらない自信でもあるのか。

吉門の揶揄はまだ胸に痛い。掛水は二人の姿が目に入らないようにそっと立ち位置を変えた。

清遠親子が帰ってからふと気づくと、多紀の机に黄色いファイルが載っていた。吉門と一緒に見ていたものらしい。

いろんなものが心の中で疼《うず》いた。

一体何を見てどんな話をしていたのだろう。そのときの吉門の柔らかな表情。

──見たらまずいかな、とか。

私物は私物と分かるように管理するルールだ。これほど無造作に机に置いてあるのなら、誰が見ても問題のないものであるはずだ。

「あ、それ見ます？　片付けちゃいたいんですけど」

背中から多紀の声がかかって飛び上がった。

「いや、あのっ……！　吉門さんと見てたなぁって！」

不意を衝かれて完全に余計なことを口走ってしまう。だが多紀は気にした様子もなく笑った。平常営業の笑顔に戻っていて、心の隅でほっとする。

「そうなんです、吉門さんが見たいって」

そして多紀はファイルをぱらりとめくった。──中身は掛水も見たことがあった。

「『パンダ誘致論』の提案書。吉門さんが清遠さんの県庁時代の書類が見たいって仰ったので……」

……俺って痛《いて》ェ。掛水は反射で胸を押さえた。妙なやっかみをした自分が痛い。

両親が離婚したという吉門にとって、清遠はもう法律上は父親ではないという話だった。だが、吉門が清遠を未だに慕っていることは確かだ。そうでなければ母親側についていったらしい吉門が清遠のところへ投宿するはずがない。

ファイルを見ていた吉門の和やかな表情は、父親の痕跡《こんせき》を追っていたからだ。

「……ごめん」

多紀は怪訝な顔をした。

「……何がですか？」

「いや、何でもないがやけど何かごめん」

多紀はますます怪訝な表情になった。

「ごめんって急に言いたくなった。そういうことにしちょいて」

多紀を拝むと、多紀は「掛水さん、変ですよ」と笑った。

＊

ある日の会議の席で、清遠が愛用のポール・スミスのバッグからA４の用紙を取り出した。

「レジャーランドに連携させていくグリーンツーリズムの受け入れ村の名称じゃが、村名に冠をつけるがはどうや。もちろん各地区の意見を尊重することが前提やが……」

紙には極太のゴシック体でその名称が書かれていた。

『おらが村』。

全員がその名前に見入り、清遠の説明が入った。

「訪ねてくる人にふるさととしての田舎を提供するというコンセプトやき『おらが』というがはもちろん客のことじゃ」

客が『おらが村じゃ』と帰ってくるような『村』になってほしい。そんな願いが強く籠もった名前だった。

「高知県内『おらが村』シリーズですか。おもしろいですね」

「高知のグリーンツーリズムに統一感が出ますね。連携して何かやれる気運になるかも」

「『おらが村』全制覇とかの企画もできるがやないですか？」

「そうしたらリピーターが増えるかもしれんにゃあ」

素直に盛り上がった意見に、清遠は珍しく少し照れくさそうに見えた。

4. 順風満帆、七難八苦。

＊

秋の連休に絡んで、民宿『きよとお』は連日賑《にぎ》わっていた。

オーナーの和政《かずまさ》が因縁ある県庁と観光発展企画を動かしはじめてから、あれこれ県内を飛び回ることが多くなったので、最近では民宿の切り盛りはもっぱら娘の佐和《さわ》の仕事である。

忙しいのはやはり朝だ。特に満室になった客が一斉にチェックアウトする日は慌ただしい。朝食を作っては出し、空いた食器を片付け、食堂と厨房《ちゅうぼう》をばたばた往復していると、やがて客がひっきりなしに精算のレジに並ぶ。

できるだけ玄関まで見送ることにしているが、一人のときに精算が重なるとそれも不可能だ。レジで道を訊《き》かれたり話しかけられたり、それを捌《さば》くのが精一杯。食事の時間は自由なので、食堂を回すタイミングなどもある。熱いものは客が席に着いてからでないと出せないし、朝食もチェックアウトも滞らせるわけにはいかない。

それでも今は——佐和はレジを打ちながら、ちらりと食器を下げている喬介《きょうすけ》に目をやった。口数は少ないが無愛想ということはなく、黙々と作業する様子はひいき目を抜きにしても民宿の要員としては好感が持てる。

和政が出張で家を空けても、客が混んでいるときは喬介が家に残って手伝ってくれるので、随分と助かっている。

まさか客も作家に接客をされているとは思っていないだろう。『吉門喬介《よしかど》』は取材で写真を公開しておらず、名前は売れているが顔は売れていない。

「さっきのお味噌汁《みそしる》の具、すごくおいしかったわ。何が入ってたのかしら」

精算をしながら尋ねてきたのは年配の女性客である。定年後の夫と遍路回りの最中だという話だった。

「ああ、あれは川ノリです。今朝使ったのは仁淀《によど》川で採れたものです。お口に合ったがやったら良かったです」

食事は郷土色豊かなものを取り入れるのが「きよとお」のこだわりである。客は胃袋で摑《つか》め、というのは和政の持論だ。旅行で旨《うま》いものを食べた記憶は風化しない。「きよとお」では宿泊の申し込みがあると、必ず食事の好き嫌いを訊くことにしている。

「おいしかったからお土産に買って帰りたいんだけど……どこで買えるかしら」

「ああ、うちでもお分けできますよ。玄関のところにお土産が置いてありますき、良かったらご覧になってください。種類が色々見たかったらこちらの地図のお土産屋さんにどうぞ」

釣り銭と一緒にレジカウンターに置いてある手作りの地図を渡す。

「この地図を渡してくれたら載っちゅうお店はどこでも一割引きになりますき」

紹介した客を月間でトータルして紹介料をもらう、という契約も、和政があちこちで結んでいる。意外とこの収入もバカにならなくなってきた。

「ありがとう、見せてもらうわね。日保《ひも》ちはするかしら」

「乾物やき大丈夫ですよ」

婦人は会釈しながら夫と玄関へ向かった。

それからも食事出しや他の客の精算をフル回転で回す。「きよとお」のキャパシティは満室で十部屋、人数は最大三十名。今日は二十名ほどを一気に送り出す予定だ。

ようやく客の区切りがついたとき、お土産を見ると言った老夫婦が再びレジにやってきた。購入は川ノリを数袋と佃煮《つくだに》が二瓶。佃煮はやはり川ノリと、もう一つはゴリ。

「佃煮もおいしかったから」

「ありがとうございます」

手早く包装しながら笑顔で何気ない会話を少し。ちょっとした交流が旅先では思い出に残る。「きよとお」にリピーターが多いのは、和政の徹底した客あしらいの作法による。

老夫婦が送り出す最後の客だった。玄関まで見送る。喬介も気づいて一緒についてきた。

婦人が靴を履きながら問いかけた。

「こちらはご夫婦だけでやってらっしゃるの？」

思いもよらない質問に佐和の頭は真っ白になった。頬が火照り、反射でいろいろと違うことを説明しようとするが――どうやって？　喬介との関係は説明が煩雑すぎる。

と、喬介が横から落ち着いた口調で答えた。

「ええ」

「まあ、お若いのにご立派ねえ。大変でしょう」

「いえ、オーナーは妻の父なので……僕らは預かっているだけですから」

「おや、婿入りかね」

意外そうに口を挟んだのは婦人の夫である。喬介は一瞬遅れて頷《うなず》いた。

「はい、そんなところです」

「私もだよ」

親近感を覚えたのか、気難しそうだった顔がほころんでいる。

「色々大変だろうが頑張りたまえ」

「ありがとうございます」

佐和はまったく口を挟めず、俯《うつむ》いてただ立っていた。婦人が微笑ましげに声をかける。

「まぁ、真っ赤になって。まだ新婚さん？　かわいらしいこと」

首をすくめるように頷くのが精一杯だった。

「ご宿泊ありがとうございました。道中お気をつけて」

最後の挨拶《あいさつ》は喬介がして、佐和はその隣で深く頭を下げた。それしかできなかった。

老夫婦が玄関を出てしばらく経ってから、喬介が何事もなかったかのように奥へ向かって踵《きびす》を返した。

「喬兄！」

思わず声が出た。

「何」

立ち止まった喬介が振り向く。

「違うやんか、お客さんにあんな嘘ついてっ……」

「客にそう見えたがやったら、わざわざ否定せんでもえいわや。ああ、やっぱりって気分よく出発してもろうたら」

「……兄妹って言えばよかったやんか」

「それも嘘や」

喬介はさらりとそう言い放した。佐和の首はまたすくんだ。首筋まで熱くなる。

「どっちにしても嘘やったらすらっと言わなぁいかん。お前は口籠《くちご》もった。言い淀《よど》んでから客の質問を否定したら訳ありに聞こえる。それはマイナスやろう」

「あのお客さんがまた来たらどうするがで」

佐和は抗《あらが》うように呟《つぶや》いた。

「喬兄はずっとここにおるわけやないくせに」

毎日当たり前のように喬介が家にいる。その幸せに酔って忘れそうになる。

喬介は東京を引き払ってここへ帰ってきたわけではない。

おもてなし課を素材に小説を書く。そのための下宿だ。書き上がるまでここにいると言ったが、いつ書き上がってしまうのかと考えると胸が潰《つぶ》れそうになる。

今もたまに打ち合わせだの取材だので数日東京へ戻ることがある。喬介が荷造りをするたびに、家を空けるたびに胸に錐《きり》が刺さったようになる。

喬介が家にいる日々はいつか終わるのだと。

失ったものにようやく慣れたのに、それを再び期限付きで与えられるなんて却《かえ》って残酷だ。

「喬兄がおらんなってまたあのお客さんが来たら、ご主人はって訊かれたら、離婚しましたって言うがかえ」

唇を嚙《か》んで睨《にら》むと、喬介は静かに佐和を見つめ返した。

その眼差《まなざ》しを受けるのが苦しくて、目を逸らしそうになる。懸命にこらえていると、喬介の表情がふと緩んだ。

「……洗い物が山積みや。親父が帰ってくる前にさっさと片すぞ。今日もだいぶ客が入っちゅうろう」

そして喬介は奥へ向かった。佐和は膨れて足を止めていたが、やがてその背中を追った。

微妙に気まずい雰囲気で洗い物を片付け、喬介は「じゃあ後は」と自分の部屋に上がった。

立て込んでいるときは手伝ってくれるが、一段落したらその後は佐和の仕事だ。客室の掃除をしたり布団の始末をしたり業者の納品を受けたり。合間に自宅の家事も挟みながら次の客を迎える準備をし、こまごまと忙しい。ルーチンワークになっているので体は勝手に動くが、気を抜くと疲れが自覚されるので一気に動くのがコツだ。

昼食で喬介を呼びに行くと、残しておいた勉強机でノートパソコンを開いて何か作業をしていた。執筆か、資料まとめか。

「喬兄、ごはん」

「お、もうそんな時間か」

喬介は大きく伸びをしてから立ち上がった。

「今日は何な」

「おじゃこの焼き飯」

「えいにゃあ」

「あり合わせで作っただけやで」

喬介が先に階段を下りながら「それがえいがよや」と笑った。

「東京で一人やとコンビニやら外食やらばっかりやき、すっと飽きる。食うのもどんどん面倒になって食わずに済ませることもしょっちゅうや。家で作ってもらったメシが一番旨い」

「ちゃんと自炊しぃや。体でも壊したらどうするがで」

喬介は家にいた頃よりも少し痩《や》せた。もともと痩せ型だったので今は少し痩せすぎだ。

「一人やとその辺がどうでもよくなる」

「いかん！」

思わず佐和が声を上げると、喬介が振り返った。佐和は俯いて足元を睨んだ。

「あたしは喬兄が病気とかになったら嫌。やき、ちゃんとして」

喬介はしばらく黙っていたが、やがて言った。

「今はお前が面倒見てくれるき安心や」

答えになっていない。東京に戻ってもちゃんとしてくれと言っているのに。

喬介はさっさと居間に入ってしまい、言い募ることはできなかった。

「ちゃんと味噌汁がついちゅうところがえいにゃあ」

喬介は機嫌良く味噌汁をすすったが、客の朝食に出した残りを温め返しただけだ。

「焼き飯も大葉が散っちゅうところが芸が細かい」

「誉めても何も出んで」

「家で食う飯はえいと言いゆうだけよや。こっちに来てからとんと健康的になったわ。ちゃんと朝起きて三食食うて夜に寝て。あり得ん話や」

佐和は自分も食べながら尋ねた。

「作家ってやっぱり生活が不規則やったりするが？」

「人によるけどにゃ。俺は専業になってからめっきり不規則になった。うっかりすると、夕方から起き出して夜中に書いて明け方寝る、らぁてこともある」

「昼型になったら仕事しにくくない？」

「慣れてくるとそうでもない。兼業やった頃は晩の空いた時間で書きよったき」

それを訊くのは勇気が要った。

「今は……仕事どればぁ進みゆうが？」

「プロットをざっくり考えゆうくらいやにゃ。俺はプロットを立てんとよう書かんき」

「プロットって？」

「小説の設計図みたいなもんや。今度の話は新聞連載やき、立て方の勝手がなかなか分からん。何しろ新聞はやったことがないき」

設計図、ということはまだ原稿は書きはじめてもいないのだろう。「大変やね」と取《と》り敢《あ》えず相槌《あいづち》を打ちながら内心でほっとする。佐和にはそれがどの程度大変な作業かよく分からない。だが、書き上がるまでという期限は当分先だ。

喬介は味噌汁をすすりながら顔をしかめた。

「まず全体を切って一ヶ月分ずつ大雑把に落とし込んでいくしかないろうにゃあ……」

「新聞小説って毎日ちょっとずつしか載らんのに、枚数とかそこまで調節できるが？」

すごいね、と続けようとしたら喬介は顔をしかめたままで頭を掻《か》いた。

「連載全体の分量は大体決まっちゅうき、そこから逆算して……けんど最終的なところは担当に調節してもらうしかない。自分で細かいところを按配《あんばい》できんがは落ち着かんけど仕方がないわ。ちょっと俺の経験には大きすぎる仕事やったにゃあ、新聞は」

喬介が率直に不安を吐くのは珍しい。

「……心配やったら何で引き受けたが？」

「そらぁお前……」

首を傾げた佐和から、喬介はふいと目を逸らした。この間合いは覚えている。少し決まりが悪い――照れている間合いだ。

「親父がおもてなし課に乗ったからに決まっちゅうろう。元々は俺が振った話やし、あの人が乗るがやったら俺もやれるだけのことはやらんと嘘や。『パンダ誘致論』のころは何もできんかったけど今なら少しは援護できる。掛水《かけみず》に親父のことを教えたとき、あいつが親父にたどり着いて親父が動いたらおもてなし課の話を書こうと決めちょった。そこにたまたま担当が新聞連載の話を持ってきてくれたき。正直、俺には大きすぎる話やないかと腰が引けそうになったけんど、新聞でやれたら県庁に押しが利くきにゃ」

そういえばそれも訊きたかった。

「喬兄、何でおもてなし課にお父さんを紹介したが？」

県庁やのに。その一言は飲み込む。

「掛水がよう食い下がったきにゃ」

喬介は焼き飯を口に運びながらそう答えた。

「大分ぞんざいにあしらったに、しぶとく食いついてきた。その根性に免じて」

「あんなヘラヘラした奴……」

「打たれ強さは中々のもんや。それに親父は観光の仕事が好きやきにゃ。県庁を辞めたのに、観光関係からは離れんかったろう。民宿を始めて観光コンサルタントを始めて」

確かに和政の観光業に対する情熱は人一倍である。

「観光業が好きやからこそ、親父は今の地元の惨状をどうにかしたかったはずや。第一次産業と観光が頼みやのに、その観光が巧《うま》くプロデュースできてない」

言いつつ喬介は難しい顔だ。

「地域ごとではいろんな取り組みをしよっても、それを全国発信できてない。観光立県になるには県の力が要るがよや。けんどその県にセンスがない、組織にも弾力性がない。地域の発想をまとめ上げて県を『商品』としてPRすることを分かってない。観光の窓口になれるのは県や、それやのに県と観光素材が乖離《かいり》しちゅう。

親父も個人ではあれこれネットワークを持っちゅうけど、資本のない個人ができることには限度がある。県の観光計画に食い込めるなら食い込んであれこれ提案したかったろう」

佐和は決まり悪く俯いた。

おもてなし課の掛水からアプローチがあったころ、それを頑《かたく》なに蹴《け》っていたのは佐和だ。父を閑職に追いやり辞めさせた県庁が今さら何を、と。

だが、和政は話を繋《つな》ぐと翌日にも会うと言い出したのだ。

何年も離れていたのに、喬介のほうがよほど和政のことを分かっている。

「……喬兄のほうがお父さんの力になれた」

「何を言いゆうがな、俺に民宿は回せんわや」

軽い口調でそういなした喬介が尋ねた。

「親父はまだ帰らんがか。出るときは今日の昼には帰ると言いよったに」

「夕方までに帰るって電話があった」

「そうか。あの人は一回外へ出ると予定を追加追加で詰め込みたがるクセがあるきにゃあ」

＊

高知には戻らんことになった。

関東に進学していた喬介が帰省してそう言ったのは、大学四年の春だった。喬介は二十二歳、佐和は二十歳になる年だった。

……何で？

震える声を押さえつけるのにとても苦労したことを覚えている。

お袋が再婚するがは聞いちゅうろう。

それは和政から聞かされていた。お父さんと別れてまだ一年やのに、と不満に思ってもいた。

要するに俺は宙に浮いたというわけや。

喬介は憤るでもなく淡々としていた。

でも、高知で就職先も探しよったやんか。

まあ、高知が好きやし帰ってきたかったしな。けど……

喬介は全部は言わなかった。だが察しはついた。要するに母は、あるいは母の新しい相手は、喬介が地元にいると目に障るのだ。

俺もこの年になって、疎まれてまで他人を親父と呼びたくないきにゃ。親父と呼ぶがは清遠《きよとお》の親父だけでもうえいわ。

おかあさん、勝手や。

思わず滑り出てしまった不満に、喬介は苦笑した。

そう言わんといたってくれ。性格やき。それに何だかんだ言うて今まで育ててくれたがやき、俺が邪魔なら消えちゃるのが親孝行ってもんやろう。

そんなこと言わんとって！

消えるらぁて。縁起でもない——それに喬介は学費のことでも母にはほとんど負担をかけていないはずだった。佐和と違って成績がよかった喬介は、県内の進学校からストレートで関東の国公立に受かっている。そのうえ、バイトや奨学金で経費のかなりを賄っている。

ねえ。今からでもうちに……

そんなわけにはいかんと分かっちゅうろう。

喬介はずっと困ったように笑っていた。佐和を言い聞かせるために。

それに、俺もそれは嫌ながよ。

和政の扶養家族にはなりたくない、と喬介は言った。

親父には感謝しちゅう。お袋は一番大変なときに家を飛び出して、そのときから多分今の男と出来ちょった。親父は敏《さと》い人や、薄々は察しちょったろう。それやのに、俺にまで精一杯のことをしてくれた。いつか必ず返す。けんど今、離婚のときに親父が俺名義で持たせてくれた金がどればあ役に立ちゆうか分からん。あの人にはこれ以上の借りを作りたくない。

そして喬介は笑った。

やき、親父のしてくれたことを無駄にはせん。意地でも大学は卒業する。邪魔にならんように消えちゃるき、最後の年度の学費くらい手切れ金代わりに出せと言うて、お袋からも足しになるばぁの金はもろうた。バイトと奨学金と親父が用立ててくれた金で、卒業まではどうにかできる。

——その後。喬介は分籍届を出して母の戸籍から独立したという。どうやらそれが「足しになるばぁの金」をもらう条件だったらしい。

喬兄は、それでえいが。

顚末《てんまつ》を電話で報告してきた喬介に、すがるように尋ねた。

仕方ないわ。俺は自分で生きていけるけど、あの人は誰かに寄り添わんと生きていけんがやき。寄り添う条件に俺が邪魔やったら、おらんなっちゃらなぁ仕方がない。

それにもらうものはもらったしにゃ、と喬介は笑った。

気負いのない、しかし覆せない決意を感じてそれ以上は言えなくなった。

——なぁ。

その逡巡《しゅんじゅん》した声は忘れない。

高知から出る気はないか。

答えられなかった。言葉に詰まった、その気配だけで喬介が畳んだ。

すまん。変なことを訊いた。

忘れてくれ、と切り上げられたその話題は、その後二度と出てくることはなかった。

多分、それがたった一度の分岐点だった。いよいよ最後の身辺整理を済ませて、これで東京に移るというときも、その話題は出なかった。

そして喬介は東京で就職し、やがて——母は再婚相手の転勤に伴って高知を出ていった。

ひどい、ともう他人になった母に思った。喬介が目に障るから高知に戻るなと強いておいて、自分は自分の都合だけで高知をさっさと捨てて出ていった。

喬兄のほうがずっと高知を好きやったのに。帰りたかったのに。

あたしも喬兄が帰ってくるのをずっと待ちよったのに。

喬介は本当に無意味に宙に浮いてしまった。

こう来るとは思わんかったにゃあ。

電話の向こうで喬介は苦笑した。

帰ってきたら、なんて言えるわけがなかった。喬介は決意して東京で就職し、東京での生活を作ったのだ。それを捨てて帰ってこいだなんて。それを言ったら今は他人となった母と同じになってしまうような気がした。

それからしばらくして喬介は作家になった。仕事は順調なようで、高知の書店でも本が並ぶようになった。

喬介が小説を書くなんて知らなかった。家族だった頃も書いていたのだろうか。

あたしは喬兄の何をどれだけ知っちょったがやろう——書店で喬介の本を見るたびに、喬介が遠くなったような気がした。気が引けて自分からはあまり連絡できなくなった。そうすると喬介からの連絡も減った。

喬介は和政のことを敏いと言ったが、喬介だって充分敏い。佐和の気が引けていることは、毎回の電話で察しただろう。そしてそれをどう解釈したのか。

淡々とした年賀状のやり取りが最後に残った糸だった。毎年元旦《がんたん》を迎えるたび、ポストから年賀状を取り出すたび、この束の中に喬介のものは混じっているのだろうかと不安になった。

喬介のほうはどうだったのか。

頼りない糸の端を指に絡めて、何気ないふりを装って過ごしながら、糸をなくさないように必死で握り込んできた。

もしかしたらその糸は、いつか指から離れて見失っていたかもしれない。お互い積極的に糸をたぐり寄せようとはしなかった。

もしかすると――不本意だが、掛水の顔が浮かんだ。

掛水のおかげで、喬介と再会できたのかもしれなかった。

＊

その日、曲がりくねった細い山道を運転しているのは掛水だった。手がかりはといえば地図と施設案内のチラシだけ。ナビは使うなという清遠のお達しである。

何度か行ったことがあるという清遠は、まったく道案内をしてくれなかった。

「清遠さん、この道ですかねぇ」

「さあ、どうやったろうにゃあ」

清遠はにやにやしながら後部座席にふんぞり返っている。助手席は多紀《たき》だ。そもそも、運転好きな清遠がハンドルを預けることも珍しい。

道はときに対向も難しそうな一車線になりながら、杉の木立の中を山奥へ上っている。目印になるものが何もないので、この先に目的地があるのかどうか不安になる。

小さな集落に差しかかったとき、危なっかしいナビをしていた多紀が声を上げた。

「掛水さん、標識がありました！この道です！」

うっかりすると見落としてしまいそうな手作りの矢印標識が道端の山肌に立っていた。表記には『吾川《あがわ》スカイパーク』とある。パラグライダーの飛行場だ。

「ああ、もう、道に迷ったかと思《つ》った」

掛水はほっと息を吐きながら車を走らせた。完全に一車線になった道はやがて視界が開けた。頂近くになって、切《き》り拓《ひら》いたのか元からか、木立が一部切れた斜面が現れたのだ。坂が芝生になっているのは整備をしているからだろう。

数百メートルの中に緩やかな段差を一回つけた坂。その段の上で、横長の翼を背負った数人が短距離を小さく飛んでいる。講習中らしい。

駐車場はガラ空き、掛水は坂の真横にある駐車場に車を入れた。案内板を見ると、坂の周りにキャンプ場とロッジが数棟、そして事務所が一つ。

清遠は勝手知ったる様子で事務所にさっさと入っていく。簡単な売店を兼ねた受付と待合室、そしてトイレ。シンプルといえば聞こえのいい質素な建物だ。

「こんにちは」

清遠が受付に声をかけると、中に入っていた女性職員が笑顔を返した。顔見知りらしい。

「タンデムは行けるかのう」

「大丈夫ですよ。今ちょっと飛びゆうけど、すぐ降りてくると思います」

タンデム飛行は二人乗り用の機材を使い、インストラクターに前抱えしてもらって飛ぶ形式だ——ということくらいはチラシで予習している。

「清遠さん、やるがですか」

「何を言いゆう、お前が飛ぶがよ」

「……は⁉」

掛水は遠慮会釈なく大声を上げた。清遠は「俺は何回も飛んじゅう」と涼しい顔だ。

「ちょっと、待ってくださいよ！　聞いてませんよ！　イヤですよ、そんな！」

「ここもレジャーランドに組み込む予定じゃ、おもてなし課が体験しちょかんでどうする」

それとも、と清遠が最終カードを切る。

「明神《みょうじん》さんに飛ばすかや。明神さんが明神山から飛ぶというがもシャレが利いちょってえいがにゃ」

奇《く》しくも吾川スカイパークの場所は県北西部、明神山の山頂である。

唖然《あぜん》としていた多紀が、急に回ってきたお鉢に固まった。高いところは苦手らしい。

「どっちがやるがな」

うわぁもう、と掛水は内心で頭を抱えた。ここで逃げたら男じゃない図式を作られた。

「──分かりましたよ！　やればいいんでしょ、やれば！」

掛水が喚《わめ》いたのはヤケクソだったが、清遠はにんまりである。

「えい度胸じゃ」

追い込んどいてよく言うよ、と掛水はうんざりだ。

申し込みを済ませると、順番が来たら呼ぶので時間を潰していてくれと受付嬢に放流された。近くの村からでも来ているのだろうか、ジーンズにエプロン姿が素朴な若い女性だった。

外へ出ると、講習中のグループの様子がよく見えた。派手なウェアに派手な翼を背負い、坂を駆け下って数メートル浮く。遠目には狭く見える斜面だが、五、六人が横並びで飛んでまだ余裕があるのだから、見た目よりもキャパがあるのだろう。

滞空時間が長い者、短い者、着地にまで技術の差が出るようだ。翼がもつれないように流しながら駆け下りるように着地するらしいが、巧く走れずに転ぶ者もいる。

「ここでやりゆう分には楽しそうやけどなぁ」

本番は一体どこから飛ばされることになるのやら。

浮かない顔をしていると、多紀が申し訳なさそうに俯いてしまった。

「掛水さん、すみません……」

「かまんかまん、明神さんが気にすることやないき」

気にしてほしい張本人はといえば、また一人であちこち歩き回っている。

「道理で動きやすい格好してこいとか言われたわけだよなぁ」

今回の『遠足』では、清遠からわざわざ服装の指定が入ったのである。日頃パンツ派の多紀にも念押しのようにスカート禁止令が出ていた。

靴はこれで大丈夫だったかな、と足元を見下ろす。ワークブーツなのでソールが硬い。坂の傾斜は思ったよりきつく、スニーカーのほうが走りやすそうだ。

「靴、大丈夫ですか？」

多紀も掛水の懸念に気づいたようだ。

「うん、まあ走れんこともないろう」

と、清遠がふらりと二人のところへ戻ってきた。

「今、飛びよらぁ」

煽《あお》られた顎《あご》の先は事務所の背後にそびえる三角形の頂で、その高さと遠さに目眩《めまい》がする。

「……どこですか」

「点がいくつか飛びゆうろう」

——あれか！

言われてようやく認知した点はゴマ粒のように小さく、目を凝らしているうちにようやく人の形になった。

多紀が横から掛水の袖《そで》を摑む。

「だ……大丈夫大丈夫」

全然大丈夫じゃないけど！　大丈夫じゃないけど——ここでごねたら多紀が気に病む。

「今日は風がえいらしいき、粘ればだいぶ飛べるぞ」

「別に粘りたくはないです！」

清遠が言ったとおり、上空に舞ういくつもの翼は何度も旋回を繰り返しては空を滑り、中々降りてこなかった。

三十分近く待っただろうか。飛行場になった坂の周辺を取り囲む杉林の高さまでパイロットが降りてきた。もうそれぞれの服装の違いまで見分けがつく。

坂の上のほうでは講習組が練習を続けていたが、パイロットたちはそれを軽快にかわして坂の下へと降りはじめた。

鮮やかなカラーリングを施した翼は空気を孕《はら》んで膨らんでいたが、それがぺしゃんと潰れる。目に見える物理法則、揚力が失《う》せた。パイロットが動かした腕に連動したので何か操作したのだろう。そのまま滑空して走るように着地、まるで階段から軽く駆け下りるような——さすがに講習組とは一味違う。

着地したパイロットたちは、手際よく翼を折り畳みはじめた。何本ものワイヤーが繋がっているのにもつれさせる気配はない。

「お前を抱えて飛ぶのがあの男よ」

清遠が指で示したのは、一際大きな赤い翼を畳んでいた熟年の男性である。飛んでいるときから動きが素人目にも鮮やかだったので、掛水は内心でほっとした。きっとベテランだ。

手を振って呼んだ清遠に、赤い翼のパイロットが手を振り返しながら帰ってくる。中肉中背、クセのある髪は豊かだがかなり白くなっており、年代は清遠と同じくらいだろうか。

「久しぶりやね、清遠さん」

イントネーションが土佐《とさ》弁とは違う。

「若いお連れさんにカッコええとこ見せに来たん？」

「いやいや。今日は宇野《うの》さんにこの若いのを抱えて飛んでもらおうと思うて」

宇野と呼ばれたパイロットが喜色を閃《ひらめ》かせて掛水に目線を上げる。

「キミ、興味あるんか」

「いえ、あの……仕事でちょっと、経験しちょけという話になって」

「へえー、仕事でパラグライダー？」

首を傾げたパイロットに清遠が説明を挟む。

「こいつは県庁で観光の仕事をやりゆうがよ」

「おっ、ここをどっかで紹介とかしてくれるん？」

「そういうことができたらえいにゃあという話や」

「それは楽しんでもらわなあかんね」

掛水は腹を括《くく》って頭を下げた。

「よろしくお願いします。……できればお手柔らかに……」

「そんなに緊張せんでもええよ、パラグライダーで事故起こすんはけっこうムズカシイで」

請け合った宇野が掛水の肩をバンと叩《たた》いた。

「じゃ、さっそく行こか！」

「えっ、もう⁉」

「風がええうちに飛ばんとね。もう山頂行きのバンが待機しとるから」

さっさと歩き出した宇野を慌てて追いかける。心配そうに見送る多紀には笑って手を振ったが、頬は微妙に引きつっていた。

事務所から先は未舗装の砂利道が杉木立の中を縫って山頂へ続いている。

バンは運転している男性のもので、山頂までの足は利用客やインストラクターが自前の車を交代で出すという。

「スカイパークの送迎車とかないんですか？」

尋ねると周りに爆笑された。

「ないない、そんなの！　一週間の稼働日が半分以下やで、冬場はシーズンオフやし！　送迎車なんか置くだけ赤字や！」

「レンタル機材もろくに買えないのに！」

「え、でも……」

チラシにはレンタル機材ありと書いてあった。

「ああ、それは常連客のカンパがメインや。買い換えたりパラグライダーをやめる人が置いていってくれたりな」

しょっぱい台所事情に開いた口が塞《ふさ》がらない。

「びっくりすんのはまだ早いで。僕なんかただの客やしね」

宇野の言葉に掛水は「えっ」と大声を上げた。

「スカイパークのインストラクターさんやないがですか⁉」

「タンデムで専門のインストラクター置けるほど金持ちちゃうわ、ここ。僕は神戸から通ってる常連や。インストラクターはほら、講習組でいっぱいいっぱいやから。飛び込みのタンデムまでなかなか手が回らんわ。そんで、常連でタンデムの資格と機材持ってるのが僕の他にもう一人しかおらんねん」

「えっ。ということは」

「そう。僕もその人も来ぇ《け》へんときは、自動的にタンデムは休業。でもまぁ、天候がよければ大抵どっちか来てるしね」

「あの、それ、日当とかは……」

「あるわけないやん、そんなん。ボランティアボランティア」

一体何という助け合い運営！　揺れる車内で掛水はますます言葉をなくした。

「ええねん、僕らはパラグライダーをやる人がもっと増えてくれたら。一人で飛ぶのも抱えて飛ぶのもそんな変わらんしなー」

ほかに何か訊きたいことない？　宇野の問いかけに掛水は質問を探した。

「僕、今日ブーツで来ちゃったんですけど足元大丈夫でしょうか」

「あ、平気平気。こういう靴がええねん」

宇野が膝《ひざ》を上げて見せた足元は頑丈な登山靴である。

「もういっこ訊いてえいですか」

「うん、何？」

「何で神戸からわざわざここまで通いゆうがですか？」

宇野はニッと笑った。

「それは飛んでからにしょうか」

窓が急に明るくなった。杉の木立が切れたのだ。周囲が開けて笹藪《ささやぶ》が広がる。もう見上げる物が何一つない尾根だった。

「えっ、ここ!?　ここから飛ぶんですか!?」

そうやでー、と気軽に答えつつ宇野が丈の低い笹藪の上にグライダーの翼を広げていく。

掛水は呆然《ぼうぜん》として目の前の景色を眺めた。笹藪に覆われたそこは、世間さまでは崖《がけ》っぷちと呼ぶ地形である。高層ビルから地上を見下ろすほどの高低差が眼下にある。

山肌に切り拓かれた飛行場は、杉林が切れているからあそこだと分かる程度の面積だ。

「こっ……これは一般的には飛び降り自殺をするロケーションかと思われますっ！」

今から車で下に戻っていいと言われたら喜んで車に飛び乗ってシートベルトを締める。

「清遠さんが連れてきたにしては気ィ弱いなぁ、掛水くんは——」

「清遠さんと一緒の箱に入れんといてください！」

「帰る車で下りてもええけど、カノジョに幻滅されへんか？」

からから声に思わずうろたえた。

「か……彼女は別にカノジョとかそんなんじゃ」

「そかそか、カノジョちゃうけどカッコつけたい女の子やねんな。腹括り」

別にそんなんじゃないけど——清遠さんは飛ばずに下りたら飛ぶまで山に追い上げそうだし、二度手間になったら利用者の皆さんに申し訳ないし。

言い訳を探しながら掛水はヘルメットを受け取り、タンデムハーネスの前席に腰を下ろして各種のベルトを締めた。

風は下から吹き上げている。

「そら、全力疾走！　転ぶなよ！」

すぐ目の前で崖が切れている。その光景を目の当たりにして、崖に向かって走れというのはかなり恐い指示だ。全力疾走で飛び降りに行けというのと文法は変わらない。

だが、——実際は数歩と走ることはできなかった。

「えっ⁉」

ぐぅっと凄《すさ》まじい風圧に持ち上げられて、足が地面を離れた。

高いと思っていた尾根が急速に眼下に遠ざかる。

「うわっ——何コレ、すげえ！」

テイクオフした崖がはるか下に、もう待機しているメンバーが米粒だ。しかしまったく恐くはない。風の力強さを無条件に信じられた。この風を受けて、ここから落ちるはずがない。体全体で揚力を感じる。

これは——鳥だ。鳥の視点だ。こんな視点を知っているのはきっと鳥しかいない。

航空写真そのままの地形が見下ろす視界いっぱいに——頭を巡らすと、南の方角に海が遠く見えた。太平洋だ。

「なかなかキレイなテイクオフやったなぁ、やるやん」

背中から宇野のお誉めを賜る。

「下の尾根がちょうど県境になるねん。スカイパーク側が高知で反対側が愛媛や。空から二県をまたぐのもなかなかオツな光景やろ」

「はい！」

「ちょっと操縦してみるか？」

「えっ、できるんですか？」

「これ持って。しっかり握ってや」

右手、左手の順に何やら輪っかを渡された。

「これ、ラインが翼に繋がっとるから。右を引き下げたら翼の右側畳んで右旋回、左は左旋回な。はい、右引いてー」

言われるまま右のラインを引っ張り下ろす。グライダーが小気味いい半径で旋回した。自分の腕で風を切る、風に乗る。その爽快感《そうかい》。

宇野の指示で何度か旋回を繰り返す。自然と体重移動を覚えていた。

「巧い巧い。キミ、なかなか筋がええわ」

「いや、ご指示のとおりに動かしてるだけなんで」

「でも見てみ。キミが一番高度を保っとる」

後から飛んだはずのメンバーがもう全員眼下にいる。

「初心者の割にバンク取るのも恐がらへんしな。バイクか何か乗ってたか？」

「いえ、学生の頃に自転車を少し」

お遊び程度だがマウンテンバイクのサークルに入っていた。

「ああ、それでやな。ようハーネス振り回しとったわ」

「え、そんなに？」

「最初のビビリが嘘みたいやったな。風もよう摑まえとった」

率直にビビリと言い放たれて少し決まりが悪い。

「いや、何か……飛んでみると、高度下げるほうが難しいくらいですね」

「そやろ。特にここはなぁ」

背中なので顔は見えない。だが、宇野の声が自慢気になった。

「飛行場としての規模は小さめやけどな、地形と風がめっちゃええねん。条件が揃えば、それこそ風探しながら何ぼでも飛べるわ」

「何ぼでもって具体的には何時間くらい……」

「ぶっちゃけ、トイレに行きたくなるまでやな。条件のええ日は風の限界が来るよりトイレの限界来るほうが早いわ」

ということは、数時間は軽く飛べるということだ。

「そやからわざわざ神戸から来るねん。僕の他にも県外の常連いっぱいおるよ。設備は作れるけど地形は作られへん。ここは、風の良さと長く飛べることでは全国でも有数の飛行場やで。神戸から来る価値あんねん。こんなにええ風が吹く地形に飛行場があるなんて最強や」

仮にも観光部、吾川スカイパークという施設の存在は知っていた。だが、わざわざ県外から客が来るほどのものとは知らなかった。

「それにタンデムもな。素人がタンデムでいきなりこの高度を経験できる飛行場、そうはない。普通はもっと控えめな高度で控えめな時間しか経験できひんもんや。それがもう、キミ二十分も飛んでんねんで」

「えっ、そんなに⁉」

これほど飛ぶように過ぎた二十分など他に知らない。——飛んでいるだけに。

「素人さんをパラグライダーに誘おうと思ったら、やっぱり気持ちのええフライトをタンデムで経験させてあげるのが一番手っ取り早い。吾川はそれにピッタリやねん」

それは——確かに。このフライトを他人を頼るのではなく自分でいつでも味わえるとしたら。スカイスポーツにまったく興味のなかった掛水でさえ、想像すると少しうずいた。

「愛好者には宝の山やで、まさしく」

スカイパークそのものに大した手は入っていない。一般的なキャンプ場程度の設備と、山肌の一部を拓いただけの飛行場。

だが、地形だけでそれが愛好者垂涎《すいぜん》のポイントになっている。

清遠が、吉門が言っていたのはこういうことかと肌で感じた。

県全体を開発せずに遊び場に作り替える。高知の抱える自然なら、意識の変換だけでそれが可能だ。

設備は作れるが地形は作れない。奇しくも先程の宇野の言葉が至言だ。

「高知って、実はスカイスポーツのメッカになれるだけの潜在能力があるんやで。吾川は遠いから来るのがちょっとしんどいけど、手軽なとこやと土佐市に石土《いしづち》ノ森があるやろ」

そういえば休日などは仁淀川の河口付近をパラグライダーの翼が飛び交っている。

「僕はこっちに来ちゃうから行ったことないけど。あっちはパラモーターやハンググライダーも盛況らしいやん」

海、山、川、仰げば自然を見下ろす空——高知にはそれらが無造作にある。その価値を県民が気づかないほど。売り物を自然に据えれば死角なしだ。

空まで押さえてアウトドアスポーツを丸ごと売れる、それは自覚したらたいへんな武器だ。

これにネイチャリングまで加われば。シーズン中は海亀の産卵がハズレなし、その価値さえ自分たちは分かっていなかった。

果ては海に行き着く地形を見下ろして、背筋をすぅっと寒さが駆け上った。風で冷えたせいではない。

高知は、俺たちは、こんなものを持っていたのだ。

それは突然目隠しを外されたかのような——圧倒的な発見だった。


足元で芝生が後ろへ流れ飛ぶ。

「走れっ！　足で地面探すな、空中からめっちゃ走れ！　カノジョにええとこ見せたれ！」

カノジョちがう、と突っ込む余裕はなかった。

着地の様子は地上から見ていたが、いざ自分が降りるとなると相当恐い。体感する対地速度はかなりのもので、しかも斜面。走りながら降りることは分かっているが、ハーネスで足元が見えない状態で走るのは勝手が摑めない。

「掛水さぁん！」

応援のような多紀の声が聞こえた。降りてくるとき見上げているのが見えた。掛水に向けて子供のように手を振っていた。

くっそ、がんばれ俺こらえろ！

踵《かかと》が地面を捉《とら》えた。わずかに上に吊《つ》られる感覚。意外なほどあっさりと流れる速度が緩やかになり、止まった。

「よっしゃ、ナイスランディング」

宇野がワイヤーを操作して風に煽らせていた翼を下ろす。

「畳むの手伝ってくれるか」

ハーネスを外してから二人がかりで翼を畳む。ナイロン製の翼は、これが二人もの人間を宙に舞わせていたとは信じられないほど軽くて頼りない。

「なかなか楽しいもんやろ」

「はい！」

「掛水くんもやってみいひんか」

「単独で山頂から飛べるようになるまで、どればぁかかるんですか？」

「そやなぁ、そこまでライセンス取るのに三ヶ月くらいかなぁ」

「意外と早いんですね！」

そのうち考えてみてもいいなぁ、と思いつつ機材の価格を訊くと初期費用で数十万という話で、多少腰が引ける金額だが機材を使うスポーツならどれでもそれなりに金はかかる。自転車だっていいものを買えばそれくらいする。

「そうそう。数十万でいつでも飛べると思うか、数十万もかけてまで飛ばんでええわと思うかは個人の価値観や」

しかし、数十万でいつでも飛びたいと思う者は、わざわざ神戸からここを選んで毎週通ってくる。具体的な地名を聞いたことで、観光資源としての底力を強く感じた。

「掛水さん、すごい！　恐くなかったですか⁉」

出迎えた多紀に照れ笑いで答える。

「飛ぶまでは恐かった。でも、飛んだら全然」

「でも、あんなところから飛んだのに」

多紀が明神山の切り立った山頂を見上げる。掛水と多紀では今の見え方はたぶん違っている。

「飛び上がったら、落ちるほうが難しいくらいやった。明神さんも一回やってみたらえいわ、感覚変わるで」

「なかなか楽しんだみたいやにゃ」

やってきた清遠に、掛水は強く頷いた。

「何で清遠さんが飛ばせたか分かったような気がします」

——というのは、吹きすぎか。言ってから怯《ひる》んだ掛水に、清遠はにやりと笑った。

「ええ顔になって降りてきたやないか」

そして清遠が多紀を振り返った。

「明神さんも行っちょくかえ」

多紀の肩が飛び上がる。

「あ、あの……私はまた次の機会に……」

「積極的には機会を作りそうにないけんどにゃ」

清遠が呵々《かか》と笑い、一緒に飛んだメンバーに挨拶をして山を下りた。

＊

その日の帰りは『きよとお』に寄ることになった。

清遠が打ち合わせがてら夕飯を食べていけと言い出したのである。

運転席と助手席で、掛水と多紀は一瞬目を見交わした。

『きよとお』といえば切り盛りしているのは佐和である。佐和に毛嫌いされている県庁の人間としては敷居が高い。――というか、腰が引ける。

だが、清遠は携帯で自宅に連絡を入れ、段取りをさっさと整えてしまった。

「佐和が作るとよ。泊まり客が入っちゅうき、ちと待ってもらわにゃならんかもしれんが」

「お忙しいところにご迷惑じゃないですか？」

微妙に気兼ねした掛水の問いに、清遠は「かまんかまん」と手を振った。――いや、俺たちが気にしてるのはあなたじゃなくて佐和さんなんですが。事があなただけのことなら今さら気にもかけません。

で車を走らせた。

だがあまり固辞しても角が立つ。気が進まないながら掛水は『きよとお』へ立ち寄るルート

『きよとお』の駐車場はほとんど埋まっていた。

「盛況ですねぇ」

「まあ、連休やきにゃ。民宿は稼ぎ時じゃ」

客と行き合わないように家族用の玄関から母屋に上げられる。

「もう宿の夕食は終わっちゅう時間やき、すっと食えるろう」

清遠に続いて居間に入ると、吉門が座ったまま出迎えた。清遠はそのまま奥の部屋へ入っていく。

「いらっしゃい」

パチン、と音がしたのは広げた新聞紙の上で足の爪を切っている。

「座んなよ。おしぼり置いてあるところが客の席だから」

言われてその席へ腰を下ろす。多紀も掛水の隣に遠慮がちに膝を揃えた。

「もう、喬兄！　ご飯の前にやめてや」

出た！　佐和の登場に掛水は思わず居住まいを正した。多紀も同じく。いきさつがいきさつだったうえに頑なな佐和は、清遠係の二名にとって未《いま》だ苦手の箱に入っている。清遠が招いたとはいえ、夕飯をご馳走《ちそう》になるという完全アウェイのシチュエーションではなおさらだ。

「人も来ちゅうに行儀が悪いで」

佐和は吉門を窘《たしな》めながら、台布巾《だいふきん》で座卓を拭《ふ》いた。その口ぶりが掛水にはやや意外である。

佐和は意識してかせずにか掛水と多紀をスルーしているが、一応は客と認識しているらしい。

「喬兄」

「分かっちゅう分かっちゅう」

「分かってないやん」

「ちょっとだけやき」

吉門の生返事にもやや違和感を覚えたが、何がいつもと違うのかは分からなかった。

ともあれ――

「あの、すみません、急にお邪魔して」

掛水が佐和に詫《わ》びると、佐和は卓を拭く手は止めずに答えた。

「別に。お父さんが無理に誘ったがやろうし」

紋切り口調は相変わらずだが、今までの佐和からはあり得ない柔軟な返事である。

「喬兄、机に爪飛ばしなや」

「はいはい」

佐和が台所に戻ってから多紀が小さく吹き出した。吉門が怪訝《けげん》な表情で顔を上げる。

「ごめんなさい、吉門さんも爪とか切るがやなぁと思って」

「当たり前だろ、俺を何だと思ってるの」

「でも、作家さんの日常ってあんまり思い浮かばなくて。吉門さんって露出少ないから余計に。家族に怒られたりとか、うちと変わらないんだなぁって」

「変わんないよ、何言ってんの？　霞《かすみ》食って生きてる仙人じゃないんだから便所にも行くし、爪だって伸びる」

爪切りが左足の小指にたどり着き、吉門は新聞紙を畳んでゴミ箱に突っ込んだ。腰を上げたところに皿鉢《さわち》を持った佐和が入ってくる。

「済んだら手ぇ洗ってや！」

「分かっちゅうって。今行くところやろうがや」

吉門はうんざりの様子で居間を出たが、そのやり取りには完全に気を許した家族だからこその間合いがあった。


清遠が奥へ入ったのは、楽な服に着替えるためだったらしい。居間に戻ってきた清遠は食卓を見て「ほお」と声を上げた。

「ずいぶん豪勢やないか」

皿鉢が二枚出て、それぞれに刺身と鯖寿司《さばずし》が盛られている。汁椀《しるわん》を並べていた佐和の肩が跳ねた。

「別にっ……！　急な話やったき、さっと作れるもんにしただけよえ」

えっ、と声を上げたのは多紀である。

「これ、佐和さんが作ったがですか？　すごい！」

「別に、ぱっと作っただけやき。お造りらぁて柵《さく》で買ってくるだけやし」

佐和はふて腐れたような顔で多紀の前に汁椀を置いた。

「でも私、鯖寿司らぁて作れませんよ。母も面倒やき買って済ませるし」

「五人分も買いよったら割に合わんき……お寿司は宿でしょっちゅう作るき慣れちゅうし」

佐和はますます怒ったような顔になった。

と、吉門がにやにや笑いながら口を挟んだ。

「けど、ツガニは面倒くさがってやりたがらんよな」

佐和が出しているのは具にリュウキュウを合わせたツガニの汁だ。佐和の顔が真っ赤になる。

――なるほど、面白い。

「面倒くさいんですか」

掛水が参戦すると、「何なお前、作り方を知らんがか」と清遠が身を乗り出した。

「イナカで祖母が作ってくれるんですが、作りゆうところは見たことないので……カニを潰すんですよね？」

「それが面倒よ。うちは家族の分を作るときはミキサーにかけるがやけど、甲羅を外して一匹ずつ粗く刻まんと刃が潰れるき。客用で量を作るときは石臼《いしうす》が要らぁえ」

「家では宿で作ったときのついでやないと食えんと思っちょった」

からから吉門の声は完全に楽しんでいる。

「手抜きばっかりでも角が立つきよえ！　お店にたまたま安く出ちょったし……」

「分かった分かった、早《はよ》う座れ」

言い訳させるだけさせていなす。完全に吉門の手のひらで遊ばれている佐和は、県庁組には新鮮な見せ物である。

「もうえいき、さっさと食べや！」

佐和の口調は荒いが、俯いた首筋は赤い。

いただきます、と鯖寿司に箸《はし》を伸ばした多紀に、俯いたまま素っ気ない声がかかる。

「急いで作ったき、味が馴染《なじ》んでないかもしれんけど」

「おいしいですよ」

ぱくりと一切れ齧《かじ》った多紀がにっこり笑う。

「もっとおいしい状態があるならまた食べてみたいですけど」

「お父さんは急に言うき……もっと早く言うてくれたら」

県庁嫌いは根が深いが、屈託のない多紀には少し調子が狂うらしい。佐和はぽつぽつと受け答えながら少し表情を柔らかくした。

野生の獣を手なずけたって感じ？　思いついた喩《たと》えに吹き出しそうになって、掛水は女性陣から目を逸らした。逸らした先に吉門。

と、吉門がにっと笑った。強面《こわもて》の清遠と端正な吉門、顔立ちはさほど似ていないのにそんな表情はよく似ている――と掛水は吉門と清遠を思わず見比べた。

「かわいいだろ」

佐和に届かない程度──清遠がめくる新聞の音、点《つ》けてあるテレビの音に紛れる程度の小声に、掛水のほうが動揺した。

何ですかこのナチュラルなのろけ口調は。吉門さんて実はけっこうシスコンか。

「そっちはかわいいけどクセがなさすぎて物足りない」

多紀のことだと気づいた瞬間、反射でむっとした。

「けっこうクセはありますよ」

あなたは彼女がへそを曲げたところを見たことがないから。

「張り合うとこ、そこ？」

色んな意味で言葉に詰まった。張り合うなら普通かわいさだろうし、そもそも張り合う立場もなかった。──まるで俺の彼女のほうが、みたいなことは。

「お前も気が強いの好きそうだもんな」

「……ていうか、吉門さんって、」

その疑問はふと口をついて出た。

「まるで女の人みたいに話しますよね、佐和さんのこと」

「女じゃなかったら何なんだ」

当たり前のように言われて却って焦った。

「え、だって」

怪訝な顔をした吉門が、何かに思い当たったらしい。

「言ってなかったっけ。血は繋がってないんだよ」

えっ、と声を上げそうになった掛水の額が音を立てて引っぱたかれた。話し込んでいた女性二人が驚いたように振り向き、清遠も新聞から目を上げた。

「何で、喬兄」

「何ちゃあない。掛水に蚊が止まっちょった」

しれっと答えた吉門に、「だいぶ涼しくなったにまだおるろうか」と佐和が顔をしかめる。

「蚊取り持ってこようか」

「もうおらんろう」

そりゃあいないでしょうあんたが捏造《ねつぞう》した蚊だもの！　と掛水は恨みがましく吉門を睨んだ。

吉門は涼しい顔だ。

「大袈裟《おおげさ》に騒ぐほどのことでもないだろ」

その台詞《せりふ》は掛水に向けたものだ。

ああそうか、と納得がいった。爪を切っていたときの吉門と佐和のやり取りに覚えた違和感の正体だ。

俺、この人が方言で喋《しゃべ》るの聞いたことがないんだ。

正確には少し違う。

吉門が初めて県庁に来たとき、掛水は観光部で「頑張って訛《なま》った」吉門の方言を聞いている。

電話で呆《あき》れたあまり、吉門が一瞬方言になったこともある。

正確に言えば、——基本的に吉門は、おもてなし課の人間に方言で話しかけることがない。

今日も家に上がってからずっと、吉門は佐和と話すときだけは方言になっている。清遠との会話が標準語になっているのは、掛水と多紀がいるからだ。

県庁に来たとき、吉門は清遠相手にも方言は出ない。仕事用の言語が標準語になっているのだろう。掛水と多紀が上がり込んでいることで、一時的に家が疑似的な職場になっているのだ。

それでも佐和に対してだけは方言が出る。きっと意識して切り替えているわけではない。

それがどういうことか考えて、急に料理の味が分からなくなった。

「佐和、汁をもう一杯」

清遠が新聞を畳んで佐和に椀を突き出した。受け取った佐和がくるりと食卓を見渡す。

「いっぱい作ってあるき、多紀さんと掛水さんもよかったら」

「いただきます」

多紀が率先して椀を上げた。

「掛水さんは」

一応気を遣ったらしい佐和の促しに、掛水は慌てて汁を飲み干した。

車の県庁組に遠慮したのか、清遠も吉門もいけるクチのはずだが食事中のアルコールは最後まで出なかった。代わりに食後のお茶が出る。

「へえ、掛水がパラグライダーやったんだ？」

吉門の問いに「そうなんです」と答えたのは多紀である。

「すごかったんですよ、掛水さん。山のてっぺんから三十分も飛んでて」

「へえ、そりゃすごいな」

吉門は手放しで感心した様子だ。そして掛水に問いかける。

「どうだったの」

「いや、すごかったですね。最初は清遠さんに無理強いされて渋々だったんですけど」

「けっこう楽しみよったろうが」

感謝せえ、と清遠は涼しい顔だ。自分で言うところが清遠だ。

「でもホントに明神さんにも勧めたかったくらいで。吉門さんも一度やってみるとえいですよ、作家さんなら貴重な経験になるがやないですか」

「いや、俺は……」

吉門の口調が歯切れ悪くなる。らしくない様子に掛水が首を傾げると、佐和が口を添えた。

「喬兄は高いところが苦手やもんね」

「言うなや！」

これは珍しいものを見た、と掛水は思わずにやけた。もっと率直だったのは多紀である。

「吉門さん、かわいい」

ころころ笑いながら何気なく男には凶悪な一撃だ。案の定吉門は仏頂面になった。

「誰にでも苦手なものくらいあるだろ。そっちも恐くて飛べなかったんなら、同じ穴のムジナじゃん」

「でも、意外な弱点だったから」

「飛行機なんかは大丈夫なんですか」

話に乗った掛水を、吉門は嫌な顔で睨んだ。今回ばかりは恐くも何ともない。

「……飛行機は体感があるわけじゃないから。外見なきゃ電車に乗ってるのと同じだろ」

「一番いかんがは高い橋とか絶叫マシンやね。生身で高いところが駄目やき」

佐和はさっきからかわれた意趣返しか、具体的な弱みを次々と暴露する。絶叫マシンで悲鳴を上げる吉門の図は想像するとかなり面白い。

「何でお前は余計なことをぺらぺら言うがな」

吉門は益々《ますます》むっつりしてしまった。

「ところでよ」

と、まったく空気を読まずに話を持っていくのは清遠である。

「掛水と明神さんに、スカイパークに行った感想を訊いちょこうか。まずは行きしから」

「それ！」

掛水は食いついた。

「何でカーナビ使ったらいかんがったがですか？　清遠さん、行ったことあるって話やのに道も教えてくれんし」

行き慣れているはずの清遠は、地図を頼りに危なっかしく目的地を目指す二人を後部座席から高みの見物だった。

「すごい分かりにくかったです。信号もほとんどないような山の中やし、案内板も全然ないし。道が合っちゅうかどうかずっと不安でした」

多紀の口調も少し恨みがましい。苦手なナビをずっとやらされたからだろう。

「その感覚をよう覚えちょけ」

清遠はそう言ってにやりと笑った。

「それが初めてあそこに行ったお前らの感覚じゃ」

まだまだ言い募れる不満が引っ込んだ。多紀も同じくだ。

清遠が助けていたら意味がなかった。

初めてスカイパークを訪れる観光客の立場を体験できるのは、白紙の状態で出かける一回目だけだ。

そしてサンプルを採るのなら、最も不便な状態に沿ってこそだ。カーナビの普及率は高いが、一〇〇％ではない。観光地は、地図と公式情報だけでたどり着けることが観光客に最適化した環境だ。有料の観光情報誌やカーナビはあくまで追加オプションであり、客に追加オプションの投入を期待するのは観光立県の姿勢として間違っている。

客が最低限の情報しか持っていないことを大前提にしないと拾える客を取りこぼす。

「あのさ」

吉門が口を挟んだ。

「お前、どっか旅行くときってどうやって情報収集する？」

急に訊かれて掛水は戸惑った。

「え、やっぱりネットが一番手っ取り早いかなぁ……観光情報誌も使うけど、今はネットだけで用が済んじゃうことが多いですね。口コミやネットだけの特典もあったりするし」

「じゃあさ、スカイパークの情報探してみなよ。いろいろ発見あると思う」

吉門が最初から答えをくれないのはいつものことだ。掛水は手帳を出して吉門の指示をメモした。

「家に帰ったら早速調べてみます」

私も、と多紀がかわいらしいデザインの手帳を出してメモを取った。

「設備はどうやった」

続いた清遠の問いに、先に答えたのは多紀だ。

「トイレがキレイでした。水洗で洋式も和式もあったし」

「明神さんはどこに行っても真っ先にトイレのことやにゃあ」

掛水がからかうと、多紀は顔を赤くして口を尖《とが》らせた。

「だって大事ですよ。どればあ立派な施設でも、トイレが汚かったらそれだけで興醒《きょうざ》めやし」

「そのとおりやわ、男はトイレのことに無頓着《むとんちゃく》すぎるがよ」

意外なことに佐和が積極的に加勢し、掛水は佐和の勢いに慄《おのの》きながら引き加減になった。

「お風呂や厨房もそうやけど、水回りが汚いのは女にとって最大のNGで。うちも宿の手入れで一番神経を使うがは水回りやもん。水回りで失格したら絶対に女性のお客さんはリピーターになってくれんき。チャック下ろして引っ張り出すだけの男と一緒にせんといて」

「そうですよ、女は絶対パンツ下ろしてしゃがんだり座ったりせんといかんがですよ」

「わ、分かった、分かりましたすみません！」

だから妙齢の女性が口々に率直すぎることを言わないでください！　自業自得とはいえ背中に変な汗をかく。

引っ張り出すだけのパンツ下ろすだけの、俺に一体どんな顔をしろと！

「トイレの偏差値を舐《な》めるからそうなる」

吉門が澄ました顔で突っ放した。

「トイレの偏差値って何ですか」

「観光地の偏差値とも言えるな。俺も取材であちこち回るけど観光地として成熟してるところはトイレに困らない。公衆便所の底値が高いところは観光に対する意識が高いね。水洗で清潔、和式洋式バリアフリーと取り揃えて、紙も切らさないのが標準仕様。女性のほうが採点厳しいのは確かだけど、男だって汚いトイレで嬉《うれ》しいわけじゃないだろ」

「それはまあ、キレイならキレイなほうが」

「佐和の言ったとおり、客商売で一番の肝は水回りだよ。宿なんかもそうだけど、部屋がボロでも『うらぶれた風情』とかで押し通せる。でもこれでトイレや風呂が汚かったらアウト。逆に水回りさえ清潔だったら人間大抵のことは許せるもんだよ」

多紀が大きく頷いた。

「居酒屋さんとかでもトイレを男性用と女性用で分けちゅうところは好印象です」

「あー、そこまで重要なんだ」

さすがにそこまで意識したことはない。しかし、観光のメインターゲットである女性がこれほどこだわるなら、たかがトイレと軽視してはならない部分だ。とにもかくにも汚いトイレが好きな客はいない。

「客の印象に一番強く残るのは、生理的な欲求よ。要するに食事と排泄《はいせつ》じゃ。テレビでも雑誌でもグルメ物は手堅い鉄板企画じゃが、『食べる』がそればあ手堅かったら『出す』も同等に重要やと気づかないかん。食うたら出るのが自然の摂理じゃ、この二つはセットよ」

便所は直接の売り物にはならんきテレビにはならんがにゃ、と清遠は笑った。

「しかも、我慢が利かんことのほうが人間は採点が厳しい。空腹は我慢できても、便所は我慢できんろう。切羽詰まったところへ汚い便所に当たったらその土地の評価は大暴落じゃ」

確かに。腹が急に下ったところに見つかったトイレが掃除の行き届いていないボットン式で、しかも紙が切れていた、などということになったら「あそこに行ったときはトイレで酷《ひど》い目にあった」ということが最も強い記憶になるだろう。観光資源もへったくれもない。

侮り難しトイレである。

「そういう意味では『道の駅』って車社会における近年最大の発明だよな」

「おお、あれはかつての建設省の最大の遺産やにゃー」

「そこまでですか！」

掛水が声を上げると清遠が目を剝《む》いた。

「お前、国があればぁ便利な仕組みを作ったということが奇跡ぞ。民間人が気軽に直接使えて、『道の駅』以上に便利で広汎《こうはん》な施設なんか他に何がある」

ちょっと言い方が極端だが、一面の真理を衝《つ》いている。吉門も口を添えた。

「『道の駅』の普及でドライブ旅行が手軽になったしな。ここでもやっぱり肝はトイレなんだけど、昔は長距離ドライブってトイレ休憩が一番の懸案だっただろ」

今でこそ、かなりの田舎でもコンビニがあちこちあるが、それより前はドライブインが精々だったはずだ。ガソリンスタンドで半端な給油をしてトイレを借りる場面も多かっただろう。一般道におけるパーキングエリア、サービスエリアとも呼べる『道の駅』は、確かに車社会における画期的な発明だ。

弁当や飲み物は携帯できるがトイレは携帯できない。商品としての携帯トイレは存在するが、あくまで緊急避難的な位置づけだろう。

「産直なんかも併設して郷土色も出せるし、あれは便利な箱物だよ。特に地方には」

あるのが当たり前と思っていたらその価値を見失う。それは吉門や清遠と知り合ってから、折に触れ思い知ることである。

それは今日、鳥の位置から眺めた高知という土地についても。

手持ちのカードの価値を再確認していくことを常に教えられている。それが恐らく観光振興の出発点だ。

「多紀ちゃんのOKが出るんならトイレは及第だな。他には何か気がついた？」

吉門の問いに県庁組は首をひねった。多紀が考え考え口を開く。

「ロッジとかはまたどうか分かりませんけど、事務所がちょっと素っ気なかったかな……こう、基本的な設備は整っちゅうしキレイやけど、役所の支所みたいであまり個性がないっていうか。食事も売店でカップラーメンやパンが売りゆうくらいで、ちょっと残念でした。大きいロッジで厨房が動きよったき、泊まりで来ちゅう人や常連さんには食事を手当てしゆうがかもしれんけど、一見《いちげん》でふらっと行ったらホントに何にもなさそうですよね。お弁当くらいあると嬉しいのに……」

掛水はいきなりフライトが決まったプレッシャーで施設を観察する余裕はなかったが、多紀は待ち時間であれこれチェックしたらしい。

その意見が掛水には興味深かった。

トイレの次はグルメ、清遠が言ったとおりセットだ。

「そこら辺はなかなか難しい問題やにゃ」

清遠が唸《うな》って頭を掻いた。

「毎日稼働しゆうわけやないし、冬は休業じゃ。常連はおるが賑わっちゅうとは言えん。食堂を作って採算を取るには厳しい条件じゃ」

「でも、お弁当くらいは置けるがやない？　それこそ『道の駅』みたいに産直市的な扱いで麓の民家で作ったお弁当を少し置く、くらいのところからやったら……募れば作ってくれる人もおるやろうし」

佐和の提案に掛水は瞬《まばた》きした。

「ほとんど儲《もう》けにならんと思いますけど、作ってくれる人らぁおりますか」

「産直らぁてお金が欲しくて出品するわけじゃないわえ」

これやき県庁は、と佐和は皮肉ったが、心なしか今までよりも険はない。

「やり甲斐《がい》の問題やき、バザーみたいなもんよ。正規じゃ売れんようなハネモノの野菜とか魚とか、自分の家で食べるにも限度があるし、捨てるくらいならちょっとでもお金になるほうがえいやんか。苦労して作ったり獲《と》ったりしゆうがやき。農家のおばちゃんがお寿司やおかずを作って出すがもそうよえ。物が売れるのは一番分かりやすい評価やき。自分の作った物が直接お客さんに選ばれてお金になるのは、値段が安くてもすごく嬉しいもんやきね。業者に卸してお金にするのとは訳が違うわ。やき、おばちゃんやおばあちゃんは産直の出品にはまるがよ」

「ああ、道理で」

一つ謎が解けた。産直によく置いてある手芸モノだ。

産直に出す必然性があるとは思えないフクロウやカエルの小間物が並ぶのはどういうわけだ、と以前から掛水には疑問だったが、産直がバザー化しているならそれも分かる。お母ちゃんの発表会の場というわけだ。

そして、そうした『やり甲斐』で産直が回っている部分もあるのだろう。

「産直で売ってるみたいなお弁当、すごくえいと思います。大袈裟じゃなくてもいいんですよ。スカイパークは空気も景色もよかったし、あのロケーションで田舎寿司でもつまめたら立派なごちそうですよ」

「なるほど、それぱぁやったらあこでもやれるかもしれんにゃあ」

「掛水は何かないの？」

吉門に話を振られて、掛水は考え込んだ。自分が気づいた部分は食事よりもさらに手当てが難しそうだ。だが、一応口に出してみる。

「レンタル機材とか、ある程度ユーザーのお下がりに頼りゆう部分は気になります。それからタンデムが資格を持っちゅうお客さんのボランティア頼みなところも」

「えっ、そうなんですか⁉」

多紀が目を丸くする。そういえばそのことは話していなかった。

「山頂まで行く車も運転手もお客さん賄いだった」

「何ていうか、しょっぱい台所事情ですね……」

「お客さんも言ってた、せっかくスカイスポーツのメッカになれる土地やのにって」

と、清遠がすかさず釘《くぎ》を刺しに来る。

「言うちょくが、高知はアウトドアやったらほとんど全方位に強いがぞ。弱いがはウィンタースポーツくらいじゃ」

「分かっちょります」

伊達《だて》にしょっちゅう清遠に引きずり回されてはいない。

「金で買えない物を端《はな》から持ってるのは強い、けどそれをプロデュースする金はない。惜しいところだな」

吉門の意見はさすがに核心を衝いている。

「でも、地形は国家予算を積んでも作れませんき」

「お、言うようになったじゃん」

吉門が軽く口笛を鳴らした。佐和が「蛇が出るで」と顔をしかめる。久しぶりにそんな素朴な言い伝えを聞いた。

「まあ、台所事情はどこも似たり寄ったりじゃ。それだけに、行政が補助するラインが難しいにゃ。全てに十全の投資はできん。最低限を繕って、後は運営の状態を見ながら追々判断していくしかない」

いきなり箱を整えたところで、必ず客が来るわけではない。発展に応じて設備を上乗せしていくのが常道である。

そして最低限整えておかねばならないのがトイレだ。食事は一日三度だが、トイレのスパンは短い。いちいち移動するのは煩雑だ。トイレのついでにほかの観光スポットへ移動しようということになってしまう。

掛水は思わず溜息《ためいき》を吐《つ》いた。

「足りねぇ……」

観光部の年間予算が約七億、観光立県を目指すには到底足りない。金があればあれができるのに、これができるのにということが溢《あふ》れている。

「足りん分は知恵と工夫よ」

清遠がそう笑い飛ばした。

＊

そろそろ十時が近くなる頃、県庁組は『きよとお』を辞した。

清遠は車の出る直前まで窓ガラス越しに話しかけてきた。

「今度は馬路《うまじ》村へ行ってみるかや。分かりやすい観光資源があるわけでもない割にリピーターが多い穴場やき」

「へえ、ゆず製品は有名だけど行ったことないな。観光地としてもおもしろいんですか？」

——相槌を間違えたことにはすぐ気がついた。

「あそこは村おこしの成功例としても有名やし、プロデュース的に参考になる部分は多いぞ」

怒濤《どとう》のように話を続けそうになった清遠を、後ろから吉門が抑えてくれた。

「親父、二人ともこれから市内に帰るんだから」

清遠がようやく車から剝《は》がれ、掛水は会釈して車を出した。

バックミラーに清遠一家を眺めて、思わず呟きが漏れる。

「こうして見ると似合いやなぁ……」

「ああ、お二人ですか？」

当たり前のような相槌を聞き流しかけて、掛水は目を剝いた。

「明神さん、知っちょったが⁉ 吉門さんと佐和さん……」

「え、あの、ご関係のこと……ですよね？」

微妙にぼかした言い方はきちんと事情を知っている。

うわ、ショック！ 超疎外感！ ボディブローを食らったように精神ダメージが入った。

俺はさっきまで知らなかったのに何で明神さんは知ってんの？

「俺、今日初めて血が繫がってないって聞いたがやけど……」

動揺が声に出たらしい。多紀は戸惑った様子になった。

「あの……吉門さん、別に内緒にしてたわけじゃないと思いますよ。おもてなし課でも一番気を許しちゅうがは絶対に掛水さんやと思うし。もう話したと思っちょっただけやないかなぁ、意外とそういうことってありますよ」

「……いいよ、慰めてくれなくて」

腫《は》れ物に触るような慰めの口調が却って痛い。

いいかげん通い慣れた海沿いの道に車を走らせつつ、掛水の肩は微妙に落ちた。

「吉門さんが自然に方言使ってるとこ初めて見た。プライベートなら方言出てるんだろうけど、俺らの前やと出んしなぁ。県庁では清遠さんと話すのも標準語やし」

やっぱり俺らに壁があるんかなぁ、と呟いた掛水に、多紀が盛大に吹き出した。

「だって、掛水さんおかしいがやもん。なんでそんな片想いで胸を痛めちゅう女の子みたいになっちゅうがですか」

「な、何だよ！」

「違うわ、バカ！」

しまったバカとか。口が滑って掛水は思わず肩をすくめたが、多紀はますます笑いこけた。

「ほら、むきになっちゅうし。掛水さんって吉門さんが大好きですよね」

「何か語弊がある！」

「大丈夫ですよ、私も吉門さんのこと好きやし」

えっ、ちょっと待ってそれはそれで引っかかる、そっちはどういう意味で！　あれこれ動揺する自分が滑稽《こっけい》で嫌になる。

だから集中力が切れたのだろう。

ヘッドライトの先をかすめた小さな影にハンドルがぶれた。多紀も助手席から悲鳴を上げる。

長い残像の形はイタチかテンかハクビシンか。

当たった感触はなかったが、

「ごめん、ギブ！」

掛水は宣言して路肩に車を寄せた。

「畜生、びびったぁー！」

イナカで夜なら街中でもありがちだが、あれこれ重なってヒットポイントがごっそり減った。少し休憩がほしい。

「体が長かったですね、イタチかな」

多紀も通り過ぎた道路を振り返る。

「撥《は》ねてはないと思うけど、どう？」

「大丈夫です、逃げたみたい……」

身を乗り出した掛水と向き直った多紀の距離が近くなった。

——何かあったり魔が差したりはいつもこの道だな、と思った。

多分、同時に目を閉じた。

「……吉門さんの言葉が気になるのは」

離れてから多紀の顔を見られずに掛水はハンドルに両肘《りょうひじ》を突いた。

「多分、後ろめたいがよ。明神さんよりも」

多紀が首を傾げる気配。

「俺は公務員で県庁の人間やき。初めて会ったときの佐和さんの剣幕、覚えちゅうろう？　俺は佐和さんにあれだけ恨まれることをした県庁の人間やき。吉門さんは大人やき佐和さんほど露骨じゃないけど、本当は俺らのこと恨んでて嫌いながやないろうかって。やき、線を引かれちゅうがやないろうかって」

そして、もしそうだとしたら自分はどうやら辛《つら》いらしい。

「……吉門さんがそれ聞いたら笑うと思います。『俺はそんなに大人じゃないよ』って」

――だから何で。

何で君がそうやって吉門さんのことを分かってるようなことを言うんだろう。俺は多分それもあんまりおもしろくない。

「吉門さんは大人っていうより、気ままな人やと思います。周りにどう思われてもあんまり気にしないっていうか……それに、吉門さんは当時からそんなに恨んでないような気がする」

「何で？」

「だって、吉門さんてそういうキャラじゃないし」

「そうじゃなくて」

そんなことは分かっている。掛水は顔をしかめて頭を掻いた。

「……何か俺、吉門さんに妬《や》いてんのか明神さんに妬いてんのか分からんわ」

バカみたいなことを口走ったが、多紀は笑わなかった。

「私が吉門さんのことを好きっていうのは、掛水さんが吉門さんを好きなのとおんなじ感じやと思います」

カノジョちゃうけどカッコつけたい女の子やねんな。昼間、タンデムで飛んでくれた宇野にそうからかわれた。

カッコつけたいのにカッコ悪いところを見せるばかりだ。

「なぁ、いつか多紀ちゃんって呼んでいい？」

「いつかって、いつですか？」

「……もうちょっと俺がカッコよくなったら」

せめてもう少しあがいてから。

俺が憧《あこが》れるあの人たちに、もっと恥ずかしくないようになってから。

「待ってますから、急いでください」

舞い上がるような気持ちを随分久しぶりに味わった。


帰宅すると、部屋は相変わらず雑然とした「独身男」感に満ちていた。

たまには模様替えしてもいいかなぁ、などと思ったのはまだ少し浮かれている。

シャワーを浴びてから、掛水は習慣で手帳を繰った。今日は吉門から宿題が出ている。

パソコンを立ち上げて、いつも使っている検索エンジンで吾川スカイパークを検索。

「お、えらい」

公式ホームページがトップに弾《はじ》き出された。クリックして飛んだ先は、頑張っているが微妙に惜しい感じのトップページである。地方施設のホームページにはありがちだ。

「でもまぁ、むやみに気取って重たいよりはな……」

派手な動画を組み込んで肝心の情報にアクセスするのが重いようでは本末転倒である。

トップページの読み込みは速かったから及第点だな、と思いつつコンテンツを開こうとして

――


「……何だ、こりゃ」

コンテンツボタンが何一つ反応しない。ページ全体ただの一枚絵だ。

レイアウトの下部に注意書きが出ている。諸般の事情でホームページを凍結中、問い合わせは役場まで。役場の電話番号は載っているものの、

「うわぁ、もう」

自分が利用者の立場でアクセスするとよく分かる。問答無用でアウトだ。

インターネットで情報収集する客層は、問い合わせが面倒だからネットを利用しているのであって、少し興味があって手頃な施設を調べているレベルの客はネットで情報を拾えなかった時点で施設そのものを考慮対象から外してしまう。

電話で問い合わせてくれたら説明します、資料を送ります、ということだろうが、そこには興味があれば電話くらい掛けてくるだろうという楽観が透けて見える。

大間違いだ。海外旅行でさえ手続きが全てネット上で済むという便利がネット利用の大前提で、クレジットがあれば支払いまでクリック一発で終わってしまう環境に慣れている客が電話などそうそう掛けるはずがない。施設を比較検討している段階の客はほとんど取りこぼす。

「……もしかして石土のほうも」

もう一つのスカイスポーツポイントである石土ノ森も検索してみると、こちらも案の定だ。

土佐市の観光スポットとして紹介はされているが、詳細情報を載せているページはない。

「ちっ……がうんだって、だから！」

掛水はもどかしさに唸った。

「コースとか料金とか詳しいアクセスマップだろぉ、要るのは！」

ああでも、多分これなんだろうな。吉門さんが言ってた「発見」って。

開設から相当の期間、お粗末なままでほったらかしだったおもてなし課ホームページのことが頭をよぎる。

自分が作っている側のときは「こんなものでいいだろう」とおざなりだ。それはおそらく、行政や公的な色合いの強い施設の通弊だ。

と、携帯が着信を鳴らした。メールだ。

夜の深い時間、液晶に出た名前は「明神多紀」。本文は一言だ。『見ました？』

少し迷って返事を打つ。──『見た』

『電話していい？』

送信ボタンを押すのにこれほど緊張するのは久しぶりだ。

ややあって、また着信が鳴った。今度は電話。

「こんばんは、こっちから掛けちゃいました」

「うん」

この時間に電話で話したことは今までない。少しくすぐったいような感じがした。

「ないよなぁ、あれは」

「ないですねえ」

「俺なら公式サイトで情報が出てこんかった時点で『ここはえいわ』って弾く」

「私、試しにパラグライダーで検索かけてみたんですけど、同じ四国エリアで料金とかちゃんとまとめて情報が出てくるところが近くの県にあって。見やすく情報出してるところのほうが信用できそうやし、私が旅行者やったらそっちに行っちゃう」

「多分、そこの想像力が足りんがよなぁ。県外の常連客がつくほど環境がえいのに、もったいない」

「せっかくホームページ作ってあるのに、何でちゃんと広報しないんでしょうね」

「……そこはちょっと分からんでもないっていうか」

掛水は顔をしかめて頭を掻いた。

「吾川も役場が連絡先になっちょったろう。そしたら役場のメイン業務はスカイパークの窓口やないき、どうしても周辺業務の一部になってしまうがよ。特にネットなんか上層部の理解も薄いき。成果が分かりにくい部分はどうしてもおざなりになると思う」

「でも、それは甘えですよ。自分の都合です」

さすがに多紀は手厳しい。

「分かっちゅうけど明神さんが来る前の俺らもひどいもんやったき。吉門さんに散々言われて、それでもなかなか意識が変わらんかった」

今でも充分な民間感覚を持っているかといえば否だろう。

「何か我がことのようでいたたまれんかった。おもてなし課のホームページもどうやろうって。ちゃんと役に立ちゆうろうか」

課の説明装置の役割は果たしていると思うが、観光発展の支援になっているかどうかは怪しいところだ。

「でも多分、それに気づくことが今日の宿題だったんですよ」

多紀も宿題だと思っていたのだ、と思うと気持ちが少し軽くなった。

「明神さん」

「何ですか？」

「俺ら、これからも宿題いっぱいあると思うけど、頑張ろうな」

多紀は余韻を聞くように一呼吸空けて、それから「はい」と力強く答えた。

*

「みんな、これ何やと思う」

休み明けのおもてなし課のミーティングで、課長の下元《しももと》が謎の物体を嬉しそうに披露した。

値段と人名入りのバーコードシールが貼られたポリ袋の包みである。産直に並んでいる商品の体裁で、名前は出品者のものだ。

しかしそれが一体何なのか、皆目見当がつかない。いや、正確には全員がおそらく同じものを思い浮かべて、それはないと却下している。

袋の中身は木の枝に見えた。太さは子供の二の腕ほどで、三十㎝ほどの長さに切られたものが三本。

「……シイタケの原木とかですか？」

一番手で口を開いた近森《ちかもり》は見たままの印象を一ひねりした回答だ。

なるほど、単なる木の枝を売りには出すまいが、シイタケの原木ならあり得る——と数人が納得の顔になったが、下元は楽しげに手で×印を作って却下した。

「原木やったら木肌がもっとごついろう」

「じゃあ薪《まき》ですか？」

見たままの意見に下元は「それはまたえらいこと高い薪やにゃ」と答えた。値段は三百円、この分量では現金を燃すのと変わらない。

「木の根っことか。煎《せん》じて薬にしたり……」

中平《なかひら》から女性ならではの意見が出る。下元は「惜しい！」と手を叩いた。

「正解はゴボウや」

「えー!?」

全員が声を上げた。ゴボウとは俄《にわか》に信じられない縮尺である。

「突然変異でもしたがですか、このゴボウは」

「三倍体かも」

下元は部下の反応にご満悦の様子だ。

「俺も産直で見かけたときは何を売りゆうか分からんかった。店の人に訊いたら、ゴボウやという話でにゃ。栽培に手間がかかるきあまり市場には出回らんそうやが、こればぁ太る種類があるがやと。出品者もほとんど趣味で作りゆうらしい。本来は芯《しん》にすが入るもんで、これはすが入ってなかったき産直に安く卸したそうや」

近森が怪訝な顔をする。

「すが入ったらいかんがやないですか？　大根らぁもすが入っちゅうがは出来が悪いに」

「いや、わざとすを作って詰め物をするがやと」

ああ、と女性陣が一様に頷いた。

「八幡《やはた》巻きの逆バージョンを作れるがですね。それは面白いかも」

「おいしいですよね、きっと」

下元が変わり種のゴボウをしみじみ眺める。

「象徴的やったき買ってきた」

一体何の象徴か、と首を傾げた部下に下元は言葉を探しながらのように答えた。

「田舎を楽しむというのはこういうことやないろうかと思ってにゃ。俺らぁは元が田舎の育ちやき、こればぁ意表を衝くもんやないと驚くまではいかん。けんど、都会の人やよその地方の人から見たら珍しいものはもっとあるろう。瓜ばぁ育ったキュウリも都会の人には迫力やろう。清遠さんや吉門さんが言う『県のプロデュース』の出発点はそこやないろうか。俺らは海亀の産卵が観光資源やということも、清遠さんに言われるまで気づかんかった。そんな大ネタを見過ごしちょったくらいやき、ずっと手前から見直せば取りこぼしちゅうもんは山ほどあるがやないか」

掛水は多紀と一緒に歩いた真夏の日曜市を思い出した。そのとき清遠は視点をリセットしろと言った。

リセットした視界に広がったのは熱いアジアの景色だった。

下元も同じ体験をしたのだ。そして規格外のゴボウでその体験をおもてなし課が共有した。

「日曜市が楽しいですよ」

一瞬自分が言ったのかと思ったほどのタイミングだったが、口を開いたのは多紀だった。

「文化財やからとか、そういう難しいことやなしに。よそから来たら楽しいです。あんな雑多で無秩序な市が一キロも続いちょったら、そこを冷やかして歩くのはすごく楽しいです」

同じタイミングで同じことを思い出していたことがやけにくすぐったかった。

「そういうことやにゃ。ただ、表面的にプロデュースしてもいかん。売り物のよさを売り手が理解しとかんと客にも届かん」

さてそれでは具体的な売り方は、という話になったときだ。「邪魔するで」と部屋のドアが開いた。自分の家に上がるような気軽さで入ってきたのは清遠と吉門である。

「ああ、先に始めるところでした」

下元が笑って出迎える。清遠と吉門はそれぞれ定位置に収まった。

そして会議のスタートである。

「高知県レジャーランド化構想について、懸案は三軸やったにゃ」

言いつつ下元はホワイトボードにその三軸を書きつけた。
※施設の整備
※宣伝
※交通
清遠か吉門から発言があるのではないかと掛水は二人を窺《うかが》ったが、どちらも少し引いた姿勢で議場を眺めている。

「何しろ予算がしわいきにゃあ。全部の施設に充分な手を入れることはできん」

下元の上げた前提に発言が続く。

「重要施設をピンポイントで整備していくしかないがやないですか？　長期的な企画としては『おらが村』らぁもあることですし」

「予算は効率的に使わんと何年かけてもそこまでたどり着きません」

え、ちょっと待って。何でそっちに話が行っちゃうの？

掛水は口を挟むタイミングを探して焦った。

取りこぼしてるものは手元からあるってさっき話したところじゃなかったの？

「あのさぁ」

吉門の声はさほど大きくなかったが、一瞬で注目が集まった。吉門がこんなふうに口を挟むときはかなりの高確率で駄目出しが来ると全員が学習している。

「どこが重要でどこが重要じゃないかって誰が決めるんですか？　おもてなし課？」

「それは……県民にアンケートを取るとかで」

近森が辛うじてそう答えたが瞬殺だ。

「県外向けの商品、県民に意見を聞いてもあんまり意味ないんじゃないですか。そうじゃなくても自分たちの持ち物には無頓着な県民性でしょ。農産物も強くは売り出せてないし、技術も垂れ流しだし。フルーツトマトなんか、よそならめちゃくちゃ高級商品で押しまくってとっくの昔に県の看板商品になってると思うけど、全国的には無名に近いよ」

誰も返す言葉がなかった。文旦や小夏、新高梨《にいたかなし》などの個性的な果物や糖度の高さでフルーツの冠がつくほど甘いトマト。それらが全国的にまったくアピールされていないことは、県外の有識者に意見を求めると真っ先に苦言を呈される部分である。

県外にいるとどれだけ高知の情報発信力が弱いかよく分かる。それは県外在住の高知県出身者が口を揃えて言うことだ。

「高知のセールス下手は一朝一夕に何とかなるもんじゃないでしょ。ピンポイントで観光施設にテコ入れするなら本格的にリサーチ会社でも頼まないと、素人集団がリサーチの真似事したって滑るだけ」

いつものように言いたいことを勝手に言って吉門が口をつぐむ。その後を受けて口を開いたのは多紀だ。

「どこかに集中してお金をかけるっていうのはレジャーランド化構想の狙いからもずれちゅうと思います。高知が元々持っちゅうアクティビティを全体的にプロデュースしていくっていう話ですから、一点豪華主義になったら意味がないです」

レジャーランド化構想を生かすのなら、多くの施設を薄く広く底上げしたほうが効果的だ。現状物足りない部分があるとしても、施設が運営されている以上は最低限の設備は整っているということだ。慌てて県が過剰なデコレーションを施す必要はない。

「それは確かに道理やな」

下元も頷く。

「予算を集中して施設を整備する、というがは一歩間違えたら箱物の二の舞やきにゃあ。それに各地の気運を盛り上げていかなぁいかんのに、助成の優先順位を県庁が勝手に決めるようなことをしたら、構想自体が総スカンを食らう」

「かと言って、民間と相談しながらやと足並みが揃わんことは目に見えちょりますね」

既存の判断基準があればいざ知らず、予算の優先権を話し合いで解決することなど不可能だ。うちが後回しになるのはどういうわけか、という論争は必ず起こる。

「薄く広くというのはどこを考えちゅうが、多紀ちゃん」

近森に訊かれて多紀は少し口籠もった。清遠の発言を待ったのだと掛水には分かった。だが清遠が口を開く気配はない。

最近こういう感じ多いな、と掛水は首を傾げた。吉門は多少口を挟んでくるが、清遠の発言はめっきり減った。以前ならここぞとばかり持論を展開するであろう場面でもだ。

清遠係を引っ張り回すことは相変わらずだし、観光業者とも活発な議論を交わしているが、おもてなし課の会議では聞き役に回っている。

結局多紀は自分で話した。

「最優先がトイレで、次は食事です」

トイレとグルメのセット論など、話は先日の『きよとお』と同じ流れをたどった。トイレの話が女性の共感を強く呼んだことも同じくだ。

「そのうえで、最大のキーはやっぱり情報発信です」

掛水は多紀から話を引き継いだ。

「県が観光情報を一番多く持って、発信できるようになるべきです。例えば吾川スカイパークですけど……」

──明神山の頂。一瞬で空へ体を持ち上げた力強い風。

鳥の視点で高知を見た。何を持っているかを知った。

しかし、知っただけでは駄目なのだ。

あれだけの魅力を持った飛行場がまったく埋もれてしまっている。

「県外の常連客がつくほどやのに、ネットで検索をかけたらろくに情報が出てきません。役場に問い合わせてくれ、で終わりです。石土もそうですね、観光雑誌でもほとんどピックアップされてません。県民でもどこで詳しい情報が拾えるのか分からん人が多いがやないでしょうか。

こういう情報を草の根的に発掘して、発信するシステムを県が持つべきです。はじめはそのレベルでかまいません、むしろ、それこそが『県内の観光スポットを有機的に繋ぐ』基盤やと思います。基盤がないところにあれこれ設備を整えようとしても転ぶだけです」

箱のクオリティを上げたところで、箱があることをユーザーに向けて発信できていなかったら意味がないのだ。

「それと吾川スカイパークに行ってみて思ったんですが、初めて行く人にはすごく道が分かりにくいです。看板や標識をもっと出したほうがえいがやないかと……」

掛水が言い終えて反応を窺うと、近森が「交通の最初の改善点やにゃ」と頷いてくれた。

「中山間部は地元の人間でも道が不安になることがあるもんなぁ。そうやなくても県外の人間には山道だらけの高知は走りにくいし。せめて道くらいは分かりやすい案内が出てないと」

「でも、今はカーナビがあるき……」

挟まれた意見への反論は近森がそのまましてくれた。

「観光客が全員カーナビ持っちゅうと思ったらいかんろう。俺も持ってないわ」

この人も大分変わったな、と掛水は近森を眺めた。以前は役所の都合を強引に押し通すことでは課でも一番だったような気がする。吉門への反発が一番激しかったのも近森だ。

掛水がちらりと吉門を見やると、吉門が小さく笑ってさり気なく親指を立てた。

多分──上出来、と誉められた。

畜生。目を戻して俯く。──めちゃくちゃ嬉しい。

レジャーランド化の短期目標として薄く広い設備投資と情報発信システムの整備、道路標識や案内板の拡充を設定し、提案書を観光部に提出することになった。

中期目標と長期目標をどう割り振るか、という議論が始まった頃である。

災厄は突然降りかかった。全ての災厄は予告なく人を打ちのめす、おもてなし課はそのことを思い知らされることになった。

秋も深まり、やがて冬がやってくる頃だった。

＊

観光部に呼び出された下元が、強ばった表情で戻ってきた。

「どうしたがですが、課長」

すぐに部下たちが声をかけたほど気配は硬かった。

下元はすぐには答えなかった。「ちょっと時間をくれるか」そう言って席に戻り、長いこと黙って腕を組んでいた。

誰もがそれぞれの仕事を続けながら、ぴりぴりして下元の様子を窺っていた。

何かあった。それも、とても良くないことが。

やがて下元が顔を上げた。その気配だけで全員が反応した。

全員が注目した中、下元は部下と目を合わせるのを避けるように俯いたまま口を開いた。

「清遠さんを外すそうや」

色んなものを削《そ》ぎ落とした最低限の台詞は、部屋を静まり返らせた。

そして。

「何でですかっ！」

掛水は自分が怒鳴ったのだと思った。だが声はいくつも重なり合い、誰も彼もが怒りを沸騰させたのだと分かった。

全員が下元に詰め寄った。どういうことだ何があった——誰もが我先に喋って、誰の言葉も聞き取れない。

冷静に。冷静になれと思いながら、掛水も言い募る言葉を止めることはできなかった。

「やかましい、ピイピイ騒ぐな！」

水を打ったように室内が静まり返った。下元がこのように声を荒げたのは、おもてなし課が発足してから初めてのことだった。

下元の右の目元が痙攣《けいれん》している。——下元も怒っていた。沸騰した部下に負けず劣らず、既に怒っていた。

「レジャーランド化構想の採用経緯を問題にした県議がおったそうや。企画の入札が行われてない、と。観光部と清遠さんの癒着があって仕事を振ったがやないかと疑われゆう」

そんな、と多紀が悲鳴のような声を上げた。

「だって、私が探すまで清遠さんの連絡先すら誰も知らんかったがですよ⁉　しかも、県庁は清遠さんを閑職に追いやって辞めさせたがですよ⁉　癒着どころか因縁があるほどやないですか！」

その言葉に、正職員は全員が痛い顔になった。

その件に関して後ろめたくないのは多紀だけだ。日頃ならそのことに思い至らない多紀ではないが、やはり動転しているのだろう。

多紀の訴えには誰も答えず、代わりに誰かが苦く呟いた。

「それにしたって、企画者が清遠さんやということはすでに報告してあるはずです。どうして今さら」

おもてなし課が接触した観光コンサルタントが『パンダ誘致論』の清遠和政であったことに、関係部署は決していい顔をしなかった。

しかし、それでも企画の有用性を認めて計画は進んできたはずだ。

下元は依然右の目元を引き攣《ひ》《つ》らせたまま、呻《うめ》くように喋った。

「俺らが想像しちょった以上に、『パンダ誘致論』の清遠和政は県庁の一部の世代を刺激する材料やったらしい。――清遠さんは俺と十五離れちゅう。もし県庁に残っちょったら、そして順調に経歴を積んじょったら、組織の中枢を担う世代やな」

下元が含ませた意味は分かった。県庁側か、あるいは県議側か分からない。それは追及しても仕方ないことだ。

ただ、決定権のある世代の中には当時の清遠を追い落とした者が少なからずいる。放逐した清遠が今さら斬新《ざんしん》な計画を持って乗り込んできたら——そして、それが成功して清遠の経歴に県民の注目が集まったら。

清遠が返り咲いたヒーローになったら、彼らは居心地が悪いのだ。——それもひどく。

「……抗議しましょう。あの人なしで進む企画やない」

掛水が呟くと、燻《くすぶ》った火を煽るように賛同の声が上がった。

「そうや、こんなことがまかり通ってたまるか」

「何ちゃあ後ろ暗いことはないがやき」

「やめちょけ」

水を差したのは、——清遠の声だった。

全員が振り向いた出入り口に清遠は立っていた。

「清遠さん、……」

言葉を探して飲み込んだ下元の表情で、下元にも清遠の登場が予想外だったことが分かる。

「あんたの後に呼ばれちょった。観光部長に後生やと頭を下げられたわ」

清遠はドアにもたれて、それ以上は入ってこようとしなかった。そしてもう一度繰り返す。

「やめちょけ。抗議らぁしても無益よ。癒着じゃ汚職じゃいうがは、つつかれた側が圧倒的に不利じゃ。徹底抗戦して最後に潔白を証明したとしても、イメージが悪くなるのは避けられん。どうしようもない」

観光部は清遠に一体何と言ったのか。どのように頭を下げたのか。

誰もが訊きたくて訊けない疑問に、清遠は自分から答えた。

「企画は評価してくれゆう。吉門さんが小説にしてくれる、というオマケもつくことやしな。ただ、俺がこのまま噛んじゅうのは具合が悪い。企画のコンペがなかったことは事実や。県議にそこを突き上げられたらレジャーランド化構想にもおもてなし課にもダーティーなイメージがつく」

そして、それが致命的なのだ。

「でも、不正なことがなかったという説明文書を提出するくらいは……」

「やめちょけ」

三度目の制止。

「住民訴訟でも煽られて下元さんが的にされたらどうする」

今度こそ、全員が黙り込んだ。多紀だけが沈黙した一同を不可解そうに見回している。多紀には分かるまい。

公務員であれば住民訴訟の恐ろしさは身に染みている。行政ではなく行政内の個人に対して訴訟を起こせる現在のシステムでは、失敗した行政プロジェクトの賠償責任を個人に求めるということが可能だ。自治体の長が数億の損害賠償を命じられるような判例も出ている。

自治体レベルの損失を個人が補償するなど、およそ不可能な話だ。だが、そんな事態を想定した保険ができるほど住民訴訟の危機感は現実的なものになっている。

「企画自体は俺がつけちょった値段で買《こ》うてくれるという話やき、観光部も苦労して折り合いの場所を探してくれたろう」

その代わり、清遠にはここで降りろと——そんな勝手な話があるか。

奥歯を嚙んだ掛水は不意に気づいた。

それだけのはずがない。清遠の存在を疎んじる連中がそこで折り合うはずがない。

掛水と目が合い、清遠は苦笑した。

「聡《さと》くなったにゃ、お前も」

——やはり。

「レジャーランド化の素案はおもてなし課が持っちょった。俺はあくまでアドバイザーやったということにしてほしいそうや」

企画を買い叩くことはしなかった。その代わり企画を出したのが清遠である事実を放棄しろと——もし構想が実現しても、評価されても、その功績から清遠は切り離される。清遠の名前は、構想初期段階の一アドバイザーとしてわずかに残るだけだ。

——そうか、だから。

まったく動揺のない清遠に、掛水は泣きたくなった。会議でめっきり発言しなくなった清遠の様子を思い出す。

清遠は自分が退場させられることを知っていたのだ。——一体いつから。

清遠が強引に舵《かじ》を取って会議を回していたころ、色んな物事がてきぱき決まった。無駄なく、素早く。今にして思えば、そのころに清遠は叩き込んでいたのだ。

『お役所の外』のやり方を。発想の方法を。

そして途中で姿勢を引いた。会議を見つめる清遠の眼差しは試験官のそれだった。

おもてなし課が自分たちの力で活動できるかどうかチェックしていた。──清遠を失っても構想を牽引《けんいん》していけるかどうか。だとすれば、清遠から軌道修正があまり入らなくなった最近のおもてなし課は、清遠の試験に合格していたのだろう。

清遠はおそらく最初から──おもてなし課にレジャーランド化構想を売り込みに来たあの日から、この瞬間を予測していた。

何で、そんなことができるんですか。

あなたから都合のいいところだけ都合よく剝ぎ取っていこうとする連中に。

剝ぎ取る者が自分たちだということが掛水を打ちのめす。

「まあ、完全に無関係になるわけやない。自分で言うのも何やが、民間業者の取りまとめには俺が加わってないとスムーズに行かんろう。俺が目障りな連中も民間との調整では俺を頼らんことには仕方がないはずや。業腹やろうけどにゃ」

そう言って清遠は笑ったが、一緒に笑える者は誰もいなかった。

「俺がこっち側の要員として動くことはもうないろうけんど、なにかあったらいつでも言うてくれ。人脈を使うのは個人の裁量のはずやきにゃ。俺もあんたらぁを自分の人脈に数えさせてもらうき」

そして清遠は、ひらりと手を振って部屋を出ていった。

おどけた仕草。軽い足取り。いつもと何も変わらない、初めておもてなし課を訪れたときと何も変わらない、飄々《ひょうひょう》とした——

退場させられた屈辱など微塵《みじん》も感じられない。

どうしてこんな仕打ちを受けてそれほど軽やかでいられるのか。

重たい石を抱かされたような沈黙が長く続いた。

固まったように動けない一同の中、バネがちぎれて飛んだように多紀が部屋を飛び出した。

掛水はとっさに後を追った。

「明神さん、どうするつもりな！」

廊下に出てすぐのところで掴まえる。走っていこうとした先には観光部がある。

「みんなよう言わんがやったら私が言います！　清遠さんのことを抗議します！　私なら職員やないき、何でも言えます！　気に食わんがやったら、バイトのクビなんかいつでも切ったらえい！　清遠さんをこんなふうに追い出して、それで吉門さんに小説書いてもらおうらぁて、そんな虫のえい——」

「いかん！」

掛水は多紀を押さえ込んだ。掛水を振りほどこうとするのを強引に引きずる。

「何で止めるが！」

「えいき来い！」

通りすがる職員が目を丸くしている。どこか。どこか人のいない場所。探すとエレベーターのドアが開いた。台車を押した職員が降りてくる。

掛水は多紀の腕を摑み、入れ違いに駆け込んだ。ドアが掛水を一度挟んでから渋々開く。

一階のボタンを叩くと多紀の非難が再開した。

「吉門さんに何て説明……」

「それを喋るな！　黙っちょけ！」

掛水が怒鳴りつけると、多紀は息を飲んだ。飲んだ息がそのまま嗚咽《おえつ》になる。

途中で何人かが乗り込んだが、多紀は嗚咽を飲みながら俯いていた。隣に立っていた掛水は怪訝な眼差しでじろじろ見られたが、そんなことは構わない。

黙らせるために傷つけなくてはならないことが一番痛い。

一階に着くなり掛水は多紀の手を引いて庁舎の外に出た。どこへ逃げるかあちこち見回し、自転車置き場に向かう。

駐車場に清遠の車はもうなかった。

就業時間中はあまり人の出入りがないはずだ。

「ごめん」

多紀の手首を放すと、多紀は逃げるように手を胸まで引いた。怯《おび》えているのか、怒っているのか、せめて怒っていればいい。

「けど清遠さんと吉門さんのことは言うたらいかん。あの二人のことは俺らしか知らん。もし言うてしまったら吉門さんにも迷惑がかかるし、清遠さんが身を引いたことも台無しになる」

だって、そんな身勝手なこと、どうして。多紀が声を押し殺しながら呟く。

こんな君の声を前にも聞いた。意地の張り合いになって君を置いて帰ろうとしたあのとき。

今回も俺がバカで短絡なせいでそんな声を出させてるならよかったのに。

俺は——県庁の俺たちは、君にずっとひどいものを見せている。汚いものを見せている。

「清遠さんをおもてなし課に繋いだのは吉門さんや。もし癒着や汚職の可能性を追及されたら、吉門さんにも累が及ぶ。ましてや住民訴訟なんかに持ち込まれたら……吉門さんは世間で名前がある人や。そんなことに巻き込まれたら誰よりも風評の被害を受ける」

多紀は絶句してしまった。信じられない、雄弁に語るその表情が痛い。

「俺は、あの二人は最初から全部分かっちょったような気がする」

「こうなることが、ですか」

「少なくとも清遠さんは絶対分かっちょったはずや。そうしたら吉門さんもそれを知らされてないはずがない」

あの二人はおもてなし課にお互いの関係を明かしてはいない。いつも知人のラインを保って話していた。もしそれがこういう事態を想定してのことだとしたら——

あの二人が掛水と多紀に何の口止めもしなかったことは、どれほどの信頼の表れだったのか。

「……こうなるって分かっちょったがやったら、何で」

多紀が呆然としたように呟いた。途中で功績の種をすべて取り上げられて退場させられる、そんなことが分かっていてどうして協力などできたのか。

「多分、やけど。俺がそう思っただけやけど」

　掛水は目を伏せたまま答えた。

「何とかしたかったがやと思う。……高知を」

　レジャーランド化構想は個人が思いついて温めていても意味のない企画だ。大胆で安い企画だが、安いと言えるのは県予算レベルでの話である。

　民間で気運を作ろうとしても、経営の規模や運営目的の相違によって足並みを揃えきれない。観光発展を考えるに当たり、県の看板は何よりもお題目として有効なのだ。

　県が持っていてこそ生きる構想だから県に渡した。清遠にとってはただそれだけのことなのだろう。もし民間のほうが取り回しやすい企画なら、それは自分で動かしたに違いない。

　清遠は県のレベルでないと生かし切れないほどの発想を持っている男だった。そして県には清遠を使いこなせる度量がなかった。――『パンダ誘致論』の昔から。

「最終的に県の発展に繋がるがやったら、あの人は自分のことらぁどうでもよかったがやないかな。もしかすると『パンダ』のいきさつがあって達観してしまったがかもしれんけど」

　いっそ、責めてくれたらよかった。県庁の仕打ちを詰《なじ》ってくれたら。清遠の引き際はあまりにもあっさりしていて軽やかで、その軽やかなことが残された者をいたたまれなくさせる。

「俺、どうして清遠さんが俺らを連れて県内を飛び回ってたか、やっと分かった」

　たまたま『清遠係』になれたことがどれほど幸運なことだったのかも。

「清遠さんの視点を持っちゅう人間をおもてなし課に残したかったんや」

これを言うのは卑怯《ひきょう》だろうか。掛水の視線は多紀の顔まで上がらない。

「清遠さんの考え方を持った人間がおもてなし課に残って、清遠さんの残した構想を実現させたら、清遠さんは満足なんやと思う。——俺は、一緒に教わったのが明神さんでよかった」

——どうか。

あの人をこんな形で退場させてしまう俺たちが、君にこんなことを望む資格なんてないかもしれないけれど。

「俺はあの人が残してくれたものを生かしたい」

手が勝手に動いた。多紀の片手を取り、拝むように自分の額に当てる。

「頼む。——呆れたと思うけど、軽蔑《けいべつ》したと思うけど、残って。君が必要や」

多紀は手を払わなかった。掛水が押《お》し戴《いただ》いた手は、掛水が手放すまで静かに預けられていた。

*

その日の夕方、嵐が上陸した。

剣呑《けんのん》なノックでおもてなし課のドアが開いて、そこに仁王立ちしていたのは——掛水と多紀しか見知っていない。他の職員たちは険しい顔をしたその女性を怪訝な顔で見つめた。

多紀はとっさに席を立とうとした。掛水と自分以外、おもてなし課は一体なにがやってきたのか分かっていない。

呼んだ瞬間、振り下ろされる鞭《むち》のような声が多紀の体を竦《すく》ませた。

「あんたらが佐和って呼びな！」

獰猛《どうもう》な瞳《ひとみ》が敵を決めあぐねるように部屋中の人間を睨む。

「これやき県庁の人間は信用できんがよえ！　お父さんを干し上げて追い出したくせに、同じことをまたやるがかえ！　今度はお父さんのアイデアだけ取り上げて放り出して！　お父さんは昔のことをみんな許してあんたらに付き合いよったのに、あんたらがお父さんに返すもんはこれかえ！」

まくしたてた佐和に、やっとおもてなし課の面々も何が来たのか察したらしい。気まずい顔になり、誰もが目を伏せた。

「あたしらぁをどれぱぁ踏みにじったら気が済むがで！　県庁を辞めてから、家族でどればぁ苦労したか知っちゅうかえ！　立派な箱でぬくぬく飼われゆう奴らが、一体何の権利があってお父さんをこれほど一方的に使い捨てるがよ！」

その糾弾に反駁《はんばく》できる者などいない。いるわけがない。清遠が詰らなかった分だけ引け目は大きく、佐和の怒声は耳に痛いが遅れて帳尻《ちょうじり》が合ったかのような安堵《あんど》さえ覚えさせる。

「県庁を辞めたことが原因でお父さんは離婚したがで！　お兄ちゃんも……」

「佐和さんッ！」

掛水が声を張り上げ、多紀は飛び出した。掛水の大声で一瞬竦んだ佐和に駆け寄る。

「佐和さん」

「お父さんのことは申し訳ありません！」

佐和を圧倒するように声を張り上げた掛水に、佐和の眦《まなじり》がますます吊り上がった。

「――それが謝りゆう態度かえ！」

掛水に摑みかからんばかりの佐和を、多紀は懸命に押さえつけた。

「佐和さん、出ましょう」

「止《と》めな！　あんたが佐和って呼びな！」

佐和の耳元で鋭く囁《ささや》く。

「お兄さんの不利になるき黙ってッ」

いじらしいことに効き目は激烈だった。

「……どういうことでっ」

ねじ込むような口調と眼差しに、多紀もねじ込んだ。

「外に」

佐和は人を焼き殺せそうな眼差しで睨みつけてきたが、多紀の無言の誘導に従って外に出た。

佐和は車で来ていたので、説明する場所はその車内になった。

清遠と吉門が県庁で元家族ではなく知人だった理由を話すと、佐和は多紀から目を外した。

「……止めてくれたことはありがとう」

けど、と佐和は吐き捨てた。

「あんたら最低。っていうか、県庁はやっぱり最低」

「……ごめんなさい」

何を言っても言い訳にしかならない。佐和が詰りたいのなら、気が済むまで聞こうと思った。だが、佐和はそれ以上何も言わなかった。

この女性の心尽くしの夕飯をご馳走になったことがあるなんて嘘のようだ。手を抜いただけと言い張りながら鯖寿司が何本も作ってあった。手間がかかるというツガニ汁は、多紀と掛水が二回お代わりしてもまだ勧められた。

トイレの重要さを主張した多紀に同調してくれた。食事の設備で産直のシステムを提案してくれた。

何かが通い合ったと思った途端にこんな。

「降りて。帰るき」

有無を言わさぬ口調に、多紀は助手席を降りた。

どうしてこんなことになってしまったのかとはもう考えるまい。——多紀は帰る佐和の車を見送った。

自分の手を押し戴いた掛水が、残ってくれと言った。残るために引き剝がされねばならないものがあるのならその痛みにも耐えよう。

「明神さん！」

多紀を必要だと言ったその声が呼んだ。

振り向くと走ってきた掛水が肩で息をした。

「佐和さんは……」

「帰りました。掛水さんが遮った理由は分かってくれたと思います」

「いや、俺のことらぁてどうでもえいけど」

掛水はうなだれた。

「ごめん、嫌な役やらせて……」

——あなたがその役目に間に合おうと、私にさせまいと息を切らして走ってくるから。

自分がそれを代われてよかったと思える。

「大丈夫ですよ。それよりみんなは」

佐和の乱入には度肝を抜かれたはずだ。

「俺から説明したき。みんな、清遠さんはよくても家族は今回の仕打ちはたまらんろうって。紹介してくれた吉門さんに何て説明しようかって悩んじょった」

説明するまでもない、と知っているのは多紀と掛水だけだ。他の職員は吉門の下宿先が清遠の家だということさえ知らない。吉門は知人の家に間借りしていると説明している。

「ごめん、ほんとに」

「大丈夫って言ってるじゃないですか」

「大丈夫な顔してないやんか。——こんなときくらい弱音吐こうや」

気が緩むように涙腺《るいせん》が緩んだ。慌てて俯くと手を繋がれた。

「その辺に出て休憩しようか。その分二人で残業しよう」

大きな手は温かかった。多紀の手を軽く引くように歩き出す。

頑張ってしっかりしていることを、この人はもう忘れないでいてくれる。そのことに随分と心が安らいだ。

＊

後味の悪さは如何《いかん》ともしがたい。

重苦しい雰囲気のままに、おもてなし課は翌日を過ごした。互いに目を合わせるのを避け、会話が要らないデスクワークに逃げる。

沈黙が物理的な圧迫感を持ったかのように迫り、ますます声を出すのを憚《はばか》らせる。誰も彼もが必要最低限の言葉しか喋らない。

吉門に事情を何と説明しようか、たまに話題になるのはそのことばかりだ。

「俺が言います。何だかんだで付き合いは一番長いですし」

掛水が名乗りを上げると、下元が押しとどめた。

「いや、やっぱりここは俺が言わんといかんろう」

「でも、吉門さんも清遠さんとは親しいですからもう聞いちゅうがやないですか」

「聞いちょったとしても何も言わんと済ませるわけにはいかんろう」

多紀が仕事の合間で掛水に尋ねた。

「吉門さんとは連絡取りました？」

「電話させてくださいってメールは入れた。明日辺り掛けてみるつもり」

課の説明とは別に連絡を取りたい理由が掛水と多紀にはある。課と二人では詫びの意味合いが少し変わる。二人は他の職員より深く彼らに踏み込んでいる。

——昨日の嵐より早い午後。

「何なんですか、このお通夜状態は」

吉門は不意打ちで訪れた。泡を食ったのは職員たちである。

「吉門さん、どうして……」

「今日、会議でしたよね。いつも覗《のぞ》かせてもらってるはずだけど？」

「今日はお出《い》でにならないかと」

「何で？」

言いつつ上着を脱いだ吉門に、下元が言い辛そうに口を開いた。

「吉門さんはいつも清遠さんといらっしゃるので……その、」

「方向一緒だから車に同乗させてもらってたけど、清遠さんがいなくなったら自分で来ますよ。当たり前でしょ」

清遠がいなくなったら。その言い方で、既に事情を知っていることを吉門は全員に知らせた。

下元が頭を下げる。

「清遠さんのことは本当に申し訳ありません」

「別に俺に謝ることじゃないでしょう」

何食わぬ顔で吉門は言ってのけた。

「清遠さんがいきなり抜けてぽつが悪いのは分かるけどしっかりしてくださいよ。あなたがた、清遠さんに託されたんでしょう」

その一言で、部屋からしょぼくれた空気が吹き飛んだ。ネジが巻かれた。

掛水も強く頭を振った。──吉門と目が合う。

吉門は掛水を見ながら、周囲に向けた体裁で言った。

「見せてもらいますよ。あなたがたがここから先どうするか」

武者震いがした。

清遠がいなくなっても踊って見せろと吉門は突きつけに来たのだ。──それならば。

あなたが納得するかどうか知らない。ただ俺たちは、誰がいてもいなくても自分たちの全力で踊るだけだ。

それがどんなに無様でも、滑稽でも。でたらめに、がむしゃらに。

だからあんたはそこで見ていろ。踊れと突きつけたあんたは見届けろ。

去年の腑抜《ふぬ》けが嘘みたいだな、と吉門は意地悪く笑った。

5. あがけ、おもてなし課。——ジタバタ。

＊

その日、おもてなし課を訪ねた吉門《よしかど》を出迎えたのは、癇癪《かんしゃく》を起こしたような近森《ちかもり》の声だった。

「どこまで頭が固いがな、お役所は！」

「……お役所の中の人からそういう発言が聞けるとは思わなかったなぁ」

吉門が思わず声をかけると、近森がばつが悪そうに肩をすくめた。

「どうしたんですか」

誰にともなく問いかけると、例によって掛水《かけみず》が答えた。

「いや、予算の許可が下りんがですわ。観光施設の設備拡充と道路標識……」

観光施設におけるトイレと軽食施設の補助。道路標識や案内板への施設情報の反映。それらは先日来おもてなし課が予算組みをしていたはずだが、なかなか壁が厚いらしい。

「どこで突っかかってんの？」

掛水には言葉を遠慮しなくていいので話しやすい。

「フォローしたい施設の中に民間経営のものがいくつか混じっちゅうがです。それで公平性の点でどうかという話になりまして……」

「パブリック・コメントはつけなかったの？　あれは公平性の論拠になるだろ」

「つけましたよ、もちろん。だけど、意見数が公平性の信頼に足りるかどうかというところで難癖がついて……」

難癖という言葉が出たことで掛水も内心は苛立《いらだ》っていることが分かる。掛水でこれなら短気な近森が癇癪を起こすのも無理からぬところだ。

掛水は言《い》い辛《づら》そうに付け加えた。

「清遠《きよとお》さんのことがあってから観光部も腰が引けちょって……」

県のレジャーランド化構想を提案した清遠和政《かずまさ》が『公平性』を盾に体よく追い出されてから、まだ半月と経っていない。

「腑抜《ふぬ》け過ぎらぁえ」

率直にむくれた近森に、掛水はますます面目ない表情になる。吉門は苦笑した。相変わらず育ちがいい。清遠と『かつて』義理の親子であった吉門の心情を気にしている。

こっちのことなんか気にしてる場合じゃないだろ、お前。

清遠の件は関係各所を及び腰にさせるだけの衝撃を持っていたが、予算編成のスケジュールを考えたらぼやぼやしてはいられない。

「とにかく意見が足りんという話を何とかせんと」

「パブコメの追加募集をかけるか」

ガス抜きが一区切りするタイミングだったのだろう、職員が相談を始めた。

なるほど、彼らは足りないと言われたら素直に追加しようとするのか――吉門は相談の光景を感慨深く眺めた。

一番不満を鳴らしていた近森でさえ、その方針に異を唱えようとはしない。

彼らは律儀だ。そして律儀すぎる。

「追加しても足りないって言われたらどうすんの？」

吉門は掛水に問いを投げたが、全員が困惑したような顔になった。喋《しゃべ》りやすいので平たく物を言いたいときは掛水に向かって喋るようにしている。

「あと何件集めろって目標値出てるの？　そもそもパブリック・コメントって多数決取るための制度じゃないんだしさ。数がどうこうって話自体が難癖だってことは分かってるんだろ？　元が難癖ならいくら意見集めても『足りない』の論理で逃げられるだけだよ」

そして多紀《たき》に目線を振る。

「多紀ちゃんならどう？　自分がパブコメ取られた側だったら」

その視点を持っているのはこの中で多紀しかいない。公務員ではない多紀しか。

多紀は考え込んで、困ったような顔をした。吉門が促そうとしたとき、掛水が先に言った。

「明神《みょうじん》さん、かまんき。ぶっちゃけて」

思わず掛水の顔を見直したが、掛水は多紀だけ見ていて吉門の視線に気づかなかった。

多紀は掛水に勇気づけられたように答えた。

「……不愉快です」

その言葉に全員が目を覚ましたような顔になった。

「ちゃんと県政に関心があってパブリック・コメントの募集にも応《こた》えたのに、あんたらの意見は偏っちゅうき使えん、らぁて。県庁は何様よって思います」

聞くなり掛水が下元《しももと》に問いかけた。

「もう一回パブコメを打てませんか？」

なるほど、と下元も頷《うなず》く。

「パブコメの公平性についての意見を募集するパブコメを重ねて打つ、と……偏向説が県庁内にあることもしれっと公開できるにゃ。それこそ多紀ちゃんが言うような世論の呼び水になるかも分からん」

そして下元がにやりと笑った。

「少なくとも、そういうパブコメを打つ提案をしたら、牽制《けんせい》にはなるわにゃ。先にパブコメを難癖のネタにしゆうがは向こうやき」

「こんな話はどこに漏れるか分かりませんきね。俺なんか口が軽いき観光業者との打ち合わせでうっかり愚痴をこぼすかもしれません」

迂闊《うかつ》を踏む気満々の近森に周囲が笑い声を上げた。

「いい感じで練れてきたよな」

議事録の説明を受けながら呟《つぶや》いた吉門に、説明役の掛水が嬉《うれ》しそうに笑った。

「二年目にしてって感じですかねぇ。去年はひどかったですから」

「……あ、そうだな。おもてなし課もな」

「他にナニありますか？」

首を傾げた掛水に何気なく答える。

「掛水クンと多紀ちゃん」

黙り込んだ掛水にふと目を上げて、吉門はまた議事録に目を落とした。

「お前、あんまり悪いことしないほうがいいな。シラ切っても顔に出すぎる」

「……つか、不意打ち」

掛水が頭を掻《か》く振りで俯《うつむ》く。

「何かあったの」

いやその、とか何とか呟く掛水は嘘がつけない。詳細は問《と》い質《ただ》さずにおく。

「……態度そんなに変わってないつもりやけどなぁ」

「いや、けっこう分かりやすい。多紀ちゃんが頼れる掛水クンになった感じだよな」

「そうですかねぇ」

だったらいいんですけど、と掛水は弱気だ。大丈夫じゃないの、と答える。

「多紀ちゃんにフォローしてもらわなくちゃいけなかった掛水クンとは、だいぶ変わった感じだし」

「ココロが痛いき勘弁してください」

机に突っ伏した掛水が決まり悪そうに呟いた。

「でも、まだ付き合ってるわけじゃ……」

「まだって言えるところが余裕」

俯いた耳まで赤くなる。

「何か障害あんの？」

「あんたたち親子のせいですよ」

掛水の声が拗《す》ねた。拗ねるのは勝手だが、その理由が思い当たらない。

「何で俺らのせいよ？」

「あんたたちを見てたせいで、もうちょっとカッコよくなってから言いたいとか思っちゃったんですよ」

「確かにあの人はカッコいいけどなぁ」

自分は和政と並べてもらえる器ではない、というのは言う義理もないので放っておく。

「でもそれ、逆恨みって言わない？」

「逆恨みでも何でもっ。頑張りたくなっちゃったんですよ、あんたたちのせいで」

「あの人目標にしたらいつまで経っても追いつかないぞ」

「分かってますよ、自分比での話ですっ」

更に拗ねた掛水に悪戯《いたずら》心が湧いた。

「俺、多紀ちゃんにヤキモチ焼かれたことある」

えっ、と顔を上げた掛水はやはり分かりやすい。

「俺のほうがお前と仲いいのがお気に召さなかったらしい」

何やらお互い意地を張り、掛水が夜中のコンビニに多紀を置いて帰りそうになったという騒ぎのときだ。

揉《も》めた男女の双方からやっかまれるという珍しい体験をした。

「もう俺もやっかまれないで済むかな」

掛水は再び突っ伏した。

「いろいろ反則です」

「いろいろって何が」

「教えません」

掛水は頑として口を割らなかった。

*

帰宅するなり居間で和政に摑《つか》まった。

「おもてなし課はどうな」

吉門は苦笑した。お帰りよりも先に尋ねるほど彼らのことが気にかかるらしい。

「そんなに気になるなら電話の一つも入れたらえいろう。企画を降りただけで、別に連絡まで禁止されちゅうわけでもないのに」

「いや、けじめはつけんと」

「変なところ律儀やにゃあ」

いやいや、と和政は真顔になった。

「妙な形で目をつけられたら尾を引くき。俺はどうも県庁と折り合いが悪いき、うっかり接触したらどこで迷惑をかけるか分からん。それで構想にミソがついたら、悔やみきれんきにゃ。まだ俺の一件でピリピリしゆう時期やろうし、下手に刺激せんほうがえいろう」

和政にしては慎重な――しかし、慎重にならざるを得ないような経験があるのだろう。接触は憚《はばか》られるが様子は知りたい、複雑なところである。そこに吉門の存在は便利なアンテナだ。

「おもてなし課は意気盛んやけど、関係部署が神経質になっちゅうことは事実やにゃ」

言いつつ吉門は座布団に腰を下ろした。

「来年の予算にトイレや軽食施設の設置補助と標識類の整備を盛り込んだけど、上層部の許可がなかなか下りんらしい。民間施設のフォローアップは公平性を欠く恐れがあるとかいう話や。パブコメを参考にしながらの提案やったけど、民間にとっての公平性を論ずるには意見の数に不安があるがやと」

反対のための反対やにゃあ、と和政は苦笑した。

「けど、あの人らぁは寝技が使えんがやな。――民間と違いすぎてびっくりする」

吉門の感想に和政の表情は苦笑のままだ。

去年の自分なら、ただ苛立っていただろう。明らかにおかしな要求にバカ正直に応えようとするなど、まともな仕事とは思えない。

民間企業でもプロジェクトに対するバカバカしい横槍《よこやり》は発生する。吉門自身も作家になる前、勤めていた商社で体験した。

利益を生み出す企画だとは分かっていても、それを手柄にできるのが自分でないならいっそ潰《つぶ》れてしまえという理屈は存在する。概《おおむ》ね管理職の層で起こる軋轢《あつれき》だ。

だが、企業なら横槍を仕掛けられる側もそれを甘受することはない。右の頬を張られたら左の足を素知らぬ顔で踏み返す。グレーゾーンで反則スレスレの駆け引きを展開してようと、話が通ればそれで勝ちだ。勝てば官軍、利益を出せば勝ち方に文句をつける奴はいない。よほど汚く勝つと将来的にしっぺ返しが待っているが、それも若い世代にはあまり関係ないし、上昇志向の強い奴は下っ端の頃から巧《うま》い勝ち方を勉強している。

だから横槍をまともに受け止めようとするおもてなし課の反応には面食らった。吉門の常識では横槍を入れられたら相応にやり返すのがセオリーである。

当然彼らもそうすると思っていた。

「あの人らぁは、最初っから手を縛られちゅうがよな。正攻法しか使えん前提になっちゅう」

非効率であることを義務づけられていると言っても過言ではない。全ての業務にマニュアルがあり、即応性を求められる事柄も手続き論で停滞する。それは、手続きで縛らなくては信用できないという前提を背負わされているからだ。

つまり、役所のシステムにはそこで働く者の堕落が織り込まれている。お前たちは堕落する者だと最初から決め打ちされたシステムの中で、能力を発揮できる人間がどれだけいるだろうか。

　ましてやマニュアルにない新しいことを始めるなど。

　頭が固い、融通が利かない、だからお役所は。——だが、そのような行政であることを彼らは義務づけられてきたのだ。求められたのは創造性や柔軟性よりも硬直性だ。

「萎縮《いしゅく》せざるを得んがよな、あの人らぁは」

　手続き論を突破せねばできないことがある。しかし、成果を出したとしても彼らは手続き論を突破した責任を追及されるのだろう。

　清遠和政という男がかつて追放された理由がそれだ。彼らは先回りして綱紀粛正しただけだ。外部から責任を追及されたら問題が大きくなる。内部で処置すればそれは組織の自浄だ。

「萎縮させゆうがは俺らぁや」

　行政の硬直性を批判しながら、一方で逸脱を責める意見がある。前例がない施策は全て逸脱になり得るのだから、自己規制に走るのは当然の話だ。

　結果として誰の幸せにもならない空疎な正論だけがまかり通り、地方は動脈硬化を起こす。

「まあ、自治体というもんは効率よりも公に言い訳が立つことを優先せなぁいかん組織よ」

　和政の相槌《あいづち》は吉門の実感を肯定している。

「それに公益というもんは誰しもどこか他人事《ひとごと》になるきらいがある。お前、体験型の修学旅行は知っちゅうか」

「まあ、一応」

農業や漁業、生活文化などの体験観光企画を修学旅行に取り入れる試みは、特に都会の学校で近年注目されている。

「観光業者の提言で、地元にこれを誘致しようという動きがあってにゃ。全国でもかなり早い段階での試みやったが、いざ委員会を立てて実行しようとしたらこれがなかなか進展せん」

「……何でよ。せっかくえいところに目をつけちゅうに」

「誰かが進めてくれると全員が思いゆうがよ。民間はこういう取り組みは行政が取りまとめてくれると思うちゅうし、行政は行政でこういうことをテキパキよう進めんろう」

「もどかしい話やにゃ」

顔をしかめた吉門に、和政は「青いのう」と笑った。

「新しいことを始めるには金も手間もかかる。失敗したらその分を誰が補償してくれるがな、ということは誰しも考えるろう。自分が積極的に旗を振ってコケたら風当たりも強いきにゃ。修学旅行生を受け入れるがやき責任も重い。子供が相手やと何かあったときによう叩《たた》かれる。そうでなくとも修学旅行は客単価が安いき、費用対効果を考えると腰が重くなるという一面もあるろう」

「けど、リスクを完全になくせっていうのは無茶やろう」

「現実問題としてはな。けんど、イナカは金がないがよ。やき、失敗したら立て直しが利かんがやないろうかと臆病《おくびょう》になる」

都会には何だかんだと言いつつ人と金が集まる。住民税や法人税の絶対量がイナカと違う。

都会は都会であることを担保に資金繰りができるのだ。

それに社会の注目度も違う。都会の破綻《はたん》は日本の中枢を直撃するが、地方の破綻は全体への影響が少ない。同じ破綻でも都会とイナカでは国の対処が変わってくるだろう。少なくとも、破綻したイナカが厚く措置されることはない。

イナカはあらゆる側面で都会よりリカバリーが利きづらいのだ。

「それに、お前の言い方を借りれば、行政は手を縛られちょった時間が長すぎらぁえ。余計なことをせんと無難にやりよったらぼちぼち回る状態が、戦後から今まで続いたがぞ。自治体の財政破綻が現実のものになったのはほんの最近の話じゃ、いきなり迅速に動けるわけがない。息を潜めてやり過ごしよったらいつか何とかなるがやないろうか、という意識が行政にも県民にもあるろう」

「けど、親父は昔から余計なことばっかりやりよったやないか」

何でも無難に回していたらよかった時代に、敢《あ》えて煙たがられるようなことばかり提案していた。そんな姿をずっと見ていた吉門にしてみれば、今さらあんたが何を言うやらという感じである。これほど積極的に貧乏くじを引きに行っていた男は他に知らない。

すると和政はにやりと笑った。

「俺は昔から欲が深いがよ。ちょっとでもようけ得をしたい」

そう嘯《うそぶ》く言葉にはいろんな含羞《がんしゅう》が折り畳まれている。

「掛水はあんたが目標らしいぞ」

拗ねた掛水の顔を思い出して何の気なしに報告してみる。

「出世コースには乗り損なうきお勧めせんがにゃあ」

言いつつ和政は満更でもない顔だ。――多少おもしろくない。吉門は頭の中で掛水の拗ね顔にデコピンを食らわせた。

「俺も現職のころはバカの一つ覚えみたいに玉砕しかできんかったき、掛水にはもうちょっと上手に立ち回ってほしいにゃあ」

上手に立ち回れなかったのは和政の非ではないと思う。おそらく当時の和政は、「ちょっとでもよう得をしたい」という欲求がない人間がいることを理解できなかった。

今よりよくなるなら当然動くはずだ、という理想論を信じたのだ。

廊下をぱたぱたと軽い足音が渡ってきた。玉のれんを鳴らして顔を覗《のぞ》かせたのは佐和《さわ》である。

「お父さん、仕込み手伝って」

そう声をかけた佐和と目が合った。

「お帰り、早いね」

何気なさを意識しすぎて不自然になっている挨拶《あいさつ》に苦笑が浮かぶ。吉門が県庁に出かけると、佐和はいつもこんなふうになる。

「進捗《しんちょく》聞くだけやったきにゃ。俺も手伝おうか」

「えいよ、お客さん少ないし」

それに、と佐和はからかい口調で付け加えた。

「厨房《ちゅうぼう》手伝うがやったら、もうちょっと料理が上手《うま》くなってくれんと」

「……悪かったにゃ」

佐和が相変わらずの猫のような身のこなしで踵《きびす》を返し、和政がどっこいしょと腰を上げる。

「平日でも客がそこそこ入るがやき大したもんやにゃ」

「最近は定年した年配客が増えたきにゃ。それに四国はお遍路があるき強い」

宇佐《うさ》にも三十六番札所の青龍寺《しょうりゅうじ》がある。

「……もしかして、『きよとお』開業した頃からそれ狙ってた？」

どうやろうにゃ、と笑って和政は居間を出ていった。

玉のれんが揺れる。その揺れる模様は吉門がこの家にいたころと変わっていない。変わったのは——

この家に二人は広かっただろうな、と吉門は天井を見上げた。

＊

裾《すそ》に幾何学模様を綴《つづ》った玉のれんは、初めての家族旅行のときに買ったものだ。

母親と和政が再婚した年だったから、今にして思うと新婚旅行も兼ねていたのかもしれない。

二人とも前の配偶者とは死別して、連れ子持ち同士。家族という器に四人で収まったものの、まだそれぞれが自分のポジションを探してぎこちなかった。

自然と母親は和政の連れ子である佐和に気を遣い、喬介《きょうすけ》のことにはあまり手が回らなかった。妹になった佐和は喬介より二つ年下で当時八歳。喬介より幼い分だけ手がかかるし、利かん気のくせに人見知りが強くて新しい家族になかなか懐かなかったので、母親が佐和をあれこれと構ったのは当たり前だ。

しかし、喬介もそれほど人懐こい子供ではなく、唯一の肉親である母親にほったらかされると身の置き所がなかった。

俺、ここにいなくていいんじゃないかなぁ——そんなことをチラチラ思いつつ、しかし自分で適当に時間を潰すことができるわけでもない。缶ジュース一本買うにも親にねだらなくてはならないお年頃だ。微妙な疎外感を覚えながら、保護者の目の届く範囲をうろちょろして時間を過ごしていた。

立ち寄った土産物屋で、母親が佐和にちりめん細工の飾りがついた髪ゴムを見立てはじめ、その綺麗《きれい》な細工は佐和も気に入ったらしい。嬉しそうに母親に髪飾りを当てられていた。

何だ、笑うとかわいいじゃん。

新しく妹になった少女は、半径二メートル以内に近づかせない野良猫のようだった。特に、喬介が話しかけると緊張して黙り込んでしまう。

俺にも笑うようになるといいなと思いながら民芸品のコーナーに移動する。喬介が入ったらせっかくの交流があっという間にカチコチに固まってしまうだろう。

木彫りの工芸品や焼き物がずらりと並んだ売り場には、玉のれんの見本がいくつか下げられていた。

磨き込まれた木の玉が長く綴られたのれんをじゃらじゃら鳴らしていると、和政が来た。

「すまんにゃあ、佐和がなかなか難しい子やき」

へえ、と初めてそのとき和政の顔をまともに見たかもしれない。

旅行中、何かと居場所のなかった喬介に、和政は何のごまかしもなく率直に詫《わ》びた。佐和のことで割を食わせて済まない、と。大人（特に喬介の母親）は子供に対して謝らないものだと思っていたので、和政の態度は潔く映った。

父親というものはこんな感じなのだろうか。実の父親は、死別が早すぎたのであまり覚えていない。

「でも、佐和ちゃんのほうが年下やき」

喬介がそう答えると、和政はもう一度「すまんにゃ」と言った。

「どれが好きな」

訊《き》かれて一瞬戸惑った。自分が手持ち無沙汰《ぶさた》に弄《もてあそ》んでいた玉のれんのことだと気がつく。

触り心地が面白かっただけで模様などどうでもよかったが、和政なりに気を遣っていることは分かったので、一応迷う振りをした。

「これ」

一番手の混んだ幾何学模様が綴られた玉のれんを選ぶ。他はモチーフが花だの鳥だの女性的で、あまり気に入らなかった。

そのとき母親に呼ばれた。

「喬介はどっちが佐和ちゃんに似合うと思う？」

同じ桜の柄で、赤とピンク。どっちも似たような色じゃないかと思ったが、二人には大変な違いがあるらしい。

喬介に前に立たれた佐和は、例によって例のごとく緊張で顔を強《こわ》ばらせ、直立不動になった。くっきりした目鼻立ちは強ばるときつい顔になる。

左右の耳の上に添えられた髪飾りは、そのきつい顔に上手く馴染《なじ》んでいない。ふてくされた子供にムリヤリおめかしをさせたみたいだ。

どっちも似合わない——と言ったら駄目なんだろうな、きっと。そんなことを思ったとき、ふと青い髪飾りが目に付いた。二人が選んだものの色違いだ。

何の気なしに手に取って、佐和の髪に添えてみた。佐和の肩が小さく跳ねる。

「俺はこっちのほうが好き」

同じデザインだが少し大人びた風情になって、強ばった表情にもまだ収まりがついた。

母親も「あら」と首を傾げる。

「青は男の子の色やと思ったけど、案外やねえ」

母親の紋切り型の思考にはたまに辟易《へきえき》するようになっていた。青は男の子の色なんて、どこの男の子がちりめん細工の髪飾りを使うというのか。

「青、かわいいけど」

　母親の短絡的な意見に反発して、口調は投げやりになった。

　と、佐和が戸惑ったように目を伏せた。ああ、こういうのは物だけ誉めたら駄目なんだっけ。本で読んだことがある。ヒロインが洋服を誉められて拗ねるエピソードだった。子供向けではない小説で、母親はそんなものを読むのは早いと渋い顔をしていた。

　ともあれ、そのヒロインのように拗ねられてはことだ。

「青、似合ってる。かわいいよ」

　佐和に向かってもう一度言うと、佐和はますます俯いてしまった。

「……ありがとう、喬介お兄ちゃん」

　お礼を言って一瞬上げた顔は頬がわずかに赤かった。

　そうか、拗ねたんじゃなくて恥ずかしかったのか。そうと気づいてかわいくなった。

　その後、佐和が選ぶ服や小物には青が増えたが、それはこのときのことが無関係ではないと思う。

　佐和は青いちりめんの髪飾りで髪を結わえて家に帰った。

　同じ旅でくたびれて、同じ家に帰るという儀式を経て、旅の荷物をほどくと出かける前より少し家族らしくなったような感じがした。

「あら、どうしたのこれ」

「うん、買《こ》うた」

和政が台所の入り口に吊《つ》ったのは幾何学模様を綴った玉のれんだった。喬介には覚えのある柄である。

母親が渋い顔をした。

「結構高かったがやないが？」

「うん、まあ、記念やき」

「けど、何でこんなもの……別に特産なわけでもないのに」

「こんなもの言うな、喬介も気に入ったがやき」

え、俺？　急に話が回ってきて首を傾げる。

「あんた、変なものを気に入るがやねえ」

母親に訊かれて思わずぽろりとこぼれた。

「俺は別に……お父さんが気に入ったがやろ？」

「えっ」

和政が目をぱちくりさせた。

「気に入っちょったがやないがか」

「お父さんがほしかったきどれがえいか俺に相談したがやないが？」

「ああ……そうか。うん。そうか」

しょんぼり肩を落とした和政の姿を思い出すと今でもおかしい。

手慰みにいじくっていただけの玉のれんなのに、喬介が欲しがっていると思い込むなんて、とんだ早とちりだ。小四男子が旅先で欲しがるお土産ランキングにはかすりもしない。

だが、もっと大きくなってからいろんなことに気がついた。

きっと喬介と打ち解けるきっかけがほしくて様子を窺《うかが》っていたのだろう。そこへ喬介が興味を持ったように見えたからうわずって飛びついたのだ。

いつもあれほど抜け目がないのにうっかりするほど喬介に好かれたかったのだ。

それを思うと、どうしてあのときもっと大人じゃなかったのだろうと胸が締まる。ただ喬介がうんと頷くだけで和政は大喜びしたに違いないのに。

自分が和政を好きだったことはちゃんと伝わっていただろうか。

それは分かりやすくない性格を自覚しているだけに、家族でなくなってからときどき心配になった。


和政が県庁を辞めたのは喬介が高三のときだった。

よりにもよって喬介の受験の年に、と母親は不満たらたらだった。

実の息子でもうんざりするような母親の愚痴を和政は黙って聞いていたが、たった一度だけ怒鳴った。

「喬介に進学を諦《あきら》めさせるようなことにはせんきぐじゃぐじゃ言うな！」

その宣言で逆に喬介のほうが心配になった。二人になったときを見計らって和政に訊いた。

「佐和のときはどうすんの」

和政は民宿を開く準備を始めており、これから家の収入が不安定になることは明らかだった。佐和が進学するとしたら二年後だ。幸いにして在学期間は半分しか重ならないが、喬介を進学させた後に佐和を進学させることはできるのか。

「子供がそういうことに気が回ると損ぞ」

和政は苦笑した。

「まぁ、佐和のときは佐和のときで何とかなるわや」

「あたし行かんで、大学らぁて」

男二人がぎょっとして振り向くと、佐和がいつの間にか背後に忍び寄っていた。

「勉強嫌いやもん。六・三・三でおなかいっぱい！」

確かに佐和は勉強があまり得意でなく、定期試験のたびに喬介が試験勉強に付き合っていた。

「やき、喬兄は現役で合格することだけ頑張ってや。お父さん、喬兄を浪人させるほどお金はないきね。あたしは高校で簿記の資格取ってお父さんに雇ってもらう」

お父さんを手伝う、と言わないところに佐和の濃《こま》やかさがある。それは、意識しているのか無意識なのか、どちらにしても喬介にはひどくいじらしくて愛《いと》おしかった。

「ちゃんと働かなぁ給料はやれんぞ」

しかつめらしく言う和政も、佐和のそうした優しさに気づいていないはずはない。

「お給料もらえるようになったら、喬兄にお小遣い仕送りしちゃおきね」

「バーカ、要るかそんなの」

そんなものは要らない。ただ——

キャンキャン噛《か》みついてくる佐和。笑って見守っている和政。大学を卒業してからこの光景の中に帰ってこられたら、それで。

そんなことを思ったのは、帰ってこられなくなる将来がその当時から微《かす》かに透けていたからかもしれない。

帰ってきたいと思い浮かべる家族の光景の中には、すでに母親は存在していなかった。母親が居合わせていないときのほうが居間の雰囲気は明るい。

和政が閑職に回ってからいつも憂鬱《ゆううつ》そうな顔をしていた母親は、その頃にもう家族から乖離《かいり》していたのだろう。

——青は男の子の色。

紋切り型の思考が好きな母親は、きちんと型にはまった人生を望んでいた。母親が望む型の中に、夫が急に退職して自営業を始めるような展開は存在していなかった。母親が再婚相手として選んだ和政は、県庁職員という堅い条件が付随している和政だった。

母親にしてみればそれは和政の契約違反であって、自分こそが先に裏切られたと思っていたに違いなかった。

民宿は宇佐に開業した。もともと民宿をやっていた人物から中古物件として譲ってもらい、設備は最初から整っていた。

幾何学模様の玉のれんもその新しい家に引っ越した。

市内の高校に通っていた喬介は通学が不便になり、下宿することになった。週末は家に帰るが、佐和が随分寂しがった。

「でもまぁ、よかったわ」

何かの折に母親が喬介に言ったことがある。

「佐和も年頃やし、あんたも男やきね。何か間違いがあってもいかんき、ちょっと離れちょくばぁがえいわね」

喬介は聞こえなかった振りをして流した。聞こえたことにしたら怒鳴りつけてしまう。

血が繋《つな》がっていないから間違いを心配しなくてはならない。その紋切りは、未《いま》だかつてないほど喬介を辟易させた。

間違いって何だ。俺は佐和を「間違い」の相手になんかしない。

「間違った」ことにして佐和をどこかの箱に片付けたりしない。

「何でお袋と再婚したの」

和政にそんなことを訊《き》いたのは、後に思い出すと自分でも青かったと思う。

母親の型にはまった無神経さに苛立つことが増えていて、それをやり過ごせなくなっていた。

和政は母親の気配を微妙に気にしながら苦笑した。

「嫌なところばっかり探しちゃるな。俺みたいないいかげんなもんは、あの人みたいにちゃんとしちゅう人に手綱を持ってもらわんといかんがよ」

手綱を振り切ったがは俺が悪い、と和政は神妙な顔になった。

「お前が我慢できんばぁあの人がざらざらしちゅうがは、俺が県庁を辞めてからじゃ。先行きの心配をするには向いてない人を、先の知れん生活に添わせたがは俺じゃ。先が不安なことにさえせんかったら、ちょっと考えなしやけど気働きの利くえいお母さんやったろう」

もう二度と和政にそんなことは言わせまいと思った。自分の器量のなさが情けなかった。

そして春、教師にはかわいげがないと言われるほど危なげなく喬介は志望大学に合格した。

「喬兄が合格したき、言うてもえい？」

上京の荷造りを手伝ってくれながら佐和が口を開いた。

「喬兄が大学落ちてくれたらよかった」

冗談に紛らわせるつもりだったに違いないが、声が泣き出す寸前のように揺れていた。

「やっぱり、喬兄が遠くに行くの、イヤ」

いじらしくて抱き締めたくなった。

普段は我が強くて手を焼くほどなのに、大事なところを間違えない。行かないでという一言をこらえていることなどずっと前から知っていた。

「いつ言うかと思いよったわや」

喬介は佐和の頭をかいぐった。ショートの髪に指を軽く通らせる。——間違いなんて。

言わせるものか——

溢《あふ》れる際でいつも堰《せ》き止めていた思いが、佐和を抱き寄せさせた。頭だけを軽く、おそらくそれが今触れて許される限度だ。

「休みのときには帰ってくる。卒業したら必ず高知に戻る。やき、待ちよってくれ。卒業して戻ってきたら聞いてほしいことがある」

何を、とは言わなかった。佐和も訊かなかった。それを言えるのは卒業して就職して一人前になってからだ。

それを誰かに間違いなんて言わせないためには。

待ちゆうき。佐和は湿った声でそれだけ言った。


一年目の冬、帰省すると和政と母親は別居していた。

「何で言わんかったがな」

「言うたらお前は妙な遠慮をしそうやきにゃ」

和政は事もなげにそう言った。確かに、事前に聞かされていたら、帰ってくることを迷ったかもしれない。母親が出ていった清遠家に戻るのは気が引けるが、かといって母親が暮らしている狭いアパートに帰省するのも無理がある。分家筋の母親は両親を亡くしているのですでに実家がなく、喬介が身を寄せられる母方の親類もなかった。

意外と簡単に郷里の錨《いかり》が外れてしまったことに戸惑いを感じた。

「お前が戻ってこんかったら佐和が泣く」

佐和は出ていった母親に代わって家の切り盛りをし、民宿でも既に戦力になっていた。

「でもさ」

この先は。このまま和政と母親が別れたら。母親が帰ってきてこの家に収まる展開は、想像しても現実味がなかった。

「どんなことになってもお前がここに戻ってくるのに気兼ねすることらぁてあるか」

和政は怒ったように話を打ち切った。

そして和政は休みごとに帰省の切符を送って寄越した。母親からは帰省の心配をされたことはない。むしろたまに会うことすら気が進まない様子だった。自分の肩を持ってくれない喬介は母親にとって煙たい存在だったらしい。

喬介が大学三年の春を迎える頃、和政と母親の離婚が成立した。

「ねえ。喬兄はここに帰ってくるよね？」

離婚に関して佐和が気にしたのはそれだけだった。もう随分前から、いろんなことを諦めていたのだろう。

「親父がよければ」

「お母さんがよかったらうちはかまん。多分お母さんはこっちに置いてあるお前の荷物もよう引き取らんろうし」

和政の返事は別れた母親に気兼ねしていた。

「学費もできるだけのことはしちゃりたいけんどにゃあ」

「もう充分してもらいゆう」

民宿の経営はまだ軌道に乗っていなかった。それでも離婚のときに母親の名義ではなく喬介の名義でまとまった金を持たせてくれた。

母親は喬介の身の振り方については曖昧《あいまい》なままで終わらせていた。無言のうちに和政の情を当てにして、その計算はまんまと当たった形だ。

学校は出ちょけ。今まで学費を払ったがは俺じゃ、ドブに捨てるがは許さん。

ありがたくて温かくて泣きそうになった。何故この男についていかないのか、母親の気持ちが理解できない。

そして離婚してからも帰省の切符は和政から届いた。続柄では量れないその繋がりが、喬介の郷里への錨になっていた。

その錨が断ち切られたときは、再びこんなふうにこの部屋で夕飯を待つことができるなんて思っていなかった。

階下から漂ってきた旨《うま》そうな匂いに、吉門は椅子を立って部屋を出た。

*

夕飯にはそろそろシーズンも終盤のツガニ汁が出た。『きよとお』の献立のお下がりらしい。

自宅の分だけ作ったのは、掛水と多紀ちゃんが来たときだけだったな――そんなことを思いつつ吉門は汁をすすった。

二人を連れていくから晩飯を用意しろ、と和政から一方的な電話が掛かってきたとき、佐和は旬のかかりのカニを買ってきた。吉門も潰すのを手伝わされた。

寿司《すし》にする鯖《さば》をおろしながら、佐和は吉門に聞かせるように「こんな急に」「こっちの都合も考えんと」とぶつぶつ言っていた。わざとらしくておかしかった。その割には随分気合いを入れたよな、とからかう言葉を飲み込むのに苦労した。

掛水には初対面で水をかけたという。吉門が数年ぶりで帰宅したその日も送ってくれた掛水に平手を炸裂《さくれつ》させていた。

佐和なりにずっと負い目に思っていたことは知っていた。だが『県庁』に素直に謝れる佐和ではない。折れるタイミングを探していたのだろう。

謝ったなどとは到底いえない態度だが、掛水のほうが大人だから飲み込んでくれたはずだ。何しろ佐和が『県庁』と折り合おうとしたことが奇跡である。

それだけに気の毒なことをした。和政が途中退場になる展開は和政本人も吉門も読んでいたが、できれば読みが外れてほしいとお互い何も言わなかった。

そのことが余計に佐和を傷つけた。

佐和はあれから不自然なほど県庁の話題に触れない。佐和らしくもなく怒りを露《あらわ》にすることさえない。

ただ、吉門が取材で県庁に顔を出したり、自宅で男二人がおもてなし課の話をしていると、不自然な何気なさでやり過ごす。

そんなときは、吉門も和政もことさらに佐和の不自然な何気なさに気づかない振りをする。

その日の夕餉《ゆうげ》もそうして過ごした。

吉門のメールソフトには、作品を書くごとに送受信のフォルダが一つ増えていく。そのとき執筆している作品に関する問い合わせや回答をまとめておくためのものだ。行き詰まったときにそうしたやり取りを読み直すと刺激になる。

夕食を終えて自室に引き揚げた吉門は「おもてなし課」フォルダを何となく遡《さかのぼ》っていた。

何となく遡りたくなったのは、何となく行き詰まっているからだろう。

連載開始の時期から逆算するとそろそろ書きはじめなければならないが、キーボードの上で指が巧く踊らない。

書けるときはいくらでも踊る。踏むべきステップが見えている。今回はまだ見えない——正確には、ステップの候補がいくつも見えて、どれを踏んだものか迷っている。軌道がぶれているときはキーを叩かないほうがいい。

何かが心にかかっていることは確かだが、何がかかっているのか分からない。無心にメールの履歴を遡った。

と、そのフォルダの中に友人のメールが混じっていた。仕事の用件とプライベートの用件はフォルダを分けている。

何で仕事関係のフォルダに友人のメールが、と訝《いぶか》しく思ったが、その友人に観光特使のことで問い合わせをかけたことを思い出した。友人は他県だが県庁職員である。

送信側の「おもてなし課」フォルダを開けて遡ると、自分の問い合わせメールが見つかった。

『久しぶり、吉門です。

最近はとんと電話やメールばかりだけど、そっちも元気にしてますか。

さて、今日はちょっと県庁勤めの宮沢《みやざわ》に質問があります。

実は先日、郷里の観光特使というものを依頼されました。宮沢のところでもやってるのかな、特使に観光名所の入場クーポンになってる名刺を配らせるってやつ。

引き受けたはいいものの、その後の県庁の対応にかなり困惑中です。

承諾してから一ヶ月間、まったく音沙汰なし。

立ち消えになったのかと思ってつつくと、まだ特使名刺が出来上がってないとのこと（それが音信不通の理由になると思ってるところが疑問なんだけど）。

ちょっとフットワークが悪すぎないかと思ったんだけど、もしかするとお役所ってのはどこでもこんなもんなのかな。それともうちの田舎が際立って悠長なだけ？

俺の元父親も公務員だったけど、ちょっと異色だったからサンプルにならないんだよな。

お手数ですが、手隙のときでいいのでちょっとその辺の感覚を教えてください』

当時の苛立ちがにじみ出た文章に思わず苦笑が漏れた。

友人の回答メールは翌日の日付になっている。

『こんにちは、宮沢です。

こっちはぼちぼち元気です。健康診断でコレステロールが少し高かったのが気になるくらい。そろそろダイエットするべきか？

さて、質問の件についてですが……結論から言うと、観光特使に限らず、どんな件でもその対応はあり得ます。

下手したらその観光特使の名刺なんて、デザインコンペと印刷で別々に合い見積り取ってる可能性もある。うちの県でも平気でそれくらいやらかすよ、多分。

でも、効率化しようって動きには中々ならないんだよね。今までのやり方を変えようとすると、そのほうが時間かかったりするから。取り敢えず今回は、って流しちゃう。

どうしても手続き守るのが最優先の組織なんだよね。柔軟性がないことは残念ながら大前提。中で働いてる身として色々思うところはありますが……何かを提案しても実現するのは数年後とか、平気であるしね。硬直してるよな。イラッとすることは多々あります。

でも、それは今の時代どうよって意見が出て来てることも確かです。今はちょうど世代交代の時期だと思います。

若い世代は（って俺たちもまだ二十代なんだから若い意識でいなきゃ駄目だな）自分で部署を志願して積極的にプロジェクトに参加したりしてるよ。

ただ、やっぱりまだ過渡期なんだよな。思い切った改革をしようとすると辞表が必要になる。

俺の上司で、中山間部の福祉のシステムを改善しようとした人がいるんだけど、正攻法じゃ全然動かなくて。

その人は実家が酒屋だったんだけど、お父さんが急に亡くなって店を継ぐことになったので、「行きがけの駄賃に」と辞める間際であれこれ突破していきました。

大きな置き土産でしたが、辞める前提じゃないと住民に求められてることを実現できないっていうのも何だかね……

確か吉門のお父さんもあれこれ提案して居辛くなって辞めたんじゃなかったか？　そういう人が居辛くなることが問題なんだけどね。

とにかく、取り立てて吉門の田舎がトロいってわけじゃないので安心してください。……って、逆に安心できないか』

あいつのところでもやっぱり硬直性が壁なんだなぁ、と友人の顔が思い浮かんだ。多分それは全国の自治体が現在抱えている行き詰まりだろう。

彼らには突破できるのか。どうやって突破するのか。

思い浮かんだ顔ぶれにふと笑みが漏れた。

なあ、掛水。

俺が意外とお前のやり方を楽しみにしてるって言ったら、お前は調子に乗るよな。

だからそんなことは口が裂けても言わない。

＊

「無理やっ！」

掛水は叩いていたノートパソコンのキーボードを投げ出した。

「どうしたがですか？」

隣から多紀が首を傾げる。

「んー、清遠さんが前に村を作るって言いよったろう」

「ああ、『おらが村』」

グリーンツーリズムの受け入れ拠点としての村を作れという話だ。

県下のグリーンツーリズムを、『おらが村』シリーズで統一できたら、スタンプラリー的な売り出しもできるのではないか、と盛り上がった。

「今すぐは無理やろうけど、予算だけでも作ってみようと思ってやりよったら、何かどんどん膨れ上がって……おかしいなぁ、全体で二十億ばぁって話やったのに。用地の買収とか交通の整備とか考えよったら足りん」

横からひょいと画面を覗き込んだ多紀が怪訝《けげん》な顔をした。

「これ、試算？」

「うん」

「……私、こういうのよく分かりませんけど、これじゃどれだけお金があっても足りないと思う」

「えっ、何で？」

「だってこれ……明神山のスカイパークまで、市内から毎日五便バスが出ることになっちゅうし。県下の全スポットにこの調子で交通網張り巡らせてたら、それはお金がかかって当たり前やないですか？」

根本的なところを突っ込まれて掛水はうろたえた。

「で、でも観光客の利便を考えたら……」

「限度ってものがあるでしょう。日本のどこに行ってもこんな細部まで交通網が整備してあるところなんかないですよ。大きい観光地ならある程度整っちゅうけど、その網からこぼれてるところは車が大前提ですよ、普通」

もちろん掛水さんの言ってることが理想ですけど、と付け加えられて掛水は腐った。そんなフォローをされても逆に空しい。

「かまんやいか、どうせ自主的に勉強しよっただけやし。最初は間違っちょってもこれで理解を深めたがやき」

「別に悪いなんて言ってないじゃないですか」

苦笑する多紀にますます腐って床に寝転ぶ。──いつもよりも片付いている自分の部屋は、多紀が来ることになって慌てて掃除をした。

予算案が通らずに行き詰まり気味のおもてなし課で、週明けに会議がある。レジャーランド化構想の具体的な事業計画を立てるための話し合いだが、今一つ考えが乗らない。多紀のほうもあまり要領が分からず戸惑っているようだった。

何なら、一緒に勉強会でもする？　一抹の下心の混じった冗談口に、いいですよとあっさりＯＫが出たのは完全に予想外だった。

そうなるとできればパソコンを使いたいし、資料も広げたい。ドラマなどではよく見かける光景だが自分たちが外でいかにもな打ち合わせをするのは気恥ずかしく、使う店を迷っているうちにまたやけになって口走った。——何ならうち来る？

口走ってから慌てて「何にもしないから」などと付け足して睨《にら》まれた。「当たり前です」汚くしてるお部屋なら行きません、という返事が逆接の承諾だと分からないほど鈍くはない。

昨晩は家中を超特急で片付けることになった。

訪れた多紀の採点は「一夜漬けじゃなくなったら合格」だった。読まれている。

「……なに笑いゆうがですか」

「ん、明神さんと初めて会ったときのこと思い出したき」

「初めて仕事頼まれたとき？」

県政情報課のバイトだった多紀に『パンダ誘致論』を調べてもらったのが仕事を頼んだ最初だった。

「違う。その前、自転車置き場で。俺、明神さんの自転車倒してカゴ歪《ゆが》めて」

「あ、あのときですか」

「明神さん、これくらい大丈夫って手でカゴ直してさ。でこぼこのカゴで帰ってった」

ごめんなと謝ると、気にしないでというように軽く鳴らしたベルと軽い会釈。

「すっげよく覚えてる。気持ちのいい女の子だなって思った」

多紀が両手で頬杖《ほおづえ》を突いたのは、寝転んでいる掛水から頬の色を隠している。

「……何でそんなこと、急に」

「あのとき近森さんに飲み会誘われて蹴《け》ったんだよな。そしたら、女の子も来るのに付き合い悪いにゃあって渋い顔されて。そんなことやきカノジョもできんって」

多紀が小さく吹き出した。

「悪いけど余計なお世話かも。近森さんだってカノジョおらんのに」

「いや、そのとおりながやけど。そのときはちょっとへこんだんだよな。そんで家に帰ったら、いかにも男の一人暮らしっていう侘《わ》びしい部屋でさ。もしカノジョでもいたらちょっとは部屋も片付ける気になるろうかって思ったんだよな」

「片付ける気になりますか？」

「昨日、一生で一番真面目に掃除した」

多紀は頬杖を突いたまま横を向いてしまった。「まだ違いますから」とわざわざ釘《くぎ》を刺すのがかわいい。

「近森さんの言うことにも珍しく一理あったにゃあって感慨深かった」

「まだ違います！」

まだって言えるところが余裕。——というのは先日おもてなし課を訪れた吉門の言葉だ。

確かにこういう余裕って気持ちいいもんだなぁ、と顔がにやける。

「勉強会でしょ、ちゃんとやらないなら帰りますよ！」

「それはイヤ」

掛水は起き上がって机に向かった。

「交通が便利になったら客が呼べると思ったがやけどにゃあ」

「でも、交通の便が良くなったら、却《かえ》って観光収入が減ったって話もありますよ。それまではどう頑張っても日帰りできん距離やったのに、新幹線が開通して日帰りできるようになったら宿泊のお客さんがごっそり減ったりとか」

「ああ、そういうこともあるかぁ」

交通の便がよくなった結果として、それまで旅の「目的地」だった土地が「通過点」にランクダウンしてしまうこともある。

「でも行くのが不便やったらそもそも敬遠するがやない？　不便で行く気が起こらんかったら困るろう」

「だって実際問題として交通を徹底的に整備するなんて無理でしょう？　採算取れるかどうか分からない路線までやみくもに作ってたら箱物と同じになっちゃう」

『でも』と『だって』の応酬である。

掛水はうーんと唸《うな》った。

「こういうとき、清遠さんやったら……」

なぞるのはやはり、僅《わず》かな期間ではあったが強烈なバイタリティでおもてなし課を牽引した男の考え方である。

「動いてみるんだろうなぁ」

「動くって？」

「実際にどこか交通の便が悪いところに遊びに行ってみるがやないかな、あの人なら」

清遠係として休みの日まであちこち引きずり回されていたことを思い出す。何か気づかせるとき、口で細かく説明することはあまりしなかった。いきなり呼び出して連れていって、そこで二人にただ見せた。感じさせた。

体で記憶したことは鮮やかに覚えている。熱いアジアの市場のような日曜市。嵐の後の室戸《むろと》、うねる海の余韻。鳥の視点で見下ろす高知。

今まで何の気なしに見過ごしていた郷里の価値。

「……それ、えいですね」

「え？」

「確かにここであれこれ考えよっても仕方ないし。清遠さんやったら絶対もう動きゆう」

そして多紀はパンと手を叩いた。

「行ってみましょう！」

「――って？」

「どこか！　まだ二時やし、すぐ動けばけっこう遠くまで行けますよ。車で二、三時間の範囲でちょっと行き先考えましょう」

「え、ちょっと待って」

掛水は面食らいながら多紀にブレーキをかけた。

「今から二、三時間って、着いたら夕方やいか。店なんかもすぐ閉まるし、着いた途端トンボ返りらぁて意味ないがやき……」

「当たり前やないですか、それに日帰りやったらそもそも意味がないでしょう。県外から来て夕方に目的地到着の設定で」

「待って！　その設定ってもしかして」

「週末一泊二日って、シミュレーションには手頃ですよね」

「明神さん的にそれはオッケーなの⁉」

と、多紀は戸惑ったように首を傾げた。

「掛水さん的には駄目ですか？」

『まだ』付き合っていない女の子から一泊二日のお出かけを駄目ですかとか何だそのやみくもな破壊力は！　動揺して掛水の声はうわずった。

「全然、駄目じゃないけど……明神さんはえいが？　別に付き合いゆうわけでもない男と一緒とか」

「まだ付き合いゆうわけじゃないがやき、部屋はもちろん別ですよ」

多紀は澄ましてそう答えた。そしてわずかに掛水から視線を逸《そ》らす。

「家には急に出張になったって言います。今日、仕事って言って出てきたき」

――どうする俺。図らずもやたらめったらシアワセなんだけど。

こらえてもこらえても頬が緩む。

「家戻らなくて荷物とか大丈夫？」

「着替えだけちょっと買います。泊まりの道具は宿の備品があるやろうし……あ、化粧水とかはないかな。でもコンビニで一泊用のセットとか売りゆうし」

「じゃあ急いで行き先決めようか」

県外から来て夕方着の設定、しかも自分たちにとってもそこそこの遠出で新鮮味のある場所でないとイメージが湧かない。

「足摺《あしずり》岬は？　実は俺、行ったことないがやけど」

「遠すぎませんか？　今からじゃ日が暮れちゃいそう。四万十《しまんと》川は？　どっか二人とも行ったことないポイントで」

「そっちも大概遠いよ。それに俺、母方の実家がそっちだからめちゃくちゃ庭」

「あ、いいな」

多紀が羨《うらや》ましそうな顔になる。

「いつか仕事じゃなくて遊びで行こう」

掛水がそう言うと、多紀ははにかんだように頷いた。うっかり何かしたくなるほどかわいい。

掛水は腕を縛《いまし》めるように両手の指を組んで肘《ひじ》を突いた。

「あ、ちょっと遠いけど馬路《うまじ》村どうですか？」

「そういや行きそびれたな」

今度は馬路村へ行ってみるかや。『きよとお』で佐和の手料理をご馳走《ちそう》になった帰り、清遠がそう言った。車を出そうとしてもなかなか窓から剝《は》がれずに。

あれが清遠係として清遠と出かけた最後になった。

「明神さんが明神山から飛ぶっていうシャレを実現してもえいけど、さすがにもう寒いき」

「暖かくなってもそれはイヤです！」

多紀が強硬に首を横に振る。

「よし、馬路村にしよう」

清遠さんとの約束やし。——それは口に出さなくてもお互い思っていることが分かった。

＊

県下有数のゆずの産地として知られ、清涼飲料を始めとする各種ゆず製品で全国的な知名度も高い馬路村は、高知市内から県東部へ七十㎞ほどの山間部に位置する。

七十㎞と数字で聞くと、大したことがない距離のように思えるが、道路事情の脆弱《ぜいじゃく》さが半端ではない。海沿いに東部を走る国道五十五号線は、追い越し禁止の二車線に狭まる部分も多い。半ばの夜須《やす》、芸西《げいせい》までなら一息に走れるが、その先の安芸《あき》を越えるとかなり気分がくたびれてくる。ガイドによると車で約二時間。しかし、二時間以内では絶対に着かない。三時間寄りの二時間台だ。

「やっぱり同じ県内でも、昼過ぎてから思い立ってふらっと行くにはちょっと遠いにゃあ」

掛水はハンドルを握りながら軽く首を鳴らした。安芸の市街に差しかかって、そろそろ運転にうんざりしはじめている。

「距離だけなら室戸岬に行くのとほとんど変わりませんでしたね」

この界隈《かいわい》から更に十km程先、安田《やすだ》川の河口で県道十二号線に入り、海際から山奥に向かって延々分け入っていく。その分け入る距離が室戸岬へ行くのとほとんど同じだ。

「何しろ高速が通ってないうえに道がこれ一本きりやきにゃあ」

平野が少ない土地柄の泣き所だ。海岸沿いに走る国道は県東部における唯一の主要道路で、迫る崖《がけ》と海の間に辛うじて道を通したような地形もままあるために抜け道が存在しない。車の流れが悪くても別の道を使って逃げることができないのは辛いところだ。

「今日はちょっと詰まってますね」

道は反対車線がうらやましくなる程度にもたついている。追い越しできない区間で先頭に足の遅い車輌《しゃりょう》が居座っているとこうなる。

「軽トラでもおるがかな？」

多紀はそう付け加えて首を傾げた。畑と畑の間をとことこ移動する農家の軽トラは、イナカの渋滞の発生源として主要なものだ。これがトラクターだったりすると局地的な大渋滞になる。

「でもまぁ、農家の車はその地区だけ我慢したら大抵逸れてくれるき」

基本的には畑と家の移動用なので、同じ地区内を行ったり来たりが主である。しばらく我慢していればすっと横道へ逸れていなくなる。

「けど、ちょっと眠くなるスピードやにゃあ」

小さくあくびをした掛水に多紀が飴《あめ》の包みを剝《む》いてくれた。食べさせてくれるかなと思ったが、さすがにそれはあらぬ期待が過ぎたらしい。渡されたハッカの飴を自分で口に放り込む。

「運転替わりましょうか？」

「いや、休憩だけ入れられたら大丈夫」

この辺で休憩といえば、問答無用で土佐《とさ》くろしお鉄道安芸駅だ。地場産品を取り扱う大きな売店が駅舎内にあり、道の駅的に利用されている。

「渋滞も仕事中に引っかかるとストレスやけど、女の子とドライブやったらそれほど辛くないなぁ。現金やけど」

「……でも、仕事ですからね」

多紀が釘を刺したのは気恥ずかしいのだろう。だからからかいたくなった。

「シミュレーションやろ？　ちゃんと楽しむのが仕事やないが？」

「それはそうですけど……仕事やき」

俯いてしまった多紀に思わず笑い声が漏れた。

「明神さん、チョーかわいい！」

「仕事中にへんなこと言わないでください！」

吹き出したら拗ねることが目に見えていたので、必死で笑いをこらえながら安芸駅への道を折れた。


「こういう施設があちこちにあるのはえいですよね、高知って」

安芸駅の売店に入った多紀が、さっそく陳列棚を冷やかしはじめた。駅に併設しているので、かなりしっかりした作りのゆったりした施設になっている。

定番の折り菓子などもあるが全体の雰囲気は完全に産直だ。総菜や弁当はもちろん、農産物や工芸品、近所の港から来るのか鮮魚や干物を扱うコーナーまである。

「コンビニとかで休憩入れるより楽しくて情緒があるし」

弁当なども個人が作って持ち込むためか、コンビニと同じような使い捨て容器を使っているのにコンビニ弁当よりもおいしそうな感じがする。

「こういうのって、一日どれくらい儲《もう》かるがかなぁ。材料費とか手間賃を考えると大した儲けにはならんような気がするけど」

「もう、男の人はすぐそういうつまんないこと考える。お金の問題やないって佐和さん言ってたじゃないですか」

やり甲斐《がい》の問題だから産直を募れば協力してくれる人もいる。教えてくれたのは佐和だった。

それが穏やかに会えた最後になったことを思い出したのか、多紀の表情が少し沈む。

あの日の夕食は楽しかった。頑《かたく》なだった佐和が多分、少しこちらに胸襟を開こうとしていた。ぎこちないその態度は、吉門が自慢したくなる気持ちが分かるくらいかわいらしかった。

「うん。覚えとかんといかんにゃ。あの人らぁには大事なことを教えてもらったがやき。絶対に忘れたらいかん」

嚙みしめるように言うと、多紀も強く顎《あご》を引くように頷いた。

「俺、コーヒー買ってくるわ。明神さんは？」

「あ、私はまだお茶が残っちゅうきかまいません」

掛水がレジから戻ると、多紀は木工品のコーナーに貼りついていた。ひょいと後ろから窺うと、何やらレザーコードのペンダントを見ている。

「それ何？」

ひゃあっと多紀が首をすくめて振り向いた。「ああ、びっくりした」笑みを含んで責める声がくすぐったい。

「ケヤキの端材を使ったネックレスなんですって。ちょっとかわいいなぁと思って」

ペンダントトップは丸や楕円《だえん》形に削り出した端材で、四つ葉のクローバーや紅葉などの植物から採ったモチーフがシャープに切り抜いてある。

「端材も使い道やなぁ、なかなかシャレちゅうやんか」

「そうなんですよ、このサクラの柄が気になってて。買っちゃおうかな」

そして「値段いくらだろ」とパッケージを返した多紀が難しい顔になった。

「……けっこうするなぁ」

ランチなら二回食べられるくらいのお値段である。多紀はしばらく悩んでいたが、照れ笑いでペンダントを棚に置いた。

「やめちょきます。宿のお金もあるし向こうで買いたいものもあるかもしれんし……お小遣い足りんなるかも」

掛水は多紀が置いたペンダントを取り上げた。木目の出方や色味まで比べて選んだところを見ている。

「俺に買わせて」

えっ、と多紀が目を丸くした。

「駄目ですよ、悪いです」

「今日の記念。──っていうがは駄目？」

言ってから恥ずかしくなった。

「それにほら、端材の利用法として面白い商品やし、こういう新しい試みは県庁職員としても応援したいっていうか」

あれこれ言い訳しながら多紀の顔を見ずに早足でレジに向かった。

車に乗り込んだ多紀の胸元で、覗く肌がサクラの切り抜きに白い色を差していた。

＊

馬しか通えぬ馬路村、と昔は言われていたという。安田川の河口から山間部に上っていくと、細くうねる道が川に沿ってどんどん山の奥へ分け入っていく。

やがて空が山の稜線《りょうせん》に縁取られた形でしか見えなくなった。

しっとり湿った路面は雨でも降ったのか。急な雨が多い土地だということはガイドで読んだ。削った山肌から繁るシダの含んだ水滴が数えられそうなほど近くに見える。

「高知ってこういう道が多いよなぁ」

車で対向するのが厳しいような難所がちょくちょくあるのもお約束だ。

「今、向こうからバスとか来たら泣ける自信がある」

「清遠さんはこういう道が得意でしたねえ」

どうしてこんなつづら折りをそんなスピードで行けるのか、と思ったものである。そんな道を半時間もうねうねとたどっただろうか。

ぽかりと集落が現れた。

谷間《たにあい》の村だった。

空間が開けると、日がもう暮れはじめていることに気がつく。空には夕焼けが残っているが、村全体に山の影がかかっていた。

「暮れてからあの道はぞっとせんにゃあ」

先が見えないうえに街灯もぽつぽつだ。多紀も隣で笑った。

「着いてこんなにほっとする観光地って珍しいかも」

「人里や！　って安心するよな」

ちょっとした秘境探訪の気分である。聞くところによるとそれが村の売りでもあるらしい。

「泊まる予定じゃなくても、日が暮れてからあの道を帰るのを考えたら、宿空いてないかなって考えちゃいますよね」

「普通はこんな山奥の村で宿らぁ期待できんけどにゃあ」

村には村営を始めとして数軒の宿があるという。

「こういう山間部の村って普通は通過するだけやのに、すごいですね」

「ちゃんと客が来て維持していけてるってことやもんなぁ」

楽しみになってきちゃった、と多紀が含むように笑う。

「当日の飛び込みだったのに空いててよかったですね」

「事前の予約の要る料理は無理やけど、よかったよね？」

「それはしょうがないです」

予約した村営の温泉宿は安田川の岸辺にあった。駐車場には意外と車が入っている。

「悪いけどホント意外なほどに車がいるな……」

「地味にリピーター多いって本当みたいですね。建物はけっこうアレなのに」

昔の小学校のような素っ気ないコンクリートの建物で、通りすがっただけでは宿とは思わず見過ごしてしまいそうだ。

車を降りた途端に、冷たい風が身を切った。山間部は冬が一足早いらしい。見ると、荷物を持って降りた多紀も寒さに首をすくめていた。

「案内板ありますよ」

駐車場の入り口に立ててある大きな案内板を指差し、多紀が駆け寄る。

「すごい、ちゃんとあのイラスト」

馬路村のゆず製品のパッケージには、力強い筆描きのイラストと筆文字が一貫して使われている。その独特なイラストと文字が案内板の余白にも大胆に躍っていた。そのため、案内板は通り一遍の無味乾燥なものではなく、温かみのある個性的なものになっている。

と、多紀がはしゃいだ笑い声を上げた。

「掛水さん、これ見て！」

多紀が指差した先、道の案内文には——『シシのお山へ。迷うき行かれん』とあった。

「ここも！」

そちらは『けもの道へ。行かれん、行かれん』だ。

「へえ、シャレが利いちゅうにゃあ」

多分入ってはいけないのだろうが、『立ち入り禁止』などと書くよりずっと気が利いている。

「何か楽しいですね、ここ」

多紀は早くもご機嫌である。宿に入る前の案内板から泊まり客を楽しませに来ている意識の高さには舌を巻くばかりだ。

と、また多紀が駆け出した。無言で激しく手を振って掛水を呼ぶ。そのそばに自転車が何台か駐《と》まっていた。

カゴに白いプレートが付いているのはレンタサイクルの様式だが、そのプレートが振るっている。

やはり件《くだん》の「馬路村フォント」で『うまじ温泉・鮎《あゆ》号』、『うなぎ号』、『ゆず号』……

「徹底しちゅうにゃあ」

掛水は唸った。白いプラスチック板をワイヤーで括《くく》りつけただけの手仕事だが、思い切った書体の採用が味を出している。

「明日、ちょっと乗ってみたいですね。車より細かくあちこち立ち止まれそう」

はしゃいだ多紀の顔を見ながら掛水の顔もほころんだ。——何か、既に元を取ったような気がしないでもないかな。

宿のロビーは一昔前の学校や公共施設に近い作りだった。

「元は学校か何かだったんですか？」

受付で訊いてみると、元は村の集会場だったものに温泉を引いて宿泊施設にしたという。

「本当は名産の杉でスッキリ作りたかったがですけどねえ、何せお金がないき」

ギンガムチェックのエプロンを着けたおばちゃん従業員は、そう言ってからから笑った。

「別館は木造でカッコよう作ったがやけど。お金が貯まったらいずれは本館もねえ」

まるで世間話でもしているかのような気安さだ。

部屋は「カッコよう作った」別館だった。大きな木札がついた鍵《かぎ》を二つもらう。

受け取った多紀が笑った。

「すごい、ここも馬路村デザイン」

ずっしり重い木札に色鮮やかな馬路村イラストが描かれ、裏に馬路村フォントで「ようこそ、馬路村へ」と一筆ある。

「手描きみたいやね、俺のと絵柄が違うわ」

「凝ってますね。何か、どこまでこのテイストで貫いてるのか楽しみになってきた」

別館は木造の渡り廊下で繋がっていて、ここから建物のテイストがきっぱり分かれた。廊下と同じく木造の洒脱《しゃだつ》な設計になっている。

部屋は隣同士で取れていた。夕食と風呂《ふろ》を部屋の前で相談する。

「ご飯ゆっくり食べたいし、お風呂を先にしましょうか」

「分かった、じゃあ上がったらロビーで」

時間は一時間ほどということで折り合う。

そしてお互い部屋に入ろうとしたところで、――「あっ」二人そろって声を上げた。

顔を見合わせて笑う。木のドアプレートにはやはり手描きで馬路村デザインが施されていた。

風呂はそこそこの混みようだった。川に面して露天風呂もついている。さらさらと流れる川面《かわも》がすぐそこで、なかなかのロケーションである。もっとも暮れているので川面は見えない。

「これといって何にもないけど……」

何もないところが却っていいな、と掛水は対岸にぽつぽつ浮かぶオレンジ色の灯《あか》りを眺めた。

何をしに来ましたか？　──くつろぎに来ました。そんな場所だ。

頃合いで上がって約束のロビーに向かう。すると多紀が先に来ていた。掛水と同じく浴衣《ゆかた》姿でロビーのお土産を冷やかしている。湯上がりの髪はいつもと同じお団子にまとめられていたが、まだ湿っていていつもより少し艶《つや》っぽい。

「何見ゆうが？」

「お風呂にあった化粧水がよかったき買ってみようかと思って」

棚に並べてある細長い箱が現物らしい。パッケージにはやはり馬路村テイストの素朴な描線で描かれたワンポイントのイラストが印刷されている。

「そんなんあった？」

「男風呂のほうはないのかな。でも、シャンプーとかもこれ置いてありませんでした？」

多紀が指差したのはボトル入りのシャンプーとリンスだ。ボディソープもある。やはり馬路村のゆずを使ったゆず製品らしい。

「これも地場モノか！　手広いにゃあ」

　そういえば風呂に備え付けてあったシャンプーとリンスは、使ったときにゆずが香ったような気がする。

　石鹸《せっけん》などをサンプルとして浴場に置き、土産物売り場で販売する手法はあちこちの温泉でも見かける手法だ。しかし、こんな小さな村でオリジナルのシャンプーや化粧品まで商えるとは驚きである。

「あんまり売りゆうところ見たことないけど、採算取れるがやろうか」

「実際にお土産屋さんで展開するよりネットとかの通販に力を入れゆうそうですから、そっちで売上げが出ゆうがやないですか？」

「それにしても徹底しちゅうにゃあ」

　すごいですよね、と多紀がこぢんまりとした売り場の棚を見渡す。

「こうやって見ると、ものすごくこだわってるのが分かりますよね」

　売り場はほとんどが馬路村で販売しているゆず製品だった。県下の土産物屋で定番の干菓子類はまったくない。馬路村製品だけを集めた売り場は、あれこれといろんなものが並んでいるのにすっきりとした一体感があった。パッケージがそれぞれ馬路村デザインで統一されているからだろう。

　絵柄もフォントもごく素朴だが、それらをトータルした売り場の姿はスタイリッシュとさえ言える。

「何ていうか……ブランドのお店みたい。ほら、バッグも財布もキーホルダーもストラップも全部byヴィトンって感じ」

さすがの女の子感想だが、言いたいことは明確に伝わった。

「馬路村ブランドショップか」

ここまで徹底すると一つのブランドだ。ブランド力というものは集合の価値なのかなと漠然と考える。

「コレクターズアイテムの楽しさですよね。あれもこれもって欲しくなっちゃう」

「村をブランド化するっていうのは馬路村が発信しゆうコンセプトやけど、ここにもはまる人が出たにゃあ」

「だって何か嬉しいじゃないですか、キャラクターグッズみたいで。それにここのゆず製品って定評があるし」

信頼の蓄積は努力で叶《かな》うとしても、プロデュースにはセンスが要る。そして宿の土産売り場を馬路村カラーで染められる程トータルコーディネイトにこだわってきた馬路村は、ゆず製品を手掛けた初期から集合の価値に自覚的だったに違いない。

一つ一つ製品を開発するたびにそれがシリーズとしての価値を持つようにと考えてデザインし、何十年もそれを繰り返した結果がこの売り場だ。

多紀の買い物を待って夕食の出るレストランに入った。内装は木の持ち味を活《い》かしたものだ。客の入りはそこそこで、既にいい感じに出来上がっている賑《にぎ》やかなざわめきで溢れている。

多紀と向かい合わせにテーブルに着いてから気がついた。

浴衣の襟をきっちり重ねた胸元に、安芸で買ったペンダントが下がっている。風呂上がりにわざわざ着けたのだろう。

くすぐったかったので気がつかなかった振りをした。

夕飯は宿を取るとき一緒に頼んである。食事が来るまで手持ち無沙汰にメニューを眺めた。

「わぁ、何かいろいろ気になる」

多紀が一緒にメニューを覗き込みながら唸った。

「アメゴの唐揚げで丼《どんぶり》かぁ……ゆずのタレだって、おいしそう」

「今の時季やったら猪鍋《ししなべ》もあるんやなぁ」

「フリーでお食事頼めるのって明日の昼だけですよね……何食べて帰ろうかな」

多紀はメニューを睨んで長考に入ってしまった。土地の素材を積極的に取り入れた料理は贅《ぜい》に溢れたものではないが、特色が出ていてせっかくだからとあれこれ食べたくなる。

やがて夕食のお膳《ぜん》が来た。

「これ、何の刺身ですか？」

見慣れない魚の正体を配膳の店員に尋ねると、アメゴの刺身とのことだった。

「川魚のお刺身ってちょっと珍しいですよね」

多紀が浮かれた様子で刺身にわさびを載せる。小鉢類も土地の山菜などを使った珍しいものになっていた。田舎くさいといえば田舎くさいのだろうが、街中で食べられるものをわざわざ食べても仕方がないので、村として正しいメニューだ。

おいしい、と多紀が食べながら目を細める。

「今回食べられなかったもの、また来て食べたくなりますね」

「やっぱり土地の食べ物を積極的に売っていくのは正しいなぁ」

おもてなし課でもその話題になったことがある。旅先でお仕着せのキレイなお膳が出てきてもつまらない、ということは特に女性陣が言っていた。その実践を今ここで見せられた。

多分、ここでどこかから取り寄せた立派なカニが一杯ついてきてもつまらない。アメゴよりカニのほうが豪華だが、馬路村で敢えて食べたいかと言われると違う。カニが食べたいのなら
カニが名産の土地へ行ったほうが楽しいし行った甲斐もある。

思い切ってお仕着せを一切切り捨てた馬路村のメニューは、イナカならではのプレミア感があった。

「お酒も行ってみる？」

掛水が勧めると、多紀は「少しだけ」とゆず酒を選んだ。

ゆず酒の小さな瓶を持ってきた店員に声をかけてみる。

「賑わっちゅうけど、いつもこんなですか？」

「そうですね、おかげさまでぼちぼちです。平日もそこそこですよ」

「交通が便利なわけやないのにすごいですね」

不便なのは元々やきどうにもなりません、と店員は笑った。

「でも、辺鄙《へんぴ》なところに苦労して来たら『えらい山奥やった』って印象に残るでしょう。ここでおいしいものを食べて帰ったら、もっと思い出になりますろう？」

たくさん食べていってくださいよ、と店員は立ち去った。

「……心構えが違うがやな」

交通の便が悪いのは大前提。そのうえで、それでもここに来たら楽しいと思わせることに力を尽くしている。それが村の隅々まで溢れている遊び心であり、馬路村デザインであり、村の特色を押し出したメニューだ。

「不便も商品にしちゃってるんですね」

多紀が掛水のお猪口《ちょこ》にゆず酒を注いだ。ありがたく頂いて多紀にも注ぎ返す。

「イナカに人を呼ぶってことの根本を考えさせられるなぁ」

杯を合わせてゆず酒を呷《あお》る。

「俺、観光客を呼ぶためには便利にせないかんって思ったがやけど……便利にせなぁ客が来てくれんってことは、もともとそこまでの場所にしかなってないのかもしれんなぁ」

「私も、予算がないき現実問題として無理って考えしか持ってなかったです。ここの人たちは、もっと前向きに不便っていうことを付加価値にしちゃってるんですね」

たくましいなぁ、と掛水は苦笑した。交通の便が悪いから客が来ない、なんてことはこの村の人々にとっては甘えでしかないのだろう。不便なうえに取り立てて目立った観光資源もない山間《やまあい》の村に実際に客を呼んでいる。不便な環境を逆手に取って不便を楽しむという機軸を打ち出している。

少ないバスや電車に都合を合わせて動くことさえ旅の楽しみのうちだと思わせてこそ、不便なイナカに客が来るのだ。

「便がえいき旅に行くわけやないんや。そこに行きたいから行くんであって。交通はもちろん大事やけど、あくまでそこに行く手段であって、目的じゃないがよな」

現状の条件で最大限客を呼ぶ努力をしてこそ交通を強化する意味が出てくる。

「やとすると……清遠さんのレジャーランド化構想は県内の観光スポットを情報と交通で有機的につなぐってことやったけど、交通はかなり後期の到達目標になるんや」

ゆず酒は甘くて口当たりが良く、考え込みながら自然と杯が進む。多紀が通りがかった店員に二本目を頼んだ。

「まず、それぞれの地域で地元をしっかりプロデュースするのが先ですよね」

「その次が情報や」

ここにこんなおもしろいスポットがある、という情報を県から発信することが有機的な結合の第一段階だ。

「一歩ずつなんや。慌てて後期目標に飛んだらいかん。それに、交通も今より少し便利にする程度でえいがよ」

便利になるということは、手に入りやすくなるということで、それはありがたみが薄れるということでもある。

「お客の不便を顧みて、お客にもちょっと頑張ってもらうプライスレス？」

何言ってんだ、俺。「わけ分かんないな」と照れ隠しに頭を掻くと、多紀は笑って頭を横に振った。

「ちゃんと分かります」

伝わってほっとしたことで口が軽くなった。

「この構想の一番の肝ってマインドの共有なんやな」

「マインド？」

「おもてなしマインド」

──たどり着いた、と思った。

この言葉にたどり着くために今までのあがきはあったのだと思った。

「自分の家に客呼んでさ、楽しんでもらおうと思っていろいろするやんか。部屋も掃除するし、トイレもキレイにするし、おいしいものも用意するやんか」

──多紀を招くことになって慌てて家中を片付けた自分のように。

だが、慌てて片付けるようではまだまだだ。日頃から片付けていればいつでも多紀に気持ちよく来てもらえる。

「観光地のトイレをキレイにしたり、名物の料理を用意したり、それと一緒なんや。ここの村は、観光客をもてなして楽しませるっていうことを全国的にもすごく高い水準で実現してると思うんやけど……これを県全体で実現できたら、それこそ県民一人一人がもてなす側の意識を持てたら、高知県はものすごくレベルの高いレジャーランドになれると思う」

気がつくと多紀がしげしげと掛水を見つめていた。

「な、何？」

うろたえると、多紀がにこりと笑った。

「掛水さん、今すごくカッコイイです」

もっとうろたえて、喋れなくなった。


二人でゆず酒の小瓶を二本ずつ空けて部屋に引き上げた。

少し体が温まっていたが、渡り廊下に出るとキンと冷え込んだ空気で一気に冷める。

多紀の部屋が手前なので、その入り口で朝食の時間を相談した。開けたドアから覗く部屋は、掛水と同じロッジ風のツインだった。

もう少し話したいな、と思ったが、夜は深くなりかけていてさすがに言い出しにくい。

「じゃあ、また明日」

「掛水さん」

呼び止められて一瞬期待したところに、

「おやすみなさいの挨拶、してくれていいですよ」

意味が分からず首を傾げる。

「……おやすみなさい」

「そうじゃなくて」

多紀がもどかしそうに小さく首を振った。戸惑った掛水に忍び笑う。

「子供の頃、本で読んだんだけど……本みたいにならないものですね」

「ごめん、あんまり本読まない子供だった」

謎かけにギブアップすると、多紀が目を閉じて軽く顔を上げた。

心臓が痛いような甘いような。

軽く屈《かが》んでそっと重ねる。

初めて重ねたときより少し長くなった。

「おやすみ」

もう少し話したいなんて、もうとんでもなかった。必ず何かしてしまう自信がある。

おやすみなさいと返した多紀が名残惜しい顔をしてくれただけで充分だ。

多紀がドアを閉めてから自分も部屋に入る。

カーテンを閉めに窓際へ寄り、サイドテーブルを見て笑みがこぼれた。

陶器の灰皿の中に入れてあったマッチ箱を取り上げる。

そこにも宝探しのように馬路村デザインがいた。

翌日は朝食の後に自転車を借り出した。昨日見かけた『ゆず号』と『鮎号』である。

あちこちのんびり漕《こ》いで回り、たまに道端に自転車を駐めて山道を少し歩いてみたりもする。

もし自分が観光客だったら、という想像力をフル回転させる。

清遠はいつも見立てを大事にしていた。

「選択制のイナカ、っていう感じかなぁ」

「選択制？」

訊き返してくる多紀の息は少し上がっている。山道のアップダウンがきつかったらしい。

「清遠さんが観光客にイナカを提供するって言ってたろ。すでにここは実現してるよな。いかにも観光地っぽい作り込み全然してなくて、自由に楽しんでいってくださいよ、みたいな」

「あ、得手勝手」

「そうそう、ゆずを取りたかったら村の案内所に声かけてくれって話やったろう？　畑のものをちょっと分けてほしいとか、清遠さんが言ってたのってああいうことだよな」

コースを決めて杓子《しゃくし》定規に振り分けるのではなく、ただ放つ。

客の思いつきを飲み込めるように懐だけ広く持っておく。

「こういうことができる場所がいろいろあったらえいよなって。例えば、ここは山の中やけど、気分によっては海際にイナカが欲しくなるときもあるかもしれんし、田園に欲しくなることもあるかもしれん」

「だから選択制」

「そう。高知は海・山・川・空、全部あるやん。あらゆる種類のイナカが選び放題やん。それ、きちんと自覚してプロデュースしたらすごい武器だよな」

そのうえで、この村のようにちょっと楽しくなる遊び心を詰め込めたら。——もっとも、その「ちょっと」楽しくさせるには待ち受ける側に全力の創意工夫が要るわけだが。

そこにおもてなしマインドが必要になる。

「ここみたいにレベルの高いイナカが県内に各種取り揃えて詰め込んであったら、それは一級の観光県になりますね」

そこにたどり着くのはきっと遠い。けれど、目指す価値はある。

途中でバス停を見つけたので、時刻表を調べた。行きも帰りも一日四本こっきりだ。しかも休日は運休があるので三本である。

と、通りがかった初老の男性が声をかけてきた。

「バスかえ」

「あ、はい。何本くらいあるのかなって」

掛水が答えると、男性は「街から来たら少なくてびっくりするろう」と笑った。

「もう昼までないろう。急ぐがやったら乗せていっちゃろうかえ、今から安田に出るき」

多紀と顔を見合わせて笑みがこぼれた。多分この男性もおもてなしマインドの持ち主だ。

宿で昼食を摂ってから帰路に就いた。

村を後にする車中で多紀があっと声を上げる。掛水にも分かった。

道端の看板に馬路村フォントが躍っている。——『また来てよ』。

最後の最後までの徹底ぶりに声を上げて笑った。

＊

午後から打ち合わせって言ってたな、と吉門は壁の時計を見上げた。

それほどちょくちょく顔を出す必要はないのだが、週に一度くらい気分転換がてらにふらりとおもてなし課に立ち寄るのが習慣になっている。

そして、立ち寄るとしたら何かしら変化があるときのほうがいいので、つい全体会議などに日を合わせた訪問になる。

着替えて階下に下り、台所の佐和に声をかける。

「ちょっと出てくる」

「県庁？」

訊いてくるとは思わなかったので虚を衝《つ》かれた。

「うん。晩には戻る」

「何で喬兄は県庁に協力するが？　――こんなことになったのに」

今まで決して触れようとしなかったところへ突然手を触れた佐和は、熱い湯をこらえるような顔をしていた。

「お父さんもどうして怒らんが？　あの人らぁ、ごめんって言ったけど、口でごめんって言うだけやったら簡単やいか」

「行ったがか」

吉門が訊くと佐和は怯《おび》えたように肩を竦《すく》めた。その様子に胸が痛くなる。胸の痛みと裏腹に、息を抜くような笑いが漏れた。

「別に怒ったりせんわや」

吉門と清遠家の微妙な関係を知っているのはあの二人だけだし、あの二人なら佐和がどんなふうに乗り込んでも何とか周囲を収めてくれたはずだ。

「今度は違うかもって、あの人らぁは違うかもって思ったけど、やっぱり一緒やった」

「――それは一緒にしちゃるな」

「何で庇《かば》うが」

佐和の声は責めていると表現するにはか細い。

「喬兄はあの人らぁのためには帰ってきたのに、今までは帰ってきてくれんかった」

高知に戻らないことになってから佐和に会いに来たことはない。帰れなくなった障害は途中でなくなったのに。

「県庁のおかげで喬兄が今ここにおることは分かっちゅうけど……すごく悔しい」

何であたしじゃなかったが。息だけの呟きに返す言葉がない。

おもてなし課を帰ってくる言い訳にした。おもてなし課のためなら帰ってきたと思われても仕方がない。

「喬兄が毎日家におって、すごく嬉しいけど、すごく辛い。あの人らぁのために帰ってきて、あの人らぁとの仕事が終わったら、また東京へ行ってしまうがやって。あの人らぁは結局またお父さんをあんなことにしたのに」

何も訊かない佐和に甘えてずっとここに居続け、そのことが今までどれだけ佐和を傷つけたのか。

突きつけられて怯《ひる》むしかなかった。

「ごめん。意気地がなかった」

ようやくそれだけ答えたとき、電話が鳴った。佐和が電話を取りに居間へ駆け込む。

どうやら宿泊の問い合わせらしい。受け答える声を聞きながら玄関を出た。

逃げる間合いが来て助かったと思った。

途中で少し道が混み、吉門がおもてなし課に着くと会議が始まっていた。

手振りで挨拶しながらそっと入る。

ホワイトボードに掛水の筆跡でフシギな言葉が大書してあった。

『おもてなしマインド』。

そして掛水が熱弁を振るっている。

「レジャーランド化構想の肝はあらゆるレベルでの観光地としての意識の共有です。大は自治体や観光業者、小はそれこそ県民一人一人までが観光客を迎える心構えを持たないと、本当の意味での観光立県の実現は不可能やと思います。

自分の家にお客さんを呼んで迎えるとき、掃除したり料理を用意したり、楽しんでもらおうと思って準備をしますよね。それとおんなじ気持ちが必要やと思うんです。県が迎える自分の家で、自分はその家の住人です。個人レベルで県の観光に携わってる意識を持てたら、個人の集合体である組織が高いレベルで結実します」

掛水はそれを『おもてなしマインド』と名付けたらしい。

「例えば馬路村ですけど、あそこは村全体が一丸となってよそからの客を待ち構えゆうがです。楽しませようという意識がいろんな工夫になって実現してます」

「けんど、あそこは村長が住民全員と顔見知りってレベルの小さい村やいか。そういう親密な関係性があってこそ細かい工夫にもこまめに取り組めるがやないかえ。小さいからこそできるっていう部分は絶対あるで」

物言いがついたが掛水は怯まなかった。

「それでも、学べる姿勢はあるはずです。小さければ小さいなりの、大きければ大きいなりの有利と不利はあります。馬路村が成功したのは有利な条件が揃っちょったからやありません。あそこは交通も不便やし、ゆず製品が軌道に乗るまでは予算もなかった。不利な条件だらけのところから始まったんです。不利な条件だけ数えて諦める理由にするのは怠慢やないですか？県は馬路村より予算があるし、何よりも県の看板を持っちゅうがですよ」

物言いをつけた職員が軽く両手を挙げたのは、自分の意見を引いたのだろう。

下元が席を立ち、ホワイトボードに書かれた『おもてなしマインド』の文字を丸で囲んだ。

「おもてなしマインドの周知徹底は新しい機軸やにゃ。漠然と観光立県の自覚を訴えたところで、漠然としたもんはなかなか実感として届かん。おもてなしマインドの具体的な告知はまた考えていこう。掛水、議題について締めくくりはあるか」

「県下の各地域にもおもてなしマインドに則《のっと》って客を楽しませる努力をしてもらえば、レベルの高いスポットがたくさん生まれてくると思います。おもてなし課としては、そうした地域の努力に対して相談や勉強会の機会を設けることが必要やないかと」

「それは県が支援しやすい部分やにゃ」

「道路の標識らぁより予算が下りやすいかもしれん」

職員の反応にも活気がある。下元がその活気をまとめた。

「レジャーランド化の具体的な事業計画にはこのおもてなしマインドの告知を含める。異存はないにゃ」

一拍待つが、反対の声は上がらない。

「観光スポットの有機的な結合については情報の集積と発信を最重要とする。これについても何ができるか各自考えちょいてくれ」

回ってきたレジュメを見ると、作成者は掛水だった。観光スポットの有機的結合については、交通を思い切って後期目標に回すことを提案している。

目標の優先順位は情報―施設―交通と並べられている。

それは和政の判断とまったく同じだった。

和政に投げられたレジャーランド化構想を受け止めはしたものの、おもてなし課はこれまでそれをはっきりと持て余していた。目的地は示されたものの、森の中で道を探しあぐね途方に暮れているかのようだった。

地図に踏破のルートを見出《みいだ》したのは結局掛水だったらしい。

会議が終わるのを待たずに吉門はおもてなし課を出た。

エレベーターホールに向かうと、軽い足音が追いかけてきた。

吉門さん、と背中に多紀の声がかかる。

「もうすぐ会議終わりますけど」

「もう帰る」

でも、と食い下がった多紀に吉門は顔をしかめた。

「だってあいつ急にカッコよくなってんだもん。つまんない」

「つまんないって……」

「今までグダグダだったくせにさ。僻《ひが》んで余計なこと言いそうだから今日は退散」

多紀が小さく吹き出した。

「吉門さん、子供みたいですよ」

「悪うございました」

エレベーターのボタンを押すと、多紀はいよいよ困ったように首を傾げた。

「掛水さん、会いたがってましたけど」

「今日の俺はカッコよくなった掛水クンを素直に称《たた》える余裕がないからイヤだ」

エレベーターのドアが開いたところで多紀に向かって意地悪く笑う。

「好きな男がカッコよくなってよかったね」

多紀の顔が真っ赤になった。

「吉門さん！」

「——と、これくらい今日は大人気ないからやっぱり会わないが吉。じゃあね」

エレベーターに乗り込んで軽く手を振る。多紀はドアが閉まる間際「イーッだ！」と思い切り歯を剥いた。

ドアが閉まってから吉門は「ひでぇ顔」と吹き出した。

＊

清遠喬介ではなく吉門喬介と名乗ることにようやく違和感がなくなった頃だった。

母親が再婚することになり、高知に戻ってくれるなと頼まれた。どうやら新しい生活のためには吉門が同じ地元にいることがあまり望ましくなかったらしい。

そういう人だから仕方がないと思えるようになっていた。先行きの心配をするには向かない、と清遠は母親を評した。そして、母親の再婚相手は心配しなくて済む先行きをくれる人だったのだろう。

あんたもじき社会人ながやき、そろそろお母さんの先行きのことも考えてちょうだい。

ここまで育てたんだからもういいだろう、と言外にそう言っていた。

いいよ。あんたは俺に親父や佐和をくれたから。あんたがくれなかったものをくれる、赤の他人を俺にくれたから。

俺はあの二人と家族だったことでこのさき生きていけるから。

そして話はまとまって、佐和に卒業後も高知に戻らないことになったと告げた。

卒業して戻ってきたら言いたいことがある、と上京するときに言った。――戻ってこないことになったのだから、言えるはずもない。

ただ、一度だけ尋ねた。――高知から出る気はないか。

佐和は慄《おのの》いたように黙った。バカなことを訊いた、と後悔した。

和政を置いて、佐和が出ていけるはずがない。吉門の母親が、和政を置いて出ていったようには。

母親があんなことになって、その息子である自分が和政からこのうえ佐和を取り上げるようなことを――よく訊けた。

火が出そうなほど顔が熱くなった。恥知らずにもほどがある。

忘れてくれと慌てて打ち消した。

その後、母親は再婚相手の転勤に伴って高知から出ていった。吉門は東京で二年目の社会人生活を迎えていた。

転居先の住所は残していかなかった。母親なりに気まずかったのだろう。付き合いのうすい親戚《しんせき》から、高知を出ることになったという伝言だけ聞かされた。住所は知りたがったら教えてくれ、と言われたそうで、聞かずに済ませた。今ではどこでどうしているかも知らない。

高知に戻らない、という約束は曖昧に反古《ほご》になった。

佐和はひどいと怒ったが、吉門に戻ってほしいとは言わなかった。

戻る場所はあの二人だけだった。そして、佐和に望まれないなら戻る理由はなかった。

たまに旅行のようにふらりと訪れて友人と会ったりするようになったが、一番会いたい二人には会いに行く勇気がなかった。

戻っていいかと尋ねることもできないまま、連絡は何となく途絶えがちになった。そのくせ、風景写真のように遠景で撮る著者近影には、佐和が覚えているはずの場所ばかり使った。撮影してくれるのはいつも友人だが、どうしてこんな何の変哲もないところでと首を傾げている。

本が出るたびに近況報告がてらと言い訳の一筆を添えながら一冊送る。

「腰抜けもえいところやにゃあ……」

漏れた呟きを波の音がさらった。子供の頃、佐和と遊んだ家の近くの浜だ。おもてなし課で敵前逃亡して思いのほか早い帰りになってしまったので、思い立って寄った。ここも撮影場所に何度か使った。

出がけにあんな成り行きになってしまって、帰って佐和と顔を合わせるのはまだ気まずい。もう少し時間がほしい。

吹き付ける冷たい海風にダウンの前を合わせる。

あっちでも逃げ、こっちでも逃げ。今日は散々だ。

高知にはもう戻らないはずになった最後の日、唇に唇を触れたのもこの浜だった。

季節は真逆だった。

佐和は明るい水色のシャツを着ていた。

それきり諦めようと思った。

卒業して戻ってきてから言うはずだったことも何もかも。

それまで好きな人がいるからとかわしてきた色恋沙汰もかわさなくなった。もう郷里のことは割り切ったと思っていたが、いつも長続きはしなかった。

いつも明るい水色のシャツが瞼《まぶた》の裏に閃《ひらめ》いた。青いちりめん細工の髪飾りを吉門が似合うと言った日から、ずっと爽《さわ》やかな色を好んで選んでいた。

今住んでいる場所と郷里、どちらにも罪悪感を覚えて、いつも行き詰まった。

小説で食えるようになって一番ありがたかったのは、人との付き合いを希薄にしても生きていけることだった。

どだい無理な話だった。半径二メートル以内に近づかせない野良猫が、自分に一番懐くようになった。一番綺麗になる頃を毎日一番近くで見ていた。

「喬兄！」

心臓が止まるかと思った。――半径二メートル以内に近づかせなかった野良猫。

堤防から浜を見下ろした佐和を浜から見上げる。

「どうしたがな」

「喬兄が乗っていった車がそこに停まっちょったき」

言いつつ佐和は階段から浜に駆け下りてきた。

「喬兄こそどうしたが、県庁に行ったがやなかったが？」

襟に押し込んだストールの色はあのときの明るい水色に似ていた。

「……早く終わった」

うまく呂律《ろれつ》が回らない。

佐和は一言きりで黙り込んだ吉門を不安そうに見上げた。そしてうなだれる。

「ごめん、怒った？」

は？　何で？　何で俺がお前に怒るようなこと。

「出がけに変な駄々を捏《こ》ねたき。ごめん、もう言わんき。ちゃんと分かっちゅうし、手伝うし……やき、家におる間は気持ちよくおって」

頼む。そこでこらえるな。

こらえさせていることに胸が痛くなる。掛水は急にカッコよくなって多紀も嬉しそうにしているのに――

俺は何年おんなじ場所で突っかかってる。何で佐和に今こんな顔をさせてる。

「なあ」

いつもこんな顔をさせてばかりだ。掛水には偉そうなことを今まで散々言って、しかし隣にいる女の子を屈託なくシアワセな顔にしたのは掛水が先だ。

「俺が、もし戻ってきたら、どうする？」

佐和が目を瞠《みは》った。――そこへ心臓が止まる声がもう一度降った。

「おぉい、喬介はおったがか」

和政が堤防からひょいと顔を出した。

「お前、暇やったら佐和の買い出しに付《つ》き合《お》うちゃってくれ。俺は家で仕事を片付けたいき」

疚《やま》しさと後ろめたさと罪悪感が三種混合で沸騰した。

「――ごめん、用がある！」

堤防に駆け上がると、和政が拍子抜けの顔をした。

「何な、えいところで見かけたと思ったのに」

「ごめん」

和政の顔をまともに見られず、逃げるように車を出した。

＊

携帯の着信は吉門だった。一人で残業の最中だった掛水は苦笑しながら電話に出た。

「もしもし吉門さん？　何で昼間帰っちゃったんですか」

「別にいいだろ」

吉門の声は何やらふて腐れている。

「いいですけど、明神さんに何か変なこと言うたでしょう。吉門さんを見送ってからぷりぷりしてましたよ」

「読者が一人減ったかな」

「そんなことはないでしょうけど。それより、どうしたがですか」

促すと、電話の向こうで吉門の逡巡《しゅんじゅん》する気配がした。言葉に遠慮のない吉門としては珍しいことである。

「あのさ……」

「はい」

「一人暮らしだったよな？」

「ええ」

「今日、お前んとこ泊まれない？」

「は？」

唐突な頼みにぽかんとする。

「どうしたんですか急に」

「俺の友達、みんな結婚してんだ。急に転がり込める当てがなくて、お前のこと思い出した」

「はあ……」

反応が鈍くなったのはいきなり変わった距離感に戸惑ったせいだ。吉門は常にこちらに一線引いているような気がしていた。

と、吉門の声が更にふて腐れた。

「イヤならいいよ。別にどっか空いてるホテル探すし」

えー、何でこの人いきなり変にかわいくなってんの？　一体何が起こった、吉門喬介。

今までとのギャップでつい笑いがこみ上げたが、くすりとでも笑ったら「もういい」と電話を切るに違いない。苦労して笑いを噛み殺した。

「分かりました、その代わり持ち帰りの仕事手伝ってくださいよ。それと駐車場が俺の分しかないき、車やったら県庁に来て駐車場に入れちょってください。俺まだおもてなし課ですから、吉門さんが来るまで仕事してますよ」

「車はもう近所で駐めたから大丈夫。今から五分くらいで県庁着くよ」

「って、もう来てんのあんた⁉　今あなたの後ろに来てるリカちゃんみたいだな！」

「……言うじゃねーか。いじめるぞ」

「いきなり人んち泊めてくれって人の台詞《せりふ》ですか⁉」

まったくこの人は、と掛水は苦笑した。

一方的なことこのうえないが、妙に憎めないのは清遠譲りだ。血が繋がっていないのによく似ている。

掛水は広げていた資料を手近な紙袋に投げ込んで部屋を出た。

6. おもてなし課は羽ばたく——か?

むしろこういうときはあんたが礼がてら作るのも俺ですか！

＊

途中の定食屋で晩飯を入れた。

「何だ、作ってくんないの」

「飛び込みで宿提供して、メシ作るのも俺ですか！　むしろこういうときはあんたが礼がてら作るって言ってもいいくらいだ！」

「ヤカン貸してくれたら作ってもいいよ」

「せめて袋ラーメンになりませんか、そこは」

「鍋《なべ》汚れるよ」

「……実は駄目な大人でしょう、吉門《よしかど》さん」

「もちろん。カッコいい掛水《かけみず》クンの足元にも及びません」

何だろうな、この要所要所の微妙な拗《す》ねは。掛水は味噌汁《みそしる》をすすりながら吉門の顔を窺《うかが》った。

「そのカッコいいっていうがは何かの皮肉ですか」

「いや？　昼間カッコよかったじゃん、会議」

嬉《うれ》しいような、居心地の悪いような。

「多紀《たき》ちゃんが惚《ほ》れ直すわけだよな」

味噌汁にむせて咳《せ》き込んだ。

どうやらこの調子で明神《みょうじん》さんを怒らせたな、と察する。

「何でそういじけちゅうがですか、今日は」

鯵《あじ》のフライを齧《かじ》っていた吉門が、じろりと掛水を睨《にら》んだ。猫背なので上目遣いになる。

「裏切り者」

「もぉ訳が分かりません」

「お前、けっこう最近までグダグダだったくせに」

「だから頑張ったやないですか！」

あんたがネジ巻いたくせに、と口の中でぶつぶつこぼす。

「俺が最悪みっともないタイミングを見計らってカッコよくなるなんて皮肉としか思えない」

「知らんわ、あんたの事情らぁて！」

けど――多分これは、甘えられてるんだろうなぁ。

何があったかは知らないが、甘えに来られたことに悪い気はしなかった。

家のそばのコンビニで適当に酒やつまみを仕入れて帰った。

吉門は泊まり道具として歯ブラシだけ買った。

「着替えとか買わんでよかったがですか。風呂《ふろ》とか……」

「いいよ、一日くらい入らなくても」

掛水の部屋は四階建てのマンションの二階だ。

「へえ、意外ときれいにしてんじゃん」

「ええ、まあ」

週末に多紀が来たから片付けたことは黙っているつもりだったが、吉門はにやりと笑った。

「最近、多紀ちゃん来ただろ」

「……引っかかりませんよ」

「証拠隠滅が甘い」

え、何があった。焦って部屋を見回すと、吉門が台所の水切りカゴを指差した。

「俺が知る限り、ああいうことをする独身男は天然記念物級の希少人種」

洗って伏せたコップ類の上に、ペーパータオルが被《かぶ》せてあった。布巾《ふきん》が台拭《だいぶ》きしかないので代用だろう。週末、馬路《うまじ》村へ出かける前に多紀が使った食器を洗ってくれた。

「……明神さんに変なこと言わんといてくださいよ」

おもてなし課で話題にするような無神経なことはしないだろうという信頼はあったが、多紀をからかわないかどうかは怪しいところだ。

「一宿の恩義は返すよ。掛水で遊べば済むことだし」

「俺でも遊ばんといてほしいがですけどね！」

「ちょっと家に電話掛けていい？」

「人の話を聞く振りくらいはしませんか？」

吉門は無視して携帯を出した。掛けるのにやや逡巡《しゅんじゅん》する気配があったのは気のせいか。

「もしもし、親父？　今日、友達のとこに泊まるから。佐和《さわ》に晩飯要らんって言っといて」

――この人は！

掛水は頬の内側を噛《か》んでいろんなものをこらえた。

知り合いのところ、ではなく、友達のところ。

好き放題に人をからかって、こういうところで不意に懐に入ってくるのは反則だ。

ダウンジャケットを脱いだ吉門はさっさとコタツに足を突っ込み、不満げに掛水を見上げた。

「コタツ入ってないよ」

「スイッチくらい自分で入れたらどうですか、大人」

「駄目な大人だもん」

懐に入るとこういうキャラか、と苦笑しながらコタツのスイッチを入れてやる。

「ビールくれ」

「ほんっと気ままだなぁ、あんた」

渡しながら自分も一本開ける。もしかしたら持ち帰った仕事は手つかずかもしれないなぁ、と先回りして諦《あきら》めた。

「そんで、どうしたがですか」

「そんな分かったように水向けてくる掛水は嫌いだな」

「人んちに突然転がり込んで理由も説明しない気ですか、あんた。っていうかバレバレですよ、佐和さんと何かあったんですか」

多紀とのことにやけに突っかかるのはそのせいだろう。

「別に。屈託のない若い二人が羨《うらや》ましいだけ」

「……そういう言い方すんならもう聞いてやんねえ」

「あっウソ。ごめん。管巻きたい」

絶対この人は天然で人たらしだ、とビールの苦味とは関係なく苦る。

「ていうかさ、いじけるくらいいじけさせろよ。さっさと自分だけカッコよくなっちゃって」

「……俺が吉門さんにけっこうちゃんと憧《あこが》れて頑張ったって気づいてもらえてるんですかね」

「親父がカッコいいのは掛け値なしの事実だけど、俺は違うよ。勝手な幻想抱くなよ」

吉門はふてた表情でビールをちびりとすすった。ふて腐れてるとはいえ不味《まず》そうな飲み方をするなぁ、と呆《あき》れる。

「俺と佐和のこと、知ってるだろ」

直接は聞かせてもらえませんでしたけど、という僻《ひが》みは我慢しておいてやる。

「俺、ホントは大学卒業してから高知に戻ってきたかったんだよな」

「それは分かります」

「県庁に入りたかったんだ」

「それ意外」

「そう?」

「だって佐和さんなんか県庁大嫌いじゃないですか」

帰ってきたかったのは佐和のためだろうに、佐和の嫌う県庁になど。

吉門は苦笑した。

「佐和はさ、別に昔からあそこまで県庁憎しだったわけじゃないんだよな。けっこう物分かりのいい子供だったから。もちろん、いい感情は持ってなかったけど、親父が県庁を辞めたときなんかほっとしてたくらいで。民宿を始めることにも前向きだったし」

多分、と吉門が目を伏せる。

「……俺が戻ってこられなくなって遡《さかのぼ》って恨んだっていうのは、都合よく考えすぎかな」

「普通にあり得ると思いますけど」

「根拠は？」

「俺が吉門さんを初めて『きよとお』に送っていったときの佐和さんの逆上ぶり」

今にして思えば多紀も何だか思わせぶりなことを言っていた。

そうかなぁ、と吉門は信じ切れないように首を傾げた。

「とにかく何もなかったら県庁に入るつもりだったんだよ。親父は観光の仕事が根っから好きだし、観光で高知を発展させたいって意志の強い人だったから。民間で個人で取り組めることって限度があるだろ。だから、俺は行政の中から観光に取り組めたらいいなって思ったんだ。

——戻ってこられなくなったのは、まあ、いろいろあったんだけど」

離婚したという母親のことだろうかと漠然と考える。

「その戻ってこられなくなったとき、佐和にすげぇバカなこと訊《き》いてさ」

吉門は顔をしかめて頭を掻《か》いた。

「高知から出てこないか、とかさ。……バカだよなぁ」

そうですね、と言ったら今はけっこう本気で傷つくかな、とまぜっ返すのは控える。

「佐和、固まっててさ。一番大変な時期に親父を捨てて出てこいとかあり得ないよな。あんなこと訊くんじゃなかった」

「……吉門さんって」

その感想は素直にこぼれた。

「本当に佐和さんが泣きどころなんですね。俺の前でそんな弱々になるなんてあり得ないですよね、他のことじゃ」

「佐和にみっともないことになるくらいなら誰に泣きついたって痛くもかゆくもないよ」

開き直る素振りさえない素の返事に、聞いているほうが照れる。

泣きつく相手に選ばれたことにも照れる。

「そんなこと訊いちゃったから、いざ戻れるってなったとき身動き取れなくなってさ。すげえ戻りたかったけど、戻っていいかって訊けなくて」

「何か自分で無駄にハードル上げてませんか？」

意外と不器用な人だったんだな、と掛水は手振りで要求された二本目のビールを渡した。

「いっそ結婚でもしてくれてりゃな――……」

それは、案外心にもないことではないのかもしれない。いっそのこと相手が手の届かないところに行ってくれたら、ということは多分誰でも考える。

「おもてなし課をダシに戻ってきて、それが何となく取っかかりにならないか、とか思ったんだけど……佐和にお前らのためなら戻ってくるのかって責められた」

どうやらこの辺が「最悪みっともないタイミング」だな、と察しをつける。

「そりゃ、普通はそう思いますよね。素直に戻ってきたいと言えばよかったものを」

「無駄にハードル上げたツケが祟《たた》ってんだよ」

吉門は拗ねた子供のような顔をした。

「言おうとしても親父に後ろめたいんだ」

あんなこと訊くんじゃなかった。訊いてしまった過去を棚に上げられないのだろう。意外と不器用なのかもしれない。

「吉門さん、カッコつけで意地っ張りですよね」

うるさい、と突っぱねる声には力がない。

「みっともないとこ、さらしたらどうですか。俺は散々さらしましたよ。そんでも明神さんはバカにしないで一緒に頑張ってくれました」

「何それ、自慢？」

「そうじゃないでしょ、絡むなよ。──佐和さんは見放す人かって言ってんです」

今度こそ吉門は黙り込んだ。

「カッコつけられたら踏み込めないんですよ。素のところさらしてくれないと」

吉門がさらした途端に、いきなり壁が壊れた。いつも恐れ入っていた相手をかわいいとさえ思うほど。

「俺にさらしてる場合じゃないでしょう。俺が佐和さんなら、掛水にはさらすのかって言う」

吉門はまた不味そうにビールをすった。そして、

「……今日、お前んとこ泊まったの内緒にしといて」

とうとうこらえきれずに吹き出した。

――ちょっとかわいすぎるだろ、吉門喬介《きょうすけ》。


風呂から上がると吉門がコタツの上にあれこれ広げていた。

「適当に暇潰《つぶ》していいって話だったから見せてもらってるよ」

「ああ、それ」

片付けるのを諦めた持ち帰りの残業だ。帰る間際に紙袋に投げ込んだのは、県下の各地域の観光パンフレットである。

「持ち帰りの残業ってこれ？」

「ええまあ。参考がてら把握しとこうって感じですけど。みんなで手分けして情報まとめようってことになって」

レジャーランド高知県としての情報の集積と発信。何から手をつけたものかまだ分からないが、ひとまず観光スポットの把握ということで情報をまとめることになった。

「全部おもてなし課や観光部に置いてあるパンフレットなんです。バラバラで見づらいから、一覧にしたら便利かと思って」

「ああ、いいんじゃないの」

　吉門にほめられると条件反射で嬉しくなるのは、自分でもちょっと間抜けなほどだ。気分は先生にほめられたい生徒と変わらない。――今なら先輩と後輩くらいかな、と甘えられた余裕で少し大きく構えてみる。

「こういうのってどこが作ってんの？　県庁？」

「県が作ってるのもあるけど、各地の自治体や観光コンベンションなんかでそれぞれ作ってるものも多いですね」

　吉門は冊子タイプや折り畳みタイプなど、各種取り揃えのパンフレットを斜め読みしていく。

「見事に判型・様式ばらっばらだな。でも、中身はけっこうしっかりしてるじゃん。全国区で売るガイドブックより綿密な情報が拾えてるし。ただ……」

　全体的に作りがダサい、と一刀両断だ。

「資料としては過不足なく優秀だけど固すぎる。いわゆる行政の広報パンフ。もう少しセンスよくならないかな、このマジメな表紙じゃ見かけても敢《あ》えて手に取ろうって気にはならないよ。みんな商売っ気コテコテの『るるぶ』片手に来るんだぜ」

　手厳しい意見は出版業界からの視点か。すみませんやっぱりここは先生と生徒でした、と肩を縮める。

「惜しいんだよな、すごく惜しい。情報は持ってるのにな」

「はあ」

「情報ってのは素材だよ。出版物作るのに一番重要なのは素材の収集なんだ。それが既にあるのに、何でこんなダサいことになっちゃってんのかな」

「そんなにダサいですか」

「何か、漠然と空中に向けて情報を読み上げてる感じ。って言ったら分かる？」

吉門は掛水の表情で喩《たと》えが通じなかったことを察したらしい。

「読者不在なの。届ける相手を想定してない編集やレイアウトが多すぎ。客に手に取らせようって意欲がないんだ、このパンフ。さぁ私は面白いですよ役に立ちますよ手に取ってくださいって自己主張がなさすぎる。お前の言葉を借りたら『おもてなしマインド』が足りてない。客はこのパンフ見ても自分のために作られたとは思わない」

あ、なるほど。理解のシッポを摑《つか》まえた。

自分は仕事だから義務として目を通す。そして義務として目を通した場合、パンフレットはどれもきちんと情報が整っていて資料として有益だ。

だが、客はそのパンフレットを見る義務はない。ついでに言えば、手に取る義務もない。

「客っていうのはタダなら何でも持ってってくれるわけじゃない。自分の興味があるものしか受け取ってくれない。役に立たないものは単なるゴミだ。いくらタダだからってゴミもらってくれる人はいないだろ」

「その視点は難しいなぁー……」

公共性の強い仕事に従事していると商業意識は育ちにくい。

「公のものだから競争がないってのは幻想だし甘えだよ。視点をマクロにしたら観光パンフは観光パンフ、ライバルは市販のガイドブックだ。客はほしいものには金を出す。『るるぶ』はみんな金払ってもほしいんだ。対して無料のこのパンフレットはどれだけ捌けてんの」

『『るるぶ』には到底及びません……」

「まあ、『るるぶ』は据えたライバルがちょっと大きすぎかもしれないけどさ」

吉門は手酌で日本酒を注いだ。日本酒に移行する前にビールは四本空けているので、かなりザルらしい。

掛水は手元のパンフレット類を眺めた。旅先でこれが置いてあったとして手に取るか。答えは否だ。自分もきっとフルカラーで写真盛り沢山の市販のガイドブックを使ってしまう。

「それと、純粋に疑問なんだけど」

うわあ、この人がこういう言い方するときは恐いんだよな。まず間違いなく耳に痛い指摘が来る。掛水は思わず背筋を伸ばした。

「作りのダサさはともかくとして、ちゃんとカラーでそれなりに金かけて作ってるわけじゃん、こんなにたくさん。でも、こういうのって県庁以外では実際どこに置いてあるの？」

「えっ……」

虚を衝《つ》かれて一瞬固まった。

「……観光施設とか主要な交通機関の案内所とか。各地域の支所とか、県外なら出先機関でも手に入ります」

「観光施設や案内所はまだ分かるとしても支所とか出先機関とかさぁ。そこにわざわざパンフもらいに行く人ってどれくらいいるの？　俺ならそんなとこにわざわざ足運んだり問い合わせたりしないんだけど」

一言もない。

「それに、民間施設にしたってあんまり効果的に配布できてるとは思えないよね。これはどこでも同じかもしれないけど、無料のパンフって置いたら置きっぱなしっぽくない？」

作成も半端なら流通も半端だということを容赦なく突かれる。手厳しい言葉に耳を塞《ふさ》ぎたくなる。――でも塞ぐな。

この人の言うことが身にならなかった例《ためし》はないんだ。

公共の無料パンフは客に魅力的な商品じゃない。客に届きやすい場所にも置かれていない。

それは高知に限ったことではない。どこでも五十歩百歩。――ということは。

「客がほしがるような『商品』にして、流通まできちんとケアしたら、垢抜《あかぬ》けられる……？」

吉門がにやりと笑った。

「公務員の立場から『商品』って言葉が出てくるようなら合格」

そこでヒント、と吉門は指を一本立てた。

「ディズニーランドに行った観光客が園内で真っ先に手に入れようとするものは何でしょう」

パチンと脳裏で火花が弾《はじ》けた。

「園内マップ……」

そうか――そうか、そうか、そうか。

「高知県の園内マップを作ればいいんだ、俺たちが！」

情報はある。ふんだんにある。今のままでは客に見向きされない面白みのないパンフレットとして。

再編纂《へんさん》して、『レジャーランド高知県』の園内ガイドブックにしたら生きる。現状で漠然とした構想でしかないレジャーランドが園内ガイドによって実体を持つ。

「レジャーランドの具体的なアイコンになると思うよ」

「ちょうどパンフから観光スポット一覧を作るつもりだったんだから、そのままガイドブック作れますよね」

短期的な目標が見えて俄然《がぜん》やる気がかき立てられた。

「俺ら、県の営業部にならんといかんがですね。職分とか職域を考えて縄張り分けしゆう場合じゃなくて、思いついたことを何でもやれる部署にならんといかんがや」

実現できない理由を並べ立てるのではなくて、実現するにはどこを押し引きすればいいのか粘る。一気に大きく変えることは無理でも粘ることに意味はあるはずだ。

「おもてなし課ってそういう遊撃性を期待して作られた部署だと思ってたよ。接触してみたら意外とアタマ固くて最初びっくりした」

吉門の言葉に苦笑が浮かぶ。

「びっくりしたがやなくて、イライラしたんでしょう。言葉選ばんでえいですよ、今さら」

「うん、まあ。殿様商売で呆れたな。でも……」

吉門が初めて見せるような優しい笑顔になった。

「お前、今かなりカッコいいよ」

まともに誉められて、何も受け答えができなかった。

*

翌朝、出勤する掛水の時間に合わせて吉門は叩《たた》き起こされた。

前夜が深酒になったので、朝をやや寝過ごしたらしい。慌ただしく部屋を追い出され、掛水は自転車を全力漕《こ》ぎで出勤していった。

吉門のほうは余裕である。掛水を見送ってから車を預けた駐車場に向かった。

のんびり歩いていると、出勤風情の通行人に次々追い抜かれていく。

朝食を入れてから帰ろうかと思ったが――

カッコいい掛水クンに負けてらんないな。

結局、家に直行した。

帰り着いて『きよとお』の駐車場に車を入れると、待ちかまえていたように玄関が開いた。

半ばべそをかいたような佐和が立ち尽くす。そんな顔をさせているのは自分だ。

あっちでも逃げ、こっちでも逃げ、散々だった昨日。

何か言おうと佐和の唇が動く。

もう余計なことは言わすか。――言う必要のないことなど言わすか。

「ごめん、急によそで泊まって」

それから言葉を少し迷い、迷う自分をアタマの中で張り倒す。

「昨日、逃げ出してごめん」

迷うな。止まるな。一息に言え。

「おもてなし課のために帰ってきたがやない。佐和のところに帰ってきたくて、おもてなし課をダシにした」

作家なんて商売をしているくせに、いざ自分が当事者になったら即興で気の利いた言葉など出てきやしない。

「好きや。帰ってきてえいか」

佐和がその場にしゃがみ込んだ。

子供のように声を上げて泣きじゃくった。慌てて駆け寄る。

「何な何な」

奥から和政《かずまさ》が飛び出してきた。

佐和の肩を抱えて若干気まずく見上げる。

「ごめん、泣かせた」

「どうしたがな、その年になって兄妹喧嘩《げんか》でもあるまいに」

それを言うのは佐和に打ち明けるより勇気が要った。

「その括《くく》り、もうナシ」

怪訝《けげん》な顔をする和政にまっすぐ言う。

「あんたの娘を俺にくれ」

ぽかんとした和政が、やがてにやりと唇の片端を上げた。

「『きよとお』を継がん奴にはやれんぞ」

「帰ってきたらくれるんだな」

小説はどこに住んでいても書ける。

「明日にでも引き払ってきてやるよ」

顎《あご》を煽《あお》ると、和政も「さっさと泣きやませて家に入れ」と顎を煽り返して引っ込んだ。

＊

「おもてなし課で県の公式ガイドブックを作るというがはどうでしょう！」

掛水は勢い込んで下元《しももと》に訴えた。

「遊園地に行ったら必ず園内の公式マップがありますよね。あれの高知県版を作るがです」

下元は掛水の勢いにやや肩を引いていたが、やがて室内に呼びかけた。

「おおい、みんな。掛水が何ぞ面白いことを言いはじめたぞ」

何な何な、と一同が集まってくる。注目されて若干あがる。

「『レジャーランド高知県』を想定して、その公式ガイドを俺らで作ったらどうかと思って。レジャーランド化の具体的な実施は情報の整備から、っていうのは話がまとまりましたけど、いざどうやって情報を発信するかってなるとちょっと漠然としちゅうやないですか。それに、情報の次の目標である施設も実際に整うのはかなり時間がかかります」

『おらが村』シリーズなどもまともに施設を整えていったら数年がかりのプロジェクトだ。形がそれらしくなっていくのを待っていたらレジャーランド化はいつまで経っても実現しない。

「けど公式ガイドを作ることで『レジャーランド』のイメージが簡単に具体化します。未完成の地域も『ただいま工事中』ってことになります。金かけて施設が整うのを待たんでも、公式ガイドを作ってしまえば、もう明日からでも『工事中につき一部開園のレジャーランド』です。こんなもんは言うたもん勝ちです」

情報は見せ方によって商品価値が変わる、ということを夕べ吉門に教えられたばかりだ。

下元がうんと頷《うなず》く。

「情報はアトラクションが増えるごとに随時更新していけばえい、というわけやな」

「それなら見切り発車でもすぐにやれるにゃあ。考えたやないか、掛水」

近森《ちかもり》が掛水の肩を叩いた。

「吉門さんに知恵を借りました」

多紀がきょとんとした顔で見つめる。吉門が昨日とっとと帰ったのを見送ったからだろう。

何気なく内緒の仕草をして目配せする。多紀はくすりと笑って頷いた。

「その公式ガイドは有り物を流用するわけにはいかんがか。物によってはまだ数も残っちゅうに新しく作るのはもったいなくないか」

「情報自体は同じものを使うわけやろう」

当然上がってきた意見には、掛水が発言するまでもなく対抗意見が上がった。

「いや、これは新しく作ってこそ意味があるもんやろう」

「イメージ戦略や、ここは金を惜しむべきやない。『レジャーランド』をアピールするためには専用に作ったガイドが要るろう」

掛水は輪の中からひょいと抜け出して自分の鞄《かばん》を取った。

「ていうかね、俺らのライバルこれながですよ」

出したのは『るるぶ』だ。朝、遅刻寸前でコンビニに寄って買ってきた。

「比べてどうですか？」

並べたのは、パンフレットの中でもお行儀の良い何冊かである。

「自分やったらどっち手に取ります？」

「お金払っても『るるぶ』です」

掛水が欲しい相槌《あいづち》をすかさずくれるのはやはり多紀だ。

「遊びに来たがやき、面白そうなほうを選びます。パンフレット、いくら無料でもつまんなそうやもん」

「女の子に言われるときついにゃあ」

一様に苦笑した男性陣に女性陣が反論する。

「多紀ちゃんやのうても私ら『女の人』でも使わんわえ。観光には女の意見が最重要って吉門さんも前に言いよったろうがえ。ちゃんとかしこまって聞きや」

「すみません、恐れ入りました」

輪の中に笑い声が湧いた。

「それにしても、俺らで『るるぶ』に対抗できるもんが作れるろうか」

その懸念はまったくで、誰も出版に通じた者などいない。皆が一様に心許《こころもと》ない顔になる。

だが、掛水は敢えて動じない様子を貫いた。

「俺ら、そこに関してはプロのツテがありますやん」

あっと多紀が声を上げた。

「吉門さん！」

「東京の出版社で実際に仕事をしゆう作家ですよ。俺らよりは本を作ることに関してノウハウを持っちゅうはずです。あの人が分からんことでも、出版社にちょっと話を訊いてもらったりできるでしょう。あの人は徹底的に利用せなぁいきません」

「お前、本人がおらんからって言うにゃあ」

近森が呆れ顔になる。

「使えるものは何でも使わんと。俺ら貧乏ながやき。それに高知県民は自分の持ち物に無頓着《むとんちゃく》やっていうのは前にあの人が自分で言ってたやないですか。俺らも吉門喬介を持っちゅうことに無頓着でしたよ」

それは確かに、と賛同の声がいくつも上がる。

「あの人は最初っからいろんなことに貪欲《どんよく》になれって言ってました」

時間に予算に無頓着だったおもてなし課に斟酌《しんしゃく》なく苛立《いらだ》つ声は、今でも昨日聞いたかのように思い出せる。

思い出すたび身が竦《すく》む。

「やき、俺らも吉門喬介に貪欲になろうやないですか。人的資源は能動的に活《い》かさんと。あの人、俺らのツテの中で一番出版の情報に詳しい人材です」

よし、と下元が掛水を指差した。

「お前、吉門さんを巧《うま》く使え。一番仲がえいがやき適任や」

一番仲がえいがやき。

周りからそんなふうに見えてたのかな、と少し照れくさくなった。

「そんなわけで、高知県公式ガイドブックを作ることになりました」

掛水が電話で報告すると、吉門は「迅速じゃん」と感心したような声になった。

「俺らが『るるぶ』に勝つにはどうしたらえいですか」

「初《しょ》っ端《ぱな》から手ぇ抜いて答えをもらいにくる掛水は好きじゃないな」

電話の向こうで意地悪く笑っている顔が見えそうな声だ。

「俺らをネタに小説書くがやき、ヒントくらいくれてもえいでしょう。モデル料ですモデル料。俺ら商売感覚のないずぶずぶの県庁で、しかも出版のド素人なんですよ。頼れるツテは頼るのが正しい戦略でしょう。吉門さん、友達んとこに泊まるって言って俺んち泊まったんだから、よしみでそれくらいサービスしてもいいはずだ」

「図々《ずうずう》しくなったなぁ、お前」

「自分のこと棚に上げてよく言いますね」

予告なしでいきなり人の家を当てにする人間の台詞《せりふ》ではない。

それに、ともう一歩踏み込む。

「吉門さんは初めから吉門さんを利用せえって言うてたやないですか」

おもてなし課が最初に取り組んだのは後追い企画の特使制度である。

特使を依頼してから時間を空費したおもてなし課に吉門は言ったのだ。

もし依頼してすぐ特使名刺が手元に来ていたら、その頃立て続けに入った取材にかこつけて多くの情報媒体に名刺を配れた。

すなわち、——あんたたちは俺を利用する機会を一つ逃した、と。

あれほどあけすけに自分を利用しろと言われていたのに、利用しますと宣言するまでに二年近くもかかった。

「図々しくなったなぁ」

吉門はもう一度呟《つぶや》いて、それから真面目な声になった。

「でも、ホントに俺しばらく忙しいから電話で済ますよ」

「もしかして執筆が佳境ですか？」

それなら申し訳ないなと気が引けたが、吉門は「そうじゃないんだけど」と否定した。

「ちょっと東京に戻って身辺片付けてくることになって」

あ、と思い当たる。

「うん。こっち戻ってくることになったから、片付けてくる」

「よかったですね」

顔がほころぶ。もしかして少し俺のおかげかな、と思ったとき「恩に着せたら恩に着ない」と釘《くぎ》を刺された。やや天《あま》の邪鬼《じゃく》に恩に着ている。

「出版関係者と話してて、割と一致してる意見があってさ。多分、これはどこの業界にも共通するセオリーだと思うんだけど」

「はい」

聞きながら肩に力が入る。

「キャッチコピーが巧くはまった本は跳ねる」

思いのほか商売っ気たっぷりだ。

「キャッチコピーがはまってるってことは、その商品のセールスポイントを的確に把握してるってことだろ？　セールスポイントを自覚してる商品としてない商品とじゃ商品力が雲泥の差だ」

「えーと、全米が泣いたとかそういうアレ？」

「……若干お前のセンスが心配だ」

とっさに思いついた連想は短絡に過ぎたらしい。

「書店でも、帯やポップを替えただけで本の売上げが変わったりするんだよ。商品を良くすることは大前提だけど、周辺作業として販促展開は疎《おろそ》かにできない。俺の本は俺にとってはその都度がんばって送り出す新製品だけど、客にとっては毎月何百冊も出る商品の一つに過ぎない。そしたらどうやって客の目に留まるか、客の意識に刺すかってことが重要なんだ」

また特使を依頼したときの不手際が蘇《よみがえ》った。

「名刺と一緒ですね」

ここぞというとき相手の意識に自分の名前を刺す道具。

「狙った相手に直接渡すんじゃなくてたくさんの情報の中から拾ってもらうって意味で難易度上がるけどな。的確なキャッチコピーを作ったうえで情報の修飾が重要になってくる。例えば、賞を取ったり映像化した作品は、出版社も慌てて帯を掛け替えたりポップを作り直したりするよ。肩書きが強力な修飾に使えるからね」

「あ、『土佐鶴《とさづる》連続金賞受賞』みたいな」

「そうそう」

　地酒の宣伝と本の宣伝が一緒というのは少し意外である。

「企画書なんかもそうだろ。読んでもらえる企画書と読んでもらえない企画書の差はそのまま人の意識に刺すノウハウの差だ。プレゼンが巧い人間はこれといった書類がなくても言葉だけでこっちの心を摑むだろ」

　うわ、それすごく覚えがあるぞ。掛水の脳裏に思い浮かんだのは清遠《きよとお》である。

　初めておもてなし課を訪れたとき、企画書を端《はな》から見せはしなかった。

　思わせぶりに備品の地図を広げさせ、極太ゴシックで短いフレーズが印刷された用紙を三枚出しただけだ。

『アウトドアスポーツ&ネイチャーツアー』。

『グリーンツーリズム』。

『高知県まるごとレジャーランド化』。

　それだけで企画の概要がインパクトを持って伝わった。

　その手法を言うと吉門はおかしそうに笑った。

「そのやり方って、広告代理店なんかがよく使うんだよ。短いフレーズでクライアントを一気に摑んで、詳しい話を聞きたいと思わせてから細かい資料を出す。そうしたら相手の集中度が違うだろ。最近は行政でもそういう手法を意識してるところがあるけどね」

無造作にその手法を使った清遠は、当時の公務員としては相当に型破りだったのだろう。今、清遠のような人間はここにいない。

今、あの人が県庁の中にいれば。そう思わずにはいられなかった。

自分は、おもてなし課は、これから清遠になれるのか。

「結局、物を売るノウハウの根っこはどんな分野も共通なんだよ。巧く摑めるキャッチコピーが作れたらその企画は八割勝ってる。高知を売るためのキャッチコピーを一番巧く作れるのは高知のはずだ」

「俺ら、作れるでしょうか」

弱気が反射のように呟かせた。吉門は突っ放さなかった。

「自信持ってもいいいんじゃないの？　レジャーランド高知県とか高知県公式ガイドブックっていうフレーズはシンプルで強いと思うよ」

電話を畳む気配に食い下がった。

おい喬介、と電話の向こうに清遠の声がした。

「ごめん、そろそろ空港行く時間だから」

「すみません！」

まさか今日の今日発《た》つとは。恐縮しながら掛水は電話を切った。

どれだけ足踏みしていたかは知らないが、こらえていた時間が長いほど解き放たれると一気に動き出すらしい。

＊

「えっ、吉門さん戻ってくるが？」

「明神さん、巻きすぎ巻きすぎ」

掛水の指摘で多紀の手が止まる。話しながらフォークに巻き取っていたパスタはとても一口で頬張れない固まりに膨れ上がっていた。

仕事を退《ひ》けてから夕飯に立ち寄ったパスタ屋である。

「東京、引き払うって。今日の飛行機でさっそく発ったみたい」

「……佐和さん、喜ぶでしょうね」

麵《めん》を巻き直しながら多紀の顔がほころぶ。今度は適量分が巻かれたアサリと水菜のパスタがぱくりと口の中に収まる。

「掛水さんもよかったですね」

「え、何で？」

「そんな話まで聞いちゅうらぁて気を許されちゅうやないですか。吉門さんに一線引かれてるかもとか気に病んでたのが嘘みたい」

「……言うなや、それ」

気まずく掛水がすすったパスタは何だかよく知らないが辛いやつだ。

「どれくらいで帰ってくるのかなぁ」

「やっぱり引き払うがやきしばらくかかるろう。忙しいやろうし、あんまり邪魔できんなぁ」

頑張らないと、と目を落としたのは注文が来るまで二人で見ていてテーブルに出しっぱなしの『るるぶ』である。

これに勝つキャッチコピーが当面のおもてなし課の課題だ。

「改めて敵は手強《てごわ》いにゃあ」

観光ガイドで『るるぶ』といえば、既に一つの巨大ブランドである。圧倒的なメジャー感は半端ではない。四十七都道府県を網羅して、日本中の書店で手に入る。

だが、付け入る隙はあるはずだ。

――敵がガイドブックのプロなら俺たちは高知県のプロだ。

「メジャーに対抗するならマイナー感かな？」

多紀がフォークをくるくるやりながら首を傾げる。

「女の子ってブランドも好きやけど、知る人ぞ知るっていうのも大好きですよ」

「それしかないよな、活路」

「知る人ぞ知る……何があるかなァ」

自分だったら県外から迎えた友達をどこに連れて行くか。お互いあれこれ挙げてみるが、結局のところ『豊かな自然』、『地元で人気の』という二点に集約されてしまう。売り文句としてはあまりにもありふれていて、キャッチコピーとしては弱い。

かといって、良さを語ろうとしてくどくど言葉を連ねるとますます弱くなる。清遠が大胆なプレゼンで持ってきたA４三枚の紙は、白紙に太い文字で短い一言だったからこそインパクトがあったのだ。

「ないもの数えるほうが速いし簡単やもんなぁ、高知」

言いつつ掛水は苦笑した。

「新幹線はない、地下鉄はない、メガバンクもないし都会にある便利なものは何ちゃあない」

「ほんまや」

一緒に笑った多紀が、ふと何かに気がついたような顔をした。

「……それ、おもしろくないですか？」

「え？」

「何々もない、何々もない、っていうフレーズ」

掛水としては何の気なしの発言だったので、やや懐疑的になる。

「そうかな？　でも、ずらずら連ねてたらインパクトのある一言じゃなくなるで」

「でも吉門さん、ポップの話をしたんでしょ？」

だから何なんだ、ということは掛水には打って響かない。多紀が拍子抜けの顔になる。

「本とか読まない人でしたっけ」

「うん、ごめん」

「じゃあ、さっさとごはん食べちゃいましょう」

多紀がフォークを動かす手を速くした。

「まだ本屋さん間に合うはずです」

異議を唱えられる気配ではなく、掛水も残りのパスタをかき込んだ。

閉店にやや余裕を持って滑り込んだ書店は、チェーン店ではなく地元の老舗《しにせ》である。

掛水ならいつも雑誌コーナーに直行のところを、多紀は四六判の書籍のコーナーに向かった。

足取りには迷いがなく、本屋に慣れた感じが窺える。

そういえば吉門さんのファンだって言ってたよな、と思い出す。掛水と違って本をよく読む人なのだろう。

「これ」

平台の前で多紀は立ち止まった。一面に置かれた書籍の中からいくつかポップが立っている。出版社で配布したものだろう、キレイに印刷されたポップの中に変わり種が混じっている。

「こういうの漫画のコーナーでもたまに見るわ」

ハンドメイド感あふれる画用紙のポップである。手書きでタイトルがぎこちなくレタリングされ、やはり手書きで紹介文のような感想文のようなものが用紙をはみ出る勢いでみっちりと書き込まれている。色鉛筆やカラーマジックで懸命にカラフルにした感じがいじらしい。

「これ、目立つでしょう？」

整った印刷のポップの中に手書きが混じっていると確かに目立つ。

「この本、印刷のポップがないが？」

出版社がポップを作ってくれないから書店で作っているのだろうか、と思ったのだが、多紀は首を横に振った。

「この作家さん人気あるし、新刊が出たら出版社は絶対ポップやポスター作りますよ。私、他のお店でこの本の印刷のポップも見たし。でも、わざとそれを使ってないんです」

「何で？」

「多分、店員さんがこの作家さんを好きながやと思います。本屋さんって手書きポップのほうがプレミア感が高いんです。すごく売ってあげたいから自分で手間暇かけてポップを作ってるんです。実際、手書きって読む気になるでしょ？」

少し考えて、家のポストが思い浮かんだ。掛水の家に届くのは通知やＤＭの類《たぐい》（と投げ込みのピンクチラシ）が主だが、そんな中にたまに手書きの封書やハガキが混じっていると目立つ。ＤＭなどうっかりすると封も開けずにゴミ箱直行だが、直筆のものは必ず目を通す。

「比較して目立つってだけの問題じゃなくて、パワーがあるんですよね。本屋さんって、本のプロじゃないですか。そのプロがわざわざ手書きのポップを作ってまで売りたいなんて、それだけで『きっとおもしろいんだろうな』って感じでしょ？　特に本を読む人は本屋さんのそういう熱にすごく弱いんです」

掛水は手書きのポップを読み入った。細かい字でみちみち書き込まれた店員の紹介文は感想文に近く、おもしろかったということをがむしゃらに訴えている。

そのポップの中に一つの物語があった。この店員がこの本を読んでどういう衝撃を受けたか、という物語がハガキ大の小さな画用紙に「まけまけいっぱい」詰め込まれていた。

「私たちが作るとしたらこっちですよね」

そのがむしゃら感は、メジャーに対抗できるパワーを充分に備えている。公式ガイドブックを手作りするのはもちろん無理だが、マインドは見習うことができる。

「明日、みんなに相談してみようか」

あれもない。これもない。何もない。——『ない』の中に埋もれた『ある』。

言葉にできない郷土のスペシャル。

高知の『ない』を並べ立てることは、そのまま物語につながりそうだった。

＊

「おもしろいやないか」

即座に乗ってきたのは近森である。

「高知にないものらぁて何ぼでもあるわ」

そして朝礼の後、そのままおもてなし課は即興の打ち合わせに突入した。

競争のように次々挙がる『ないもの』を下元がホワイトボードに書きつける。

「高速はどうや」

「いや、それは一応あるに含まれるろう。全線開通してないだけやき」

ホワイトボードを埋め尽くす厖大《ぼうだい》な『ないもの』の群れから観光と結びつくものを拾い上げ、やがて怒濤《どとう》の『ない尽くし』キャッチコピーの骨組みができた。

新幹線はない。
地下鉄はない。
モノレールも走ってない。
ジェットコースターがない。
スケートリンクがない。
ディズニーランドもUSJもない。
フードテーマパークもない。
Jリーグチームがない。
ドーム球場がない。
プロ野球公式戦のナイターができん。
寄席がない。
2千人以上の屋内コンサートができん。
中華街はない。
地下街はない。

温泉街もない。

駄目押しを狙ってこれでもかと重ねた『ない』に、近森がにっと笑った。

「一番忘れたらいかんもんがあるろう」

そして席を立ち、自分でホワイトボードに書きつける。


金もない。


毒舌に一同から苦笑が湧いた。

「何か、怪我自慢とか不幸自慢に近いノリになってきたにゃあ」

何を言いゆうがな、と近森が顎を反らす。

「自虐ネタは笑いの基本ぞ」

「けんど、笑いを取りたいわけやないきにゃ」

笑いながら釘を刺した下元に、掛水はあっと閃《ひらめ》いた。

「課長、それえいです」

「何がな」

「『けんど』っていうワード。締めは『けんど何々がある』ってしたらどうですか」

「おお、それはえいにゃ。最後で前向きになる」

しかし締めの言葉となると素人にはなかなか思いつくのが難しい。

自然、黒潮、南国、太陽辺りはみんな思いついたが、提案した本人たちが「ありきたりや」と自分で却下した。

「笑顔とかどうで」

「それもベタやなあ」

何がある？　という相談の袋小路に入り込んで二十分ほど経った頃、多紀が手を挙げた。

「もっとメッセージ性のあるものにしてみたらどうですか？『ない』の部分が具体的やき逆に抽象的な文章のほうが引き立つかも。高知県の観光を担う意気込みみたいなものが籠《こ》められたら前向きになるがやないかなぁ」

具体的な羅列の対比として抽象をという提案は、本をよく読む人ならではのもっともらしい意見だった。

「未来？　希望？」

「観光のキャッチコピーとしてはちょっとちがうにゃあ、商工ならえいけど。それにやっぱりありきたりやろう」

掛水は隣の多紀を肘《ひじ》でつついた。

「頑張ってや、読書家さんは得意やろ」

「読むのが好きだからって文才があるわけやないですよ。文才があったら作家になってます」

もちろんからかったのだが、まんまと膨れた顔になってくれて小さく吹き出す。

多紀は何やら机に指で字を書きはじめた。画数が多いのか複雑に指を滑らせている。

「観光……観光……」

なるほど、観光。見ていると納得のいく筆順だ。

「光を観る、かぁ……」

掛水はほとんど反射で指文字を書く多紀の手を取った。肩を跳ねさせた多紀の手を吊《つ》り上げ、挙手させる。

「はいっ！」

代返で手を挙げさせられた多紀は大狼狽《ろうばい》だ。

「ほい、多紀ちゃん」

下元も構わず多紀を指名する。多紀は恨みがましく掛水を睨み、しどろもどろに口を開いた。

「あの、思いついただけですけど……観光って、光を観るって書いて観光やなって」

ほお、と全員が多紀に注目した。

下元がホワイトボードに向き直る。

……けんど、光はある！

「……はまったがやないか？」

下元の声が笑みを含む。賛同の声が追いかけるように上がった。

恥ずかしそうに、しかし嬉しそうに俯《うつむ》く多紀を見ながら、掛水は目を細めた。

多紀を採用することになった経緯が蘇る。

公務員じゃなくて、フットワークが軽くて、学歴はなくてもいいから気の利く若い女性。

吉門が並べた条件は厳しかったが——

応《こた》えて君を見つけた俺は、君を見つけておもてなし課に連れてきた俺は、けっこうたいしたものだと思う。

*

吉門が高知に戻ってきたのは年が明けてからだった。

帰ってきてから仕事が立て込んだらしく、掛水が吉門に再会したのはもう年度が替わるころになっていた。

春が早い高知ではそろそろ桜の開花が聞かれる。

おもてなし課では頓挫《とんざ》していた予算も何とか通った。

「で、何でこっちはこの体たらくになっちゃったの」

久しぶりにおもてなし課を訪れた吉門が難しい顔で冊子をめくった。

完成した高知県公式ガイドブックである。

「『土佐がまるごとパビリオン』、このキャッチ自体はいいと思うんだけどさぁ……」

吉門がガイドブックの表紙を指で弾く。

「この表紙はないだろ」

写真が三十枚近くもパッチワークされた表紙の上に『パビリオン』というキャッチコピーが載っているが、写真がごちゃごちゃしすぎて完全に文字が沈んでいる。

「それに、せっかく全国区で有名な県出身タレントが表紙に登場してくれたのに、それが完全に隅っこで埋没してるってのもどうなの。こう、もうちょっとトータルイメージ的な絵ヅラは作れなかったの？」

「それが、作りはじめてみたらけっこう関係各所の食いつきがよくて。それはいいんですけど、あちこち意見がぶつかっちゃって……」

あちこち折り合わせていくうちに出来上がりはぱっとしないものになってしまった。

「我の強い県民性はこういうところでマイナスに転ぶよなぁ」

吉門は表紙を眺めながら苦笑した。

「どこでどう干渉したか痕跡《こんせき》が分かりやすくて笑える。これ、雑誌っぽくカジュアルにしたいって意見と、県が出す公式のガイドブックなんだからふざけすぎるのは駄目だって意見が対立しただろ」

掛水は返事の代わりにうなだれた。一言もない。巧く調整できなかったのはおもてなし課の責任である。

「手書きポップみたいな『るるぶ』にしたかったがですけど」

「ものすごく中途半端に雑誌っぽくなってるんだよな。まさに雑誌と行政パンフの合いの子。折り合うラインがくっきりはっきり。内輪で折り合うことを最優先にしちゃってるから客への訴求力は二の次になってる。こういうのって強烈な牽引《けんいん》力とセンスを持った人材がいれば話は違ってくるんだけど……」

残念ながら、そんな人材はいなかった。絶対これだ、いいからついてこい、と引っ張れる者がいなかった結果としての半端な仕上がりである。

「清遠さんみたいな人がおったらなぁ」

おもてなし課を引っ掻き回したあのでたらめな説得力と突貫力が懐かしかった。

「親父もこの中にいるときは折られてばっかりだったよ。折り合う技術は絶対に必要だ、ただおもてなし課はまだその技術が低いだけで。技術が上がれば折り合いながら精度を上げられるようになるよ」

吉門なりに励ましているらしいので頷いておく。

「この『土佐であい博』っていうのも折り合いの結果？」

「やっぱり前例がない企画というのは通しにくいがですわ。こういう観光企画は博覧会の体裁を取ったほうが話がすんなり通るがです」

「あー、それでいろんな自治体がこまめに○○博とかやるのか」

「観光の短期的な目玉として、地方博覧会は動かしやすい企画なので……でも、特別に会場や入場料を設けない博覧会っていうのは、かなり思い切った取り組みなんですけど」

「そうだろうね。そんなもの博覧会の様式と外れてるから駄目だ、とか言われそうだし。そこはよく通したなと思うよ。前例作っちゃえば作ったもん勝ちだしね」

周囲で吉門の言葉に何気ない素振りで聞き耳を立てていた職員が、やっと安堵《あんど》の息を吐《つ》く。

「一応西暦入ってるけど、別にこれ時間軸は関係ないもんな」

公式ガイドブックの内容は、エリア分けした県内の観光スポット紹介とモデルコースの提案が主である。年間の観光イベントのスケジュールも載っている。

「毎年ガイドブックを更新していけば半永久的に使える企画って、行政としては斬新《ざんしん》だよな。よく考えてある」

ただなぁ、と吉門はまた苦笑した。

「中身にも折り合いの跡がガッタガタに残ってるよな。やっぱり雑誌と行政パンフの合いの子。便利に使えるようにって意気込みだけは感じるけど、おもしろく見せようとか摑もうって意識はあんまり感じない。紹介文も取り澄まして面白みの欠片《かけら》もないしな。せっかく県で作るんだから、方言使って茶目っ気たっぷりに紹介したほうがよっぽどインパクトがあるし、温かみもあるのに」

それでもだいぶマシになったけど、と吉門は辛うじての評点をくれたが「よくなった」ではなく「マシ」という辺りに評価の限界が見える。

「紹介してあるスポットや店の地図が大雑把だったり、連絡先が載ってないのも折り合いなんだろ？」

「一応、連絡先は最後にまとめて載せてあるんですけど。やっぱり、詳細な地図を載せるのは公平性に問題が出るってことになって。ガイドブックの限られたページで取り上げられるのは一部の施設だけやし、民間の施設も取り上げてるので……壁が突破できませんでした」

「ホント、こういうところがお役所はなぁ」

ダサい、と吉門は眉間《みけん》にシワを立てた。

「そんで、メールで知らせてくれたあのキャッチコピーはどう使ったの？　長いほう」

新幹線はない、地下鉄はない……のほうである。

「あれは泥くささを巧く使っててなかなか名作だったけど、見当たらないね？」

けんど、光はある。

多紀が鮮やかに締めたキャッチコピーの末路を報告するのは気が滅入った。

「県の欠点を吹聴《ふいちょう》するようなキャッチコピーを前に押し出すのはマイナスイメージだってことになって、公式ガイドでの使用は見合わせになりました」

吉門が大きく溜息《ためいき》を吐《つ》く。

「……ほんっと、センスないね」

返す言葉もない。その結論が下ったときは、おもてなし課全員で憂さ晴らしの飲み会に繰り出した。あまりイケる口ではない掛水も二日酔いになるほど飲んだ。

独創的な発想を、なんて命令しておいて、いざとなったら無難に日和ってブレーキをかける。一番大事な決定は一課のレベルに預けない。

やってられない。

『便利』で都会と張り合っても仕方ないじゃん。それに『不便』を欠点だと思ってるところが悲しいよな。旅情ってイコール『不便』だぜ。イナカに来る観光客は至れり尽くせりの都会的な観光を期待してるわけじゃない、適度な『不便』を楽しみに来てるんだ」

その適度な不便に徹底的にこだわった例が馬路村である。トイレはキレイなウォシュレットだが、ロビーに便利なコンビニは入っていない。ステーキが食べたくなってもメニューにない。そこが売りだ。

「『不便』は適度に調整したらそのまま絵になるし、物語になるのに、惜しいことするよな。都会は『不便』を演出してもわざとらしくて白けるだけだから『便利』にこだわって金かかるけど、イナカは按配《あんばい》するだけでそのまま商品だぜ」

「通じないんですよ、ダサい奴らにはっ！」

おもてなし課の外では言えない同調がうっかり口を滑り出る。

「けど、ガイドブック更新のときにはもうちょっとセンスのえいことに……」やや考えて言葉を選ぶ。「したいです」

「しますって断言しようよ、そこ」

苦笑する吉門の陰から、多紀や周囲の職員が掛水に目配せをした。

締まらない報告だけでは終わらない。――つもりである。

「それで、『ない尽くし』キャッチコピーのほうは実は違うところで使ってみたんですけど」

公式ガイドと一緒に用意してあったA4サイズに折りたたむ形式のパンフレットを渡す。

「公式ガイドは観光客向けですけど、県民向けにも観光への意識を高める広報資料が必要やってことになって、県の観光ビジョンの概要をまとめたパンフレットを作ったがです」

「あっ、何だよこっちのほうが全然イイじゃん」

受け取りながら吉門の声が素になった。

県民向け、すなわち内部向けということでこちらは規制が緩かった。表紙はざっくりと輪郭を描いた高知県に、上を見上げた老若男女を鳥瞰《ちょうかん》で撮ったスナップ写真をコラージュしてある。モデルは農家や民宿からアウトドアスポーツのインストラクターまで、県内で観光に従事している県民だ。

パンフレットを広げた裏面はその表紙をそのまま全判に拡大し、各自のコメントをもらっている。土佐弁バリバリのコメントもそのままテープから起こした。それぞれ自由な言葉で高知の魅力について語っている。

「何だよおもてなし課、やればできる子じゃん」

唸《うな》った吉門に、近森などはその背後で勝ち誇っている。

「そうなんだよ、取り澄ました紹介文よりもこういう生の言葉のほうがいいんだ。口コミ的で読む気になる」

表面のビジョンの説明でも、見出しには方言を取り入れている。
・「県民みんなが観光振興の担い手」ながや、という意識を盛り上げるのがビジョン策定の

・（観光による経済波及効果）一見、八〇〇億やけど、実は一三〇〇億にも。観光ってみんなに関わっちゅうってことながよね。

・「ここでしか食べれんもん」でもてなそう……

主旨です。

要所要所で手書き風のフォントを入れてもいる。伝わりやすく親しみを持ってもらえるようにという狙いだ。

そしてもちろん『ない尽くし』キャッチコピーも。

「これだったら九十五点くらいつけてもいい」

吉門の点数は大盤振舞だ。

「残り五点はどこで減点ですか？」

掛水が調子に乗って尋ねると、吉門が鼻にシワを寄せた。

「このテイストで公式ガイド作らなかったことだよ」

――手放し、と言ってもいい評価である。

「合格ですか」

下元がやってきて尋ねると、吉門は何度も頷いた。

「お見事です。目を通す気になります。情報がコンパクトにまとめてあるし、読んで面白い。『ない尽くし』キャッチコピーの摑みが利いてます」

それに、と吉門が付け加える。

「空白の使い方が巧い」

　さすがの視点におそらく全員が舌を巻いた。それは市内のデザイン事務所にわざわざ意見を聞きにいった成果である。

「限られた紙面で資料を作ろうとすると、情報の詰め込みに走りがちなんですよ。空いた隙間がもったいないってついあれこれ詰め込みたくなる。けど、そうやって緻密《ちみつ》にしちゃった画面は読む側にとって単なる黒っぽい模様になっちゃう。目を通す気が起こらない。読ませようとするなら、実は空白の処理が重要なんです。空白の中にぽんと一つ置いた言葉は見ただけで脳に届く。百書き込むと読んでくれるかどうかはその人の意欲任せになります」

　掛水は書店で見た手書きポップの効果に囚《とら》われていたので、空白の効果を説明されても最初は半信半疑だった。しかし、手書きポップもタイトルを大きくレタリングしたり、摑みの一言と細かな紹介文の配分を工夫したり、レイアウトはあれこれ気遣われている。

　行数が多い『ない尽くし』キャッチコピーは、折り畳んで裏表紙になる面をまるごと使って配置した。Ａ４にキャッチコピーのみというゆとりの空間消費だが、これが利いている。

　本当なら公式ガイドの表紙も「空白のデザイン」を考慮したいところだった。

「このセンスで公式ガイドを作れなかったことが残念ですね」

　おもてなし課が吉門に完全勝利した瞬間だった。その機を逃さず下元が切り出す。

「これを作った我々に、ご褒美を一ついただけませんか」

　え、何、と吉門が怪訝な顔で周囲を見回す。

「おもてなし課と対談をしてほしいがです」

それを頼むために呼び出した。

「県民に『おもてなしマインド』を持ってもらうために、おもてなし課の公式サイトを積極的な広報ツールとして活用したいと思っちょりまして……」

ネットは安価な発信ツールである。しかも現在は普及率がそれなりに高い。金のない高知県がこれを使わずしてどうする、という感じではあるのだが——

「いかんせん、行政のサイトですから。作って置いちょくだけではなかなか見てもらえません。そこで吉門さんに客寄せになっていただきたい」

率直に下元は切り込んだ。作家と県庁職員との対談は、実現すれば行政サイトのコンテンツとしてはかなり珍しいものになる。

吉門が顔をしかめた。

「俺、対談とかあんまり受けたことないんですけど……」

「知っちょります。明神さんが吉門さんのファンですき、そこは詳しいですわ。インタビューならけっこう受けゆうのに、対談は滅多に見かけんそうで」

「……喋《しゃべ》るのが仕事じゃないですから。インタビューはゲラで手直しできるけど、対談は相手があることですからあんまり直せないし。受けるときはいつも冷や汗もので」

「その滅多に見かけん対談を取れたら、おもてなし課サイトにとって大きなセールスポイントになります」

にやりと笑った下元に、吉門がふて腐れたように横を向く。

「……ちょっと考えさせてください」

「もちろんです」

席に戻る下元の背中を見送り、吉門が掛水をじろりと睨んだ。

「断りにくいカード切ってきやがって」

「無理なお願いやき一番えらい人が頼むのが当然やないですか」

見てろよ、と呟かれたのは負け惜しみに聞こえた。——この時点では。

「そういえばさ」

「はい」

「佐和がさ」

佐和の名前はまだ無心では聞けない。結果的に顔向けできないことになった。

「お前と多紀ちゃんのこと、嫌いじゃなかったって」

——心にかかっていた重荷が下りた。

「レジャーランド高知県、大事に育ててくれって」

「……伝言、くださったがですか」

「伝えろって言われたわけじゃないけど言いたそうだったから言っとく」

直接の伝言じゃなかったとしても充分だ。

「頑張ります。——だから吉門さんもよろしく」

吉門はイヤな顔をしながら椅子を立ち、出入り口へと向かった。

吉門の裁量で伝えられた言伝《ことづて》を多紀と分け合えたのは、その日の終業が迫る頃だった。

＊

対談について考えさせてくれと言った吉門は、数日してとんでもない球を投げ返してきた。

「新聞っ……⁉」

うわずった掛水に対し、吉門は電話の向こうで涼しい声だった。

「そう。地元紙の文化面でおもてなし課と俺の対談。高知新聞に俺が直営業《じか》かけて取ってきた話だけど、どう？」

「どうってちょっと、心の準備が！」

「どうせ対談やるなら、効果が高いほうがいいだろ。新聞に載せてからサイトにも原稿もらうように話つけたから。地方紙はやっぱり地元への浸透度が高いから、先に新聞で露出できたらサイトにも客が流れる。――まさかこの機会を逃すとか言わないだろうな？」

ああ、今ものすごく意地悪な顔してるんだろうな――掛水は受話器に入らないように小さく息を吐いた。

「人を客寄せに使おうとしたんだ、自分だけ楽ができると思うなよ。乗るか乗らないかどっちだ、今決めろ」

「選択の余地ないやないですか！　対談苦手とか言ってたくせに自分で話大きくしてきて！」

「労力が一緒なら箱は大きいの選ぶよ、当たり前じゃん」

どうしてもやられっぱなしでは終わりたくない人だな、さては。薄々気づいていたが、吉門は相当の負けず嫌いだ。挑戦して勝ち逃げできるはずがなかった。

「対談相手はお前でいいよな。おもてなし課が推進したい観光ビジョン、しっかり売り込めるようにまとめとけよ」

吉門はスケジュールを告げて一方的に電話を切った。

＊

県庁おもてなし課

——吉門さんが県観光部の物語を書くきっかけになったのは、おもてなし課からの観光特使依頼だということですが。

吉門「そうですね。おもてなし課という名前でまずやられました。こんなくだけた名前で県庁の部署を作ってしまうなんて、行政としてはかなりいいセンスです。そのときアプローチしてくれたのが掛水さんでした」

掛水「はい、その節はいろいろ不手際で……」

――おもてなし課と吉門さん、お互いの第一印象はいかがだったんでしょう。
掛水「恐い人だなと思いました」
吉門「鈍くさいなと思いました」
掛水「ひどいやないですか」
吉門「そっちこそ」
掛水「だって本当のことですし。恐かったですよ、駄目出しの嵐で」
吉門「こっちも本当のことだし。アプローチしてきた当時のおもてなし課は、いわゆるお役所感覚で。とにかく時間を贅沢《ぜいたく》に使う人たちだなと。こっちは民間ですからスピード勝負で仕事してるわけじゃないですか。けど、この人たちは、特使の話をお受けしてから次の段階の話をするまでに一ヶ月かかっちゃうんですね」
――それはなかなか悠長なお話ですね。
掛水「すみません……でも、吉門さんにだいぶ鍛えてもらいましたので」
吉門「最初はけっこうイライラしましたけど、こちらも行政の不自由さに理解が足りていない部分がありましたね」
――不自由というのは……
吉門「外野からするとけっこうもどかしいことですよ」
掛水「例えば『高知県公式ガイドブック』ですけど、ここで県内の観光スポットを紹介しようとしてもNGになってしまう部分がたくさんあるがです」

――それはまたどうしてでしょうか？

掛水「行政なので、どこか一箇所を取り上げようとすると公平性に差し障りがあるということになってしまうがですね」

吉門「ね、なかなかもどかしい話でしょう。県の観光発展のためには、県の看板で情報を発信するのが一番効果的なのに、それが制限されてしまう。こういう問題は高知に限らずいろんな自治体が抱えてると思いますよ。突破できずにあがいている地方は多いはずです」

『おもてなしマインド』の育成

――突破するために必要なことは何だと思われますか？

掛水「県民の皆さんに観光発展について理解してもらうことです！　どうかお願いします」

吉門「県民一人一人が観光振興の担い手である、という意識はやっぱり必要なんですよ。誰かがどこかでやってくれてる、と自分が他人事《ひとごと》のように思ってたら絶対他人もそう思ってます。世間ってそういうものでしょう」

――高知県民にどういうことを意識してほしいと思いますか？

掛水「『おもてなしマインド』を持ってもらえたらなって。自分の家にお客さんが来るとしたら、家を片付けますよね。笑顔で迎えてもてなしますよね。それとおんなじ気持ちを街中でも持ってもらえたら充分ながです」

吉門「具体的には？」
掛水「例えば、ゴミが落ちちょったら拾うとか。記念写真を撮りゆう人がおったら一声かけてシャッターを押してあげるとか。道を訊かれたら教えてあげるとか」
吉門「けっこうささやかですね」
掛水「それだけで随分違うと思うんですよ。引っ込み思案な人も声をかけられたとき感じよく応対するだけでいいので……それに、そういうことしてもらえるのが理解の表れですし」
吉門「せっかく新聞なんだから、もうちょっと積極的なアピールもしてみたら」
掛水「おもてなし課のホームページにも詳しく書いてあるんですけど、街の美化運動とか定期的にやりゆうき、暇があったら参加してほしいなぁ、とか……とにかく、観光に興味を持ってほしいです。一生懸命、情報を発信していきます。将来的には県全体でおもてなしを楽しめるようになれたらなぁと思います」
吉門「おもてなし課が観光に関するご意見窓口になれたらいいんじゃないかな？　思いついたこととか目についたこととか、取り敢えずおもてなし課に投げとけ！　みたいな。ほら、特使からは随時意見を受け付けてるでしょう。僕もしょっちゅう電話やメールしたし。県民からも大募集ってことで」
掛水「それはもう！　望むところです、ぜひ！　電話番号は〇〇―〇〇〇―〇〇〇〇です！いつでもどうぞ！」

――郷土色豊かな観光を、というのは今いろんな地方で積極的に取り組まれていますね。

吉門「たとえば、都会で高価なフランス料理を食べるのはステータスですが、地方に旅行したときわざわざフランス料理を食べようとは思わない。地方の旅館でお仕着せの懐石なんか出てきたらもうがっかりです。懐石食べたきゃ京都に行きますよね。シチュエーションの単価って実は重要なんです。高知なら地形効果で高級松阪牛《まつさか》よりもカツオのたたきに軍配が上がります。カツオのたたき外して松阪牛のステーキなんか出したら舐《な》めてんのかって言われちゃう」

掛水「そこなんです。実は僕たちが何気なく口にしてるものほど観光では個性になれるんです。だから突き出しにはほうれん草の白和《しらあ》えよりイタドリの煮付けが出てほしい」

おもてなしの取り組み

吉門「『おもてなしマインド』に則《のっと》って県が取り組んでいることには何がありますか」

掛水「トイレの予算を取りました！」

——トイレが一番に来るんですか。

掛水「はい！　観光地の偏差値はトイレなんですよ。『レジャーランド高知県』にアドバイスをくれた観光業者の方が教えてくれたがですけど、食べると出すはセットやって。食べたもんは必ず出します、だからグルメとトイレはセットです」

吉門「トイレは売り物になりませんから旅行誌や旅行番組で特集されることはないですけどね。でも、旅先のトイレはかなり重要なファクターですよ。トイレが汚いと土地に対するイメージも下がります」

――その他には。

掛水「観光誘導標識の整備です」

――思ったより地味な取り組みが多いですね。

掛水「重要なものって地味なんですよ。標識が分かりにくかったら観光客に不便やし、好感度も下がります」

吉門「派手な箱物作るお金があったら県内の標識を百個増やしたほうがいい。しかもそのほうが安い。箱物時代の観光は基本を疎かにしてきたと思いますね。何か観光施設を作ったとしても、作るだけじゃ駄目です。施設と同時に案内のことまで考えないと作っただけの自己満足になってしまいます。そういう施設、多いですよね」

掛水「だから、トイレと標識の予算を取れたのは本当に誇りたい成果で」

――他には何か取り組みがありますか？

掛水「仮称ですけど、おもてなしネットワークの立ち上げを目指しています」

――おもてなしネットワークとは何ですか？

掛水「先程もご説明しましたが、行政や観光業界が作るパンフレットやサイトでは取り上げる情報にいろんな制限がかかってきます。いろいろ頑張ったがですけど、やっぱり内部の仕組みを変えていくのはかなり時間がかかることで。やき、制限があるってことを白状したうえで皆さんのご協力をいただけたらえいな、と」

――なるほど。具体的には？

掛水「その協力の輪をおもてなしネットワークと仮称してます。例えば、観光案内のサイトをNPOで運営してもらったら、口コミ的な情報なんかも気軽に発信できます。自由な立場から情報を発する観光PR団体は観光振興の大きな力になります」

吉門「不自由な立場に括られた発言が泣かせますね。行政、しがらみ多いもんなぁ」

掛水「そこを突っ込まれると辛《つら》いですね。ですが、正攻法で変わらんところは融通を利かせることも必要やなぁって」

吉門「正攻法は折れるからね」

掛水「だから、こういう機会をいただいて、融通を利かせながらやっていくのでご理解と応援をお願いしますって言えるのはたいへんありがたいです」

観光のポテンシャル

――吉門さんは、高知の観光の将来性についてどう思われますか？

吉門「有望だと思いますよ。高知って覚えやすいですから」

――覚えやすい、というのは。

吉門「例えば、位置が独特ですよね。四国っていう独特な島の中で、丸々南っかわ。都道府県の位置がうろ覚えな人ってけっこう多いんですが、その中でも高知は比較的よその人に場所を覚えてもらってる。端っこっていうのは強いんですよ、本州なら青森の場所が分からない人って滅多にいない」

――なるほど、高知は確かに四国の中では端っこですね。

吉門「僻地《へきち》とも言いますけど。でも、僻地であることが個性になる時代ですから。あと、これもやっぱり地形の利になってくるんですけど、高知は地形のインパクトが強いんですよ。僕は何度か仕事で編集さんを高知に案内してるんですけど、東京の人はみんなびっくりしますよね。まず、海岸線に呑《の》まれます。こんなだだっ広い海が延々迫ってくる地形ってやっぱり独特なんですよ。こんなに海の存在感が強い土地は他に知りません。それから、何と言っても川です。高知の川は豊かです」

掛水「それはもう、清流を抱えてますから」

吉門「特定の川だけじゃなくて、川の偏差値が異常に高いんですよ。水量・水質ともに一級品の川が県内にこんなにごろごろしてる土地も他にないですよ。川で高知に勝てるところなんてありません。質でも数でも勝てるってデタラメですよ」

――そんなにですか。

吉門「ただし、問題はそこです。あなたが図らずも今仰《おつしや》ったように、高知の人は自分の持ち物の価値に非常に無頓着です。無頓着が過ぎて今まで失ったものも数多くあるはずです。無欲と言えば長所ですけど、観光って商売ですから。もっと欲を持たないと」

――耳が痛いお言葉です。

吉門「日本の各地にその土地それぞれの武器があると思うんですよ。それは自然条件だったり文化だったり。その武器を自覚して使っていく、各地がそうやって元気になったら地方の時代が来るんじゃないでしょうか」

＊

「……はい、ＯＫです。テープ止めます」

記者の合図で掛水はぐったりとソファにもたれ込んだ。対談場所になった新聞社の会議室だ。

「緊張したぁ〜〜〜」

「巧く喋ってたじゃん」

「めっちゃくちゃ予習しましたもん！　おもてなし課総出で直前対策講座ですよ！」

「まあ、予習の跡はよく分かった」

同席した記者やカメラマンから笑いが漏れる。

「じゃあ俺、これで失礼します」

「そうせかせかしなくても。まだこの部屋押さえてあるそうだから、ちょっと休んでいけば」

「お飲み物、コーヒーでよろしいですか」

記者に勧められるまま頷く。

「この先のおもてなし構想は何か考えてるの？　せっかくだから夢の一つも語っていけよ」

「そうですねぇ……」

予習には入っていない話にぼんやり考えを巡らせる。

「公式ガイドを県内のコンビニとかでも置いてもらえるようになったんですよ」

「ああ、それすごい頑張ったよね。……雑誌の中に実際置かれてみると、表紙の埋もれっぷりがすごかったけど」

「そこは！　そこは今後の課題ってことで！」

中途半端なデザインになってしまった公式ガイドは、商業雑誌に混ぜると自己主張の弱さで完全に埋もれた。

しかし、県が公式に出した資料を民間の店に置いてもらう試みは行政としては革命的だった。少なくとも高知では前例がない。

「この公式ガイド、他県と交流できないかなぁって。まず四国内から。各県で『県の観光ならこの一冊！』ってガイドを作って、交換して県内で置くんです」

「へえ。大きいこと考えてるじゃん」

「考えるだけならタダですから」

掛水は照れて頭を掻いた。

「そうやって情報交流したら近県の観光を連携して盛り上げられるでしょ？　サイトもお互い作って相互リンクできたらいいですよね。そんで……」

あまり大きなことを言いすぎると笑われるかな、という躊躇《ちゅうちょ》が視線を下げさせた。

「そういうことが、いつか全国で展開していけたらな。『るるぶ』が全都道府県そろっちゅうでしょう、あんな感じで全都道府県公式版が作れたらえいなぁ。そんで、全国の本屋さんとかに置いてもらえたら」

「でかいなぁ、また」

しかし吉門は笑わなかった。

「でも判型とかバラバラになりそうだよね。書店は判型そろってないもんはシリーズとしては扱ってくれないよ。売り場作るのも面倒になるし、迷惑がられちゃう」

なるほど、道理である。いかにも出版業界の人間らしい指摘だ。

「じゃあ、判型とロゴだけ決めちょくとか」

「流通に乗せるなら、色々考えること増えるよな。無料配布って利益出ないから書店で置いてもらうには限度がある」

「でも、そこは俺らけっこう有利やと思うんですよ。もともとPR資料って県が作らないかんもんでしょう。県に利益が上がる必要はないき原価だけで作れます。書店さんの利益だけ乗せたらえいですよね。見映えを気にして作りを凝るとしてもそんなにかからんでしょう?」

「そうだな、利益出さなくていいなら。一〇〇円とか二〇〇円の定価でかなりのものが作れると思うよ」

「俺ら、組織に具体的な利益は出したらいかん人らぁですき」

「ただし全国展開させるなら展開用の利益は乗せなきゃいけなくなるよ。全部が全部持ち出しってわけにはいかないだろ。レーベルって維持すんのに金がかかるぜ」

　吉門の受け答えは具体的で、夢物語に適当な相槌を打っている様子ではなかった。

　だから調子に乗った。

「紙の媒体でそこまで大きく展開させるのは難しいかもしれませんけど、ネットならやれそうですよね。全国観光ポータルサイト。四十七都道府県網羅」

「そうだな、紙媒体は近県単位のほうが現実的かもな」

「全国でね、地元をレジャーランドにしたらえいと思うんです。地元の魅力を発掘して積極的にプロデュースして。そんで、レジャーランド全国提携。テーマパーク日本全国。観光振興の目指す究極の形ってそこやないかなぁって。日本中が元気になれたらえいなぁって」

　と、吉門が記者を振り向いた。

「――なかなかいい記事になりそうですね？」

「はい。いい発言をたくさんいただきました」

　え、と記者と吉門を交互に見つめる。

「すみません、面白いお話が聞けるかもということで、テープをもう一つ回させていただいてました」

「――吉門さんっ！」

　記者の言葉に掛水は目を剝《む》いた。

「こうでもしなきゃ喋らなかっただろ、お前」

「だってこんな取りとめのないこと、記事になんて！」

「ご謙遜《けんそん》。いいビジョンだったと思うよ。でもそういうのって口に出さなきゃ意味ないんだよな。大事にしまい込んでてそのまま賞味期限切れになることってままあるから。言霊ってあるだろ、口に出して誰かに聞かせりゃ何か動き出すことがある」

そして吉門は挑むような笑みで煽った。

「県民に強い地元紙で記事のボリュームは丸々一面。お前の言霊、何人に届くと思う？」

まあイヤならゲラが出てから直せよ、とすぐに引く。その突っ放し感が逆に食いつかせる。

――このいじめっ子め！

もしかしたら何か起こるかもなんて――思ってしまいそうになる。

吉門がコーヒーを一気に飲み干し、行こうかと席を立った。

「実は多紀ちゃんに頼まれてたんだよな」

新聞社を出てから吉門がそう打ち明けた。

「多紀ちゃんにはさっきの話、してたんだろ」

「そんなの……ただのもしも話で」

対談でもその話、したらどうですか？

そう勧めた多紀の言葉は完全に冗談だと思っていた。

「多紀ちゃんは本気だったってことだよな。お前の話をたくさんの人に聞いてほしいってさ。

だから対談で俺に引き出してほしいって」

思われてるな。投げ出すように付け加えられた一言に、否定の言葉は出なかった。

こんなふうに支えられて、もう「まだ」だなんて取り繕っていられない。

「なあ、掛水」

吉門の声は何気なかった。

「小説の主人公、お前の名前にしてもいい？」

上の空にはいと答えかけて、途中で声が止まった。

「——え⁉」

吉門に向き直るが、吉門は掛水のほうを見ない。

「いろいろ考えたんだけどさ。お前を書くのが一番カッコいいみたいなんだ、この話」

俄《にわか》には信じられなかった。

初めてアプローチしたときはグダグダだった。苛立ちも露《あらわ》に怒られてばかりだった。

二年が経って、まさかそんな言葉をもらえるとは——とっさに答えられずに声が詰まる。

と、吉門が足を止めた。じろりと掛水をねめつける。

「イヤなら言えよ、別にどうしてもとは言ってない」

ふてたようなその表情に吹き出しそうになる。

——あんたって人は！

「イヤなわけないやないですか」

吉門は返事をしなかった。実は切り出すのが相当照れくさかったんだろうな——と想像するとおかしい。だが、茶化すと後でどんな報復があるやら知れないので黙っておく。

「いつか、多紀ちゃんと二人でうちに来いよ」

「え、でも……」

「前に振る舞った鯖寿司《さばずし》は、佐和的には相当納得いってないらしい」

雪解けの屈折率に笑いがこみ上げる。

「また、必ず」

じゃあ、と吉門は別れ際を惜しむ様子もなく駐車場へ歩き去った。

掛水も県庁へと歩き出す。歩いて十分、戻る頃にちょうど昼だ。

歩きながら掛水は携帯を出した。——きっともう大丈夫だ。

あの人にあの言葉をもらった。

俺はきっと少しはあのときよりカッコよくなれた。

多紀の携帯に掛けてコールを数える。

三回目でつながった。

こんなに急ぐことはないのかもしれない。二人のときに改めてでいいのかもしれない。

でも、俺は今すぐに呼びたいんだ。

君に手が届く自分になれたと思えたのに、これ以上一秒だって待てるものか。

「——もしもし、多紀ちゃん？」

電話の向こうで答えかけていた多紀が息を飲んだ。

——やがて。

「はい！」

弾んだ返事に輝くような笑顔が見えた。

Fin.

単行本版あとがき

・『県庁おもてなし課』はフィクションですが、高知県庁に『おもてなし課』は実在します。

——というアナウンスに加えて、

・『おもてなし課』は実在しますが、『パンダ誘致論』はフィクションです。

というアナウンスも入れたほうがいいのか、と思うくらい「パンダ誘致論は実話ですか?」という質問をいろんなところで頂戴《ちょうだい》しました。

パンダ誘致論は完全にフィクションです。正確には、高知県の動物園新設計画が立ち上がったとき、うちの父が晩酌をしながら語っていた与太話が元ネタです。

「パンダじゃ、パンダを呼ばなぁいかん」というその論旨が二十数年を経て清遠《きよとお》のパンダ誘致論となりました。

高知には酒の肴《さかな》に天下国家を語る親父が佃煮《つくだに》にするほど生息していますが、父も漏れなくその一人です。しかし、後に作家になった娘が小説を一本書けるほどの与太を回せる酔っ払いというのは、なかなか大したものだったのでは——というのは身内の欲目かもしれませんが。

思いつきにあり余る行動力が付随するタイプの行楽好きで、子供のころは行き先の説明もないまま休みのたびに海だの川だの山だの四国を余すところなく引っ張り回されました。

「ちょっとそこまで」というので油断して普段着で出かけたらいきなり四国最高峰——どころか西日本最高峰であるところの石鎚《いしづち》山に登らされるような強制キャンプのごとき行楽は子供た

ちに拒否権などあろうわけもなく、当時はうんざりするばかりでした。

しかし、今にして思えば「いなか」の一番面白い遊び方を当時教わっていたんだなぁ、と――そして、高知のいいところもたくさん教わっていたんだなぁ、と。

都会に出てから「いなかの面白さ」――延《ひ》いては「地方の魅力」に気づくことができたのは、子供のころは辟易《へきえき》していた父の強制行楽のおかげです。

見慣れている目にはつまらない石ころとしか見えないものが、見方を変えれば宝石になり得る――という「視点の切り替え」を、父は昔から自由自在に操っていました。

父から教わるともなく教わっていた「視点の切り替え」は、作家になった今の私にとって最も大きな財産かもしれません。

舞台は高知県ですが、地方の観光が元気になるようにと願いを籠《こ》めています。

どうか叶《かな》いますように。

利便性は都会が圧倒的に優れています。しかし、地方は土地それぞれに「面白い」！

その面白さ、その魅力に、誰よりもまず地元の方が大勢気づいてくださることを祈りつつ。

有川　浩

文庫版あとがき

『県庁おもてなし課』出版後、『県庁おもてなし課』をテキストにして観光の研修をしたい、というご報告をいくつかの地方自治体からいただきました。

激励のコメントを求められて、「顧みるべき地元の価値には、地元から出た人材も含まれています」と申し上げました。

というのは、出身地から粗雑に扱われ続けた結果、出身地の依頼だけはインタビューひとつ受けたくない、という心境に至ってしまった著名人の話をいくつも聞いたからです。地元は郷里への愛情があった人のほうが多いと思います。どうして彼らが郷里を遠ざけるようになったのか、そのいきさつを思うととても残念です。

確かに、その著名人はその地元の出身者かもしれません。

しかし、地元が「デビューさせてやった」わけではありません。

彼らは自分の力でその世界に羽ばたいたのです。粗雑に扱われてなお地元に奉仕しなければならない義務などないのです。

私も地方人だから分かります。地方人には地元を腐す癖があります。それが地元から出た人にも及んでいるのでしょう。

ですが、その癖のせいで、地方は一体どれほど損をしていることでしょう。

先日、高知県知事・尾崎正直《おざきまさなお》氏とお話をする機会がありました。

ＮＨＫ大河ドラマ『龍馬伝《りょうまでん》』のとき、高知は様々な観光イベントを行っており、その成果をお尋ねしました。

「直接の経済効果より、県民の観光に対する意識が変わったことが何よりの財産です」と知事は仰《おっしゃ》いました。

「『高知県って、観光もけっこう行けるんじゃないか』と思ってくれるようになった。観光の未来に向けて、その成果は量り知れません」

観光もけっこう行けるんじゃないか＝うちの地元はけっこう面白いじゃないか。

その意識の変革は観光を盛り上げる際に絶対に必要ですが、地元を腐しがちな病が蔓延《まんえん》している地方にとっては、最も難しいテコ入れです。

それを最大の成果だと高らかに仰った知事を、そして県民がその意識を持ち得た高知県を、たいへん頼もしく思いました。

この意識の変革が日本中の「いなか」に行き渡ってくれることを願ってやみません。

そして、もし『県庁おもてなし課』が誰かの意識を変える小さなきっかけになってくれたら、これほど嬉《うれ》しいことはありません。

目指せ、「テーマパーク日本全国」！

有川　浩

解説

吉田大助

有川浩さんの小説を読んでいると、イタリア文学の巨匠イタロ・カルヴィーノが前世紀末に提案した、新たな千年紀文学のための必須《ひっす》条件を思い出す。「軽さ」「速さ」「正確さ」「視覚性」「多様性」。有川さんの小説が持ち得ているもの、そのものだと思う。

特に重要なポイントは、「軽さ」だ。原語は、Lightness。「軽やかさ」と表現することもできる。この世界は、人生は、重く、苦しい。その現実を描き出そうとすると、小説家の内側に、自動的に悲観主義が発動してしまう。それをカルヴィーノは、「石化」と呼ぶ。見たものを石に変える、ギリシア神話の怪物メデューサのイメージだ。メデューサを倒したのは誰だったか？　翼のついた靴で飛んでゆく、軽やかさの英雄ペルセウスだ。

〈ときとして、私には人間的なものの世界が否応なく重苦しさを免れられないもののように思われるのですが、そんなとき私はペルセウスのように別の空間へと飛んでゆかなければならないというように考えます。これは、夢とか非合理的なものとかへの逃避ということを言っているのではありません。私自身のアプローチの仕方を変えなければいけない、つまり別の視点、別の論理、別の認識と検証の方法によって世界を見なければならないということなのです。〉

(『カルヴィーノアメリカ講義――新たな千年紀のための六つのメモ』米川良夫・和田忠彦訳/岩波文庫)

有川さんは二〇〇三年にライトノベルの新人賞を受賞し、小説家として歩み始めた。その才能が、「ライト」を冠するジャンルで最初に認められたのは象徴的だと、未来の文学史は記述することになるに違いない。個性豊かなキャラクター、彼らの軽妙な会話、それを記述する際の緩急自在な文体。有川さんの小説は、とても軽やかで、読みやすい。

冷静に考えると、驚いてしまうのだ。有川さんは、読者の日常風景と繋《つな》がるような作品も数多く手掛けているが、専門性が高く神秘のベールが「重い」、よりイメージしやすい言葉を使うならば「お固い」、題材を扱うことも多い。物語の展開も、時にシリアスだ。読者の胸に送り届けられるメッセージには常に、確かな重みがある。なのに、すんなり読める。楽しめる。

それもこれも有川さんの筆の軽やかさが、重さを間引いてくれるからだ。軽さのオブラートに包んで、重さをすんなり呑《の》み込ませてくれるから。そうして読者は、ワクワクと作品世界を楽しみながら、今まで触れ合うことのなかった新しい人々と出会う。人生の真理と出会う。

そろそろ、この本の話をしよう。タイトルは、『県庁おもてなし課』。「県庁」と聞けばきっと誰もが、お固いイメージを抱く。そこに、優しくやわらかなイメージの一語「おもてなし」。『図書館戦争』や『フリーター、家を買う。』、『空飛ぶ広報室』(第一四八回直木賞候補作)を書いた小説家らしい、「重さ+軽さ」がコラボした絶妙なタイトルだ。

このタイトルは、実は、現実から拝借したものだった。本を開いてすぐ、目に飛び込んでくる一文はこうだ。「この物語はフィクションです。しかし、高知県庁におもてなし課は実在します」。本作は、高知県観光部（現・観光振興部）に実在する「おもてなし課」を取材し、そこで得たリアリティを元に想像力を大きく羽ばたかせた長編小説だ。

有川さんは、高知出身。故郷の空の青さと清流のせせらぎ、山の偉容と海の香りが五感を刺激する、SF青春小説『空の中』を執筆した経歴の持ち主だ。同単行本の著者プロフィールによれば、「郷里を語るとちょっぴり熱いプチナショナリスト（県粋主義者）」。本作にも、めいっぱいの郷土愛、土地の匂いを感じる土佐弁がふんだんに盛り込まれている。

主人公は、入庁三年目二五歳の職員・掛水史貴。発足したばかりの「おもてなし課」で、自分は何をすればいいのか戸惑っている。知事いわく、「県の観光発展のために、独創性と積極性を持ってどんどん企画を立案してほしい」。独創性とは何か。積極性とはどの程度か。他の職員達も同じ状態だった。

〈熱意がなかったわけではない。決して。／しかし、未知の分野における成果を求められ、彼らの腰は重く、動きは鈍かった。〉

とりあえず掛水は、「観光特使制度」という他の自治体のアイデアを拝借し、ゆるい上司の許可を得て、高知出身の著名人へ声かけ開始。関東在住の作家・吉門喬介からの相談メールを受け、掛水が彼に電話をしたところから、物語は動き出す。タテ割り行政、縄張り争い、前例主義などなど。県庁のお固い「お役所体質」にずばずば切り込んでくる吉門に、掛水は自分たちの「民間感覚」の欠如を痛感する。「フットワークが軽」い外部の女性スタッフを入れろ——

—吉門の助言で、アルバイトの明神多紀が課に加わり、恋の可能性が芽生えることにもなっていく。

最初はグダグダだった掛水が、ページをめくるにつれてどんどん成長し、彼の成長が、おもてなし課を変えていく。物語が大きく飛躍するのは第二章、元県庁職員で観光コンサルタントの清遠和政が登場してからだ。おもてなし課の依頼を受けてやって来た清遠は、「おどけた仕草。軽い足取り」。掛水いわく「飄々《ひょうひょう》とした」、軽やかなムードそのままに、画期的な県観光プランを披露する。県全体を開発せずに遊び場へと作り替えてしまう、「高知県まるごとレジャーランド化」計画だ。

プラン実現のために、掛水と多紀は、清遠に連れられ県内各地の視察をスタートさせる。いずれも、現実の高知に実在するものばかり。掛水の五感を通して高知をバーチャル体験する、観光旅行小説としての楽しさもどんどん膨らんでいく。

とても印象的な場面がある。掛水は視察で、県庁のお膝元《ひざもと》でおこなわれている「日曜市」に足を運ぶ。「人に揉《も》まれて疲れるだけ」。そう言う掛水に、清遠は耳打ちする。「どこかアジアの南のほうにでも来たようなイメージは持てんか」。その瞬間、

〈チャンネルを強引に切り替えられたかのようだった。（中略）清遠の一言で、見慣れた——見飽きた市の光景が、熱いアジアの空気を帯びた。〉

こんなふうにして、ありふれた、足下から広がる景色に、掛水はときめく。人は、人に恋するだけじゃない。同じ強さで、ふるさとに恋することもできるんだということを、この小説は

教えてくれる。あらゆるふるさとの、ありふれた日常の中に潜む輝きの見つけ方、面白がり方を、この小説はそっと、大胆に教えてくれる。

その頃にはもう、秘められた人間関係が明かされ、いくつもの人間ドラマが同時多発的に動き出している。

地方観光にまつわるユニークな発想力も、読みどころのひとつだ。女性目線ならではの「トイレの偏差値」。観光客を迎える側に必要なのは「適度なほったらかし」。故郷を持たない都会人にもアピールできる「擬似故郷」……。観光学の専門書に掲載されるような最新の議論を、キャラクター達の会話に託す。そうすることで、読者はすんなり情報を読みこなすことができる。例えばこれが、本稿で何度も繰り返している「軽やかさ」だ。

実は、本書において、「軽やかさ」は比喩《ひゆ》ではない。物語の中盤、掛水が県北西部の「吾川《あがわ》スカイパーク」を視察し、パラグライダーに乗る場面がある。初めて高知の空を飛び、「これは——鳥だ。鳥の視点だ」と思う。そして。

〈果ては海に行き着く地形を見下ろして、背筋をすぅっと寒さが駆け上った。風で冷えたせいではない。／高知は、俺たちは、こんなものを持っていたのだ。／それは突然目隠しを外されたかのような——圧倒的な発見だった。〉

もう一度書こう。メデューサを倒したのは誰だったか？　翼のついた靴で飛んでゆく、軽やかさの英雄ペルセウスだ。ここから始まるのは、ペルセウスになった掛水くんの快進撃。まだまだ気弱なところがあるけれど、お固く腰の重い県上層部を打破する彼の勇姿を、読者は快感とともに目撃することになる。彼の「軽やかさ」を、本書を読み進める読者はきっと、心と体に装備することになる。

『県庁おもてなし課』は、「高知新聞」をはじめとする各地方新聞で連載され、単行本化にあたり加筆修正が施された。「ダ・ヴィンチ」誌のブック・オブ・ザ・イヤー2011第一位を獲得し、第三回ブクログ大賞・小説部門大賞を受賞。錦戸亮《にしきどりょう》&堀北真希《ほりきたまき》出演で実写映画化され、二〇一三年五月一一日より全国公開される予定だ。

きちんと記録しておきたいことがある。単行本刊行直前の三月一一日、東日本大震災が発生した。その直後、有川さんは本書の単行本で発生する印税を、重版分も含めて全て、震災復興のために寄付するとインターネット上で発表した。

〈『県庁おもてなし課』は地方を応援したいという気持ちで書いた作品です。地方応援を謳った物語がここで身銭を切らなきゃ嘘だろう。（中略）『県庁おもてなし課』を読むときに、「この一冊分の印税は被災地に届いてるんだ」と思っていただければと思います。そしてこんな状況だからこそ、心置きなく物語を楽しんでいただければと思います。〉

被災地の人々のために、だけではない。エンターテインメントに触れ楽しむことは不謹慎だと、自粛ムードが匂い立つ世間に暮らす人々へも、有川さんはエールを送った。すなわち——本を買い、本を読み、本を楽しむことに、胸を張れ。

有川さんが生み出す小説はいつだって、現実の「役に立つ」。現実を感じ直し、現実を見つめ直すための力を、「イノベートする」。

ところで、冒頭に記述したカルヴィーノの文学論には、執筆はされなかったがメモ書きで残された、六つ目の項目が存在する。「一貫性」だ。ひとりの作家の、さまざまな作品群を貫くテーマ、テクスチャーということらしい。

では、有川さんの作品の「一貫性」とは何か。図書館戦争シリーズ第四作『図書館革命』（角川文庫）の巻末特別対談で、俳優にしてブックナビゲーターの故・児玉清《こだまきよし》さんはこう語っている。「社会に対する人間に対する、真っ当な心。真っ当な思いやり」——有川さんの本には、それらがある。その言葉に応《こた》えて、有川さんは言う。

「人間が本来持っている優しさとか、善意とか。そういうものを信じたいなという、祈りのようなものなんです、私にとって小説を書くことって」

『県庁おもてなし課』を読んだ人ならばきっと、共感できる。有川作品における「一貫性」とは、「真っ当さ」である。

とりあえず今は、それを結論として筆をおくことにしたい。その後の議論は、未来の文学史記述者たちにゆだねよう。有川浩という小説家の名は、五〇年後、一〇〇年後も残り、彼女の作品が読まれ続けることはもう、間違いないのだから。

巻末特別企画
「本」から起こす地方活性・観光振興!!

鼎談 物語が地方を元気にする!?
～「おもてなし課」と観光を“発見”～　P475

高知県庁に実在する「おもてなし課」に触発された本作品。「おもてなし課」職員のみなさん、『田舎力』を著した金丸弘美さんらと共に、“おもてなし”の舞台裏を探る特別座談会!!

ウチのおもてなし
―各県・市の観光課がPR競作！　P493

『県庁おもてなし課』を新聞連載した各県・市の観光課の協力により、観光広告の競作が実現。地方は本当に面白い!!

鼎談　物語が地方を元気にする!?

～「おもてなし課」と観光を“発見”～

有川浩 × 金丸弘美 × 高知県庁おもてなし課
（吉本さおり・藤村建太）

金丸弘美……1952年佐賀県唐津市生まれ。食環境ジャーナリスト、食総合プロデューサー。著書に『田舎力　ヒト・夢・カネが集まる５つの法則』など。
高知県観光振興部おもてなし課……高知県に来た方をおもてなしマインドで迎え入れる、「何でも課」。

▼小説なら、お勉強感覚なしに読める

――高知県庁に実在する「おもてなし課」を題材に小説を書く、という前代未聞のアイデアを、有川さんはどんなふうに発想されたんですか？

有川　最初のきっかけは、以前おもてなし課におられた課長補佐の尾下さんが、私が高知で講演をした時に会いに来てくださったことです。「高知県の観光特使になってください！」とその場で依頼されて、「えっ⁉　はい」とお引き受けしました（笑）。ただ、その先の展開は小説に書いたままなんですよ。ぜんぜん音沙汰《おとさた》がないわけです。「あの話はもう流れたと思っていいのかしら」と思ってこちらからメールしたら、「いや、流れてないです！」という話になって。「観光特使に何をして欲しいんですか？」と聞いてみたら、「会った人に肩書き入りの特使名刺を配って欲しい」「私、そんなに人に会う機会は多くないんですが、それどれくらい効果あります？」「いや、でもまあ……」と非常に漠然としている。しかも、その名刺はまだ印刷どころかデザインもしていなくて、届くまであと一ヶ月かかる。なんでしょうか、その、グダグダな感じ？

吉本　その節は、……すみません！

金丸　そのあたりの顚末《てんまつ》は、小説を読みながら笑ってしまいましたね。僕も今、茨城県常陸太《ひたちおお》田市《たし》の観光大使というのをやっているんですが、いったい何をやるのかいまだによく分からない（笑）。高知県に限らない、普遍的な話ですよ。

有川　だから私、特使として高知県のために何ができるかを、自分で考えたんです。結論としては、私は小説家なんだから、高知を舞台にした小説を書くのが一番貢献できるだろう、と。それでまあ、しょっぱなから、だいぶ愉快なことをしてくださったので（笑）。この経緯を、小説にそのまま書いたらかなり面白いなと思って、電話で尾下さんに「私は小説を書くことで、特使として一番貢献できると思うので、あなたたちのことをそのまま書いてもいいですか？その代わり、格好よくは書きませんよ。今までの経緯を含めて書くので……ギッタギタにしますよ」と。そうしたら誰とも相談しないで、その電話で「よろしくお願いします！」とおっしゃられた。そこから『県庁おもてなし課』が生まれたので、実は尾下さんの決断力がすごかった。普通、ギタギタにするって言われて自分の一存でGOは出せない。

金丸　有川さんは……、公私混同が素晴らしいですね。

一同　（笑）

金丸　いい意味で言ってるんです。観光特使を引き受けたもののまったく音沙汰がない、その状況を逆手にとって、小説のネタにしちゃったわけですよね。そうすることで、高知をプロモーションすることにも繋《つな》がったわけじゃないですか。確かに最初は小説『おもてなし課』の登場人物達も非常に頼りない、まさに「お役所的」な感じですが、どんどん成長していくし、最後はさわやかな風が吹いてハッピーエンド。良質なアメリカ映画を観ているみたいでしたよ。

これを読むことによって高知に来たくなる人が続出するんじゃないかと思います。観光の情勢とか、他の地域の観光についても、かなり調べられたんじゃないですか？

有川　だいぶ頑張りました。少しでも関係のありそうなものは手当たり次第、本を集めてがむしゃらに読んでいって。金丸先生のご本も、その過程で出会うことができたんです。

金丸　そうでしたか。この小説には、普遍的な話が書かれているんですよ。現在の観光情勢をちゃんと俯瞰《ふかん》したうえで、例えば、「グリーン・ツーリズム」なども入っている。土地の個性を作っていくうえで何が大事で何を取り入れるべきかという具体的な方策が、さりげなく提案されている。

有川　小説の効能ってそういうところにあると思うんです。地方観光のマーケティングについて勉強しようと思ったら、資料を読まなきゃいけないとか専門知識を覚えなきゃいけないとか、いろいろハードルが高い。けど、物語としてそれを読んだら、「あ、こういうことなのか」と勉強するつもりもなしに分かる。あくまでも面白いお話として読んでもらったうえで、現実に生かしていただける情報や気づきを入れこみたいなというのは、小説を書く時に常に思っていることなんです。

▼観光行政に必要なのは、女性の声

――おもてなし課の吉本さん達と有川さんは、どんなふうに出会ったんでしょうか？

吉本　「おもてなし課」をモデルにした小説を書くにあたって、県庁の仕組みや観光部（現・観光振興部）の現状などを教えて欲しいということで、有川さんから取材依頼を頂いたんです。それで上の者と私で、お話しさせていただきました。

有川　吉本さんがいてくれて本当に良かったです。というのは、行政の方って前例やルールを重んじる傾向が強いのか、可能性の話がしにくいことが多いんです。「小説の中での架空の出来事として、こういうことを書きたいんですけれど、可能ですか？」という質問をすると「いや、それはこれこれこういう理由につきできません」。「もしも」の話ができなくて、これじゃあ物語の広がりようがないなって、正直困っちゃったんですね。そうしたら、付き添って来ていた吉本さんが「それはあくまでも小説の中の話ということですよね？」と、横からするっと会話に入ってきて。「架空の話ということであれば、これをこうして、こういうふうにすれば、可能性はあります」と柔軟に話をしてくださった。そこからはもう、「そう、こういうことが聞きたかったの！」という話がガンガン続いて、小説を書くのに必要なことがだいたい聞き出せました。小説自体はその頃すでに半分ぐらいまで執筆は進んでいたんですが、「リアル多紀ちゃんがここにいた！」と思いましたね。民間感覚があって、外部の人間ともフラットに話ができる。こういったキャラクターは、たぶんお役所の中ではとても貴重で、とても特殊。

吉本　自分でも特殊だと思います（笑）。やっぱり行政ってどうしても、新しいことに対してちょっと構えてしまうというか、守りに入ってしまうというか。

藤村　私は「おもてなし課」に四月に着任したばかりなんですが、吉本が行政っぽくないというのは、おっしゃるとおりなんです。観光振興部の中でも柔軟な民間感覚を持っていて、しかもたくさん勉強していて、新しい発想がどんどん出てくる。吉本は観光振興部に五年いるんですけれども、五年もいたら発想が固定化されてしまうというイメージが、僕自身を振り返ってみてもあります。でも、彼女はそうじゃないんですよ。

吉本　私はただ、「お客様の目線に立つとどうかな?」ということに重きを置いて仕事をさせてもらってるんですね。現場は何を必要としているのか、高知に来たいと思っている観光客の方々は、どういう情報が欲しいのか。机上の政策だけで自己満足してしまうと、単なる「お役所仕事」になっちゃうと思うんですよ。

有川　それは、建前としては一般論ということにしておきましょうか(笑)。

吉本　一般論としてです(笑)。

――お役所が陥りがちな組織感情の最たる例が、小説『おもてなし課』に登場する、観光コンサルタント・清遠《きよとお》のケースですよね。高知県の動物園にパンダを誘致することで観光業を盛り上げる、という時代を先取りした提案をしたために、県庁の職を追われてしまうという。

有川　パンダ誘致論は、完全なフィクションです。というかあれは、うちの親父が昔言ってた世迷いごとです。父は県庁の人でも何でもないんですけど、新聞で「高知県が動物園を新設する」っていうニュースを読んで、「絶対パンダを連れてくるべきだ!」と、私が中学ぐらいの時にギャアギャア言ってたんです。

金丸　いやぁ、面白いアイデアだと思いましたよ。また、やることがかっこいいしね。

有川 清遠というおいちゃんのモデルは、うちの父ですね（笑）。私が『おもてなし課』の小説を書いていると知った途端に、「おもてなし課」に飛び込んでいったらしいですね。「うちの娘が小説を書かしてもらってるはずなんですが！」って（笑）。すみません。

吉本 いろんな所に旅行に行かれているお父様なので、「あそこの県ではこんなんあったよ」って、いろいろな資料を私たちの所に持ってきてくださるんですよ。ありがたかったです。私も旅行が大好きなので、海外も含めてあちこちに行くんですけど、「なんでこの土地はこんなことができて、高知はそうやないの」と思うことがいっぱいあって。現場で仕入れて来たことをガンガン、上の人や他の部署へも意見として言っちゃってますね。

金丸 そういう視点は本当に貴重ですよ。僕ね、行政の会議なんかに呼ばれる時は、「出席者の中に必ず女性を入れて欲しい」って言うんです。なぜかっていうと、女性達って海外にも結構行ってるんですよ。あちこち出歩いていいところを目にしている、会議の席にそういう人達がいないと、新しい目線がぜんぜん出てこないんですね。なのに、「商店街会長・七十歳」とかさ、「JA会長・七十歳」「旅館組合会長は若くて六十歳」とか、そんな人間ばっかり集めて会議しても、「そもそもあなた達のところ、客が来てないでしょう?」と。それで町おこしをやろうたって、おこらないよ（笑）。そうじゃなくて、既存の組織の中での肩書きはないけれども、活動的に頑張っている若い人達、女の人達が会議に来て意見を交わしてアイデアを出したほうが、絶対いいですよね。しかも観光地での消費購買量の七〇%は女性なんですよ。旦那《だんな》さんが高知市内で弁当食ってる頃に、奥さん達は馬路村の旅館のランチを食ってたり、四万十川で新鮮な魚料理を食べたりということがざらにある。そういう客層を狙った観光政策をどう組み立てるか、ということを今すぐやらないと。

有川 だいたい、女の子の支持を集めておけば、男も付いてくるんですよね。彼女や奥さんを追っかけて(笑)。民間のビジネスでは当たり前の考え方だと思います。

▼「おもてなし課」に目的はなかった

――ここで改めて事実関係をお伺いしたいんですが、おもてなし課はどんな部署なんでしょうか?

吉本 高知県庁の「観光振興部」は、「観光政策課」「おもてなし課」「土佐・龍馬であい博推進課」という、三つの課で成り立っています。「おもてなし課」はその中でも、高知県にいらっしゃった方の受け入れ態勢の整備に関わる部署ですね。例えば、ある観光施設に行きたい時に、道に迷わずにストレスなく辿《たど》り着くための看板やシステムを考案して整備したり。あとは、有川さんの小説の中にもあったんですけれども、道に迷っている人がいたら「どうされましたか?」と一声かける、おもてなしの心を県全体に広げるための活動をしています。簡単に言うと、何でもアリの、「何でも課」です(笑)。

金丸 面白い。観光ってトータルマネジメントだから、「何でも」じゃなければ本当はダメなんだよね。課の人数は何人ですか?

吉本　言うと、びっくりされると思いますよ。ね、藤村くん。

藤村　はい。四人です。吉本と、今年（二〇一〇年）四月に着任した新米の私、あとはチーフと課長ですね。

有川　たぶん、その小ささに意味があると思うんですよ。私はおもてなし課って、すごいポテンシャルを秘めた課だなって思っていて。「うちはこういうことをしますよ」という建前は一応あるんですけれども、作られた時の理念としては、遊撃隊、タスクフォース的な、「観光のことについて何かいい思いつきがあったら、何でも取り組んでいきますよ！」っていう期待をかけられて誕生した課ではなかったのかな、と。

吉本　確かに最初から明確な目的があって作られた課ではなかったですね。なので設立当初はみんなで作戦会議的に、「何をやるべき課なんだろう？」ということを話し合ったんです。そこでひとまず、観光客の高知県に対する満足度を高めていこうじゃないか、不満要素をひとつひとつ取り除いていこう、となって。

有川　今のお話で腑《ふ》に落ちました。「これをやりなさい」という押しつけでできた部署ではなかったということは、「やることが決まってないという自由度を生かして、自由に動きなさい」という期待の現れですよね。自由度の高い部署って、役所ではものすごく貴重でしょう？

吉本　貴重ですね。なので、人数は少ないですけど、すごくやることがあって、日々広がっていっています。

有川　自由であること、やることが決まってないことが価値である。いわば、たった四人のタスクフォース。私の願望も含めてなんだけど、「おもてなし課は観光の特殊部隊です」ってことにしましょうよ、今ここで（笑）。

金丸　そのフレーズ、かっこいいですよねぇ。

吉本・藤村　（笑）

有川　高知県に対してとても期待してるのが、「おもてなし課」というネーミングが出てきたこと。その名前のつけ方が、行政としては、かなりはっちゃけたっていうか挑戦したなと思ってます。そのセンスそのもの、おもてなし課の存在そのものが、高知県の希望ですよ。

金丸　例えば、長崎市には観光課じゃなくて、「さるく課」があります。さるくは、歩くっていう意味なんですね。「おもてなし課」も、響きからして自由度がある。

有川　物語性を感じますよね。人って、物語性のあるものに惹《ひ》かれますから。「さるく」も方言ならではの物語を感じます。味があるし、「どういう意味だろう」と興味が広がりますね。

▼高知の観光トップ会談を！

――当たり前のように目の前にあるものの中に、とても豊かな価値が眠っている。そこで問題なのは、価値をどう発見するか、そして、その価値をどんな情報として発信するかだということが、『県庁おもてなし課』を読むと分かります。どうやら高知県は発見ベタで、発信ベタのようですが……？

吉本　ありがたいご指摘だと思います（笑）。

有川　たとえば小説の中にも書きましたけれども、「ウミガメの産卵を見られるなんて、すごいですよね！」「……あんなものはいくらでも来るき」って（笑）。その光景を見に、わざわざ沖縄とかタイとかに行く人がいるくらい貴重なのに。

金丸　高知県って、昔のお城の天守閣と追手門をそのまま残している唯一の県でしょう。それから、小説にも出てきた日曜市。実は昭和三十年代頃まで、ああいう市場って全国どこでもあったんですよ。だけど、高度成長期に国の政策とか行政政策で道路拡幅して量販店を誘致して、ほとんどの市場が無くなった。それを、高知の人はいろいろ反対して残したんだよね。あの市場を残した県民性っていうのは、ものすごいと僕は思ってます。

有川　でも、若い人とかは「日曜市なんて、別にわざわざ行かなくても」という感じになっちゃっていて、どれだけ価値あるものかがあんまり自覚されてないんじゃないかな。私自身、一度県外に出たからこそ、ちっちゃい頃から目にしていた日曜市の面白さが、改めてよくわかった感覚があるんですよ。

吉本　日曜市の観光価値は今、すごいですね。おもてなし課も、ゴールデンウィークの時期と、お盆の時期、よさこい祭りの時期に、南国ＳＡの下り線に臨時観光案内のテントを立ててご案内しています。

有川　日曜市は、無秩序感がいいんですよね。食べ物屋の隣で、チェーンソーを売ってるんです（笑）。あの訳のわからなさがいい。高知だけじゃなくて、よその県もそうなんですけれども、外から評価されて「えっ、うちの県にそんないいものがあったの」ということが多くて、それは本当に歯がゆい。最初から気づいてたら、もうちょっとうまくやれたんじゃないのかなって思うんです。たとえば、「よさこい」がそうですよね。後発のYOSAKOIソーラン、北海道にいいとこ取りされちゃった（笑）。

吉本 自分たちは「踊れたらええ」みたいな感じなので……。

有川 地元にあるものを「たいしたことない」って、決めてかかっちゃうのはどうかなと思うんですよ。「自分たちの地元にこそいいものがあるよ」って、もうちょっと自覚的に考えていけたらいいのかなと。

金丸 でもね、高知県を擁護しますが、四十七都道府県のどこも、状況は同じようなものなんですよ。その中でも、僕は高知県はすごいなと思うんです。ゆずで一大村おこしに成功した馬路村の東谷望史さんと、デザイナーの梅原真さん、それから「土佐の森・救援隊」というNPOを立ち上げた元コンサルタント会社勤務の中嶋健造さん、そして、今回の有川さん。こんなに強烈な個性を持った人達が出てくるのは、なかなかないことですよ。この土地には、ダイヤモンドがあちこち埋まってるって感じたの。ぜひ、トップ会談を実現してほしいな。今挙げた四人がいて、おもてなし課の吉本さんがいて、尾崎正直県知事がいて（笑）。そうしたら、一気に話が進んじゃうでしょう？

有川 知事を！　誰か知事を呼んで！（笑）

藤村 ご企画、頂戴《ちょうだい》しました（笑）。

金丸　有川さんをすごいなと思ったのは、高知に限らず、全国に通じる話を書かれているんですよ。だから、この本は全行政に読んでほしいなと思う。例えば、おもてなし課の若いメンバーが吾川スカイパークに視察に行く場面で、「カーナビを使うな」というエピソードが出てくるじゃないですか。車にナビが付いているのが当たり前とは思うなよ、と。あの視線って僕、ものすごいなと思ったの。それから、馬路村のところどころにある看板に驚いたり、独特な文字のフォントのことを考えてみるとかね、さりげないけれど大事な馬路村のテイストを、描写の中で的確に捕まえている。本当の意味でのマーケティングができている、と思ったんですよ。

有川　私の場合、小説を書いて、それを本の形に作って読者に届けているという関係上、自然とお客様視線になっちゃうんですよね。本を売るのも、観光を売るのも、お客さんを相手にするという点では一緒。自分が本を売る時に大事にしている感覚で観光のことを書いたら、何とかなるんじゃないかなって思ったんです。でも、これはさきほどから吉本さんも何遍もおっしゃっているし、小説の中で何度も書いているんですが、「お客様の視点に立つ」という、ものすごく簡単な答えなんだけれども、そのたった一つの答えに、なぜかみんな辿り着けないみたいですね。

▼日本全国をレジャーランドに！

――小説『おもてなし課』の後半では、高知県全体をひとつのレジャーランドとして捉《とら》えると

いう斬新《ざんしん》なアイデアが提起され、おもてなし課の面々の奮闘が描かれていきます。有川さんはレジャーランド化というアイデアを、どのように発想されたんでしょうか?

有川　まず最初に、高知県の地図を買ってきたんです。「高知に何があるのか?」ということを実際に目で確認していって、山がある、海がある、川がある、自然はものすごくいっぱいあるぞ、と。そこから、これは地元出身だからできることなんですけど、「ここはパラグライダーができるよね」とか、「川遊びするならここだな?」とか、ポイントを地図に赤ペンで書き込んでいったら、「高知に来るだけで、アウトドアの遊びがウィンタースポーツ以外はほとんどできるじゃん」っていうことに、遅ればせながら気がついたんです。そこから「県全体がレジャーランドっていう構想はどうだろう? どうやったら実現できるかな?」と。まず、ハコモノをバンバン作るのとは違う。「ここに来たらこういうことができます」「ここではこういうことができます」という情報を有機的につなげていけば、高知が丸ごとレジャーランドってことになるんじゃないかなと思ったんですね。実は、そんな時に見つけたのが、高知県の「であい博」のパンフレットなんです。「なんだ、もうやってるんじゃん!」と思ったんですよ。とてもいい企画だったんですね。特別な会場を設けなくても、パンフレットの中で高知県全域の観光情報をつなげていくことで、県内全域を常時展みたいにしてしまうっていうアイデア。それから、小説でも使った、高知県のキャッチコピー。これは実在のものなんですけど、「何もない」ということを、逆に売りにしちゃった、その発想の逆転がとてもいいんです。パンフとガイド、この二つの資料を手に入れた時、「小説『おもてなし課』の、着陸点が見えたな」と思ったんですよ。

吉本　実は、今日は最新版のパンフレットを持ってきました。

有川　いいじゃないですか、これ！　ちゃんと『るるぶ』っぽくなっている（笑）。すごい、たった二年でここまで進化できるんだ。

吉本　二年前のパンフレットは、行きたい所を探そうとしても、見にくいし、探しにくい。これやったらネットでパパパッて検索したほうがいいかなと、私自身思ったりしてました。これを作っているのは隣の課なんですが、バージョンを重ねるごとにどんどん進化しています。

藤村　無料で、今年は五回出しました。今後も年五、六回ペースで出す予定です。高知駅前の観光情報発信館や道の駅、一部のコンビニにも置かせていただいています。

有川　一番最初の「であい博」のパンフレットの出来は、申し訳ないけど、かなり残念だった。とにかく地図が見づらい、焦点がぼやけちゃってるんですよね。「載せられない所があると不公平だから、全部等しく載せません」みたいに、訳のわからない悪平等が、企画を殺しちゃっていた。逆に何でもかんでも載せちゃって情報が飽和しちゃうことも行政パンフではありがち。すごく見づらい。

金丸　それ！　まさに全国あちこちの行政であって。こないだも奈良県で「なんでこのパンフレット、大仏さんとお土産屋とか、いろんなものがごちゃごちゃになってるの？　的を絞ればいいのに」って言ったら、「いやあ、平等に入れなきゃいけないんですよー」って。「それはあんたの都合でしょ」って。その公平さっていうのが、お客さんにとって不公平なんだよね。

有川　結局、お客様視点ではないんですよね。作る側の都合が優先っていう。金丸先生がおっしゃる通り、日本全国いろんなところで同じような問題が起こってるんだと思うんです。この小説は、高知県のことをなんて言うか、こう、くさしてる感じになってますが（笑）。でも、「高知に限ったことじゃなくて、他でもそうだよ」ということも、小説の中で取り上げたかったんです。……うん、やっぱりこのパンフ、いい（笑）。

藤村　ありがとうございます。同僚も喜びます。

有川　視点を変えて、情報をしっかり発信すれば、高知もこんなふうにレジャーランドになる。小説で書いたことが、現実になりつつあるというか、「私の見立て、間違ってなかったよ！」って感じです。

吉本　今はガイドブックの他にも、「トサコレ！」というA４の一枚紙のフリーペーパーを出しています。行政目線じゃなくてお客さん目線で、地元の自分たちの個人レベルで、「このお店がおいしい！」「この景色は夜行くと最高！」という情報をバンバン出していってるんです。「夜の特集」「体験特集」「アンパンマン特集」など、今１２３種類あります。

有川　そういう情報が欲しかったんです！　そうか、どんどん進化していってるんですね。

――観光の未来について、イメージされていることはありますか？

有川　観光って、「来て、見て、帰る」では、もうダメな時代になってると思うんですよね。物語が欲しいんですよ。その土地に行ったことによる物語を、お土産に持って帰りたいんです。例えば、馬路村に簡単に行けたら、物語にならないんですよ。アクセスの不便さこそが、物語になる。観光客は、物語を体験しに来てるんですね。

金丸　今後の観光産業における物語の必要性は、僕もすごく痛感しています。ようするに、地域の歴史とか文化っていうのは、物語じゃないですか。物語を作って発信するには、歴史や文化をちゃんと見直せばいい、それだけのことです。例えば、高知の四万十川は、魚の種類ってものすごい数なんですよね。

有川　汽水域がとにかく広いんです。海の水と真水が混じる範囲がとても広い。

金丸　あれだけ天然鰻《うなぎ》がいるところ、日本にはもう、他にないんじゃない？　そういった川の情報と、憩いの宿の情報、食べ物の情報もセットで発信できれば、「世界に冠たる四万十川の物語」になるんです。

有川　実は、その「見立て」が一番難しいんだと思います。四万十川も、「最後の清流」という冠を観光資源として発信できるようになってきたのって、わりとここ最近で。でも、物語を見いだして発信する、それが各地でできるようになったら、日本全国がレジャーランドになりますよね。むしろテーマパークですか。やはり観光は物語ですね。

金丸　ホントにそう。いやー、やっぱりトップ会談を実現したいね。高知から、日本の地方観光を変えていってほしい。とりあえず目先のことでいえば、馬路村の通販カタログに、来年から有川さんの本が入っちゃえばいいですよ。あそこは通販で、年に十億円以上売ってるはずですよ？

有川　そうか！　ちゃんと馬路村のことも小説に入ってますしね（笑）。

吉本「であい博」のパンフレットにも、情報を掲載させて下さい！

藤村　高知のためにも、たくさんの人に読んでもらいたいです。

有川　ありがとうございます。私としても、自分のひとつの到達点になるものが書けたんじゃないかな、と思っています。高知県はもちろんなんですが、日本中にいっぱい面白い所があるよ、面白さが埋まってるよって、読者さんに気づいてもらえるきっかけになれたら、小説家冥利《みょうり》に尽きますね。

構成：吉田大助

初出：「小説　野性時代」二〇一一年一月号

※役職・部署名などは鼎談が収録された二〇一〇年当時のものです。

ウチのおもてなし

――各県・市の観光課がPR競作！

『県庁おもてなし課』を新聞連載した各県・市の観光課の協力により、観光広告の競作が実現。地方は本当に面白い!!

とっておき!

鹿児島県のおもてなし

食べる!

【黒牛・黒豚】

黒牛黒豚の飼養数全国１位の鹿児島県。県内各地でその味を堪能できます。また他にも、黒さつま鶏、さつまあげ、焼酎なども人気が高く、ヘルシーなグルメも多彩です。鹿児島の〝食〟の味を是非お楽しみください。

癒す!

鹿児島県本物。

美しき本物は、私に力をくれる。

【温泉】

活火山がたくさんある鹿児島県には、火山の恵みにより県内各地に多くの温泉があります。多くの泉質に恵まれた「霧島」や、全国でも珍しい天然砂むし温泉を楽しめる「指宿」。是非、癒しの旅に訪れてください。

観る!

【観光】

南北６００キロに及ぶ広大な県土を有する鹿児島県には、世界自然遺産に登録されている屋久島、鹿児島市街地から間近に臨む活火山桜島など、多様で豊かな自然に恵まれています。人を元気にする魅力的な「本物の素材」があふれている鹿児島県。本物だけが持つパワーを観て、知って、感じてください。

鹿児島県観光交流局観光課

●ご協力いただいた観光課
高知県観光振興部おもてなし課
山梨県観光部観光企画・ブランド推進課
岩手県商工労働観光部観光課
鹿児島県観光交流局観光課
紋別観光協会・紋別観光交流推進室（北海道）
福島県商工労働部観光交流局観光交流課
新潟県産業労働観光部観光局観光振興課

●観光広告の掲載順は、小説の新聞連載掲載順です。

参考文献

『一番やさしい地方自治の本』平谷英明（学陽書房　二〇〇六年）
『田舎力―ヒト・夢・カネが集まる5つの法則』金丸弘美（日本放送出版協会　二〇〇九年）
『改革の行方　特区を診る』産経新聞取材班（産経新聞出版　二〇〇五年）
『行政マンの政策立案入門―キャリア・アップ！』木村純一（学陽書房　二〇〇四年）
『90分でわかる「行政」の仕組み―「役所」はどんな仕事をしているのか？』船木春仁＋グループ２００１・編著（かんき出版　一九九七年）
『検証　構造改革特区』西尾勝・監修　東京市政調査会研究室・編著（ぎょうせい　二〇〇七年）
『限界集落と地域再生』大野晃（北海道新聞社　二〇〇八年）
『構造改革特区は何をめざすか（日本農業の動き（№１４８））』農政ジャーナリストの会・編（農林統計協会　二〇〇四年）
『「ごっくん馬路村」の村おこし―ちっちゃな村のおっきな感動物語』大歳昌彦（日本経済新聞社　一九九八年）
『図説　行政のしくみがわかる本』ビッグペン・編著　藤岡明房・監修（ダイヤモンド社　一九九七年）
『そうだ、葉っぱを売ろう！―過疎の町、どん底からの再生』横石知二（ソフトバンククリエイティブ　二〇〇七年）

『地方自治行政ファーストステップ』　新任職員研修研究会・編（学陽書房　二〇〇四年）
『「日本一の村」を超優良会社に変えた男』　溝上憲文（講談社　二〇〇七年）
『ビジネス特区発見地図―規制緩和をフル活用する　全国縦断情報』　日本ニュービジネス協議会連合会・編（かんき出版　二〇〇四年）
『ゆずと森を届ける村　馬路村』　上治堂司・竹下登志成（自治体研究社　二〇〇七年）

【編集部　註】
・高知県観光特使名刺の高知県立施設等無料入場券としての有効期限は、発足当初は一年間でしたが、現在（二〇一三年）では二年間に延長されています。
・作中の「吾川スカイパーク」は、現在、パラグライダー愛好者の団体によって管理されています。

本書は、二〇一一年三月に小社より刊行された単行本を、文庫化したものです。

県庁《けんちょう》おもてなし課《か》

有川《ありかわ》 浩《ひろ》

角川文庫 17912

平成二十五年四月　五日　初版発行
平成二十五年四月三十日　再版発行

発行者—井上伸一郎
発行所—株式会社角川書店
東京都千代田区富士見二—十三—三
電話・編集（〇三）三二三八—八五五五
〒一〇二—八〇七八
発売元—株式会社角川グループホールディングス
東京都千代田区富士見二—十三—三
電話・営業（〇三）三二三八—八五二一
〒一〇二—八一七七
http://www.kadokawa.co.jp

印刷所—大日本印刷　製本所—大日本印刷
装幀者—杉浦康平

あ 48-12　ISBN978-4-04-100784-6　C0193

角川文庫発刊に際して

角川源義

第二次世界大戦の敗北は、軍事力の敗北であった以上に、私たちの若い文化力の敗退であった。私たちの文化が戦争に対して如何に無力であり、単なるあだ花に過ぎなかったかを、私たちは身を以て体験し痛感した。西洋近代文化の摂取にとって、明治以後八十年の歳月は決して短かすぎたとは言えない。にもかかわらず、近代文化の伝統を確立し、自由な批判と柔軟な良識に富む文化層として自らを形成することに私たちは失敗して来た。そしてこれは、各層への文化の普及滲透を任務とする出版人の責任でもあった。

一九四五年以来、私たちは再び振出しに戻り、第一歩から踏み出すことを余儀なくされた。これは大きな不幸ではあるが、反面、これまでの混沌・未熟・歪曲の中にあった我が国の文化に秩序と確たる基礎を齎らすためには絶好の機会でもある。角川書店は、このような祖国の文化的危機にあたり、微力をも顧みず再建の礎石たるべき抱負と決意とをもって出発したが、ここに創立以来の念願を果すべく角川文庫を発刊する。これまで刊行されたあらゆる全集叢書文庫類の長所と短所とを検討し、古今東西の不朽の典籍を、良心的編集のもとに、廉価に、そして書架にふさわしい美本として、多くのひとびとに提供しようとする。しかし私たちは徒らに百科全書的な知識のジレッタントを作ることを目的とせず、あくまで祖国の文化に秩序と再建への道を示し、この文庫を角川書店の栄ある事業として、今後永久に継続発展せしめ、学芸と教養との殿堂として大成せんことを期したい。多くの読書子の愛情ある忠言と支持とによって、この希望と抱負とを完遂せしめられんことを願う。

一九四九年五月三日

ISBN978-4-04-389801-5

高度二万メートル――
そこに潜む〝秘密〟とは？

角川文庫・既刊

空の中

有川 浩

200X年、謎の航空機事故が相次いでいた。高度二万メートル、事故に共通するその空域に潜む〝秘密〟とは!?

特別書き下ろし「仁淀の神様」も収録!!

ISBN978-4-04-389802-2

「奴ら」はぼくらを食いに来た。

その名は――

角川文庫・既刊

海の底

有川 浩

停泊中の潜水艦『きりしお』の隊員は、巨大な甲殻類の大群を見た！　自衛官は救出した子供たちと潜水艦に立てこもるが⁉

文庫特別版「海の底・前夜祭」も収録‼

ISBN978-4-04-389803-9

世界が終わる瞬間まで、
人々は恋をしていた——

角川文庫・既刊

塩の街

有川浩

塩が世界を埋め尽くす塩害の時代。崩壊寸前の東京で暮らす男と少女の前には、様々な人が現れ、消えていく……だが!?

番外編も完全収録!!

男前でかわいい彼女たちの
6つの恋。

ISBN978-4-04-389804-6

角川文庫・既刊

クジラの彼

有川 浩

彼は潜水艦《クジラ》乗り。いつ出かけて、いつ帰ってくるのかわからない。そんなレンアイには、いつも7つの海が横たわる……。

「空の中」「海の底」の番外編も収録!!

ISBN978-4-04-389805-3

本を守りたい、あの人みたいに。

角川文庫・既刊

図書館戦争

シリーズ全6巻

有川 浩

図書隊員を名乗る〝王子様〟の姿を追い求め、図書隊に入隊した女の子、笠原郁は、新設された特殊部隊に配属されるが!?

本と恋の極上エンタテインメント

ISBN978-4-04-100330-5

自衛官だって、恋がなくては
生きてゆけない！

角川文庫・既刊

ラブコメ今昔

有川浩

突っ走り系広報自衛官の女子が鬼上官に教えろと迫るのは、「奥様とのナレソメ」。双方一歩もひかない攻防戦の行方は!?

〝制服ラブコメ〟決定版